CD Reiss
Bodyguard zum Verlieben

AF177866

Montlake
Romance

## Das Buch

Emily ist als Choreographin in Hollywood ganz oben angekommen. Auf dem Höhepunkt ihrer Karriere sollte sie den Glamour und die Partys genießen. Sie zieht sich jedoch aus dem Rampenlicht zurück, denn ihr Leben birgt Schattenseiten, die ihr große Angst bereiten. Seit langem wird sie von ihrem Exfreund verfolgt und die Vergangenheit lässt sie nicht los.

Carter Kincaid ist einer der besten und gutaussehendsten Bodyguards, den man in Hollywood finden kann. Als die beiden sich kennenlernen, schlittern sie geradewegs in eine heiße Liebesaffäre, die riskanter nicht sein könnte. Kann diese Liebe wirklich funktionieren? Denn der strenge Codex eines Bodyguards sieht eine Liebe zu einer Klientin nicht vor …

## Die Autorin

CD Reiss ist eine »New York Times«-Bestsellerautorin. Inzwischen lebt die gebürtige New Yorkerin, die Drehbuchschreiben studiert hat, in Los Angeles, Kalifornien. Dort widmet sie sich ihrer großen Leidenschaft: dem Schreiben von Liebesromanen.

# CD REISS

# BODYGUARD
## ZUM VERLIEBEN

Roman

Aus dem Amerikanischen
von Antje Althans

Montlake
Romance

Die amerikanische Ausgabe erschien 2017 unter dem Titel
»Bodyguard (Hollywood A-List Book 2)« bei Montlake Romance, Seattle.

Deutsche Erstveröffentlichung bei
Montlake Romance, Amazon Media EU S.à r.l.
Mai 2018
Copyright © der Originalausgabe 2017
By CD Reiss
All rights reserved.
Copyright © der deutschsprachigen Ausgabe 2018
By Antje Althans

Die Übersetzung dieses Buches wurde durch AmazonCrossing ermöglicht.

Umschlaggestaltung: bürosüd⁰ München, www.buerosued.de
Umschlagmotiv: © Emely / Getty; © choness / Getty;
© iunewind / Shutterstock;
Lektorat und Korrektorat: Verlag Lutz Garnies, Haar bei München,
www.vlg.de

Gedruckt durch:
Amazon Distribution GmbH, Amazonstraße 1, 04347 Leipzig /
Canon Deutschland Business Services GmbH, Ferdinand-Jühlke-Str. 7,
99095 Erfurt /
CPI Books GmbH, Birkstraße 10, 25917 Leck

ISBN 978-2-919-80082-7

www.montlake-romance.de

Für meinen Sohn. Ich habe dafür gebetet, dich zu bekommen, und du bist alles, wofür ich gebetet habe. Nur schneller.

# KAPITEL 1

## Emily

Als wir uns anfreundeten, war sie einfach nur Darlene McKenna. Sie war noch nicht mal in der dritten Klasse, als sie anfing, sonntags in ihrer Kirche zu singen. Ich sang damals ein bisschen, tanzte ein bisschen, aber meine große Leidenschaft war das Turnen.

Wir lernten uns im Trainingslager in Chicago kennen. Ich war fantastisch. Wir waren in derselben Gruppe, aber ich gehörte schon zur Mannschaft. Meine Eltern hatten eine Reckstange ins Garagentor montiert, damit ich trainieren konnte. Was ich auch tat. Sogar oft.

Meine Eltern arbeiteten. Sie waren beide Anwälte, und ich war eine zehnjährige Quasselstrippe, die nicht still sitzen konnte. Um mich bei Laune zu halten, schickten sie mich zum Sportunterricht und in Trainingslager. Mich bei Laune zu halten, war ihr größtes Anliegen. Die Turnhalle, in der ich trainierte, war mein zweites Zuhause und in einem gewaltigen Lagergebäude südlich der Stadt gelegen. Dort hingen Fahnen mit den Namen der Mannschaftsmitglieder über den Colleges, auf die sie inzwischen gingen. Olympiateilnehmer und Champions hatten dort trainiert. Es waren so viele Fahnen, dass bald kein Platz mehr war. Ich wuchs in dem Glauben auf, dass die Chancen, im Leben alles zu erreichen, gut standen.

Trainingslager machten zwar Spaß, aber Turnen war eine ernste Sache. Ich stand nicht auf Bällchenbäder und Hüpfburgen. Das war was für *Babys,* und ich war in der *Mannschaft.*

»Wie heißt du?«, fragte Darlene mich an dem Tag, als wir uns kennenlernten. Sie war viel größer als ich. Größer, kräftiger und platzte vor Selbstvertrauen. Ihre Haut war honigfarben, ihre Haare dunkel und kraus. Sie verkörperte schiere Kraft. Sie wollte nach oben.

»Ich heiße Emily und bin im Wettkampfteam. Im Mai fahren wir zu den Landesmeisterschaften.«

Ich streckte die Fußspitzen beim Laufen und wenn ich auf der Matte saß. Ich streckte sie, wenn ich zappelnd zwischen den Stationen wartete. Meine Trainerin Tammy wollte lustig sein und nannte das ständige Üben des Fußstreckens »ein gutes Training«. Ich verstand den Witz, aber Turnen war eine ernste Angelegenheit.

»Lass uns Freundinnen sein!« Darlene hüpfte auf und ab und klatschte in die Hände, als sei das die beste Idee seit der Erfindung des iPod. »Ich bin Darlene!«

Ich hatte nicht viele Freunde. Ich ging Sekunden, bevor die Schulglocke läutete, und hatte keine Zeit für Spieldates oder Partys.

»Klar. Ich bin Emily.«

Auf dem roten Boden war ein Platz frei geworden, und da wollte ich hin. Es war zwar weit und breit kein Trainer zu sehen, aber ich war besser als alle anderen Mädchen. Ich brauchte keinen dämlichen Trainer.

»Wo willst du hin?« Darlene hüpfte bis zu einer Station hinter mir her, wo Kinder in einer Reihe Sprünge vollführten und junge Trainer ihnen Ermutigungen zuriefen. Ihr Turnanzug war pinkfarben und ein kleines bisschen zu eng, als hätte sie einen Wachstumsschub gehabt.

»Zum roten Trainingsboden. Willst du mitkommen?«

»Aber da steht kein Trainer.«

Achselzuckend ignorierte ich ihren Einwand. Es war nur ein federnder Boden. Ich kam schon seit sieben Jahren in diese Turnhalle. Seit Ewigkeiten.

Ich stellte mich in der Ecke auf, Füße zusammen, Arme nach oben, rechtes Knie gebeugt, Fußspitzen gestreckt, und stellte mir den Anlauf und dann das Rad vor.

»Wie viele Elemente willst du turnen?«, fragte Darlene.

»Zwei. Erst ein Rad, dann einen Salto.«

»Mach drei.« Sie hatte die Hände in die Hüften gestemmt. Eine Herausforderung in nur zwei Worten. Ich war nicht aus Stein. Ich war eine superehrgeizige amerikanische Einserschülerin. Ich hatte noch nie drei Elemente hintereinander geturnt, aber es war nur eines mehr.

Ich machte zwei große Schritte, drehte mich, landete auf den Händen, sprang den Salto, drehte mich und schlug ein perfektes Rad. Ich vollführte den Salto und fand irgendwie noch ein winziges Stückchen Drehmoment. Genug für ein unschönes, dilettantisches namenloses drittes Ding.

Beschämt über meinen Misserfolg, landete ich auf dem Hintern. Dann wurde ich wütend. Ich war in meinem Stolz gekränkt. Ich stand auf, um einen neuen Versuch zu starten.

Darlene hielt sich mit einem Urteil zurück. Vielleicht war ich deshalb eine halbe Sekunde lang sauer auf sie. Falls es so war, war die Wut verflogen, als ich mich erneut in der Ecke aufstellte.

»Hey«, sagte Darlene. »Wusstest du, dass ich in meiner Kirche singe? In der AME Church an der Pico. Ich bin die Jüngste, die sie je hatten.«

»Das ist echt cool.« Ich nahm Anlauf und schaffte diesmal die Landung. Darlene klatschte und steckte zwei Finger in den Mund, um anerkennend zu pfeifen. Das brachte mich zum Lächeln. Es war schön, einen Fan zu haben.

»Kennst du dich mit Akustik aus?«, fragte sie, als ich zu ihr zurückkam.

»Klar.« Ich wusste alles. Ehrensache.

»Mein Pfiff eben. Mann. Die Akustik hier drin ist irre.«

Der Pfiff war echt laut gewesen. Er hatte Aufmerksamkeit erregt, und Trainerin Tammy trillerte mit ihrer kleinen Metallpfeife.

»Mädels! Was macht ihr da drüben?«

Ich winkte ihr zu, um sie wissen zu lassen, dass alles okay war.

Darlene beugte sich zu mir und flüsterte: »Ich wette, wir könnten so laut *Ain't I Your Baby* singen, dass das Dach abhebt.«

Ich kicherte.

Sie sah sich in dem riesigen Raum um. »Jede Wette. Wenn du zu den Springtischen gingest und ich zu den Stufenbarren und wir beide singen würden, wäre es der Wahnsinn.«

Irgendwas daran, wie sie es sagte, ließ es wie die beste Idee aller Zeiten klingen. Ihre Experimentierfreude war ansteckend. Zudem war das hier nur ein Trainingslager und kein Mannschaftstraining.

»Ich kann den Ton in *yours* länger halten als du.« Sie hob einen Finger und streckte den Po nach hinten. Das besiegelte die Wette. Sie hatte ja keine Ahnung, mit wem sie es zu tun hatte.

»Forderst du mich heraus?«

»Ja klar.«

Der Abstand war so weit wie ein halber Häuserblock. Selbst auf Erwachsene wirkte er riesig. Einem Kind kam er gigantisch vor. Ich müsste nur in die entgegengesetzte Ecke gehen und einen langen Ton singen. Easy. Und besser, als mit den anderen Trainingslager-Teilnehmerinnen Babykram zu machen.

Ich hob die Hand, und sie klatschte mich ab.

Wir hatten einen Deal.

»Los!«, rief sie, und ich rannte los. Sie war als Erste in ihrer Ecke und fing mit der ersten Strophe an. Ich stimmte in den Text ein, den wir in unserem Alter noch gar nicht verstanden. Darlene schmetterte ihn aus voller Kehle. Als ich einfiel, klangen wir unter der neun Meter hohen Decke so gut, dass ich meine Stimme kaum von ihrer unterscheiden konnte.

Und der Ton von *yours*? Den zu halten wir wetteiferten? Er war reine Magie.

Turnen war mein Leben. Wenn ich jedoch den Augenblick bestimmen sollte, in dem ich begann, das Singen genauso zu lieben, dann war es der Moment, in dem ich mit Darlene harmonierte. Ich spürte förmlich, wie wir Freundinnen wurden. Das Gefühl lag in diesem Ton.

Der Applaus war ohrenbetäubend.

Wir sprangen beide auf den roten Boden und verbeugten uns.

Es war das letzte Mal, dass wir uns gemeinsam verbeugen sollten. Was in Ordnung war. Denn sie war Darlene McKenna und ich nur Emily.

# KAPITEL 2

## EMILY

Ich kam zu spät. Vermutlich hätte die ganze Sache vermieden werden können, wenn ich pünktlich gewesen wäre. Aber das AutoLock-Schlosssystem an meinem Eingangstor hatte blockiert. Das hintere Tor war nicht aufs Rausgehen programmiert, sondern aufs Reingehen, weshalb das Keypad an der Außenseite angebracht war. Also musste ich zurück ins Haus gehen und den Schlüssel für das hintere Tor suchen. In dem Moment klingelte auch noch das Telefon. Darlene wollte, dass ich ihr das Video der »Sexy Badass«-Tour mitbrachte, das ich nicht auf meinem Laptop hatte. Also lud ich es hoch. Und vergaß dann den Schlüssel.

Solche Dinge summieren sich.

Ich durfte nicht zu spät kommen. Eine Tänzerin durfte zu spät kommen und würde einen Klaps auf die Finger bekommen, weil das Training mehr oder weniger ohne sie weitergehen konnte. Doch wenn die Choreografin zu spät kam, kam alles zum Erliegen. Darlenes Zeit war vergeudet, und ihre Zeit war teuer. Das bläute ihr Manager Liam dem gesamten Team wenigstens einmal pro Woche ein.

Auf dem Weg in die Stadt gelang es mir, einen Unfall zu vermeiden. Ich parkte notgedrungen an der Straße. Der Parkplatz war voll, und weil ich zu spät war, hatte sich jemand anders meinen Platz unter den Nagel gerissen.

Tief durchatmen.

Darlene und ich hatten uns damals im Frühjahr beim Turntrainingslager getroffen und dann noch einmal in den Sommerferien, bevor ich sie zu mir nach Hause eingeladen hatte. Sie wurde meine beste Freundin. Sie wuchs weiter und ihre körperliche Kraft komprimierte sich zu einem straffen fraulichen Körper. Ihre Stimme reifte, und sie benutzte sie wie eine Waffe, um jeden aus dem Weg zu räumen, der zwischen ihr und dem Ruhm stand.

Ich war nach einem Dreifachsprung auf einem Bein aufgekommen und hatte mich am Knie verletzt. Das war nicht einmal auf der Landesmeisterschaft passiert, sondern beim Training am Wochenende davor. Ich hatte meine Mannschaft im Stich gelassen. Ich konnte meinen Teamkameradinnen nicht in die Augen sehen, als sie mich im Krankenhaus besuchten.

Ich war nicht nachtragend, außer mir selbst gegenüber.

Doch danach hatte ich weiter Gesangsunterricht genommen und mit dem Tanzen angefangen, das ich liebte und das meine Knie mitmachten. Als Teenager hatten Darlene und ich denselben Gesangslehrer und traten gemeinsam auf. Wenn ein Casting für einen Werbespot stattfand, schwänzten wir die Schule und gingen hin. Wir waren das perfekte Duo.

Wir quälten uns durchs College, dabei wollten wir eigentlich nur singen und tanzen. Als Darlene die brillante Idee hatte, nach Los Angeles zu ziehen, »um es zu schaffen«, stimmte ich zu. In Chicago Jobs zu finden, war schwierig. Nicht genügend Werbefilme. Nicht genügend Bühnen. Von nichts genug.

Das ging eine Zeit lang gut. Darlene würde immer ein Star sein. Auf dem Weg nach oben widerfuhr mir jedoch etwas, und sie rettete mich, indem sie mich zu ihrer Choreografin machte.

Die zu spät kam.

Ich atmete nur halbherzig durch und stieg aus dem Wagen. Mir blieb keine Zeit für Entspannungsübungen. Ich zerrte mit einer einzigen Bewegung meine Tasche aus dem Fußraum vor dem Beifahrersitz, riss die Tür auf und stieg aus.

Fast hätte ich die Tür zugeworfen, bevor ich bemerkte, dass der Motor noch lief.

Tief durchatmen, Emily.

Mit einer Hand an der Autotür, atmete ich richtig durch, schloss die Augen und tat so, als wäre das eine volle fünfminütige Entspannungsübung.

Schlüssel. Tote-Bag. Saubere Klamotten. Laptop. Türen mit Tschilpgeräusch verriegeln. Umsehen. Die frühmorgendliche Dämmerung nach jemandem absuchen, der mich von hinten überrumpeln könnte. Der Laptop passte nicht in meine Handtasche und beanspruchte einen ganzen Arm. Ich würde am gesamten Gebäude entlanggehen müssen, um es von der Parkplatzseite betreten zu können. Ich hatte eine Schlüsselkarte für die Hintertür, die jedoch im Kleidersack ganz nach unten gerutscht war. Als ich die Rückseite des Gebäudes erreichte, blieb ich an der Metalltür stehen, um nach der Schlüsselkarte zu wühlen.

Sie musste hier irgendwo sein.

Ich brauchte nur die Handtasche nach links zu schieben, den Laptop zu verlagern, den Kleidersack zu durchsuchen … aber nein. Sie war nicht da.

Alles wieder zurück. Ich ließ die Handtasche zum Handgelenk runterrutschen und lehnte den Laptop an mein Knie, während ich die Handtasche durchwühlte und alle möglichen Gegenstände zur Hälfte herauszog. Geldbörse,

Ladegerät. Vitamine. Scheckbuch. Notizbuch. Sonnenbrille. Pistole. Papiertaschentücher.

Mit atemberaubender Wucht traf mich etwas von hinten, und während ich fiel und der schwarze Asphalt immer näher kam, umschloss meine Hand die Schlüsselkarte, und ich fragte mich, ob der Laptop kaputtgehen würde, wenn er herunterfiel.

Ein halber Atemzug dauerte fünf Minuten, und als ich auf dem Boden aufschlug, war meine Lunge leer. Der Sauerstoff entwich mit einem Wusch. Meine Handgelenke und mein Kreuz wurden fest zu Boden gedrückt. Von einem Menschen. Von einem Mann.

Ich hatte einen Stalker. Sein Name war Vince, und ich hatte ihn einmal geliebt.

Doch mit dem Gesicht auf dem Asphalt war Liebe nicht mehr Teil der Gleichung. Sie war durch Wut, Angst und ein gerichtliches Kontaktverbot ersetzt worden.

War es Vince? War er mir gefolgt?

Ich roch Holzkohle und Schießpulver.

»Stillhalten.« Das war nicht Vinces Stimme. Ich befand mich in einer beschissenen Lage, aber er war es nicht.

Die Stimme war so autoritär, dass ich, ohne nachzudenken, gehorchte.

Keine normale Frau hätte sich in dieser Situation entspannt, aber ich schon. Bis auf das grelle Licht der Sonne zwischen zwei Gebäuden sah ich nichts. Mein Gesicht war in den Schmutz gedrückt. Ich spürte, wie der Mann sich über mir bewegte. Ich wusste nicht, ob er sich bereit machte, mich wegzuzerren oder zu schlagen, aber eine zweite Chance zur Flucht würde ich nicht bekommen.

Er zerrte mich weder weg, noch schlug er mich. Er entwand mir die Schlüsselkarte und gab mir Zeit, mich mental vorzubereiten.

Als er von mir herunterstieg, sprang ich auf und ging auf ihn los. Ich hatte genügend Selbstverteidigungskurse besucht, um mit einem Tritt nahe an ihn heranzukommen, doch ich wurde abgelenkt.

Er war der tollste Mann, den ich je gesehen hatte, und ich hatte schon eine Menge toller Männer gesehen. Attraktiver Fünftagebart. Strahlend blaue Augen. Grauer Leinenanzug. Präzise verstrubbeltes dunkles Haar. Und eine perfekt geformte Hand, die mich mitten im Tritt am Fußknöchel packte. Mit einer raschen Bewegung verdrehte er ihn mir. Mit dem anderen Arm bewahrte er mich davor, aufs Gesicht zu fallen, indem er mich an der Taille packte und mich an sich drückte – mit dem Rücken an seine Vorderseite. Sein Körper, der sich um meinen wölbte, war hart und kräftig. Sein Griff war fest, aber nicht schmerzhaft. Seine Hand hielt mich am Brustkorb fest, ohne mir wehzutun. Acht Zentimeter höher, und die Flut der Erregung, die meine Knie schwächte, hätte überhandnehmen können.

Was dachte ich bloß?

»Lassen Sie mich los!«, blaffte ich.

»Zuerst beruhigen Sie sich.«

Ich trat mit dem Absatz auf seinen Spann und stieß mit den Ellbogen nach hinten. Ich spürte, wie die Luft aus seiner Lunge entwich, doch er ließ mich nicht los. Jedes Mal, wenn ich einatmete, schloss sich sein Arm fester um mich. Irgendwas daran war nicht bedrohlich, sondern suggerierte Geborgenheit.

»Beruhigt sieht anders aus«, sagte er mir ins Ohr. Mein Gott, seine Stimme.

Na schön. Wenn ich mich beruhigen sollte, würde ich mich eben beruhigen. Er hätte mir viel Schlimmeres antun können, und ich hatte keine Wahl.

»Aber ich verlasse nicht mit Ihnen den Parkplatz.« Meine Stimme war entschlossener, als zu erwarten gewesen wäre.

»Zählen Sie ab fünf rückwärts, dann lasse ich Sie los.«

Mich loslassen? Was für ein Deal war das?

Jedenfalls keiner, den ein Vergewaltiger schließen würde. Das war alles, was ich wusste.

»Fünf. Vier.«

»Und greifen Sie nicht nach der Waffe.«

Ging es etwa darum? Darlene hatte mich stets davor gewarnt, dass sie mich eher umbringen als retten würde.

»Drei. Zwei.« Ich zählte langsam. Ich hatte keinerlei Motivation außer, meine Gedanken zu ordnen.

»Das schaffen Sie nicht.«

»Eins.«

Er ließ mich los, trat einen Schritt auf mich zu und nahm die schwarze Pistole, die ich in meiner Handtasche aufbewahrte. Sobald er das Gewicht in seiner Hand spürte, veränderte sich seine Miene.

»Sie machen Witze«, sagte er. »Wollen Sie sich umbringen lassen?«

»Klar.« Ich verschränkte die Arme. »Von Ihnen. Wer Sie auch sind.«

»Warum tragen Sie eine Waffenattrappe bei sich?«

»Weil mir die Erlaubnis verwehrt wurde, eine echte zu tragen.«

Er lachte. Zu allem Übel hatte er auch noch ein wunderbares Lachen. Sein Gesicht erhellte sich, und seine Brust dehnte den Stoff seines Hemds. Sein Jackett öffnete sich und brachte eine dunkle Kontur und eine Wölbung darunter zum Vorschein. Er durfte offenbar eine Waffe tragen.

»Sind Sie Polizist?«, fragte ich und hob meine Tasche am Griff vom Boden auf. »Denn wenn Sie mir für das Tragen einer Waffenattrappe einen Strafzettel verpassen wollen, stellen Sie ihn mir einfach aus, damit ich zur Arbeit kann.«

»Ich bin kein Polizist. Nicht mehr.« Er ließ die Waffenattrappe wieder in die Tasche fallen und hob den Kleidersack auf. »Alles in Ordnung?«, fragte er, während er meinen Laptop abwischte. Das Teil sah unversehrt aus. Ich klemmte ihn mir wieder unter den Arm und streckte die Hände nach meinen Sachen aus.

»Mir geht's gut. Was zum Teufel sollte das?«

Ich nahm meine Sachen von ihm entgegen. Ich war hin und her gerissen zwischen dem Bedürfnis, von dem Mann wegzukommen, der mich körperlich angegriffen hatte, und dem Wunsch, dass derselbe Mann seinen Arm noch einmal um mich legte.

»Sie sollten vom Personalparkplatz auf der anderen Seite das Haus betreten und sich nicht mit einer Schusswaffe von dieser Seite aus hereinschleichen.« Er reichte mir meine Schlüsselkarte. »Und das Foto wird Ihnen nicht gerecht.«

Ich entriss ihm die Karte nicht, sondern hielt sie zwischen Daumen und Zeigefinger und stellte mir vor, durch das Plastik seine Körperwärme zu spüren. Ich hätte mich für das Kompliment bedanken müssen, doch nachdem ich seinen Arm um meinen Körper und seinen Atem in meinem Ohr gespürt hatte, waren wir doch sicher über diese kleinen Höflichkeitsfloskeln hinaus.

»Für jemanden vom Sicherheitsdienst sind Sie wirklich dreist.«

Er ließ seine Seite der Karte los.

»Ich bin eigentlich nicht vom Sicherheitsdienst.«

»Was genau sind Sie dann?«

Außer unerhört attraktiv.

»Ich bin Darlene McKennas neuer Bodyguard.«

Das war super. Einfach super. Jetzt wäre er die ganze Zeit um uns herum, und ich müsste arbeiten und mich beherrschen, während er mir beim Tanzen zusah. Das würde nicht gut gehen.

»Nun«, antwortete ich und hielt die Karte hoch. »Jetzt wissen Sie ja, wer ich bin. Das ist mein Gesicht. Prägen Sie es sich ein. Ich bin spät dran. Deshalb. Freut mich, Sie kennenzulernen.«

»Carter. Carter Kinkaid.« Seine tiefe Stimme ließ den Namen noch sexier klingen. »Ganz meinerseits.«

Da ich zu viel Kram mit mir rumschleppte, konnten wir uns nicht die Hand schütteln. Deshalb hielt er mir die Faust hin, und ich schlug mit meiner dagegen. Die Geste schien für ihn natürlich zu sein, doch ich kam mir vor wie ein unbeholfener Dummkopf.

»Okay, äh, ich muss jetzt zur Arbeit.« Ich schob meine Schlüsselkarte in den Schlitz, und als sich die Tür mit einem Klicken öffnete, hielt er sie für mich auf.

Auch noch ein Gentleman.

Ich konnte keine Minute länger in der Nähe dieses Mannes sein.

# KAPITEL 3

## EMILY

Von da an machte ich es mir zur Aufgabe, pünktlich zu sein. Erstens weil ich meinen Job ernst nahm. Zweitens weil wenige Minuten vor Arbeitsbeginn eine super Zeit war, um sich am Cateringtisch einen Kaffee zu holen und zu plauschen.

Der dritte Grund, begrenzte Parkmöglichkeiten, hatte eine klare Ansage von Darlene zur Folge, dass sich niemand auf den Parkplatz der Choreografin stellen durfte. Selbst wenn sie zu spät kam. Selbst wenn sie krank war. Selbst wenn ein Krankenwagen käme, um Darlene höchstpersönlich wegen eines lebensbedrohlichen Hirnschlags in die Klinik einzuliefern, könnte er an der Straße parken.

Darlene sorgte für mich, aber sie war trotzdem der Star.

Sie brach mitten in einem Sprung ab. »Ich kann das nicht, Emily.« Die Musik erstarb. Die Tänzer sanken erschöpft zu Boden.

»Und ob du kannst. Schau her.« Ich demonstrierte ihr den Sprung und drehte mich dann zu ihr. »So.«

»Gib nicht so an.«

»Wir können es vereinfachen.«

Das Gebäude, das sie im Zentrum von L.A. angemietet hatte, nannte sich Citizens Warehouse. Es hatte viele Fenster und glänzende Holzböden. Machte echt was her. Jede Menge Personal. Dutzende Angestellte. Bei der Hälfte hatte ich keine Ahnung, was sie taten, aber sie waren alle permanent beschäftigt.

»Wer von euch glaubt, dass Darlene McKenna den Teil der Choreo hinkriegt?«, rief ich und reckte die Hand in die Höhe. Ihr Tanzpartner Simon stellte sich direkt vor ihre Nase, damit sie seine erhobene Hand sehen konnte. Hinter ihr hoben zehn Profitänzer die Hände, während die viermalige Grammy-Gewinnerin, die ihre Platinschallplatten höher als ihre Villa in Malibu stapeln konnte, mit verschränkten Armen dastand.

Auch ihr Presseagent hob die Hand. Ihre drei Techniker. Ihr Manager Liam. Der DJ. Die Kostümbildnerin und die eins achtundachtzig große reine Muskelmasse, die in einen perfekt geschnittenen Anzug gegossen war, alias der Parkplatztyp von vor vierzehn Tagen. Carter Kinkaid.

Der sexieste Name überhaupt.

Darlene hatte mich über ihn ins Bild gesetzt. Fans von ihr hatten ihr Studio entdeckt und auf der gegenüberliegenden Straßenseite ein Wohnmobil geparkt, um ihr Kommen und Gehen zu beobachten. An sich nichts Gefährliches oder Illegales, aber trotzdem unheimlich. Und es existierten Briefe, in denen all die interessanten Dinge ausgemalt wurden, die man mit Darlenes Körper anstellen könnte. Ein Briefeschreiber verglich sich mit Genevieve Tremaines Killer, der für den Mord an der berühmten Schauspielerin und ihrem Nochehemann berühmt geworden war und sich dann selbst getötet hatte.

Vergnügliche Lektüre.

Darlene las die schaurigen Briefe nicht mehr und engagierte den besten Sicherheitsdienst, der für Geld zu haben war.

Carlos, ihr Sicherheitschef, hatte Carter auf Erfolgsbasis eingestellt und ihr versichert, dass er in der Branche sehr gefragt war und sie sich glücklich schätzen konnte, ihn zu bekommen. Carter suchte den Raum permanent mit Blicken ab. Es machte mich ganz nervös, wenn die Blicke aus seinen blauen Augen den Teil des Raumes scannten, in dem ich mich aufhielt. Ich ertappte mich dabei, wie ich mir mit schweißnassen Handflächen zitternd eine Haarsträhne hinters Ohr strich und mit schlotternden Knien die Scheißschritte nicht auf die Reihe bekam. Mit mir zu sprechen, gehörte nicht zu seinen Aufgaben, doch manchmal sagte er Hallo und wir lästerten morgens am Cateringtisch einmütig über das Essen. Dann bekam ich weiche Knie und mein Gehirn setzte aus. Er brauchte mich nur anzusehen, wie er es jetzt gerade tat. Ich konnte ihn im Spiegel sehen. Sah er mich immer noch an? Warum tat er das?

»Was die meinen, ist mir egal«, sagte Darlene und lenkte mich gerade noch rechtzeitig ab, bevor meine Handflächen wieder schweißnass wurden. Sie wusste verdammt gut, dass sie es konnte.

»Wenn du von Chantelle übertroffen werden willst ...«, sagte ich und beschwor den Namen ihrer größten Konkurrentin herauf. Die Tänzer johlten und klatschten, noch bevor ich den Satz beendet hatte. »Eins-zwei-runter-und-hoch-und-*rum*.« Ich machte es ihr vor. Es war schwer, das stimmte schon. Aber scheiß drauf. Sie war, wer sie war, und sie wusste genauso gut wie ich, wenn die Choreo nicht das Tempo und die Energie der Musik betonte ... Nun, Darlene McKenna machte keine halben Sachen. Das war das Fazit. Punkt. Kapitelende. Schluss. Kein Cliffhanger.

Als ich zu Carter rüberschaute, sah er mich an. Meinen Körper durchfuhr ein kleiner Ruck.

Darlene senkte die Augenlider gerade so weit, dass ich wusste, sie nahm die Herausforderung an, führte ohne ein

Wort eins-zwei-runter-und-hoch-und-*rum* aus und landete wie verlangt mit gekreuzten Beinen und erhobenen Händen. Sie schwankte dabei nur ein bisschen.

»Du hast es!« Ich klatschte zweimal in die Hände, und die Musik ging wieder an. »Eins-zwei-runter-und-hoch-und-*rum*.«

Die dröhnende Stimme eines Cateringmitarbeiters unterbrach mich.

»Mittagessen!«

Alle hielten mitten im Schritt inne.

»Nach der Pause arbeiten wir an *More Than a Sister*!«, rief ich und riskierte einen Blick auf Carter. Als er mich sah, wandte er sich ab, als sei er beim Gucken ertappt worden.

# KAPITEL 4

## EMILY

Biologisch angebautes, nicht industriell verarbeitetes, frisch zubereitetes Essen wurde auf Warmhaltetischen von Personal angeboten, das Salate, Gemüse, proteinreiches mageres Fleisch und Vollkorndesserts austeilte. Bis zu einem gewissen Punkt war das für mich okay.

»Mehr«, sagte ich zu dem Hipster hinter dem Rechaud. Eine Lagerhausetage voller Tänzer konnte einem »Farm-to-Table«-Betrieb die Haare vom Kopf fressen.

»Geben Sie ihr das große Stück.« Darlene zeigte mit der Gabel auf ein riesiges Stück Hähnchen. »Sie macht alles, was wir machen, aber zehn Mal.« Sie beugte sich zu mir. »Ich hab dir ein Überraschungsdessert organisiert.«

»Ich glaube, wir müssen den Anfang von *Make Him Yours* ändern.« Ich nahm das zusätzliche Stück Fleisch entgegen und schob es auf dem Teller beiseite, um Platz zu schaffen.

»Mach ihn schwieriger.« Darlenes Assistentin reichte ihr einen Salat ohne Tomaten.

»Forderst du mich heraus?«

Sie blinzelte mir verschwörerisch zu. Sie beschwerte sich und bettelte zugleich um mehr. Harte Arbeit war ihr Modus Operandi und Diva-Tum ihr Markenzeichen. Sie akzeptierte beide Seiten von sich, und ich verstand das. Ich fragte mich, ob ich genauso geworden wäre, wenn ich diejenige gewesen wäre, die das Rudel anführte, statt dahinter zurückzufallen.

»Ja.« Sie verschwand, um etwas für den Nachmittag zu organisieren. Sie würde bis nach Einbruch der Dunkelheit an ihrem Gesang feilen, während ich die Arbeit mit den Tänzern fortsetzte.

»An einem Tag, an einem einzigen Tag.« Die Stimme hinter mir war tief und volltönend. Ich drehte mich ganz herum und erkannte Carter, bevor ich mich wieder abwenden konnte.

»An einem Tag?«

»An einem Tag könnten sie Cheeseburger anbieten. Nur einem einzigen Tag.«

Er grinste mich an und steckte sich eine Gurkenscheibe in den Mund. Unsere Blicke trafen sich eine Sekunde, bevor seine wieder den Raum absuchten. Ihn abscannten. Ich fragte mich, ob er je irgendwas länger als eine Sekunde ansah.

Ich drang zum Kuchen vor. Ich liebte Kuchen. Das musste Darlenes Überraschung für mich sein.

»Wenn wir den Tänzern Cheeseburger zu essen geben würden, wären sie den ganzen Nachmittag zu nichts mehr zu gebrauchen.« Ich nahm mir ein Stück Kirschkuchen, ging in die Knie und schloss die Augen zur Hälfte, um ihm zu demonstrieren, wie wir uns nach einem fettreichen Mittagessen fühlen würden. »Uhmm uhmm.« Ich bewegte mich, als würde ich in Matsch versinken, und ließ die Zunge heraushängen.

Was tat ich da? Das war nicht lustig. Und mein Kuchen hätte auch fast den Abgang gemacht.

Doch er fing ihn auf und rückte den Teller wieder gerade, indem er ihn am Rand festhielt.

Ich wurde knallrot.

»Das wollen wir doch nicht.« Da ich ihm nicht ins Gesicht sehen konnte, senkte ich den Blick auf seine Hand, die sich um den Rand seines Tellers legte. Sie war so männlich, mit dicken Adern auf dem Handrücken und langen Fingern. Ich musste den Blick auch davon wenden, nur um festzustellen, dass er mich beobachtete. Ich fühlte mich in ihm gefangen, aber das war gar nicht so übel.

»Lachen Sie etwa?«, fragte ich und rückte in der Essensschlange nach.

»Wie würden Sie sich fühlen, wenn ich Sie das fragte?«

»Beschissen. Also fragen Sie nicht.«

Er grinste, was meine Frage beantwortete.

»Emily«, sprach mich der Caterer an, bevor ich meinen Teller mit dem Kuchen wieder von Carter entgegennahm. »Die standen auf dem Dessertwagen. Ich nehme an, sie sind für Sie.« Er hielt zwei Brownies in Alufolie hoch.

Noch mehr als für Kuchen hatte ich ein Faible für Brownies. Manchmal ließ Darlene sie freitags vom Caterer für das ganze Team backen. Heute war Donnerstag, und es waren nur zwei, aber egal.

Sie waren rechteckig, fast schwarz, mit Walnussstückchen obendrauf und sehr appetitlich.

Zwei Desserts. Eine Frau braucht manchmal eine kleine Freude.

»Danke.«

»Geben Sie mir eins ab?« Carter griff nach einem Stück Apfelkuchen. »Ich esse lieber Brownies.«

»Nö.« Ich zog mein Ö in die Länge und ging auf die Terrasse mit Blick auf die Schnellstraßen von Downtown L.A. Bis auf einen kleinen runden Tisch mit zwei Stühlen waren alle Plätze besetzt. Carter überraschte mich, indem er mir folgte und mir einen Stuhl herauszog, als wollte er sich zu mir setzen.

Nachdem ich Platz genommen hatte, setzte er sich mir gegenüber. Das war eine schönere Überraschung als zwei Desserts auf einmal.

»Alle hier sind sehr rührig.« Seine Blicke gingen immer wieder zur Tür. Normalerweise hätte ich das unverschämt gefunden, doch in dem Fall fand ich es beruhigend.

»In einem Monat gehen wir auf Tour. Rühriger wird es nicht.«

In den letzten zwei Wochen hatten wir uns ein paarmal unterhalten, aber nie so richtig. Wir hatten nie beim Mittagessen zusammengesessen.

»Ich habe Sie nie gefragt, warum Sie eine Waffenattrappe mit sich herumgeschleppt haben.«

Er benutzte die Vergangenheitsform, als wüsste er, dass ich sie nicht mehr mit mir herumschleppte, seitdem er mich auf dem Parkplatz überfallen hatte.

»Weil ich vor echten Waffen Angst habe.«

»Sie könnten ohne Waffe rumlaufen.«

»Zu meinem Schutz.« Das glaubte ich selbst nicht. Das war der absurdeste Grund, den ich mir je ausgedacht hatte, und ich beleidigte ihn nicht, indem ich abwartete, ob er ihn mir abkaufte. »Zur Abschreckung.«

»Was wollen Sie denn abschrecken? Oder besser wen?« Er zog eine Augenbraue hoch. Der Bogen war so perfekt, dass ich enttäuscht war, als er die Braue wieder senkte.

»Ich habe einen Ex-Freund, der weder Winke mit Zaunpfählen noch die hochgestochenen Formulierungen eines gerichtlichen Kontaktverbots versteht.«

»Ah!« Er stocherte in seinem Essen und sah es zum ersten Mal an, seit er sich hingesetzt hatte.

»Das vor drei Wochen abgelaufen ist. Deshalb war ich ein bisschen nervös.«

»Sie haben kein dreijähriges Kontaktverbot erwirkt?« Er schnappte sich die Tapatío-Würzsauce und bestrich sein Fleisch dick damit.

Das war eine einfache Frage, wenn man Opfer oder Anwalt war. Über die einzelnen Stufen von Kontaktverboten wusste ich erst Bescheid, seitdem Vince mich geschlagen und danach gestalkt hatte. Davor hätte ich eine nicht von der anderen unterscheiden können.

»Criminal Protective Order. Der Richter hat nur ein Jahr verhängt.« Ich zeigte mit meiner Gabel auf die Chilisauce auf seinem Hähnchenfleisch. »Das wird sehr scharf.«

»Alles gut.« Er steckte einen Happen in den Mund, ohne auch nur zu weinen oder zu schreien. »Zwölf Monate sind eine ungewöhnlich milde Strafe.«

»Der Richter war auch ungewöhnlich feindselig gegenüber Frauen. Sagte, Vince hätte mich ja nur einmal geschlagen und mich sicher in einer Woche vergessen. Kein Grund, ihm weiter Ungelegenheiten zu bereiten.« Ich schnipste ein Salatblatt über den Teller. »Und er ließ durchblicken, dass ich sowieso zu ihm zurückginge. Richter Croner, und ich werde seinen Namen nie vergessen, wollte Ms Barrett nicht *den Anreiz nehmen, an der Beziehung zu arbeiten, statt sich auf das Gerichtswesen zu verlassen, sobald es Schwierigkeiten gibt.* Was eine andere Ausdrucksweise dafür war, dass ich verrückt war und es verdient hatte.«

»Ich kenne Croner. Ich glaube, seine Frau hat ihn seit zehn Jahren nicht mehr gefickt.«

Als ich mit Lachen fertig war, stützte ich die Ellbogen auf den Tisch und beugte mich vor. »Sie kennen Richter beim Namen und wissen, wie Kontaktverbote funktionieren. Sind Sie in Ihrer Freizeit Anwalt?«

»Ehemals LAPD.«

»Detective?«

»Mit Uniform und Dienstmarke.«

»Fahrrad?«

»Streifenwagen.«

»Singen oder Tanzen?«

»Keins von beidem. Und Sie?«

»Beides.«

»Sie singen auch? Das wusste ich nicht.«

Ich sprach auch nie darüber. Aber er hatte mir von sich erzählt, ohne dass ich mich revanchiert hatte, und aus Gründen, die mehr mit Gefühlen als mit Fakten zu tun hatten, wollte ich, dass er mich kennenlernte.

»Darlene und ich sind zusammen nach L.A. gekommen, um es *zu schaffen*, was ihr offensichtlich gelungen ist, und sie verdient alles, was sie erreicht hat, und mehr. Aber wir waren damals auf Augenhöhe. Dieselben Castings, derselbe Agent. Dieselben Kontakte. Wir haben sogar mit einer Band in kleinen Klubs Duette gesungen. Aber dann …«

Könnte ich einen Weg finden, ihm das zu erzählen, ohne wie ein totaler Fußabtreter zu wirken?

Wahrscheinlich nicht.

»Dann habe ich diesen Typen kennengelernt. Nennen wir ihn Mr Kontaktverbot. Sie werden sich noch von vor zwei Minuten an ihn erinnern. Ich muss total schwach oder unsicher gewesen sein. Keine Ahnung. Es ist mir peinlich, davon zu erzählen. Aber er wurde furchtbar eifersüchtig, wenn ich auf der Bühne stand. Selbst wenn ich mich überhaupt nicht sexy kleidete. Er hasste es, wenn die Leute mich ansahen. Deshalb hab ich mit den Auftritten aufgehört. Nach und nach. Ich hörte mit den kleinen Shows auf und ging nicht mehr zu Castings. Ich suchte mir einen Job in der Datenverarbeitung, der für ihn nicht bedrohlich war. Darlene bekam gar nicht mit, was passierte, bis mein Schwung dahin war. Dann, bla bla bla. Darlene ließ mich die Choreo für ihre erste Show machen, die super ankam. Ich dachte, Mr Kontaktverbot hätte kein Problem damit, weil es ein

Job hinter den Kulissen war, et cetera et cetera. Dann musste Simon mich anfassen, um eine Hebung zu demonstrieren. Er hat es gesehen und drehte durch. Bla bla.«

Wir aßen eine Weile schweigend. Ich war dankbar, dass er nicht nach Details fragte, mich beschämte oder gar die üblichen hohlen Phrasen absonderte. Es war schön, einfach nur mit ihm dazusitzen und zu essen, nachdem ich es ihm erzählt hatte.

»Ich würde Sie gern singen hören«, sagte er schließlich.

»Nach so langer Zeit klinge ich bestimmt wie ein Frosch.« Ich öffnete die Folie um meine Brownies. »Möchten Sie was davon?«

»Ich halte mich heute doch lieber an den Kuchen.«

Ich bog eine Aluecke vom Brownie und aß ihn. Es war genau die Sorte, die ich gern aß. Die von Trader Joe's in der gelben Schachtel. Wunderbar feucht, reichhaltig und dunkel.

Ich rümpfte die Nase. Biss noch ein Stück ab.

»Was ist?«, fragte Carter. »Sie machen ein Gesicht, als wäre eine Wanze drin.«

Ich kaute. Schluckte.

»Ich glaube, sie haben damit experimentiert.«

»Noch zwei Minuten!«, rief eine Stimme aus dem Tanzsaal. Der Rest der Tänzer hatte noch zwei Minuten, ich nur eine.

»Experimentiert? Für mich sieht es aus wie immer.«

Er war sehr attraktiv. Die Partien seines Gesichts passten zusammen wie ein Puzzle. Ich konnte einzelne Bestandteile erkennen wie nie zuvor. Die hohen Wangenknochen. Den kantigen Kiefer. Die vollen Lippen.

»Sie haben mit dem Geschmack experimentiert. Da ist irgendwas anderes drin.«

»Zum Beispiel? Beschreiben Sie es mit Worten.« Er hatte mit dem Cheeseburger-Kommentar zwar über den Salat gespottet, spießte jedoch auch das letzte flache Blatt auf und vertilgte es.

»Durst.«

»Das Wasser steht vor Ihrer Nase.«

Ich verdrückte den Rest des Vierecks und faltete die Alufolie über dem zweiten wieder zusammen.

»Nein, sie schmecken nach Durst.« Er hatte keine Ahnung, wovon ich sprach, und, um ehrlich zu sein, ich auch nicht. »Aber gut. Richtig gut.« Ich reichte ihm das Folienpäckchen. »Nicht so gut wie ein Cheeseburger, aber falls Sie später noch Hunger kriegen.«

Er nahm das Päckchen entgegen, und ich rannte zurück ins Studio.

Ich konnte hören, wie Darlene im Nebenraum mit ihrem Stimmtrainer arbeitete, während ich mit den Tänzern den nächsten Teil der Choreo durchging und laut mitzählte, damit sie sich die Schritte besser merkten. In der ersten Pause fühlte ich mich noch gut, doch etwa zwei Stunden später, als wir die letzten Schritte an diesem Tag einstudierten, war Darlene plötzlich ganz weit weg, und Entfernungen, die Zeit und mein Körper zogen sich in die Länge wie Toffee. Mein Magen fühlte sich an, als hätte er sich nach innen gezogen. Der durstige Geschmack nahm meinen Mund vollkommen in Besitz, aber ich arbeitete weiter und hoffte, dass ich mir keine Magen-Darm-Grippe eingefangen hatte.

Monty war ein exzellenter Tänzer. Er stürzte sich mit Feuereifer auf jeden neuen Schritt, bis er ihn hinbekam. Heute jedoch warf er seinen Oberkörper zu weit nach links und riss die Schultern zu heftig herum, sodass er hinfiel.

Das war das Lustigste, das ich je gesehen hatte, und ich lachte. Ich lachte sonst nie über Fehler. Das war unverschämt und unprofessionell. Aber ich konnte nicht anders. Ich lachte und lachte, bis ich hinfiel, worauf ich noch mehr lachte. Lachen war zum Lachen da. Mit Händen und Fersen auf dem Boden, war ich nicht mal mehr diejenige, die lachte. Das Lachen war von mir abgetrennt, und ich war so herausgelöst aus dem Raum, dass ich keine Ahnung hatte, was alle anderen taten. Meine Brust schmerzte, und das war lustig. Ich bekam keine Luft, und das war lustig. Carter beugte sich über mich, und seine Besorgnis war umwerfend komisch.

# KAPITEL 5

## CARTER

*Du musst lockerer werden.*

Zugegeben, als ich den Zettel unter dem Brownie sah, dachte ich, er sei an mich gerichtet. Aber es war nicht mein Dessert, sondern Emilys. Sie war ein ernster Mensch. Süß, aber ernst, und das aus gutem Grund. Ich wollte all ihre Gründe wegwischen und ihr einen Grund zu lachen geben.

Aber ich hätte sie nie aufgefordert, lockerer zu werden. Das ist kein gut gemeinter Rat, sondern eine aggressive Forderung. Ich legte das Alufolienpäckchen auf einem Lautsprecher ab und drehte den Zettel um. Nichts. Nur Browniekrümel und Fettflecken.

Waren Brownies *fettig*?

Ich roch daran. Süßlich. Sauer. Knoblauch. Eier. Stinktier.

Ich biss ein winziges Stückchen von dem Brownie ab und sah meinen Verdacht bestätigt. Ich packte den Brownie wieder ein und schnappte mir eine Flasche Wasser, um den Geschmack wieder loszuwerden. Ich wünschte, die Geschichte über ihren Ex-Freund ließe sich ebenso leicht wegspülen. Stalker hatten in meinem Herzen einen ganz speziellen Platz. Den Platz, den ich für Gewalt und Kraftausdrücke reservierte.

Irgendwo im Studiobereich hörte ich Emily kichern. In den letzten zwei Wochen hatte ich sie nie so lachen gehört. Ich ging dem Geräusch nach.

Alle Blicke waren auf sie gerichtet. Sie lag mitten auf dem Fußboden und lachte so sehr, dass ihr Gesicht magentarot angelaufen war. Diese halbe Portion mit den schwarzen Tanzklamotten lachte so sehr, dass ihr Gesicht rot anlief? Dass ihr die Tränen über die Wangen liefen? Das war echt süß.

»Was zum Teufel machst du da, Em?« Darlene drängte sich an ihrem Tanzteam vorbei und baute sich mit verschränkten Armen vor Emily auf. Ich hatte mich vor Emily hingekniet und hob abwehrend die Hand, damit sie einfach die Klappe hielt.

»Emily?«

Auf die Ellbogen gestützt, rang sie nach Atem. Ihre Brust hob und senkte sich, ihre Augen waren blutunterlaufen und von Lachtränen feucht. Am liebsten hätte ich die Tränen weggeleckt. Ich hatte Emily schon außer Atem erlebt und ihr oft ins Dekolleté gesehen, jedoch weder sie noch sonst irgendjemanden jemals so lachen gesehen. Es war der erotischste Anblick überhaupt.

»Ja?« Sie leckte sich die Lippen.

»Durst?« Ich hielt ihr die Hand hin. Sie nahm sie.

»Hmm.«

»Hunger?«

»Ja. Und ich fühle mich eigenartig.«

Darlene legte die Hand auf Emilys Arm und sah ihr in die Augen.

»Mädel! Was soll das? Bist du bekifft?«

»Sie kann nichts dafür«, erklärte ich. »Es ist … Sie hat eins von den Brownies gegessen. Wissen Sie, woher die kamen?«

Als ich Darlene den Zettel reichen wollte, wollte Emily ihn mir wegschnappen, verfehlte ihn und riss ihn mir beim zweiten Versuch aus der Hand. Er flatterte zu Boden, und ich fing ihn auf, bevor er unten aufkam.

Beide Frauen streckten fordernd die Hände aus. Die eine schwankte, die andere war standfest. Die eine zahlte mein Gehalt, die andere war die rechtmäßige Eigentümerin des Zettels.

Ich gab ihn der Frau, die meine Rechnungen bezahlte.

»Dieser Wichser!«, stieß sie hervor und zeigte den Zettel Emily.

»Vince«, flüsterte die entsetzt und fiel fast hin. Ich hielt sie aufrecht, wobei sie meine Bizepse wie ein Schraubstock umklammerte. Betreten sah sie auf ihre Hand auf meinem Anzugärmel und hob den Blick zu meinem Gesicht.

»Schon gut«, beschwichtigte ich sie. »Sie tun mir nicht weh.«

Sie wollte gerade wieder loslachen, als Darlene sich einmischte.

»Nein! Ich habe Nein gesagt. So funktioniert das nicht.« Darlene war eine Naturgewalt. Alle Energie, die sie auf die Bühne und ins Studio brachte, konnte sich gegen eine einzelne Person richten. Ich war zwar größer, stärker und durchtrainierter als sie, aber sie war verdammt einschüchternd. Sie tigerte zwei Schritte in die eine Richtung, dann zwei in die andere, ein Bündel aus geballter Energie.

»Tut mir leid«, sagte Emily kleinlaut, obwohl sie high war.

»Vince Ginetti und seine kranke Scheiße sind das Allerletzte.« Sie zeigte auf Emily, als hätte sie etwas falsch gemacht. »Ich wusste, dass er sich zu ruhig verhalten hat. Solche Typen geben den Wunsch, einem wehzutun, nicht einfach auf, nur weil man nichts mehr von ihnen hört. Nein, nein. Er hat nur den richtigen Moment abgewartet. Ich hab dir doch gesagt, dass er wieder auftaucht.«

»Ich spreche mit ihm«, murmelte Emily betreten.

Ich kannte Emily nicht sehr gut und wusste sogar noch weniger über ihre Beziehung mit diesem Vince, doch sie würde nicht mit ihm reden.

»Nein!«, rief Darlene aus. »Das wirst du nicht. Er ist ein Stalker. Er ist ein klassischer, wenig origineller stalkender Ex-Freund. Er ist der Typ, dessen Standbild mit einer Uzi im Fernsehen gezeigt wird. Und alle, die zusehen, hören, wie er die Katze seiner Ex-Freundin um die Ecke gebracht hat, bevor er sie selbst in Stücke gehackt hat. Außerdem fragen sich alle, warum niemand früher etwas unternommen hat.«

»Hat er wirklich Ihre Katze um die Ecke gebracht?«, fragte ich.

»Vielleicht«, antwortete Emily.

»Ja. Hat er. Zum millionensten Mal, das hat er.«

»Ich hatte den Weihnachtsstern draußen stehen lassen. Die sind giftig.«

Aber Darlene war noch nicht fertig. »Ich werde nicht tatenlos rumsitzen und darauf warten, dass du dich in Genevieve Tremaine verwandelst.«

Bei der Erwähnung der ermordeten Schauspielerin kribbelte meine Haut. Ich dachte an den grausigen Tatort und alles im Anschluss daran. Jede Stalkerstory begann und endete mit einem Vergleich mit diesem Doppelmord. Ich hatte kurz einen Blackout, während Darlene weitersprach.

»Du hältst dich von ihm fern«, befahl sie, während ich eine Entscheidung fällte. »Denn wenn er dich noch mal schlägt, bringe ich ihn um, und Knastkonzerte gebe ich nicht.«

»Ich spreche mit ihm«, bot ich an. Der spezielle Platz für Stalker in meinem Herzen wurde schwärzer und schwärzer.

»Nein!« Emily versteifte sich.

»Doch. Ich bin für die UNICEF-Gala heute Abend einge-teilt. Danach kann ich hinfahren.«

»Niemals«, beharrte Emily. »Wie wär's mit vor oder nach Niemals?«

»Ich bezahle ihn, um mich zu beschützen.« Darlene winkte ihre Assistentin zu sich. »Und das schließt dich mit ein.«

Emily sah mich mit großen braunen Augen flehend an. Sie waren ungeheuer ausdrucksstark. Ausdrucksstärker, als mir bis-her bewusst gewesen war. Sie wollte nicht, dass ich zu ihrem Ex-Freund, dem Stalker, ging. Liebte sie ihn noch? Ich wollte ihm alle Knochen im Körper brechen.

»Ich weiß, wo er wohnt.« Darlene nahm von ihrer Assistentin ein Klemmbrett entgegen. »Es sei denn, einer seiner Hodensäcke hat sich endlich abgesenkt, und er hat jetzt eine eigene Wohnung, was ich bezweifle.« Sie kritzelte etwas auf den Block ihrer Assistentin und riss die Seite ab. »Er lebt bei seiner Mutter im Losertal.«

Die letzte Beleidigung schmerzte, auch wenn sie nicht mir galt. Ich steckte den Zettel ein, ohne auf die Adresse oder Emilys große braune Augen zu achten.

# KAPITEL 6

## EMILY

Ich wollte Vince nicht schützen. Sondern mich. Ich wollte mich nicht wieder in Vinces Welt hereinziehen lassen. In seine kleinen Dramen. Sein Betteln und Flehen. Sein Misstrauen und seine Kontrollneurosen. Ich wollte mir lieber einreden, ich hätte ein Brownie erwischt, das für einen der Assistenten oder Beleuchter bestimmt gewesen war. Die Elektriker stanken nach mexikanischem Traubentee und Propangasanzündern. Es war bestimmt für einen von ihnen gewesen.

Darlene nahm mir das auch nicht ab.

Nachdem sie sich den ganzen Tag im Studio den Arsch aufgerissen hatte, ging sie an jenem Abend zu irgendeiner schicken Gala. Ihre Stylistin kam auch mit einem Kleid für mich an, aber ich entschuldigte mich. Mit Blitzlichtern und mit Leuten, die *scheiß*freundlich waren, weil *die* Darlene McKenna anwesend war, wollte ich nichts zu tun haben.

Ich wollte nur nach Hause und ein Dutzend Eier essen. Deshalb ließ ich mich von Carlos, ihrem nicht ganz so heißen Sicherheitsmann, vor der Tür absetzen. Er fuhr erst weg, als er hörte, wie ich sie von innen verriegelte. Offenbar würde er mich morgen früh wieder abholen, weil ich es nicht von der Einfahrt meines Hauses bis zum Parkplatz an der Arbeit schaffen würde, ohne von einem Brownie attackiert zu werden.

Ich konnte nicht dagegenhalten. Vielleicht hatte er ja recht.

Schließlich war ich diejenige, die mit einem Potdealer ausgegangen war. Einem »häuslichen Betreuer«. Wenn man in Apotheken Gras en gros einkaufte und es an Kunden auslieferte, galt man im großartigen Staat Kalifornien nicht als Dealer, sondern als »häuslicher Betreuer«.

Er selbst rauchte das Zeug nicht. Ich hielt ihn für sehr clever, weil er mit einer Ware Geld machte, für die er selbst keinen Bedarf hatte. Die Droge seiner Wahl war Alkohol, aber schließlich tranken alle. Das war bedeutungslos. Lachhaft. Wenn wir zusammen ausgingen, tranken wir ein bisschen zusammen, bis wir beschwipst waren. Dann gingen wir nach Hause, um eine Nummer zu schieben und zu schlafen. Als mir Mai Tais und Long-Island-Eistee zu langweilig wurden, trank er ohne mich.

Was ihm das Gefühl gab, dumm und unbeherrscht zu sein.

Worauf er sich dumm und unbeherrscht benahm.

Worauf ich mich mit ihm nicht mehr abgeben wollte.

Worauf er sich minderwertig fühlte.

Was ihn wütend machte.

Worauf ich ihn besänftigen wollte.

Vielen anderen Frauen erging es viel schlechter. Für viele von ihnen brauchte es mehr als ein einziges blaues Auge. Ich hatte Glück. Darlene holte mich da raus. Unsere Freunde fielen in das Apartment ein, das ich mit Vince bewohnte, packten eine Tasche für mich, demolierten zum Spaß ein paar Sachen und gossen Ahornsirup in seinen Benzintank. Darlene sorgte auch dafür, dass ich ein gerichtliches Kontaktverbot erwirkte. TMZ bekam davon Wind und mutmaßte, dass sie mit ihrem damaligen Freund »Schweinchen in der Mitte« spielte. Daraufhin hatte der Typ, Jinx Smootchum (echter Name: Joe Stevenson), der sie einfach nur hätte anzurufen brauchen, einen Vorwand, ein Selfie zu posten, auf dem er in irgendeinem Klub China Santiago küsste.

Darlene hatte behauptet, es sei ihr egal. Er sei sowieso ein Arschloch. Und das stimmte ja auch. Denn man zog nicht einfach los und küsste China Santiago, nur weil man auf TMZ irgendwelchen Mist las, und man postete diesen Kuss erst recht nicht auf Instagram.

Das beendete nicht nur die Beziehung, sondern machte Darlene fuchsteufelswild. Sie war eine begabte Sängerin, doch wenn ihre Energie in die falsche Richtung gelenkt wurde, konnte sie aus Boshaftigkeit eine Kunstform machen.

Instagram wird nie mehr dasselbe sein.

Nur so viel: Sie verlor ihren Account und die 16,7 Millionen Follower, die sie in quadratischen Bildern mit ihrem Quatsch bespaßt hatte.

Deshalb hatte ich kein Interesse daran, Vince wieder an meinem Leben teilhaben zu lassen, auch wenn er gerade versucht hatte, sich wieder einzumischen. Mit dem Marihuanabrownie hatte er mir einen üblen Streich gespielt. Carlos hatte mich vor einer halben Stunde zu Hause abgesetzt, hinter der Couch und dem Duschvorhang nachgesehen, einen intimen Moment mit dem Sicherheitssystem gehabt und war wieder gegangen. Ich genehmigte mir gerade meine zweite Tüte Chips und den dritten Liter Wasser, aber ich würde es überleben. Ich wollte nicht in einem weiteren unkontrollierbaren Feuersturm hinweggefegt werden.

Dank Darlene hatte ich in jeder Ecke Kameras installieren lassen. Ich hatte Stapel von Papieren, die Vinces Bedürfnis dokumentierten, mich zu kontrollieren. Als die Polizei mir riet, einfach abzuwarten, war Darlene total ausgerastet. »Warum ist es an ihr?«

Und sie hatte recht damit gehabt. Immerhin war ich das Opfer, aber es blieb mir überlassen, in Angst zu leben, bis ich beweisen konnte, dass er etwas eindeutig Gesetzwidriges getan hatte. Und nachdem der Richter ihn freigelassen hatte (er hatte keine Vorstrafen, zeigte Reue und war in sein gesellschaftliches Umfeld eingebunden), konnte ich nichts tun, außer permanent hinter mich zu sehen und mich darüber zu sorgen, was er vorhatte.

Ich ließ mich in meiner rosafarbenen Jogginghose und einem Tanktop auf meine Couch plumpsen und zappte durch die Kanäle. Krimi. Nachrichten. Drama. Komödie. Krimi. Nachrichten.

Ich blieb beim Entertainment Channel hängen, wo Musiker draußen vor der UNICEF-Gala live interviewt wurden. Ich erkannte das Kleid, bevor ich Darlene erkannte. Der vierzig Riesen teure Fummel funkelte und schimmerte, doch sie unterlief die Wirkung mit einer verschlissenen Basecap, die sie sich tief in die Stirn gezogen hatte.

»Ach, Darlene.« Ich schüttelte den Kopf wie ein entrüsteter Erziehungsberechtigter. Sie lachte über die Frage des Reporters und lief zur Tür. Der Reporter drehte sich zur Kamera und sagte etwas, das niemanden einen Scheißdreck interessierte. Hinter ihm war Darlene zu sehen, die auf die nächste Kamerareihe zuging, und hinter ihr Carter.

Er sah aus wie ihr Date, wenn Dates ein Kabel im Ohr hätten und überall hinsähen außer zu ihr. Zwei Stufen räumliche Trennung weniger, und er hätte sie auf Instagram küssen können, um ihren Rapperfreund zu ärgern, außer dass Darlene weder einen Rapperfreund noch einen Instagram-Account hatte.

Dann, in der Bildschirmecke, kurz vor dem Werbeblock, sah ich, wie Carter sanft seine Hand auf Darlenes Kreuz legte, und dachte: *Na ja, nach Jinx hat sie einen netten Mann verdient.*

# KAPITEL 7

## CARTER

Bei der UNICEF-Gala hätten drei andere Männer auf Darlene aufpassen können. Carlos, der den Laden führte, musste irgendetwas regeln, was den Schauspieler Michael Greydon betraf, der offenbar mit einer Paparazza ausging, was einen ganzen Haufen neuer Probleme schuf. Fabian, das Arbeitstier, hatte in jener Woche schon zu viele Schichten geschoben, was der Wachsamkeit abträglich war. Bart, der Stand-up-Comedy machte, hatte einen Auftritt. Und Jamal fuhr den Wagen. Deshalb war ich für die Preisverleihung eingeteilt, obwohl ich nicht gern abends arbeitete.

Auf Darlene McKenna aufzupassen, war mein Job, und das war in Ordnung für mich. Aber wenn ich arbeiten musste, konnte ich mir Vince Ginetti nicht vorknöpfen. Und diesen Typen musste sich mal jemand vorknöpfen.

Das war schon Phase sechs. Es ging ihm darum, ihre Reaktionen zu kontrollieren. Er hatte sie unter Drogen gesetzt, damit er ein paar Stunden die Kontrolle über sie hatte. Wenn sie ihn nicht anrief, um ihm entweder für den Rausch zu danken oder ihn wegen seines Angriffs auf ihren Blutkreislauf anzubrüllen, wäre er sauer und würde etwas Größeres und Besseres planen.

Das wusste Emily. Sie wusste, dass sie nicht mit ihm reden durfte und dass sie sich in ihrem Haus einschließen musste. Darlene hatte es mit einem hübschen Sicherheitssystem versehen, aber nichts war perfekt.

»Sie hat mal gesungen. Wussten Sie das?«, fragte mich Darlene, während sie lächelnd der jubelnden Menge zuwinkte. »Sie war besser als ich. Größerer Tonumfang. Einfach besser. Sie hat aufgehört, weil ihr Erfolg sein jämmerliches kleines Ego angekratzt hat.«

»Das ist traurig.« Ich wünschte mir nichts so sehr wie, sie singen zu hören. Ich wollte hören, wie sie ihre Seele öffnete, und ihr versichern, dass sie ein Star war. Ich wollte derjenige sein, der heilen würde, was der Kerl in ihr zerbrochen hatte.

»Ich will, dass Sie da hinfahren und ihn in den Arsch treten.« Sie war so wütend, dass sie in die falsche Richtung lief.

»Das wird es nur schlimmer machen.« Ich legte ihr die Hand auf den Rücken, um sie in die richtige Richtung zu lenken. »Ich werde ihn mir nur mal ansehen.«

»Wegen ihm hat sie seit zwei Jahren keinen Freund mehr gehabt. Der letzte Typ, mit dem sie ausging, hatte am Ende vier platte Reifen und eine gebrochene Nase. Er wurde mit einer Brechstange attackiert, und während er blutete, verkündete der Wichser ihm, dass er nun offiziell Single sei.«

»Und er hat mit ihr Schluss gemacht?«

»Sie hat ihn verlassen. Sie sorgt für alle, außer für sich selbst.« Lächeln, Winken.

Der Typ war ein Schlappschwanz, wenn er sie hatte gehen lassen. Er verdiente sie nicht. Yvette von einem konkurrierenden Sicherheitsdienst öffnete die Türen und nickte mir zu. Normalerweise hätte ich sie angelächelt oder ein Wort mit ihr gewechselt, doch ich war zu sehr mit dem Gedanken beschäftigt, einen Stalker zu massakrieren.

Drinnen veränderte sich die Akustik, und in meinem versteckten Ohrhörer sirrte Darlenes Name.

»Status: McKenna.«

»Darlene McKenna befindet sich im Gebäude.«

In meinem Ohrhörer setzte sich das Stimmengewirr aus Namen und Orten von allen Securityleuten im Netzwerk endlos fort. Ich ortete Kollegen auf den Balkonen und in den Ecken und nahm, wenn möglich, Blickkontakt mit ihnen auf.

»Was ist mit der Katze passiert?«

»Hat den Weihnachtsstern gefressen und ist tot vor ihrer Tür zusammengebrochen.«

»Sterbende Katzen würden sich in eine Ecke zurückziehen. Unters Haus. So was in der Art.«

»Verstehen Sie, was ich meine?« Sie lugte unter der Krempe ihrer Basecap hervor und ließ ihre künstlichen Silberwimpern aufblitzen, als stammte sie aus dem tiefsten Ghetto. »Als wir Teenies waren, wohnte sie am Michigansee und ich in Shit Town. Sie stellte mich ihren Freundinnen vor, als sei das nichts. Ich durfte bei ihr übernachten, wenn es bei mir zu Hause laut wurde. Sie gab mir nie das Gefühl, dass ich arm sei und sie privilegiert. Deshalb soll sie nicht das Gefühl haben, verwundbar zu sein und ich nicht. Aber wenn Sie heute Abend ein paar Minuten Zeit haben, schauen Sie mal nach ihr.«

»Kein Problem.«

Ich trat zwei Schritte zurück, während meine Auftraggeberin mit Künstlerkollegen und Geschäftsleuten plauderte. Mein Job bestand darin, die Leute dem Gesicht und dem Namen nach zu kennen, mir zu merken, mit wem meine Klientin sprach, welchen Eindruck diejenigen machten und wie sie ihr gegenüber eingestellt waren. Es war meine Aufgabe, jeden wahrzunehmen, jede abrupte Bewegung zu registrieren, die Mitarbeiter im Auge zu behalten und wohin sie sahen, und gleichzeitig den Überblick über die Zeit zu behalten.

Mein Beruf war nicht schwer. Ich hatte schon über Leute gewacht, seit ich ein Teenager war. Ich hatte mein Viertel beherrscht wie ein Vollstrecker. Meine Beweggründe hatten sich geändert, doch ein Gefühl für Stimmungen und Situationen war mir in Fleisch und Blut übergegangen. Mir gefiel, dass man von mir erwartete, distanziert zu sein. Ich mochte es, wenn alles klar geregelt war. Mein Privatleben war schon chaotisch genug. Da konnte ich in meinem Berufsleben keine Achterbahnfahrten gebrauchen.

Aber ich dachte an Emily, allein in ihrem Haus, die Obsession eines Katzen killenden Psychos. Er würde an den Brownie denken. Alle Nachrichtensendungen daraufhin abklappern, ob sie darin vorkam. Wahrscheinlich schaute er sich genau in dem Moment die Preisverleihung an, um zu sehen, ob Emily mit Darlene dort war.

Ich hatte lange nicht mehr an meine Schwester gedacht. Den lähmenden Schmerz und die Schuldgefühle hatte ich fest weggeschlossen, doch tief in meinem Bauch erwachte wutschnaubend etwas knurrend in der verriegelten Box.

Es war nur eine Erinnerung, aber die Wut war so real, dass ich sie mit Händen greifen konnte.

Vielleicht war es eine Schnapsidee gewesen, Emily zu Hause bleiben zu lassen. Die Sorge regte sich langsam, als wir das Gebäude betraten, und hatte sich, als Darlene Platz nahm und ich mit fünfzig anderen Securitymännern hinter der Bühne stand, in einen laut brüllenden Löwen verwandelt.

Das Shrine Auditorium war der sicherste Ort auf der Welt. Ich tippte eine Nachricht an Darlene.

Ich werde mir die Adresse mal anschauen, die Sie mir gegeben haben

Noch bevor ich die erste Nachricht abschickte, war mir klar, dass ich mir Vince nicht nur ansehen und dann nach Hause fahren konnte.

Und nach Emily sehen

Die Antwort kam prompt.

Gut

Kurz vor Schluss bin ich wieder da

Das kann Thor regeln

Thor war ihr Spitzname für ihren Fahrer Jamal. Seine Haut war schwarz wie Onyx und sein Schädel spiegelglatt. Körperlich gesehen war er das genaue Gegenteil eines langhaarigen blonden nordischen Gottes.
Deshalb Thor.

Ich bin weg

Als ich noch Cop beim LAPD war, hatte ich ein Gefühl dafür entwickelt, wenn einer meiner Schützlinge in Gefahr schwebte oder wenn irgendwas nicht stimmte. Mein Mentor Brian Muldoon nannte es das eiserne Auge.

Eigentlich sollte ich zuerst Mr Kontaktverbot überprüfen und dann nach Emily sehen. Doch das eiserne Auge sagte, dass Emily Vorrang hatte, und ich stellte es niemals infrage. Es gab Momente, in denen ich mich zu erinnern versuchte, ob das eiserne Auge auch an dem Tag etwas zu sagen gehabt hatte, als meine Schwester umgebracht worden war, doch es hatte mich total im Stich gelassen. Zu wissen, dass es versagen konnte, machte mich demütig und bestärkte mich in dem Gefühl, dass ich, wenn meine Intuition mir etwas sagte, auf sie hören musste.

# KAPITEL 8

## EMILY

Ich nahm nicht viele Drogen. An der Kunsthochschule hatte ich ein paarmal gekifft. Einmal LSD eingeworfen. Zur Genüge getrunken. Als wir nach L.A. zogen, sah ich, wie Leute sich unter Drogeneinfluss benahmen. Meist war alles in Ordnung, bis die Chemikalien sich auf ihr Gehirn auswirkten. Dann waren sie durch die Reihe weg Idioten.

Ich musste das Gras aus meinem Körper tanzen. Es ausschwitzen. Ich stand auf und tanzte in meinem Esszimmer Darlenes ersten Tanz.

Das Erste, was ich je für Darlene choreografiert hatte, war eins-zwei-drei-und-hoch-und-drehen-und-boxen-und-bücken-und-.

Ich war Sängerin und Tänzerin. Falsche Euphorie oder sich richtig beschissen zu fühlen beeinträchtigte meine Leistungsfähigkeit. Vom Rauchen bekam ich Halsschmerzen. Alkohol schwächte mein Immunsystem. Deshalb verzichtete ich darauf. Ich fühlte mich nur wirklich frei, wenn mein

Körper und die Musik verschmolzen, um etwas Neues zu kreieren. Ohne dieses Gefühl der Verbundenheit fühlte ich mich unvollständig.

Eins-zwei-drei-und-hoch-und-drehen-und-boxen-und-bücken-und-.

Ich war nicht darauf gefasst, wie mein Körper reagieren würde, wenn die Wirkung des Marihuanas nachließ. Ich fühlte mich wach und erschöpft zugleich. Hatte schweißnasse Hände. War verwirrt. Ich sah mir in der Glotze eine Sendung an, dann eine andere, ohne mich daran zu erinnern, umgeschaltet zu haben. Wenn ich die Augen schloss, konzentrierte ich mich derart auf die Lichtexplosionen hinter meinen Lidern, dass ich mich unbehaglich fühlte.

Eins-zwei-drei-und-hoch-und-drehen-und-boxen-und-bücken-und-.

Die Bewegungen waren nicht mit meinem Lustzentrum verbunden. Ich führte sie aus, weil ich es konnte. Weil ich die Droge aus meinem Körper herausschwitzen wollte. Weil ich nicht noch mehr Chips futtern wollte. Ich wollte nur jemanden zum Reden. Doch da ich das nicht hatte, musste ich eben tanzen.

Als mein Handy klingelte, nahm ich es schwungvoll hoch.

Hat's Spaß gemacht, Süße?

Vince hatte meine neue Nummer nicht, und seine hatte ich geblockt. Aber da war er. Ich erstellte ein Screenshot der SMS, wie ich es machen sollte. Denn damit gab er zu, dass er es gewesen war, der das Pot in meine Brownies getan und meine Nummer herausgefunden hatte.

Leider hätte es Hinz und Kunz sein können, da die Nummer nicht seine alte war und ich ihn geblockt hatte.

Und wenn ich auf ihn einging, würde ich ihm geben, was er wollte: Kontrolle über meine Zeit und meine Gedanken.

Ich kniete mich hin. Versuchte, tief durchzuatmen, weil man das als Frau machte, um sich zu entspannen. Oder? Durchatmen. Nachdenken. Leider konnte ich nicht denken. Jedenfalls nicht klar. Ich konnte mich nicht entscheiden, ob er es wirklich war. Außerdem wusste ich nicht, ob ich einen Beweis dafür brauchte oder ob es gar keine Rolle spielte, und mein Hirn war total voll mit unwichtigen Dingen und den zwei Millimetern zwischen dem Rand meines Nagellacks und meiner Nagelhaut. Dass all meine Zehen gleich viel hatten.

Wäre Darlene stolz auf mich, wenn ich zurückschriebe und bewiese, dass es Vince war? Würde die Polizei sagen, »gute Arbeit!«? Oder würde ihm das nur wieder die Tür öffnen?

Während ich mich zwanghaft mit geöffneten Türen beschäftigte, ertönte vom Eingangstor ein Brummen.

Ich verschluckte vor Schreck vier innere Organe.

Was sollte ich jetzt machen? Dafür gab es einen Plan. Wie lautete der noch mal? Das Tor war schlicht, lag direkt am Bürgersteig und war mit einem Keypad, einem Mikrofon und einem Summer ausgestattet. Der Zaun versperrte die Sicht aufs Haus. Ich hatte überall Kameras anbringen lassen. Unter allen Sicherheitssystemen in Los Angeles war meins nicht mal annähernd das umfassendste, aber es war für diese Wohngegend sinnvoll und diente der Abschreckung.

Mein Hirn. Mein Scheißhirn.

Ich hatte einen Notknopf. Einen roten Knopf an einem Schlüsselanhänger, der die Polizei alarmieren würde. Er hing an meiner Handtasche, die in der Nähe der Tür stand, und im Wagen bewahrte ich einen Baseballschläger und einen weiteren im Schrank im Eingangsbereich auf, den ich im Notfall als Waffe einsetzen sollte.

Doch auf den Summer sollte ich nicht reagieren und ihn völlig ignorieren.

Ich schlich mich auf Zehenspitzen zum Flurschrank und wünschte mir, unsichtbar zu sein, damit ich auf dem Monitor nachsehen und bestätigen könnte, dass es mein psychopathischer Ex-Freund war.

Der Sicherheitsschrank enthielt für jede Kamera einen Monitor. Der vorm Eingangstor zeigte einen Mann, und Vince war es nicht. Ganz und gar nicht. Dieser Typ war alles andere als ein Wichser. Er trug noch einen Anzug. Groß und kräftig, blickte er zu einem Ende der Straße, dann zum anderen, um eventuelle Gefahren auszuloten.

Ich drückte auf den Mikrofonknopf, und er sprach, bevor ich etwas sagen konnte.

»Emily? Carter hier. Carter Kincaid.«

Jedes Mal, wenn ich den Namen hörte, wurde er erotischer.

»Sie haben mich fast zu Tode erschreckt.«

»Tut mir leid. Ich hätte vorher anrufen sollen.«

Da der Summer kaputt war, öffnete ich die Haustür selbst und tapste barfuß über den Weg zum Vordereingang. Die Nacht war warm, und die Steine waren kühl. In der Japanischen Wollmispel raschelten Eichhörnchen.

Ich schloss auf und öffnete das schwere Tor.

»Hallo«, begrüßte ich ihn. »Ich dachte, Sie wären bei dem Musikevent?«

»Darlene geht es gut. Thor kümmert sich um sie. Öffnen Sie dieses Tor immer selbst?« Er berührte das Rahmengerüst des Tores, steckte den Finger in das Loch, um sich zu vergewissern, dass der Schlossriegel tief genug war, und unterzog den Summer, das Keypad und den Griff einer kritischen Prüfung.

»Es ist nicht so, als hätte ich Personal.«

»Ja. Nun …«

»Sie können aufhören, sich umzusehen. Ich zeige Ihnen, wo die Kameras hängen.«

»Nicht nötig.«

Er wandte den Blick vom Sicherheitssystem zu meinem Körper, worauf mir bewusst wurde, dass ich nicht angemessen gekleidet war. Als ich mit dem Herumtanzen angefangen hatte, hatte ich meine Jogginghose ausgezogen, sodass ich jetzt nur kurze Shorts aus Elasthan und ein bauchfreies Top trug. Bei den Proben hatte er mich schon hundert Mal in solchen Outfits gesehen, doch ohne die Anwesenheit von zwei Dutzend Tänzern und allerlei Entourage kam ich mir nackt vor.

Aber irgendwie gefiel es mir, weil er es war.

»Sind Sie nicht gekommen, um sich mein Sicherheitssystem anzusehen?« Mir war egal, warum er gekommen war. Ich wollte, dass er blieb. Ich brauchte Gesellschaft.

»Ich wollte nur nachsehen, wie es Ihnen geht.«

»Das ist kompliziert.« Ich reichte ihm mein Handy mit der geöffneten SMS. »Kommen Sie rein.«

# KAPITEL 9

## CARTER

Emilys Haus lag an der Ecke Olympic/Citrus, nicht allzu weit von dort, wo ich wohnte. Der Vordereingang lag an der kleineren Straße, während die Auffahrt zur breiteren Olympic hinausging. Das musste Sicherheitsgründe haben. Einsame Straßen halfen dem Stalker, nicht dem Opfer. Eckgrundstücke an Hauptverkehrsstraßen hatten ihre Vorteile.

Als ich durchs Tor trat, reichte sie mir ihr Telefon.

Hat's Spaß gemacht, Süße?

»Sind Sie sicher, dass die SMS von ihm ist?«

»Nein. Er hat meine neue Nummer nicht, und ich habe ihn geblockt.«

Ich gab ihr das Telefon zurück und folgte ihr nach drinnen. Sie schloss und verriegelte die Haustür. In dem kleinen Haus war es sauber und ordentlich. Es war so spärlich möbliert, dass ich sehen konnte, wo die Wände auf den Boden stießen.

»Haben Sie geantwortet?«

»Nein. Ich habe die Nummer sperren lassen, damit er nicht noch mal simst. Und ich habe einen Screenshot erstellt und ihn auf dem Server meines Anwalts hochgeladen. Bla bla. Kann ich Ihnen etwas anbieten?«

»Wasser?«

Ich folgte ihr in den offenen Raum in der Mitte des Hauses.

»Das ist …?«

»Das Esszimmer«, antwortete sie. Ihre Augen waren noch immer blutunterlaufen und ihre Lippen trocken, doch ihre Reaktionszeit kam mir normal vor. Sie schien gut von dem unerwarteten High runterzukommen.

»Wo essen Sie denn?«

Sie zuckte mit den Schultern. »Wenn ich nicht arbeite? An der Theke, denke ich.« Sie deutete auf eine lange rustikale Holztheke, die die Küche vom Wohnzimmer trennte, unter der ein einsamer Hocker stand. »Es ist schön, direkt hier genug Platz zu haben, wenn mir eine Idee kommt, aber hauptsächlich arbeite ich im Studio hinterm Haus. Mit Zitrone?«

»Klar.«

Sie stand mit einem gebogenen Fuß an der Spüle. Fußspitzen gestreckt und die Hände vor dem Körper gefaltet, als hielten sie sie davon ab, permanent herumzuspringen. Bei der Arbeit war sie keine Mimose. Sie war klug und selbstbewusst. Aber zu Hause war eine Verschlossenheit an ihr. Eine Zurückhaltung, die das genaue Gegenteil ihrer besten Freundin war.

Sie reichte mir das Glas. »Ich hab im ganzen Haus gefiltertes Wasser. Sie können es trinken.«

»Hat das Studio ein eigenes Sicherheitssystem?«

»Dasselbe.«

Ich trank das Wasser. Das gab mir einen Moment Zeit, mir zu überlegen, wie ich höflich eine Inspektion eines jeden Zentimeters im Haus verlangen konnte. Wenn eine Frau gestalkt wird, sollte ein Mann nichts von ihr fordern, auch nicht, wenn es in ihrem eigenen Interesse ist. Das hatte ich, wenn auch zu spät, gelernt.

»Wollen Sie es sehen?« Sie hatte meine Gedanken gelesen. »Wenn Sie schon mal hier sind, können Sie genauso gut das Sicherheitssystem checken.«

»Wenn es Ihnen recht ist?«

Sie schaltete die Flutlichter im Garten ein. Als sie die Glastür aufschob, sprang ein weiteres Flutlicht an und beleuchtete einen Springbrunnen, in dessen Mitte ein schwarzer Steinfisch sprang.

»Gefällt er Ihnen?« Sie deutete auf den Springbrunnen. »Er gehörte zum Haus. Es ist wiederaufbereitetes Wasser.«

»Ja. Sie sollten sich Fische reinsetzen.«

»Ich würde vergessen, sie zu füttern, und wenn ich von einer Reise zurückkehre, würden sie tot an der Oberfläche treiben.«

Wir durchquerten den Garten. Die Lichter in der umgebauten Garage brannten schon und beleuchteten die rote Tür. Die Kameras am Eingang zum Studio sahen funktionstüchtig aus. Mehr Flutlichter mit Bewegungsmeldern.

Mit der Hand am Türknauf hielt sie inne. Die Flutlichter erhellten die Strähnen ihres strohblonden Haares, die sich aus ihrem Pferdeschwanz lösten. Ihr Profil war perfekt. Markant. Edel. Nahezu makellos, bis auf den kleinen Hubbel auf der Nase, der sie sogar noch perfekter machte.

»Wissen Sie, was komisch ist?«, fragte sie.

»Alte Abbott-und-Castello-Filme.«

Sie lachte leise. Ein echtes Lachen. Kein gekünsteltes bekifftes Gekicher.

»Stimmt. Nein. Es ist komisch, dass ich nichts über Sie weiß. Nicht so richtig. Und trotzdem lasse ich Sie in mein Haus. Und jetzt ins Studio. Welchen Sinn haben die ganzen Sicherheitsvorkehrungen, wenn ich Hinz und Kunz freien Zutritt gewähre?«

»Hinz und Kunz?«

»Ich will Sie nicht beleidigen.«

Natürlich nicht, sie versuchte mich zu engagieren. Sie hatte ein Sofa vor dem Fernseher und an jedem Hauseingang Kameras. Sie hatte Zugang zu den besten Partys und den aufregendsten Menschen in der Stadt, doch sie aß allein auf einem einzelnen Hocker an der Küchentheke. Ich beneidete sie um den vielen Platz, den sie ganz für sich hatte. Aber sie kam mir einsam vor.

»Sie schützen sich gegen eine konkrete Gefahr. Nicht gegen jeden Mann in Los Angeles.« Sie schob die Tür einen Spaltbreit auf, als hätte ich sie überzeugt. »Ich komme aus South Bay.«

»Wie schön.«

»Eigentlich aus Torrance.«

Sie öffnete die Tür. »Ich höre nicht viel Lokalpatriotismus heraus.«

»Es war schrecklich. Es gab dort nichts zu tun, als bei irgendwem im Keller zu saufen und sich zu prügeln. Wir nannten es Drögance.«

Wieder lachte sie und trat in das weiße Licht des Studios. Die Garagentür vorn war von innen zugemauert worden, und zwei Wände waren mit raumhohen Spiegeln und einer Übungsstange für Tänzer ausgestattet.

Ansonsten gab es eine in die Wand integrierte Stereoanlage und ein Tischchen, auf dem ein Notizbuch lag.

»Und wo wohnen Sie jetzt?« Als sie in die Mitte des Raumes trat, war ihre Zurückhaltung verschwunden. Sie bestand nur aus Anmut und bog ihren Körper so natürlich, dass sie sicher nicht einmal bemerkte, dass sie tanzte.

»Nicht weit von hier.«

Außer Carlos wusste niemand, wo ich wohnte, und dabei sollte es auch bleiben. Ich erzählte ihr nicht, warum ich dort lebte oder warum der Grund für den Hauskauf inzwischen irrelevant war. Ich erzählte ihr auch nicht, wie groß das Haus war oder wer es mit mir bewohnte. Ich konnte nicht alle Fragen beantworten, konnte nur hoffen, dass sie nicht fragen würde.

Aus Angst davor wechselte ich das Thema.

»Sie haben mir noch nicht gesagt, woher Sie stammen.«

»Aus einem Vorort von Chicago, genau wie Darlene. In den Branchenmagazinen können Sie alles über unsere Freundschaft nachlesen.«

»Ich wette, das ist Ihnen angenehm.« Ich klopfte auf die Übungsstange.

»Ich bin nur ein Requisit.«

»Ist das für Sie in Ordnung?«

»Total. Wie kommt es, dass wir auf einmal über mein Leben sprechen?«

»Ich bin nicht so interessant.«

Sie verschränkte die Arme. »Eltern?«

»Ja.«

»Tanzen Sie?« Mit einem Klick schaltete sie die Stereoanlage an, und aus den Lautsprechern ertönte ein leichtes, beschwingtes klassisches Stück.

»Nein.«

»Okay, wir machen es so.« Mit zwei Schritten stand sie dicht vor mir und zog meine Unterarme nach vorn. Ich ließ es aus Neugier zu und weil ich von ihr berührt werden wollte. Sie war nicht meine Klientin. Nicht direkt. Sie war nicht die Auftraggeberin. »Sie beantworten die Fragen oder Sie tanzen.«

Sie zog mich in die Mitte des Raumes, und ich ließ es zu. Sonst überließ ich niemandem die Kontrolle, doch in dem Moment konnte ich ihr nicht widerstehen.

»Das, was ich tue, würden Sie nicht tanzen nennen.«

»Erzählen Sie mir von Ihren Eltern.«

»Ein Mann und eine Frau.«

»Falsch.« Sie strich mit den Händen an meinen Armen herab und nahm meine Hände. Bevor ich reagieren konnte, drehte sie sich um, ließ die linke Hand los, hob die rechte, drehte sich und nahm wieder die linke.

»Nächstes Mal wird es schwieriger«, kündigte sie an.

»Mein Vater war Polizist. Meine Mutter war eine Nörglerin.«

»War?«

»Seit er nicht mehr da ist und sie nicht mehr an ihm rumnörgeln kann, musste sie sich beruflich umorientieren.«

Sie hakte nicht nach, sondern zog an meinen Händen, als wollte sie einen neuen Tanzschritt ausführen. Ich öffnete meine Handflächen, und sie legte ihre darauf. Ihre Hände waren winzig auf meinen. Ihre Knochen waren leicht und schmal. Ich strich mit der Hand über ihren Unterarm zum Ellbogen. Nur Muskeln, Knochen und Haut. Ich könnte sie zerbrechen, aber das würde ich nicht. Jedenfalls nicht körperlich.

Ich fragte mich, wie eng sie war.

Schluss jetzt.

Ich unterbrach meinen Gedankengang mit einer Antwort auf ihre Frage.

»Sie sind geschieden«, erklärte ich. »Er ging weg, als ich noch klein war. Apropos …« Ich strich mit dem Daumen über ihr Schlüsselbein in die Kuhle an ihrem Halsansatz. Ich konnte nicht anders.

»Apropos was?« Ihre Augenlider schlossen sich flatternd zur Hälfte. Sie hatte Sommersprossen darauf. Alles an ihr machte mich ganz wild.

»Sie sind so klein. Das ist mir bisher nicht aufgefallen.«

»Warum?« Sie flüsterte es. Mein Schwanz spannte gegen meine Hose.

»Sie haben eine Wahnsinnsausstrahlung, wenn Sie tanzen. Dann wirken Sie wie ein Riese.«

»Sie sind wirklich gut darin.«

»Sie zu berühren?«

»Im Kalkulieren und Ausweichen.«

Ich hielt ihre Finger fest und zog sie an mich. Sie leistete genügend Widerstand, um noch einen Tanzschritt auszuführen. Nicht genug, um mich davon abzuhalten, sie so dicht an mich zu ziehen, dass ich ihre Pfirsichseife riechen konnte.

»Sie sind auch wirklich gut darin«, konterte ich.

»Gut worin?«

»So zu tun, als würden Sie flirten.«

»Tue ich gar nicht«, widersprach sie.

»Flirten?«

»So tun, als ob.«

Sie versuchte, einen weiteren Tanzschritt auszuführen, doch ich hielt sie fest und küsste sie, bevor ich es mir ausreden konnte. Ich gab ihr meine Zunge, die sie willig in sich aufnahm. Sie ließ meine Hände los, sodass ich meine Arme um ihre Taille schlingen und sie mir ihre um die Schultern legen konnte.

Ich hatte lange keine Frau mehr geküsst. Am liebsten wäre ich über sie hergefallen. Hätte jeden Zentimeter ihres Körpers berührt. Sie auf dem Parkettboden genommen. Alles. Ich war kurz davor, total die Kontrolle zu verlieren, als in meinem Kopf Alarmglocken schrillten.

Sie ist verletzlich.

Und du auch.

# KAPITEL 10

## EMILY

Der Kuss war eine solche Überraschung, dass ich die Kontrolle über meinen Körper verlor und mich hineinsinken ließ wie in ein perfekt temperiertes warmes Bad. Seine Lippen bewegten sich sanft auf meinen, seine Zunge schnellte behutsam gegen meine, als lese er fremdsprachige Worte, von denen er wusste, dass er sie verstehen würde, wenn er nur achtsam genug war.

So war ich noch nie geküsst worden. Er küsste, als hörte er mir beim Erzählen einer Geschichte zu, und ich erwiderte den Kuss, als wäre es so.

Er zog sich sanft zurück. Er war kein Arschloch. Er war total in Ordnung. Ein Gentleman. Doch als mir klar wurde, dass er sich nicht zurückzog, um Luft zu holen oder den Kuss zu variieren, wurde ich sauer. Defensiv. Zur beleidigten Leberwurst. Was auch immer.

»Tut mir leid«, murmelte er. »Ich kann nicht.«

Also wirklich, er konnte mich mal. Ich war sowieso nicht in Stimmung. Ich war von dem Potbrownie schräg

59

drauf und todmüde und musste am nächsten Tag arbeiten. Eins-zwei-hoch-drehen-was-zum-Teufel-auch-immer.

»Klar. Schon gut.«

Er zögerte, als wollte er noch eine armselige Entschuldigung für … was anbringen? Dass er mich nicht länger küsste? Keinen Sex mit mir hatte? Mich nicht heiratete? Was wollte ich überhaupt von dem Typ?

Im Grunde spielte es auch keine Rolle. Der letzte Mann, den ich geküsst hatte, hieß Peter. Das war ein gutes Jahr her. Wir waren fünf Monate zusammen gewesen. Ich hatte ihn gemocht. Er hatte mich gemocht. Wir hätten einander lieben können, doch Vince fand heraus, dass ich einen Freund hatte, und das war's dann gewesen. Er schlich sich auf einem Parkplatz an Peter heran und schlug ihm mit einer Brechstange das Gesicht ein.

Als Peter aus dem Krankenhaus kam, trennte ich mich von ihm. Ich brachte Unglück. Seine gebrochene Nase war meine Schuld.

Er hatte nichts dergleichen gesagt. Sondern ich.

»Du weißt ja, wo's rausgeht.«

»An den, äh …« Er zeigte lächelnd zum Vordereingang und trat einen Schritt zurück. »Kameras vorbei.«

»Soll das lustig sein?«

Ich war zickig, doch seine Bemerkung über die Kameras bedeutete, dass ich zu viele Probleme machte. Durchgeknallter Ex-Freund. Superberühmte beste Freundin. Der Aufwand für eine Frau wie mich war enorm.

Das war noch nicht mal der Hauptgrund, warum ich mich von Männern fernhielt. Ich zog Gefahren an wie ein Magnet. Peter war zwar der Schwanz nicht abgeschnitten worden, aber das konnte nur noch eine Frage der Zeit gewesen sein.

»Ich glaube, das Pot hat mich knatschig gemacht.«

»Wir sehen uns morgen, Tiny Dancer.«

Ein Lächeln huschte über seine Lippen, als er den neuen Spitznamen prägte. Ich wusste nicht, ob ich mich über den Namen oder über das Lächeln ärgerte.

»Ja. Bis morgen.«

Eine Sekunde später war er weg, und ich war allein.

# KAPITEL 11

## CARTER

Ich hätte sie länger küssen können. Wenigstens die ganze Nacht bis zum nächsten Morgen, aber ich hatte versprochen, bei Vince vorbeizuschauen.

Tief in Glendale, nördlich von Mountain, stand ein Haus, das wie zwei aufeinandergestapelte Kräckerschachteln geformt war. Das Haus im Craftsman-Stil aus den 1920er-Jahren war kaum noch zu erkennen. Es war zu zwei Etagen aufgestockt, die Verkleidung entfernt und die Fassade neu verputzt worden. Die alten Fenster ausgebaut und aufgefüllt, damit gewöhnliche Kunststofffenster aus dem Baumarkt hineinpassten. Auf den Stufen, die zu der geschlossenen Veranda führten, lagen Badezimmerfliesen. Das gesamte Grundstück war mit beigefarbenem Beton gepflastert worden, damit im Vorgarten zwei schwarze BMW parken konnten.

Die Garage war hinten. An dem Abend, als ich Emily geküsst hatte, stand das Rolltor offen. Ich konnte den ganzen Vorgarten am Ende der Einfahrt sehen. An der Seite des Hauses führten ein paar vorgefertigte Metallstufen zu einer Tür im ersten Stock. Vermutlich betrat und verließ er sein Zimmer auf diesem Weg. Ein paar Typen liefen mit Bier in der Hand herum und hielten Stöcke in einen Grill. Was sie zwischen lautem Lachen und dampfenden E-Zigaretten sagten, konnte ich nicht hören.

Carlos hatte mir ein Bild von Vince geschickt, sodass ich ihn sofort erkannte. Eins siebenundsiebzig groß. Eine Figur, so labberig wie eine Packung Toastbrot. Kinnbart. Basecap falsch rum auf dem Kopf. Weiße Sneaker. Nylonshorts, die bis knapp über die Knie reichten.

Ich hatte mir schon gedacht, dass sie eine Nummer zu groß für ihn gewesen war, aber keine Vorstellung davon gehabt, wie viele Nummern.

Ein Typ tigerte ständig rum, obwohl noch ein Stuhl frei war. Er war etwa eins dreiundneunzig groß, vielleicht zweiundsiebzig Kilo schwer und nur Haut und Knochen. Glatzkopf. Adamsapfel so groß und knotig wie seine Ellbogen. Die anderen sahen mehr oder weniger aus wie Vince. Wie Halbwüchsige gekleidet und gebaut, als gingen sie zwar ins Fitnessstudio, würden aber das Beintraining schwänzen.

Ich notierte mir die Autokennzeichen. Checkte, ob es ein Alarmsystem gab. Beobachtete, wie die Lichter oben im Haus an und aus gingen, und blieb, bis die Typen verschwanden und nur noch Vince mit seinem Kinnbart und der verkehrt herum aufgesetzten Basecap da war. Er ließ das Garagentor herunter.

Auf dem Weg ins Haus sah er auf sein Handy.

Schrieb er ihr eine SMS?

Ich konnte sie nicht anrufen und nachfragen. Nicht nach diesem dummen Kuss.

Diesem fantastischen Kuss.

Aber dumm.

Als es drinnen dunkel war, fuhr ich nach Hause.

Ich besaß ein zweistöckiges Haus im Craftsman-Stil. Grundsolide.

Als ich das Haus in Hancock Park kaufte, hatte ich eine einzige Priorität. Es musste der beste Schulbezirk der Stadt sein. Und mit Stadt meinte ich nicht Studio City nördlich der Hügel oder El Segundo tief im Süden am Flughafen. Ich meinte in der Mitte.

Ich brauchte ein Haus in der Mitte der Stadt oder nirgends. Bodyguard zu sein bedeutete, dass ich vom Pazifik bis nach Pomona reisen musste, von San Diego bis zum Angeles National Forest. Deshalb wollte ich nicht zu weit in einer Richtung wohnen.

Außerdem hatten auch die Menschen, mit denen ich zusammenlebte, *Meinungen*. Nervtötende Meinungen, doch wenn es um die Lage des Hauses ging, dann stimmten ihre Meinungen mit meiner überein. Was ungewöhnlich war.

Ich fuhr den Wagen vors Garagentor und betrat das Haus von der Seite.

Die Tür war nicht verriegelt.

Himmelherrgott, Leute.

Ich öffnete die Tür zur Küche. Die Essecke war übersät von Aktivitätsbüchern, Puzzleteilen und Legokreationen, die ihren eigenen Sinn ergaben. Eine halb fertige Handyhülle, die mit einem 3D-Druckstift gemacht war.

Die Arbeitsflächen waren sauber, aber unordentlich, der Kühlschrank voll mit Fotos und Zeichnungen und dazwischen ein Rezept, das immer noch nicht eingelöst worden war.

»Du kommst spät.«

Sie stand mit T-Shirt und Yogahose in der Tür. Schlank für ihr Alter und sehr gepflegt. Sie färbte sich die Haare kastanienbraun und ließ sie am Larchmont Boulevard zweimal wöchentlich professionell auffőhnen. Sie hatte nie Schwierigkeiten, Dates zu kriegen.

»Du hast die Tür nicht verriegelt, Ma.«

»Ich dachte, du würdest früher durchspazieren.« Sie ließ den Riegel zuschnappen. »Er vermisst dich, wenn du lange wegbleibst, und herrje, nenn mich Brenda.«

»Er hasst mich.« Ich küsste sie auf die Wange. »Besorgst du seine Tabletten?«

Sie wedelte mit dem Arm, als wollte sie nach einer Fliege schlagen. An drei Fingern waren Ringe übereinandergeschichtet.

»Du bist so ein Pfadfinder. Wir haben noch drei Tage Zeit. Bleib locker.«

»Du hättest einfach den Arzt bitten können, das Rezept für uns einzulösen.«

»Ich traue dem Kerl kaum zu, bei ihm Fieber zu messen.«

»Er ist Psychiater. Er …«

»Er hat sich wieder in Jerrys Wi-Fi eingehackt.«

Der fragliche »Er« war nicht der Psychiater, sondern der kleine Programmierer im Haus, und Jerry war unser Nachbar.

»Wieso saß er überhaupt am Computer?«

»Er musste Hausausgaben erledigen, Boss. Wenn du willst, dass er seine Hausaufgaben auf Papier erledigt, musst du ihn von dieser Großkotzschule nehmen.«

»Du musst den Router ausstöpseln.«

»Hab ich doch. Frag ihn, wie er es angestellt hat. Willst du Kaffee oder gehst du ins Bett?«

Meine Mutter hatte seit vierzehn Jahren nicht geschlafen, und welche Schlafstörung sie auch hatte, sie war genetisch bedingt. Wir waren beide Nachteulen.

»Bett.« Ich drückte ihr noch einen Kuss auf die Wange. »Bis morgen.«

Sie drehte die Gasflamme unter der Kaffeekanne an. »Klar. Süßsaure Träume, Junge.«

Ich überprüfte, ob Türen und Fenster verschlossen waren, stellte die Schultasche, wohin sie gehörte, die Schuhe ins Schuhregal, hängte die Jacken an die Haken und ging nach oben.

Ich warf einen Blick in sein Arbeitszimmer am Ende des Flures. Der Computer war nicht ausgeschaltet, und auf dem Boden lagen überall Legosteine verstreut. Ich wusste, dass sie eine bestimmte Logik hatten, und wenn ich sie wegräumen würde, bekäme ich etwas zu hören. Ich ging zu seinem Zimmer.

»Phin«, sagte ich in der Tür.

»Hey«, ertönte eine gedämpfte Stimme. »Wie war's?«

»Wie war was?«

»Was immer du auch gemacht hast.«

Ich setzte mich auf seine Bettkante. Phins vollständiger Name lautete Phinnaeus, denn seine Mutter wollte der Norm eines Hollywood-Stars entsprechen. Ich hatte ihr ausreden müssen, ihn Huckleberry zu nennen.

Phin war in eine sechs Kilo schwere Gewichtsdecke eingewickelt. Gewicht auf dem Körper zu spüren, vermittelte ihm ein Gefühl der Geborgenheit. Er kämpfte seine gesamten dreizehn Jahre mit ADHS und Störungen der sensorischen Integration. Kleinigkeiten wie eine schwere Decke und enge Shirts machten viel aus.

»Wie war die Schule? Habt ihr den ganzen Tag über Inklusion und Liebe geredet?«

Er rollte sich auf die Seite, bis ich sein verschmitztes Lächeln sah. Ich hatte ihn auf die angesehene öffentliche Schule um die Ecke geschickt, wo er von seiner Intelligenz her gut zurechtkam, doch sein Lernstil hatte ihn gegen die festen Strukturen rebellieren lassen. Mom und ich hatten ihm eine fortschrittliche, projektbasierte experimentelle Schule gesucht, die Geld auffraß wie ein Piranha, ihn aber glücklich machte.

»Nur den halben Tag«, erklärte er. »Nachmittags Mathe. Danach haben wir an Blumen gerochen.«

»An Blumen gerochen?« Er machte Witze, aber ich musste sauer werden. Das war unser Ritual. Er lernte alles über Geografie und Algebra, was ein Kind wissen musste.

»Und morgen haben wir den ganzen Tag *kulturellen Pluralismus.*«

»Kulturellen was?«

»Wir singen *Kumbaya.*«

Er sagte es mit einem halben Lachen. Als ich vom ersten »Tag der offenen Tür« zurückgekommen war, hatte ich die Einrichtung als »Kumbaya-Schule« bezeichnet. Er hatte mich angefleht, hingehen zu dürfen, obwohl keiner seiner Freunde dort war. Er wollte nicht zu einer Gruppe gehören. Er wollte mehr Kunst. Er wollte eine Schule besuchen, wo die Lehrer sich Mühe gaben, ihn zu verstehen. Ich fand, seinen Namen zu tanzen, würde ihn nicht umbringen.

Ich kitzelte ihn und küsste sein Gesicht.

»Was war das mit Jerrys Wi-Fi?«

»Ich wollte was im Internet checken, und sein Passwort war für einen Brute-Force-Angriff echt anfällig. Ich hab ihm eine E-Mail geschrieben und ihm gesagt, wie er das beheben kann.«

»Nachdem du sein Broadband benutzt hast.«

»Ich musste was für die Hausaufgaben nachsehen.«

»Wir haben Bücher.«

Er verdrehte die Augen. Ich wusste nicht, wie ich gegen die Googlisierung ankämpfen sollte. Der Felsbrocken, den ich den Berg hinaufrollte, wurde schwerer und schwerer, und der Junge war langsam zu alt, als dass ich ihn gängeln könnte. Er fing gerade an, männlichen Gestank zu produzieren. Die Luft in seinem Zimmer wurde besonders schlecht.

»Hast du vor dem Zubettgehen geduscht?«

»Morgen früh«, sagte er mit halb geschlossenen Augen und hielt mir die Faust hin. »So groß wie mein Herz.«

Ich hob meine Faust. »Immer noch größer.«

Wir stießen mit den Fingerknöcheln zusammen, um zu bekräftigen, dass wir einander von ganzem Herzen liebten.

»Ich hab dich lieb, Dad.«

»Ich dich auch, Junge. Jetzt schlaf.«

# KAPITEL 12

## EMILY

Ich wachte mit Kopfschmerzen auf. Kein bohrender Schmerz, der wieder weggehen würde, sondern ein kräftiges Pochen, das sich anfühlte wie ein Betonziegel, der mit Klebeband an meiner linken Kopfhälfte befestigt war. Dazu noch eine Prise Übelkeit und peng ... Das ging ja gut los.

Nach Kaffee und drei Ibuprofen verwandelte sich der Betonziegel in einen Ziegelstein, und die Übelkeit entpuppte sich als Star der Show, verbeugte sich und wollte partout die Bühne nicht verlassen. Ich duschte, zog mich an und kam nur leicht griesgrämig an der Arbeit an.

Die Morgensonne strahlte grell durch die Fenster und stach mir direkt ins Gehirn. Die Frühaufsteher waren am Cateringtisch versammelt oder überprüften das Equipment. Ich schnappte mir ein Stück Brot, um aufzusaugen, wovon mein Magen zu viel produzierte.

»Guten Morgen«, begrüßte mich Carter, während er sich frischen Kaffee in seine Starbucks-Tasse einschenkte. Ich brummte eine höfliche Antwort. Ich hätte noch mehr zu sagen gehabt, wusste aber nicht so recht, was ihm zustand. Ein

Dankeschön für den Kuss? Eine Beleidigung, weil er mich so abrupt gebremst hatte? Lob für einen soliden Knutscher?

»Ich war gestern Abend bei Vince.«

All meine Muskeln verkrampften sich. Dass er meinen Psycho-Ex erwähnen würde, hatte ich nicht erwartet. Mein gesamter Körper kribbelte vor Adrenalin.

»Was ist passiert?«

»Nichts.« Er rührte in seinem Kaffee. »Von der gegenüberliegenden Straßenseite wirkt er wie ein ganz normaler Depp.«

»Aus der Nähe ist er viel schlimmer.«

»Darauf wette ich.« Nachdenklich entsorgte er das Rührstäbchen im Mülleimer.

Ich musste noch die Choreo üben, bevor alle eintrudelten, konnte ihn aber nicht einfach so stehen lassen.

»Was ist?«, fragte ich.

»Nichts.«

»Du willst wissen, wieso ich mit ihm zusammen war.«

»Du bist mehrere Nummern zu groß für ihn.«

»Gut zu wissen, dass du mein Aussehen nicht so leicht infrage stellst wie mein Urteilsvermögen.«

Ich stürmte davon, bevor er antworten konnte. Ich wollte nicht, dass er sich verteidigte, mich aber auch nicht entschuldigen. Ich wollte nichts darüber hören, wie hübsch ich sei oder was auch immer er dachte.

Vor allem wollte ich nicht zum wahren Sachverhalt vordringen. Mein Urteilsvermögen war eine Katastrophe.

Alle Warnsignale waren vorhanden gewesen. Ich war eine Nummer zu groß für ihn, klar. Was auch immer. Er schlug die Kragen seiner Polohemden hoch und trug seine Kappen falsch herum. Er hatte eine Schublade voller Jogginghosen, die er für jede Situation als passend erachtete. Er lachte über das Pech anderer und nahm es persönlich, wenn sich jemand auf der linken Spur ans Tempolimit hielt.

All das stimmte, aber ich hatte es nicht gesehen.

Er war nett zu mir gewesen. Er verhielt sich, als sei er der glücklichste Mann auf der Welt. Er sagte, mit mir habe er die Lotterie gewonnen. Bla bla. Wenn mich ein anderer Mann auch nur anschaute, flippte er vor Eifersucht aus. Im Cat's Cradle musste ich ihn von einem Typen runterzerren. Ich schob es auf den Alkohol. Doch als ich mit ihm im Arclight Cinema verabredet war und vor Vinces Ankunft zufällig meinen Onkel traf, war Schluss mit lustig. Mein Onkel Jim war ein faszinierender Mann. Er arbeitete bei JPL, wo er Updates für das Hubble-Teleskop entwickelte, und spielte Oboe im NASA-Orchester.

Vince stürzte sich auf ihn und hielt ihn am Boden fest, während ich schrie: »Er ist mein Onkel, er ist mein Onkel!«

Und oh, die Tränen! Und das Betteln um Vergebung. Und die Selbstvorwürfe. Er war die Reue in Person. Ich dusselige Kuh fiel darauf rein, achtete jedoch von Stund an darauf, mich von netten Gesprächen mit anderen Männern fernzuhalten. Ich stellte ihm alle männlichen Tänzer vor, damit er ihnen zu fest die Hand schütteln und sie wütend fixieren konnte.

Und das schien mir normal. Er war immer noch nett zu mir. Mehr oder weniger. Irgendwie normal. Ich redete mir ein, dass die Honeymoon-Phase in keiner Beziehung ewig hielt. Das hatte ich auch Darlene zu erklären versucht, die unter einem gewalttätigen Vater gelitten hatte. Sie drohte mir mit dem Finger, sagte ganz oft *Määädel* und versicherte mir, dass sie für mich da wäre, wenn er zu weit ginge. Ich beteuerte eine Million Mal, dass es mir gut gehe.

Ich war wie ein Frosch in kochendem Wasser. Alles schien gut zu sein, ein bisschen anders zwar, aber erträglich, bis es eben nicht mehr so war. Er bestimmte, wie viel Haut ich bei den Proben zeigen durfte und wie ich die Tänzer anzufassen hatte. Sein Ton wurde oft genug wütend und drohend, doch nicht immer. Ich hielt mich an den Momenten fest, in denen er sich geehrt fühlte, mit mir zusammen zu sein. Wenn ich mir ihn um fünfzig Prozent netter wünschte, gab er mir fünfundvierzig Prozent. Ich akzeptierte das.

Doch dann, wie ein Frosch in einem Topf, merkte ich, dass es mir zu heiß wurde und ich zum Abendessen verspeist würde.

Zurückzublicken und zu sehen, wie dumm ich gewesen war, war eine schlechte Angewohnheit. Jedes Mal, wenn ich einen Blick hinter mich werfen musste, jedes Mal, wenn ich aus Angst, dass er auf den Mann losgehen würde, ein Date ausschlug, jedes Mal, wenn ich eine unbekannte Nummer wegdrückte, zerfleischte ich mich. Ich war eine dusselige, dämliche Kuh mit einem beschissenen Urteilsvermögen, die das Leben lebte, das sie verdiente. Es bestand auch keine Chance, dass ich wieder singen könnte. Er würde mich sehen. Ich durfte nicht gesehen werden. Ich hatte einen Preis dafür bezahlt, ihn zu verlassen, und dafür, dass ich mit ihm zusammen war. Ich hatte für meine Dummheit bezahlt, und der Preis war meine Karriere gewesen.

Diese Endlosschleife aus Selbstkasteiung lief den ganzen Tag in meinem Kopf. Selbst wenn ich die Tänzer beobachtete, wenn ich Darlene trainierte und wenn ich versuchte, nicht in Carters durchdringende blaue Augen zu blicken, ließ ich diese Schleife ablaufen.

Ich wollte nicht wahrhaben, dass ich überhaupt irgendetwas Gutes verdiente, und diese Verleugnung war mir so sehr zur Gewohnheit geworden, dass mir gar nicht klar war, dass mein Leben anders aussehen könnte.

Es bedurfte einer Menge Konzentration, mich gleichzeitig auszuschimpfen und eine große Show zu choreografieren. Als das Dutzend Rosen kam, bemerkte ich sie nicht einmal. Sie standen auf dem Klavier, bis Darlene nach einer perfekt gelungenen Drehung stehen blieb.

»Hervorragend!«, rief ich.

»Für wen sind die?«, wollte sie wissen.

Monty riss die Karte ab und reichte sie Darlene. Ich ging davon aus, dass sie für sie waren.

Sie schloss den Umschlag wieder und zeigte auf mich.

»Du.« Dann deutete sie auf Carter. »Und Sie. In mein Büro.«

Ich fing Carters Blick auf. Hatte er die Blumen geschickt? Er beherrschte die versteinerte Miene so perfekt, dass ich nicht hätte sagen können, was er wusste oder was er dachte.

Da sie die gesamte Etage als Studio benutzte, war Darlenes Büro der Personalgang. Sie trat leere Kartons aus dem Weg und rollte ein kaputtes Keyboard so heftig in die Ecke, dass es polternd gegen die Wand schlug.

Sie reichte Carter den kleinen Umschlag.

Er las ihn, ohne eine Miene zu verziehen. Er gab ihn Darlene zurück, die ihn mir überreichte, als würde sie mir eine Gerichtsvorladung zustellen.

Süße, du bist so süß, wenn du lachst.

Nächstes Mal werde ich es sehen.

Ich schwöre, ich habe mich geändert.

Gib mir nur eine Chance, es zu beweisen.

Ich prustete los.

»Du erwägst doch nicht, ihm eine Chance zu geben, oder?«, fragte Darlene.

»Nein. Himmel, nein. Es ist komisch, dass er glaubt, ich würde darauf reinfallen.«

»Er weiß, wo du arbeitest«, sagte Carter. »Wenn wir uns gestern nicht sicher waren, wissen wir es jetzt.«

Ein Jahr und eine Einsicht früher hätte ich in Erwägung gezogen, mit Vince zu sprechen. Damals hatte ich an meine

Fähigkeit geglaubt, ihn davon zu überzeugen, mich in Ruhe zu lassen, doch er war mehrmals zurückgekommen und hatte erklärt, dass er mich mehr liebte als zuvor. Hatte versprochen, sich zu ändern. Einmal hatte er Blumen mitgebracht, ein andermal Schokolade. Darlene hatte gesagt, er sei nur einen Besuch davon entfernt, mir eine Mütze mitzubringen, die aus dem Fell meiner toten Katze gemacht war.

»Da kann man nichts machen.« Ich warf den Umschlag samt der Nachricht in den Müll. Vinces Aufmerksamkeiten waren zyklisch. Er würde ein paar Wochen hartnäckig bleiben und dann wieder verschwinden.

Ich sah zu Carter hinüber. Mir war wichtig, was er dachte. Ich wusste nicht, warum, aber er sollte wissen, dass ich nicht zu Vince zurückginge. Er sollte wissen, dass ich zwar eine schlechte Menschenkennerin gewesen war, aber weder dumm noch schwach. Er sah mich nicht an.

Darlene faltete die Hände und hielt sie sich vors Gesicht.

»Tut mir leid«, sagte sie. »Aber ich muss das zu meiner Sache machen.« Als sie die Hände wieder sinken ließ, schlug sie sich mit den Handflächen auf die Schenkel. »Ja. Faktencheck. Die Tour beginnt in zwei Wochen, und in ein paar Wochen sind wir in Las Vegas.«

Darlene plante eine noch supergeheime Preshow im MGM Grand, die in Kürze öffentlich angekündigt würde. Die Karten wären innerhalb von Minuten ausverkauft. Die Show würde uns dabei helfen, die letzten Probleme zu beseitigen und uns zu vergewissern, dass alles gut aussah, und zugleich die Vorfreude auf die Tour anheizen. Das wäre mein letzter Arbeitstag bei dieser Produktion.

»Wir sind noch nicht so weit«, fuhr sie fort. »Die Show ist noch nicht fertig. Du weißt, was alles von dieser Tour abhängt.«

»Ich weiß.«

Tourneen brachten Geld. Das große Geld. Gut vierzig Prozent ihres Einkommens, was auch mein Einkommen bedeutete. Die Tänzer, die Techniker, die PR-Leute, alle hingen von ihren Tourneen ab. Die »Sexy Bitch« musste um dreißig Prozent besser sein als »Sexy Bad Boy«, um die um zwanzig Prozent höheren Kosten auszugleichen.

»Und dafür brauche ich dich. Ich brauche deine volle Konzentration. Fang gar nicht erst an, okay? Sag mir nicht, dass du die hast. Klar, ich weiß, dass es so ist. Ich weiß, dass du sie hast. Aber ich hab sie nicht. Ich flippe jedes Mal aus, wenn ich einen Kinnbart sehe.«

Ich hatte mich von meiner Freundschaft mit Darlene noch nie eingeengt gefühlt, bis sie mich vor Carter ausschimpfte.

»Vince wird mich nicht behelligen«, log ich. Er hatte mir bloß ein Potbrownie untergeschoben, mir gesimst und Blumen geschickt. Diese Unwahrheit war so leicht zu widerlegen, dass ich auf die Hälfte meiner normalen Größe schrumpfte. Meine Glaubwürdigkeit in dieser Frage war sowieso hin.

»Mir reicht's.« Darlene fuhr mit den Händen durch die Luft. Wollte sie mich feuern? »Und dir auch.« Sie konnte mich nicht feuern. Ich hatte die gesamte Show im Kopf. »Total. Sie!« Sie zeigte auf Carter. »Sie sind für sie verantwortlich.«

»Moment, warten Sie …« Er hob die Hände, als hätte irgendwer oder irgendwas die Macht, sich Darlene McKennas zu erwehren.

»Nix warten. Ab sofort.«

»Ich kann nicht.«

»Was meinst du damit, du kannst nicht?«, meldete ich mich zu Wort, als wollte ich in seiner Obhut sein. Was nicht der Fall war. Ich war für mich selbst verantwortlich.

»Ich kann einfach nicht.«

»So wahr mir Gott helfe«, sagte Darlene. »Wenn Sie es nicht machen, rufe ich Carlos an, der das veranlassen wird.«

»Warum nicht?« Ich hatte Darlene nicht einmal gehört. Ich war einfach sauer und ein bisschen beleidigt.

Carters Blick huschte von mir zu Darlene und zurück. Wir hatten ihn in die Enge getrieben. Darlene mit ihren Forderungen und ich mit meinen Fragen.

»Ich habe heute Nachmittag etwas zu erledigen.«

»Na schön«, lenkte Darlene ein. »Dann fangen Sie heute Abend beim NV an.« Sie ließ kein Nein gelten, selbst wenn ich einen Aufstand machte.

»Ich informiere Carlos.« Er schien darüber nicht glücklich zu sein.

»Tu das.« Ich wartete nicht, bis mich jemand zum Gehen aufforderte. Ich ging einfach. Ich musste arbeiten.

Ich war seit fast zwei Jahren von Vince getrennt. Davor waren wir achtzehn Monate zusammen gewesen. Waren drei Monate nach unserem Kennenlernen über Tinder zusammengezogen. In seinem Profil hatte nichts darauf hingedeutet, dass er verrückt war.

Als wir uns kennenlernten, war ich schon mit vielen Männern ausgegangen. Ich hatte keinerlei Erwartungen. Ich ging hin, traf mich mit den Typen, und neun von zehn Malen schafften wir es nicht über das zweite Date hinaus. Zwei Male von zehn wurden wir Freunde und sagten Hallo, wenn wir uns an den üblichen Treffpunkten für erste Dates über den Weg liefen. Coffeeshops. Parks. Sandwichbuden.

Sex war was fürs dritte Date. Normalerweise kam ich nicht so weit, aber ich bemühte mich, die Männer zu mögen, die ich traf. Ich versuchte, das Gute in ihnen zu sehen, bevor ich entschied, ob sie was für mich waren oder nicht.

Nichts an meinen Erwartungen oder meiner Einstellung hätte mich zur Zielscheibe eines Mannes wie Vince gemacht. Ich ließ mich nicht leicht von Süßholzraspeleien oder demonstrativer Zuneigung einwickeln. Ich suchte nach einem Mann, der gut für mich war, nicht andersherum.

Aber irgendwie hatte es gefunkt. Wir trafen uns in einer Custard-Eisdiele auf dem Sunset Boulevard. Die Kunden taten sich den gefrorenen Vanillepudding in den Eisbecher und suchten sich an der Theke die Garnierungen aus. Der Preis ging nach Gewicht. Ich aß nicht viele Milchprodukte, weil sie nicht gut für meine Stimme waren. Deshalb tat ich mir, obwohl der Eisbecher riesig war, nicht mehr als einen Spritzer Sojavanillesauce und einen Teelöffel Schokostückchen drauf. Das war reichlich.

Aber Vince, ein Typ, den ich nicht mal kannte, fand es spaßig, noch mehr Garnierungen in meinen Becher zu tun, als ich nicht hinsah. Ich fand es auch lustig. Bei den vielen Verabredungen, die ich gehabt hatte, hatte kein Kandidat etwas annähernd Spontanes oder Impulsives getan. Sie hatten sich alle hingesetzt und mir erzählt, was sie im Leben erreicht hatten, wie bei einem Bewerbungsgespräch.

Aber dieser Typ war witzig. Wahrscheinlich weil er im Leben nichts erreicht hatte. Er erzählte mir, dass er ein Betreuer/Dealer sei, und verpackte das in lustigen Geschichten. Echt lustigen. So lustig, dass man sich vor Lachen in die Hosen machte. So lustig, um schon beim ersten Date mit ihm ins Bett zu gehen.

Ich dachte viel über diese ersten drei Monate nach.

War ich unsicher gewesen?

Ich glaubte nicht.

War ich einsam gewesen?

Nein. Ich hatte Freunde und eine Karriere gehabt. Ich sprach recht oft mit meiner Familie.

Wollte ich es mit dem Daten langsamer angehen lassen?

Ja. Das traf wahrscheinlich genau ins Schwarze. Ich hätte es langsamer angehen sollen und ein paar Monate mit einem Lebenslauftypen ausgehen sollen.

Dass Carter nicht mein Bodyguard sein wollte, nahm ich persönlich. Ich fühlte mich wie damals, als Vince zum ersten Mal sagte, meine Titten seien zu klein.

Bedeutungslos. Ungewollt. Verletzlich.

In beiden Fällen führte das zu emotionaler Akrobatik. Der eine Sprung war gestreckt und der andere gebückt, doch beide konnte ich nicht vollenden, bevor ich auf dem Boden aufkam.

An jenem Morgen spulte ich noch hundert Mal mehr mein Routineprogramm ab, und jedes Mal vergaß ich das Gefühl, ungewollt zu sein, ein wenig mehr. Ich schwitzte es aus, kickte es von mir weg, kämpfte es nieder.

»Mittagessen!«

Ich war noch nicht bereit aufzuhören. Ich war noch nicht alles losgeworden, aber ich musste den anderen eine Pause gönnen.

»Können wir reden?«, fragte Carter hinter mir.

Ich lief zu meinen Taschen. »Keine Ahnung. Können wir?«

Er senkte die Stimme. »Das gestern Abend.« Er räusperte sich. »Wenn du meine Klientin bist, darf das nicht wieder vorkommen.«

»Schön.« In meiner Stimme lag keine Gehässigkeit, nur Erschöpfung. Alles in meinem Leben war beeinträchtigt. Ich musste aufpassen, wohin ich ging, darauf achten, was ich sagte, und dafür sorgen, dass ich allein war, selbst wenn ich schrecklich einsam war. Natürlich durfte ich mich nicht zu einem anständigen Mann hingezogen fühlen, der mich interessant fand. Natürlich musste ein total schöner Kuss am nächsten Morgen neu verhandelt werden.

Ich nahm mein Handtuch von einem Stuhlrücken und ging ohne jeden Blickkontakt an Carter vorbei. Ich steuerte schnurstracks aufs WC zu und drückte die schwarze Tür mit dem Handballen auf.

Nachdem ich mein Geschäft verrichtet hatte, wusch ich mir die Hände und richtete den Blick statt auf mein Gesicht im Spiegel aufs Waschbecken.

Noch bevor ich mir das Wasser von den Händen schüttelte, bereute ich es, so schroff zu ihm gewesen zu sein.

Darlene kam rein und zog die Tür hinter sich zu.

»Okay, hör zu …«, begann sie.

Ich ließ sie nicht ausreden. »Ich hab dich lieb. Aber du musst dich zurückhalten.«

»Das werde ich.«

So leicht hatte sie noch nie in ihrem Leben einen Kampf aufgegeben.

Ich zog Papiertücher aus dem Spender. »Wirklich?«

»Lass einfach Carter auf dich aufpassen, dann höre ich auf, dich zu nerven.«

Ich warf das Knäuel aus braunem Papier in den Müll.

»Ich fühle mich so schon wie im Gefängnis.«

»Ich weiß.«

»Ich gehe nur aus, wenn ich mit dir zusammen bin. Ich verabrede mich nicht mit Männern, weil ich Angst habe, dass einer von ihnen eine Brechstange ins Gesicht bekommt. Ich hätte supergern eine Katze, weißt du? Eine verdammte *Katze*. Und jetzt willst du, dass mir ein Typ überallhin folgt? Danke, ich verzichte.«

»Er hat es mir gesagt.«

Ich musste mich mit gebücktem Körper auf der Waschtischplatte abstützen. Ich konnte nicht so tun, als würde Darlene etwas anderes meinen als den Kuss.

»Und?«, sagte ich mit gesenktem Kopf.

»Er ist echt heiß, Emily. Einer der besten Typen, die ich …«

Ich schnellte hoch. »Warum sagst du das, als sei es was Schlechtes?«

79

»Weil ich darauf vertraue, dass er auf dich aufpasst. Schau, wir sind in Los Angeles. Eine neue Choreografin kann ich auftreiben, aber keine neue beste Freundin. Außer dir kann ich niemandem vertrauen, und ich weiß, dass ich diese Sache wieder auf mich beziehe. Ich hatte noch nie solche Angst wie damals, als du mit Vince zusammen warst. Ich hatte das Gefühl, dich zu verlieren.«

»Ich war doch die ganze Zeit hier.«

»So meine ich das nicht. Als er nicht mehr wollte, dass du auf Reisen gehst oder auf der Bühne stehst oder jemanden deine Stimme hören lässt, wusste ich, dass es nur schlimmer würde. So fangen diese Arschlöcher nämlich an. Als er dich geschlagen hat ... Ich weiß, dass das das Ende war. Aber du hast Glück. Die meisten Frauen, die sich mit solchen Typen einlassen, werden viel öfter geschlagen, bevor sie gehen. Deshalb warte ich jetzt immer darauf, dass du zu ihm zurückgehst und die Sache mit ihm zu Ende bringst.«

»Du weißt, dass das nichts mit mir zu tun hat. Hier geht's um deine Mutter.«

»Das tut es gottverdammt, und das weißt du auch. Genau wie ich. Deshalb lass mich nachts schlafen, Mädel. Lass mich dir Carter geben.«

»Es gibt vier andere Männer, die du mir zuweisen kannst.«

Sie zuckte mit den Achseln. »Die anderen sind gut, aber er ist der Beste.«

Ich sah wieder in den Spiegel und drehte meine Haare zu einem hohen Dutt.

»Und ich muss die Finger von ihm lassen?«

»Er hat sehr deutlich gemacht, dass er jemanden, mit dem er ein Verhältnis hat, nicht beschützen kann.«

»Du bist echt sadistisch, weißt du das?«

»Wenn du wieder mit Männern ausgehen willst, Mädel, kann ich dir Dates besorgen. Viele Dates. Du kennst doch meinen Agenten?«

»Gene? Mit der rotgoldenen Uhr?«

»Er findet dich heiß. Hat er mir gesagt. Er wird heute Abend auf der Party sein.«

Party? Gab es eine Party? Ich erstarrte vor Angst.

»Heute Abend? An einem Mittwoch?«

Darlene öffnete die Tür. Neben dem Geklapper der Caterer, die das Mittagessen wegräumten, wehte Musik hinein.

»Ja. Was ziehst du an?«

»Ein Kleid und einen Bodyguard, so wie es scheint. Nur dass ich kein Kleid habe. Ich kann nicht …«

»Simon!« Darlene rief mitten im Satz nach ihm. Er kam zu uns, jeder Schritt ein Tanz. Mit seiner dunkelbraunen Haut und den superkurzen Haaren, die er weiß färbte, hatte er die Kraft eines Mannes und die Anmut einer Frau.

»Sie haben geläutet?«

»Emily braucht ein Kleid.«

Ohne jedes sexuelle Interesse beäugte er mich von Kopf bis Fuß, als wollte er eine Inventur der Möglichkeiten machen. Widerstand war zwecklos. Ich streckte meine Arme aus.

»Ich dachte an etwas Schwarzes«, sagte ich. »Damit ich mich verstecken kann.«

»Ich glaube nicht.« Er drohte mir mit dem Finger. »Wir treffen uns gleich nach der Arbeit. Ich sorge dafür, dass du alle Blicke auf dich ziehst.«

# KAPITEL 13

## CARTER

Da ich den Nachmittag freihatte, holte ich Phin von der Schule ab. Er feuerte seine Tasche auf den Rücksitz und warf sich in den Wagen.

»Hey, Dad. So groß wie mein Herz.« Wir begrüßten uns mit der Ghettofaust.

»So groß wie meins. Hast du heute Morgen geduscht?«

»Hab ich vergessen.«

Er vergaß eine Menge. Wenn wir ihn nicht daran erinnerten, sich die Zähne zu putzen und sich zu kämmen, wurde nichts draus. Mir war klar, dass das bei Kindern in dem Alter normal war, aber ich wusste auch, dass es bei ihm ab einem gewissen Punkt nicht besser würde. Für einen ordnungsliebenden Mann wie mich konnte ein Kind mit ADHS eine ungeheure Geduldsprobe sein.

»Dann eben, wenn wir nach Hause kommen. Bevor ich heute Abend zur Arbeit fahre.«

Früher war er traurig, wenn ich abends arbeitete. Jetzt nicht mehr. Entweder er hatte es als seine Realität akzeptiert oder es machte ihm nichts mehr aus. Ich fuhr auf den Olympic Boulevard und landete direkt im Stau.

»Ich habe Hausaufgaben«, verkündete er und stellte eine Radiostation ein, die ihm gefiel. »Dabei brauche ich deine Hilfe.«

»Wenn es Elementarmathematik ist, können wir Sean anrufen.«

Sean war sein Privatlehrer. Wir riefen ihn nur in Mathenotfällen an.

»Es ist für Geisteswissenschaften.« Er schaltete das Radio aus. Das war seltsam. Wenn wir nicht total festgesteckt hätten, wäre ich rechts rangefahren. »Ich muss einen Familienstammbaum zeichnen.«

Ah!

Mach keine große Sache draus.

»In Ordnung.«

»Ich muss über die Familie meiner Mutter Bescheid wissen.«

»Ich werde dir sagen, was ich weiß.«

Die Ampel schaltete auf Grün.

Sieh nach vorne. Fuß vom Gas.

»Ich brauche wenigstens drei Generationen, um eine Eins zu kriegen, und ich bin so nah dran, *so nah dran*, in diesem Kurs die volle Punktzahl zu bekommen.«

Seine Augen waren groß, sein Körper zu mir gebeugt. Er hatte einen angespannten Zug um den Mund. Er wollte diese Note unbedingt. Er konnte sie schon schmecken. Er wollte allen beweisen, dass sie falschlagen. Dass er durchaus schlau war; er brauchte nur anderen Unterricht.

»Was ich nicht weiß, kann ich dir nicht sagen.«

»Bitte, Dad. Ich weiß, dass du es weißt. Du musst nur tun, was du mir immer sagst. Konzentrier dich und pass auf. Gib dir ein bisschen Mühe.« Den letzten Satz brachte er mit

Singsangstimme vor, um die Wucht meiner eigenen Worte zu verringern, die mir um die Ohren flogen.

»Wann muss es fertig sein?«

Übersetzung: Wie lange kann ich dich hinhalten?

»Am 25.«

»Bis dahin ist noch massig Zeit.«

»Vielleicht können wir ein bisschen recherchieren?«

»Googlen?« Google erschien mir sicher, solange Phin sich an die Informationen hielt, die ich ihm gegeben hatte.

»Sharon sagt, die Geburtsurkunden werden bei der Stadtverwaltung aufbewahrt.«

Ich krachte fast in den Wagen vor mir.

»Nein«, sagte ich, als mir klar wurde, dass ich einem Unfall entkommen war. »Ich glaube, du hast genug Infos, ohne zum Standesamt zu gehen.«

»Ich muss dir unbedingt zeigen, was ich im Trickfilmunterricht gemacht habe.« Er war ohne Umschweife zum nächsten Thema übergegangen. Ausnahmsweise einmal war ich dankbar dafür.

# KAPITEL 14

## EMILY

Simon hielt ein reinweißes ärmelloses Kleid hoch. Es passte zu seinen gebleichten kurzen Haaren und hob sich gegen seine dunkelbraune Haut ab. Er schnalzte mit der Zunge und schüttelte das Kleid aus, bis der Rock flatterte.

»Und wenn ich was drauf verschütte?«

»Und was zum Beispiel? Du hast doch im Leben noch nie was getrunken.«

»Das stimmt nicht.« Ich entriss ihm das Kleid.

Etwas daran brachte mich aus der Fassung. Die Farbe. Die Form. Ich konnte die Erinnerung, die es wachrief, nicht zuordnen.

Wie aus dem Nichts tauchte eine Verkäuferin auf.

»Darf ich eine Ankleidekabine für Sie vorbereiten?«

Ich reichte ihr das Kleid, und sie lief an Bart vorbei, der mein Bodyguard war, bis Carter von wo auch immer zurückkam. Wir waren gerade erst zu Nordstrom gekommen, aber ich wäre am liebsten wieder gegangen.

»Braves Mädchen. Darin wirst du alle umhauen. Glaub mir. Club NV wird dir zu Füßen liegen.«

Das bezweifelte ich. Club NV lag weit über meiner Gehaltsklasse, aber es machte mir immer Spaß, so zu tun, als sei ich ein Star.

»Ich kaufe es einfach.«

»Erst muss ich es an dir sehen.« Er zog mich in den Ankleideraum und wollte mit mir reinschlüpfen, um eventuell Änderungen vorzunehmen, doch ich schubste ihn raus.

Ich zog das weiße Kleid an und stellte mich vor den Spiegel.

»Und?«, rief Simon von draußen. »Soll ich dir den Reißverschluss zuziehen?«

»Nein.«

Ich drehte mich um und betrachtete mich von hinten. Das Kleid hielt alles, was Simon versprochen hatte. Der weite Ausschnitt zeigte meine Schlüsselbeine, und die schmalen Träger brachten meine muskulösen Schultern zur Geltung.

»Siehst du fantastisch aus?«, rief er von der anderen Seite der Tür.

»Kann schon sein.«

Das Kleid machte mich nicht mehr so beklommen wie eben, als Simon es hochgehalten hatte, doch es rief lange vergessene Erinnerungen wach. Ich strich mit dem Finger über mein Schlüsselbein und zog die Linie nach, wie Carter es getan hatte.

Highschool-Abschlussfeier. Vorbereitung auf ein reines Mädchencollege. Wir trugen alle Weiß, und ich hatte ein Kleid, das fast genauso aussah wie dieses, das meine Schlüsselbeine und meine Arme zeigte. Der Rock war bodenlang gewesen, und ich hatte eine weiße Strickjacke darüber getragen, doch sonst sah es genau gleich aus.

Auf der Abschlussfeier hatte ich ein Solo gesungen.

Welches Lied war es gewesen?

Ich holte tief Luft, sang die ersten Worte in einer Tonart, an die ich mich kaum erinnerte, und hielt den Ton, so lange ich konnte.

»Amazing graaaace …«

Ich klang wie ein Frosch. Ich würde nie mehr singen. Nicht richtig.

Meine Stimme brachte es nicht mehr, aber das Kleid schon.

# KAPITEL 15

## CARTER

In Los Angeles wimmelte es von schönen Frauen. Man konnte keinen Schritt tun, ohne auf das hübscheste Mädchen aus seiner Heimatstadt oder den Nachwuchs zweier attraktiver Schauspieler zu treten.

Emily lachte mit Darlene, die sich in dem exklusiven VIP-Klub endlich mal entspannen konnte. Emily trug ein reinweißes ärmelloses Kleid, das bis knapp zu den Knien reichte. Ihre Schuhe waren hellgrün. In den blinkenden Lichtern des Klubs sah das Kleid aus wie ein Regenbogen und die Schuhe wirkten schwarz.

Apropos schöne Frauen.

Selbst in High Heels bewegte sie sich anmutig durch das Chaos der Party. Ich konnte den Blick nicht von ihr wenden, was zugegebenermaßen mein Job war. Fabian, der heute Abend auf Darlene angesetzt war, kämpfte sich durch den Raum zu mir durch. Mit seinen eins sechsundneunzig war er riesig, mit einer Figur wie ein Bücherschrank.

»Yo.« Ich hörte ihn nur in meinem Ohrhörer. »Ich muss pissen.«

»Schütteln nicht vergessen.«

»Fick dich, Mann.«

Er gab mir das Daumen-hoch-Zeichen und verschwand in dem Flur, wo sich die Herrentoiletten befanden. Ich richtete den Blick wieder auf meine Klientin in der anderen Hälfte des Raumes. Die leichteste Aufgabe, die ich je gehabt hatte, bis Darlenes Agent sich an sie ranmachte. Im Hugo-Boss-Anzug und mit einer achtzehn Kilo schweren rotgoldenen Armbanduhr, die er am selben Handgelenk trug wie seine Apple Watch. Sein linker Ärmelaufschlag war hochgekrempelt, damit man sie bloß nicht übersah, und als er mit Emily sprach, hob er demonstrativ den Arm, um auf die Uhr zu schauen.

Emily hielt ihren Drink in den Händen und wiegte die Hüften leicht zur Musik, als könnte sie nicht anders.

Ich beobachtete, wie sie mit Gene sprach. Sie war etwas ganz Besonderes. Wie ich schon sagte, eine Million hübsche Mädchen in Los Angeles, aber Tiny Dancer war ein ganz anderes Kaliber. Ihr Schmollmund. Ihr Lächeln. Wie sie eine Hand von ihrem Glas nahm und die Finger aneinanderrieb, um das Kondenswasser zu verteilen. Sie nickte. Sah zu ihm auf. Lachte ein bisschen.

Flirtete sie mit ihm?

Er berührte sie an der Schulter. Nur mit der Fingerspitze. Sie wich einen Zentimeter zurück. Die Signale von beiden waren unmissverständlich. Sie machte Konversation und wartete ab. Er umkreiste sie wie ein Hai.

Er nahm ihr das Glas ab und führte sie an die Bar.

Typen wie er?

Typen wie er gaben Frauen einen Drink aus und bildeten sich ein, dass sie das zu etwas berechtigte.

Ich wandte den Blick ab. Der Raum war voller Stars. Keine Sicherheitsrisiken. Darlene saß mit zwei Managern und der Schauspielerin Claire Contreras an einem Tisch. Inzwischen war

Fabian wieder da. Hollywood-Bad-Boy Brad Sinclair stand an der Bar und quatschte mit einem Typen, der seine Sonnenbrille absetzte, um zwei deutsche Models anzugaffen. Emily war schöner als die beiden zusammen, nicht dass Vergleiche eine Rolle spielten. Aber ich konnte nicht anders.

Genauso wenig wie Mr Sonnenbrille, denn er sah an den Mädels vorbei und glotzte Emily an.

Ich kannte den Kerl. Nicht persönlich, aber Sicherheitsleute tauschten Informationen aus, und die Info über ihn lautete, dass er die Berühmtheit seines Freundes mit verdammt vielen Frauen auskostete.

Er würde nicht an Emily rankommen. Nicht, wenn ich ein Wörtchen mitzureden hätte.

Ich wollte nicht wieder hinsehen, um festzustellen, wie weit Gene bei ihr gekommen war. Seine Flirterei hätte mir nicht mehr ausmachen sollen als Brad Sinclairs Abcheckerei. Und das tat es auch nicht. Schließlich war sie nicht meine Freundin. Aber Gene Testarossa war ein Idiot und Brad Sinclair ein promisker Scheißkerl.

Deshalb war klar, es machte mir etwas aus. Ich konnte Emily zwar nicht haben, aber wenn schon jemand mit ihr zusammen wäre, dann sollte es kein Arschloch sein. Es sollte kein zweiter Vince sein. Das wünschte ich mir nicht für sie.

Eifersucht kleidet einen Mann nicht, und während ich erst Gene beobachtete, dann Brad, dann wieder Gene, dann wieder Brad, trug ich sie wie einen billigen Anzug. Der Filmstar checkte sie tatsächlich ab und schob sich langsam zu ihr. Er würde sich an sie ranmachen. Ich konnte den Blick nicht von ihm wenden, weil ich einen Grund finden wollte, um ihn zu stoppen.

Meine Aufgabe war, sie im Auge zu behalten, also zwang ich mich, wieder zu ihrem Platz an der Bar hinzusehen.

Dort war sie nicht mehr.

Gene unterhielt sich auf dem Balkon mit Michael Greydon.

Darlene saß mit einem Anzugträger von Overland Studios am Tisch.

Claire Contreras war weg.

Und Emily war …?

»Fabian«, sagte ich ins Mikro.

»Ja?«

»Emily? Wo steckt sie?«

»Hab sie auf elf Uhr gesehen.«

»Ich seh mal nach.«

Es gab nur einen Flur, dann eine Wahlmöglichkeit zwischen zwei weiteren Gängen, und als ich um eine Ecke bog, hörte ich eine Frau weinen, bevor ich sie sah.

Emily stand mitten in dem schmalen Flur und sah mit ausgestreckten Armen an sich herab. Über ihre Brust zogen sich rote Schnittwunden.

Blut. Ich sah nichts als Blut.

Im Nu war ich bei ihr, hielt sie aufrecht und schlug mich innerlich mit einer blitzschnellen Links-rechts-Kombination zu Brei, weil ich sie aus den Augen gelassen hatte.

»Neun-eins-eins«, sagte ich zu Fabian, während ich Emily aufrecht hielt. Sie weinte, ja, aber schrie nicht aufgrund von Brustverletzungen.

»Nein«, würgte sie hervor.

Das Blut war glatt und trocken.

Und ihr Kleid war nicht zerrissen.

Die roten Schnitte waren aus Farbe. Edding.

Sie stieß mich weg. »Ich will dich nicht. Du musst mir zuhören. Zuhören.« Sie sprach nicht einmal mit mir. Sondern mit demjenigen, der sie vor dreißig Sekunden attackiert hatte.

»Fabian. Abbruch. Kein Notfall.«

»Ich höre dir zu.« Ich wusste, dass sie nicht mit mir sprach, aber ich musste ihr antworten, um sie zu beruhigen. »Wer war das? Vince?«

Ihr Blick wurde einen Moment klar, und sie nickte. Ich erinnerte mich an seinen Wagen und wohin der nächstgelegene Ausgang führte. »Fabian. Der Arsch rennt zur Venice Avenue raus. Schwarzer BMW.«

»Verstanden«, antwortete Fabian in meinem Ohr. »Nähere Einzelheiten?«

»Er hat …« Emily blickte auf die roten Male auf ihrem Kleid herab. Ihre Wimpern waren nass und ihre Lippen bebten. Sie verdeckte die Schnitte aus Edding mit den Händen, als machten sie sie nackt und beschämt.

»Alles okay, Emily. Ich bin hier. Was hatte er an?«

Sie runzelte die Stirn. Sie stand unter Schock und hielt Bündel aus Stoff an ihrer Brust umklammert, als wäre sie niedergestochen worden.

»Wie war er gekleidet, Emily? Damit wir ihn verfolgen können.«

Sie schüttelte langsam den Kopf.

»Carter, Mann, was ist los?«, fragte Fabian in meinem Ohrhörer.

Ich würde nichts aus Emily rauskriegen. Nicht rechtzeitig, um den einzigen Kerl auf der Welt zu jagen, der sie markieren wollte.

Obwohl sie voll bekleidet war, zog ich mein Jackett aus und legte es ihr um die Schultern. Sie blickte immer noch nach unten, kreuzte die Arme vor der Brust und hielt das Jackett mit den Daumen zu.

Ich brauchte nicht zu fragen, wer das getan hatte oder wie es passiert war.

»Vergiss es«, sagte ich zu Fabian.

»Alles in Butter?«

War alles in Butter? Alles war gut. Niemand war verletzt. Er war weg. Es bestand keine unmittelbare Gefahr. Das Schlimmste daran? Die chemische Reinigung würde viel Arbeit damit haben.

Oder?

Meine Haut erhitzte sich und das Blut galoppierte durch meine Adern wie ein Pferdegespann. Jeder Muskel in meinem Körper wollte gewalttätig werden, irgendwas kaputt schlagen, schnell und ausdauernd hinterherrennen, bis ich den Scheißkerl fand, und ihn dann in die Luft schleudern, bis er nur noch ein Fleckchen am Himmel war.

Eine Sekunde war vergangen. Eine Sekunde zu viel. Eine Sekunde, in der sie mein Jackett über den roten Strichen zuhielt, als wären sie eine Demütigung.

Nein. Nichts war in Butter.

Eigentlich hätte ich sie nicht anfassen dürfen. Ich hätte Darlene und die Polizei anrufen und nach Hause fahren sollen. Aber ich tat es nicht. Ich nahm sie in meine Arme und hielt sie so fest, dass sie sich nicht mehr regen konnte. Als ihre Knie nachgaben, hielt ich sie aufrecht, und als sie so heftig zu weinen begann, dass sie am ganzen Körper zitterte, gab ich ihr Halt. Ihre Mascara und ihr Lippenstift verteilten sich auf meinem Hemd. Ich wünschte, ich hätte ihr noch ein Hemd opfern können. Ich hätte ihr den Inhalt meines gesamten Wandschranks zur Verfügung gestellt, um ihn nass zu weinen.

Fabian kam um die Ecke gerannt und blieb abrupt stehen.

»Was zum ...«

»Hast du irgendwas gesehen?«

»Ein schwarzer BMW ist weggerast. Konnte das Kennzeichen nicht erkennen.«

»Bit... bitte ...« Emilys Brust bewegte sich stoßweise.

»Alles in Ordnung.«

»Bitte sag Darlene nichts.«

Es Darlene zu sagen, war mein Job. Noch dazu zahlte sie mir ein hübsches Honorar, erwies mir Respekt und hatte meine neue Klientin gern.

Emily sah mich mit glasigen, schwarz verschmierten Augen an, und da wusste ich, dass die beste Methode, sie zu beschützen, darin bestand, sie vor der Liebe ihrer besten Freundin zu schützen.

»Es gibt einen Hinterausgang.«

Die Treppe runter, um die Ecke und raus in die Tiefgarage. Sie nickte andeutungsweise, und ich konnte sie gottverdammt die Strecke nicht zu Fuß gehen lassen. Vince konnte überall sein, aber das war es nicht, was mir Sorgen machte. Ihn würde ich noch früh genug kriegen. Wenn sich die Wut erst einmal gelegt hätte und ich wieder klar denken könnte, würde ich ihn mir vorknöpfen. Aber jetzt wollte ich ihr Gips und ihre Krücke sein. Ihre Schiene und ihr Druckverband. Ich wäre der Verband über ihrer Beschämung, bis sie die Hände wieder von den roten Flecken auf ihrem Kleid nehmen konnte.

Ich bückte mich, schob den rechten Arm unter ihre Knie und hob sie in meine Arme. Sie schnappte nach Luft, und das Jackett öffnete sich ein wenig. Sie legte die Hände zwischen die Aufschläge, was in mir den Wunsch auslöste, Vince ein zweites Arschloch zu reißen.

»Ich hab dich«, sagte ich.

Sie blinzelte heftig, als wollte sie die letzte Träne herausdrücken.

»Du musst mich nicht tragen.«

»Ich weiß.«

Sie entspannte sich, schlang die Arme um meinen Hals und legte den Kopf an meine Schulter.

Sie wog nichts, und sie zu tragen, beruhigte mich. Ich tat das Richtige. Das einzig Richtige. Ich war genau dort, wo ich sein wollte. Ich beschützte sie.

# KAPITEL 16

## EMILY

Ich war zur Toilette gegangen, ohne Carter oder Darlene Bescheid zu sagen. Warum? Weil ich erwachsen war und eine volle Blase hatte. Und weil ich mich von Gene loseisen wollte. Ich war nicht daran gewöhnt, Typ Nummer eins zu sagen, dass ich aufs Klo ginge, nur damit Typ Nummer zwei mir bis hinein folgte, damit Typ Nummer null nicht tun konnte, was er vorhatte.

Oder was auch immer. Die Nummern waren austauschbar. Es spielte keine Rolle. Jemand war von hinten gekommen und hatte mich um die Ecke gestoßen. Ich wehrte mich nicht, weil ich gehofft hatte, dass Carter in den hinteren Flur käme, um mich allein zu erwischen. Ich dachte, er wäre gekommen, um mich wieder zu küssen. Ich war gerade dabei, mich gedanklich auf diesen Kuss vorzubereiten, als alles so schnell ging, dass mir keine Sekunde zum Schreien blieb. Er hielt mir den Mund zu.

Nicht Carter. Vince. Er war doch noch gekommen, um mich zu holen.

Ich schaltete nicht sofort von freudiger Erwartung auf Panik um. Ich ärgerte mich. Vielleicht hätte ich stattdessen Panik

95

haben sollen, doch meine Wunschvorstellung, dass Carter in den hinteren Flur käme, war mir vermiest worden.

»Sag, dass du mich vermisst.« Er nahm seine Hand nur so weit von meinem Mund, dass ich sprechen konnte.

»Hast du mich beim ersten Mal nicht gehört?«

»Sag's noch mal, Süße.« Sein Atem stank nach Long-Island-Eistee.

»Ich hab's dir vor Gericht gesagt. Hau – ab.«

Ich wollte ihn wegstoßen, doch er stieß zurück und schob mich in die Ecke. Er stank nach Bier und Whiskey Sour mit einer Extraportion Kirschen. Die Konturen seines Kinnbarts hoben sich scharf von der frisch rasierten Haut ab.

»Dieser Typ will dich ficken.«

»Wie bist du hier reingekommen?«

»Ich finde dich immer.« Er drückte mich an die Wand und sprach mir leise ins Ohr. Um ihm das Knie in die Eier zu stoßen oder ihm einen Kopfstoß zu verpassen, war er zu dicht vor mir. »Du gehörst mir, Süße. Ich bin der Einzige, der dich glücklich machen kann.«

»Hör mir zu.«

»Hat dir der Brownie geschmeckt? Hast du gelacht, Süße?«

Gott. Dieses Arschloch führte sich auf, als wären wir ein frischgebackenes Liebespaar. Als würde unsere Vorgeschichte nicht existieren. Der Schlag ins Gesicht. Die Brechstange. Socks in einem Fellknäuel vor meiner Haustür.

Ich wusste, was ich tun musste. Ich musste warten, bis ich genügend Abstand zu ihm bekam, um mich zu wehren. Ihn bis dahin beruhigen. Mich nicht von ihm an einen anderen Ort verschleppen lassen. Aber er war so gelassen. Ich hatte Angst, getötet zu werden, während er ungeschoren davonkam.

»Ich hab gelacht, als ich an deinen winzig kleinen …«

Er drückte mich mit einer Hand an die Wand und zog mit der anderen etwas aus seiner Tasche. Ich hätte schwören können, dass es ein Messer war. Ich versuchte zu schreien, quietschte aber nur. Ich schlug wild um mich, doch meine Arme waren wie Palmenblätter im Wind. Mein Knie stieß ins Leere. Ich konnte nicht sehen, was er tat, spürte aber, dass etwas an meinem Kleid zog.

Ich war verwirrt. Desorientiert. Die Zeit sprang ein Stück zurück. *Zurück-eins-zwei-und-rum.*

Ich drückte gegen die Arme, die mich festhielten, obwohl der Teil meines Gehirns, der für das Zeitgefühl zuständig war, wusste, dass er nicht mehr da war. Ich wusste, dass er weg war, aber ich hinkte *zurück-eins-zwei* Schritte hinterher und holte erst wieder auf, als Carter mich fragte, ob es Vince gewesen sei.

*Du bist in Sicherheit*, sagte eine meiner Hirnhälften zur anderen, als würde sie ihr hinterherrufen.

Irgendwas mit einem schwarzen BMW.

Rot. Markiert. Ein *X* aus Eigentümerschaft über meinem Herzen.

Wie konnte er nur?

Wie hatte er das geschafft?

Hatte er mich nicht gehört?

Natürlich nicht. Ich durfte gar nicht mit ihm reden.

Verfolgt ihn nicht.

Was taten die Bodyguards? Verfolgten sie ihn oder blieben sie? Nahmen sie Verdächtige fest? Schlugen sie sie zusammen? Ich hatte keine Ahnung.

Bitte bleib.

Ich wollte, dass Carter bei mir blieb, aber er sollte mich nicht sehen. Ich verdeckte die roten Striche, als wären sie mein nackter Körper, und schlug beschämt die Augen nieder.

Bleib bei mir.

Seine Arme umschlangen mich. Er sprach, aber ich verstand nicht, was er sagte. Ich verdeckte das rote *X*. Carter durfte es nicht sehen. Ich war gebrandmarkt. Ich wusste, dass es nur Edding war. Ich wusste, dass das nicht ich war oder irgendetwas mit mir zu tun hatte, aber wenn er es sähe, wäre er angewidert. Er würde glauben, dass ich Vince gehörte.

Ich wusste, dass die Angst, dass Carter glauben würde, dass ich gebrandmarkt sei und Vince gehörte, nicht rational war. Doch mein Verstand hatte nicht das Sagen. Die Leute würden glauben, ich hätte aufgegeben. Ich wollte nicht die Frau sein, die aufgab.

Carter zog sein Jackett aus und entblößte dabei sein Pistolenhalfter mit der Waffe. Er legte mir das Jackett um die Schultern. Ich hielt es vorne zu und verbarg das X.

»Sag es nicht Darlene«, hörte ich mich flehen.

Carter nahm mich hoch, und ich ließ mich wie ein Kind von ihm die Treppe hinabtragen. Mich nicht mehr aufrecht halten zu müssen, zerbrach etwas in mir. Den trotzigen Stolz, einen anderen Menschen nicht sehen zu lassen, wer ich war und was ich durchgemacht hatte. In dieser Minute musste ich nicht stark sein. Ich nahm die Hände von den Markierungen und legte die Arme um ihn.

Schließlich waren es nur rote Striche. Kein Tattoo. Keine dauerhafte Beschmutzung, die etwas mit mir oder meinem Wert zu tun hatte. Nur der Markierstift eines Verrückten.

»Sag Jamal, dass wir in ein Taxi steigen«, sagte er. Ich dachte, er spräche mit mir, doch aus seinem Ohrhörer kam eine verzerrte Rückmeldung.

Vor den Klubs warteten abends meist Taxis, und Carter verfrachtete mich in Sekundenschnelle in eins.

»Ist ihr schlecht?« Der Taxifahrer sah ihn im Rückspiegel an.

»Nein«, antwortete ich.

»Ihr geht's gut.« Carter schlug die Tür hinter sich zu.

»Wer kotzt, bezahlt«, erwiderte der Taxifahrer entschlossen.

»Abgemacht.« Er gab dem Mann meine Adresse, und wir fädelten uns in den Verkehr auf dem Sunset Boulevard ein. Er drehte sich mit dem ganzen Körper zu mir und sah mir ins Gesicht. Ich war verletzlich und verängstigt. Selbst im Dunkeln, während das Taxi ruckartig vor einer roten Ampel hielt, fand ich in seinen Augen Kraft. Ruhe im Sturm. Stabilität, während alles um mich herum unsicher und gefährlich war.

»Danke«, sagte ich.

»Ich hätte dich nicht allein lassen dürfen.«

»Du kannst mir nicht ständig auf der Pelle hocken.«

Seine Augenbraue hob sich leicht, als wollte er widersprechen, könnte aber nicht. Ich verstand den Witz und erlaubte mir ein Lächeln.

»Kannst du dich vergewissern, dass ich abgeschlossen habe, bevor du gehst? Nur alles überprüfen?«

»Ich bleibe bei dir.«

Er wollte bleiben? Das war zu viel. Wo sollte er schlafen? Würde er die Finger von mir lassen? Könnte ich die Finger von ihm lassen? In meinem jetzigen Gemütszustand bezweifelte ich das.

»Du kannst nach Hause fahren. Ich hab das beste Sicherheitssystem, das für Geld zu haben ist.«

»Ja. Es heißt Carter Kinkaid.«

Er sagte es mit solchem Selbstvertrauen, dass noch ein paar Schichten aus Furcht und Unsicherheit von mir abfielen. Wir waren auf engem Raum zusammen, hinter verriegelten Autotüren. Ich lehnte mich an ihn, erlaubte mir, mich zu entspannen, und sah zu, wie die nächtliche Stadt am Fenster vorbeiflitzte.

»Ich komme mir so dumm vor.«

»Warum?«

Weil ich allein zum Klo gegangen war. Unachtsam gewesen war. Mir ein weißes Kleid gekauft hatte.

»Wegen allem.«

»Was heute Abend passiert ist, ist zu fünfundsiebzig Prozent meine Schuld.«

Ich wandte mich vom Fenster ab, um ihn von der Seite anzusehen,

»Ich bin zur Toilette gegangen, ohne dir Bescheid zu sagen.«

»Spielt keine Rolle. Ich dachte, der hintere Flur sei sicher, und das war faul und dumm. Jetzt ist es was Persönliches. Wenn dir jetzt etwas passiert, ist es meine Schuld. Glaub mir, die Kennzeichnung mit dem Marker ist nicht harmlos. Sie sagt, wo er dir als Nächstes wehtun will.«

Plötzlich wieder entblößt und schwach, zog ich sein Jackett wieder über meinem Kleid zu.

»Tut mir leid«, sagte er. »Ich wollte dir keine Angst machen.«

»Und ob.«

»Diese Typen verhalten sich eine Weile ruhig, und dann tauchen sie wieder auf wie Enten in einer Schießbude.«

»Enten in einer Schießbude?«

Der Vergleich kam mir lustig vor. Er kam gerade zum richtigen Zeitpunkt, oder auch zum falschen.

»Ja, sie gehen einmal rum und kommen zurück und … Was ist? Was ist daran so lustig?«

»Das ist die mieseste Analogie, die ich je gehört habe.«

»Warum?«

»Ich weiß nicht. Die Enten ziehen nur langsam vorbei. Sie sind einen Tick berechenbarer.«

»Na schön, aber … So lustig ist das auch wieder nicht.«

Ich konnte nicht mit dem Lachen aufhören.

»Die armen Enten«, stieß ich hervor, während ich nach Luft schnappte. »Sie behelligen niemanden und …« Ich versuchte, wieder zu Atem zu kommen. »Böse, todbringende Enten. Ein Federvieh-Horrorfilm. Donald … Donald …«

»Hast du ein Brownie gegessen?«

Ich schüttelte den Kopf und wischte mir die Tränen aus den Augen. »Donald Duck. Das böse Superhirn.« Ich stieß ein kehliges Quaken aus.

Er grinste und tat etwas Schockierendes. Eine perfekte, eklige Donald-Duck-Nummer.

»Tötet sie alle!«

Wir lachten während der ganzen Fahrt zu mir, dabei war es nicht mal lustig.

# KAPITEL 17

## CARTER

Sie ließ Dampf ab. Ihr nervöses Lachen war nicht mehr als eine Reaktion auf ihre große Anspannung. Das passierte also, wenn sie sich ein wenig entspannte.

Das war schon in Ordnung. Es gefiel mir, ihr dabei zuzusehen, wie der Druck von ihr abfiel. Bis wir bei ihr zu Hause wären, würde sie wieder klar denken können.

Sie musste bei klarem Verstand sein, denn meiner war ziemlich beeinträchtigt. Sie so verletzt und gedemütigt zu sehen, hatte *Gefühle* in mir geweckt. Zugegeben, ich hatte mich schon vorher zu ihr hingezogen gefühlt. Kein Ding. Ich hatte mich schon zu vielen Frauen hingezogen gefühlt. Mit manchen war ich sogar ausgegangen.

Aber sie war meine Klientin und wurde gestalkt.

Gefühle hielten einen Bodyguard davon ab, klar zu denken.

Gefühle standen gutem Urteilsvermögen im Wege.

Gefühle ließen einen in die falsche Richtung sehen.

Und vor allem konnten Gefühle die Prioritäten eines Mannes neu ordnen. Das durfte nicht passieren.

»Kannst du hinten nach dem Rechten sehen?«, fragte sie, als wir die drei Stufen zu ihrem Tor hinaufstiegen. »Ich habe Angst, wenn ich da rausgehe.«

Ich würde mehr tun, als nur ihre Hintertür zu checken.

Ich würde die verbleibenden zwei Stunden meiner Schicht hierbleiben. Wir könnten quatschen oder was auch immer. Dann würde ich sie in ihrem Haus einsperren, damit sie in Sicherheit war.

Sie tippte ihren Code ein und öffnete das Tor; ich folgte ihr, sicherte sie ab und ließ das Tor hinter ihr zuschnappen. Während ich hinter ihr herlief, ließ ich ihre perfekte Figur auf mich wirken. Sie war wahnsinnig weiblich. Anmutig, sogar wenn sie etwas so Simples tat wie schneller zu gehen. Der Bewegungsmelder sprang an, als wollte er ihr applaudieren, und die Kamera schaltete sich mit einem Klicken ein und folgte ihr, als könnte sie nicht anders.

Ich konnte Vinces Besessenheit fast nachvollziehen.

Aber nur fast.

Sie drückte mit dem Daumen auf das Glaspaneel in der Tür, die sich daraufhin öffnete. Die Lichter im Haus schalteten sich automatisch ein. Sie sah mich über die Schulter an.

»Ich ziehe mich nur schnell um. Die Küche ist da drüben, wenn du irgendwas brauchst.«

»Nein. Warte hier.«

Ich überprüfte das gesamte Haus. Sah in Ecken und unter Möbelstücken nach (peinlich sauber). Hinter Vorhängen und in Schränken (superordentlich). Im Gästezimmer ein Bett (bezogen) und ein Nachttischchen (mit Ballerinastatue und Lampe), wo sie stehen sollten. Der Wandschrank war bis auf Wintermäntel und Schuhe leer. Ich überprüfte das Bad. Ein Durchgangsbad. Von beiden Schlafzimmern zugänglich. Die Badewanne war leer. Das Fenster verschlossen. Von der Duschvorhangstange hing Unterwäsche. Ihre Unterwäsche.

War es normal, dass ich an ihren Slips schnuppern wollte? Nein, war es nicht.

Ich wich vor der Unterwäsche zurück und begab mich ins Schlafzimmer. Es sah genauso aus, wie ich es mir vorgestellt hatte. Ein Doppelbett mit einer blauen Blümchendecke. Ein dicker Teppich. Eine helle Holzkommode. Ein Schrank, der nach Zitronengras duftete. Verschlossene Schiebetüren, die in den kleinen Garten führten. Das Bett spiegelte sich in den Glasscheiben.

In diesem Bett könnte ich sie besinnungslos vögeln. Ich könnte sie dazu bringen, sich so in den blauen Blumen festzukrallen, dass die Blütenblätter abfielen.

In der Spiegelung der Glasscheibe sah ich sie neugierig durch den Türspalt lugen. »Und?«

Ich fühlte mich, als wäre ich mit der Hose um die Fußknöchel und den Händen um meinen Schwanz ertappt worden. Ich räusperte mich, als würde das die schmutzigen Gedanken aus meinem Kopf vertreiben, was aber nichts bewirkte als ein Rasseln in meiner Kehle.

»Ich habe alles gesichert.«

»Gut.« Sie sah überallhin, außer zu mir, und strich sich eine Haarsträhne hinters Ohr. Dabei streifte der Ärmelaufschlag meines Jacketts, das sie noch trug, ihre Wange, und sie lächelte. »Hab ich ganz vergessen.« Rasch zog sie die Jacke aus. »Danke.«

Sie hielt sie mir hin. Wir trafen mitten im Raum aufeinander, unser beider Hände an meiner Jacke. Ihr Bett war hinter ihr, ihre braunen Augen groß und erwartungsvoll.

»Kannst du mir den Reißverschluss aufziehen?«, fragte sie mit der Hand über den roten Markierungen auf ihrer Brust.

»Klar.«

Sie drehte sich um und strich ihre Haare nach vorne. Mit einer Hand auf ihrer Schulter und der anderen um den Reißverschluss zog ich ein V über ihrer Haut auf. Was ich als Nächstes tat, konnte ich nicht verhindern; vielleicht hätte ich es verhindern können, wusste jedoch nicht, wie, oder dachte nicht daran, oder warf meine guten Manieren auf Nimmerwiedersehen über Bord. Ich zog den Reißverschluss langsam auf und senkte eine Fingerspitze unter die Zacken, um über ihre Haut zu streichen.

Ich glaube nicht, dass mein Schwanz je so hart gewesen war. Nie im Leben.

»Carter.« Ich war bis zur Mitte ihres Rückens gekommen, als sie meinen Namen sagte.

»Ja?«

»Wolltest du nicht das hintere Tor überprüfen?«

»Doch.« Ich drückte die Lippen auf ihre Schulter. Sie schmeckte so, wie ihr Schrank duftete. Nach süßem Zitronengras. Ja, ich musste noch das hintere Gartentor überprüfen, doch ihre Haut wirkte auf mich wie ein Magnet, und wie sie den Kopf in den Nacken legte, nach Luft schnappte und sich an mich drängte, ließ mich statt mit dem Hirn mit dem Schwanz denken.

Ich schob ihr das Kleid über die Schultern, und sie drehte sich um. Meine Alarmglocken schrillten. Ihr Körper sagte Ja. Es war so weit. Ihre Pupillen waren geweitet. Die Lippen leicht geöffnet. Ihr Kinn angehoben. Ihre Hände hielten ihr Kleid nur notdürftig vor ihren Brüsten fest.

»Küss mich zuerst«, bat sie.

# KAPITEL 18

## EMILY

Als er mich das erste Mal geküsst hatte, war es unerwartet gewesen, unausgereift. Eine erste Übung, bevor wir alle Schritte beherrschten. Diesmal nahm er sich die Zeit, strich sanft mit seinen Lippen über meine, gerade fest genug, um die Nervenenden aufzuwecken. Ich drückte mich fester an ihn, bis ich seinen Kiefer spüren konnte, als er mit seinem Mund meinen öffnete.

Der Kuss war wie eine Welle, ein Tsunami, der mich ertränkte. Mein ganzer Körper kribbelte. Mein Blut pumpte Feuer vom Herzen bis in die Fingerspitzen, entzündete sich an seinem Schießpulvergeruch. Wie der 5. Juli. Wie Neujahr. Wie die Luft nach dem Feuerwerk am Santa-Monica-Pier. Seine Zunge erforschte den Mund an einem Körper, der lebendig war und dessen Flammen für ihn knisterten. Meine Zurückhaltung machte *pop pop pop* und hinterließ den weißen Rauch des Verlangens in der Luft.

Meine Arme umschlangen Carter, und ich war verloren. Mein Kleid hing um meine Taille, nur noch von unseren Körpern hochgehalten. Seine Hände ruhten in meinem Kreuz.

Ich bewegte mich so, dass ich seine Erektion spüren konnte. Ich stöhnte in seinen Mund.

Von draußen kam ein Geräusch. Ein Krachen oder ein Knacken. Er entzog sich mir jäh und stieß mich zu Boden. Mit dem Oberteil meines gebrandmarkten Kleides um die Taille landete ich auf dem Teppich.

Carter löschte die Lichter. Ich konnte den ganzen Garten überblicken.

»Bleib in Deckung.«

In einer halben Sekunde war er weg.

Ich wusste nicht, was los war. Er hatte die Schiebetüren verschlossen gelassen und war zur Haustür oder zur Seitentür rausgegangen. Ich konnte ihn im Garten nicht sehen. Nur das Laub auf den Gartenmöbeln und die Schatten des großen Benjamini, der die Hälfte des Platzes einnahm. Das Garagentor war feuerrot und erinnerte mich wieder an das *X* auf meinem weißen Kleid.

Nichts geschah. Ich lag eine Ewigkeit dort, horchte auf meinen Atem am Teppich und wartete.

Carter war wegen mir dort draußen. Ich hätte mir um ihn keine Sorgen zu machen brauchen, aber ich hatte Angst.

Ich hatte mich mit Peter in der Notaufnahme getroffen, nachdem Vince ihm die Nase gebrochen hatte. Er hatte sich deshalb nicht wie ein Arschloch verhalten. Er gab mir keine Schuld, aber er war ein Brillenträger, der sich von der Poststelle bis zur Geschäftsführung der Overland Studios hochgearbeitet hatte. Er hatte einen Abschluss in Kommunikationswissenschaften von der Uni in Michigan. Er war kein Sportler und kein Kämpfer. Er war der Typ, der einen zum Lachen brachte, einem die Befangenheit nahm und der so langsam auf das zusteuerte, was er wollte, dass man es ihm, wenn er endlich darum bat, regelrecht nachwarf. Und das war nur das, was sein Chef bei

Overland über ihn sagte. Ich war mir sicher, dass alles, was mir an ihm gefiel, ihn zu einem leichten Opfer gemacht hatte.

Vince hatte Peter ohne jede Vorwarnung von hinten attackiert. Das würde Carter nicht passieren. Aber wenn Vince sich auf einen Angriff vorbereitete und Carter abgelenkt war? Das wäre ein Hinterhalt und nicht fair.

Und wenn Vince Carter für eine viel größere Bedrohung hielt als den süßen Künstlertypen Peter, würde er umso härter zuschlagen.

Die Bewegungsmelder schalteten sich aus, und der Raum lag wieder im Stockdunkeln.

Mein Herz fing an zu hämmern, als ich mir vorstellte, wie Carters Kopf nach einem Schlag ins Gesicht in den Nacken fiel oder von einem Überraschungsschlag von hinten nach vorne sank.

Und … nein.

Nein, nicht schon wieder. Ich wollte nicht der Grund sein, warum jemand attackiert wurde.

Ich rappelte mich auf und stürzte zu den Hintertüren. Mein Kleid rutschte herunter und entblößte mich. Es gelang mir, meine linke Hand durch den Armausschnitt zu schieben, während ich mit der anderen die Tür aufschob.

In Strümpfen trat ich auf die Terrasse. Zweige und Blätter knirschten unter mir. Das Licht im Studio sprang wieder an.

Das war dumm. Ich lief geradewegs in die Gefahr hinein.

Ich schob die Hand auch durch den rechten Armausschnitt und stieg eine Stufe hinab. Die Glastür ließ ich offen, falls ich nach drinnen zurückrennen müsste.

Der Verkehr hinter der Hecke und der Betonmauer war ruhiger als sonst. Ich zog das Kleid wieder hoch. Ohne den Reißverschluss, der ihm Halt gab, rutschte es mir immer wieder von den Schultern.

»Hey!« Aus den Augenwinkeln sah ich eine Männergestalt.

Mir blieb das Herz stehen. Vielleicht hämmerte es auch zu heftig. Aber es schmerzte, und ich schnappte nach Luft, als sei es mein letzter Atemzug. Ich riss den Kopf herum und wich zurück.

»Carter! Du hast mich zu Tode erschreckt!«

Er lächelte. Ich hatte einen Herzkasper, und er lächelte? Er hielt die Arme verschränkt, und aus seinen Ärmelfalten lugte etwas Pelziges.

»Es war eine Katze.« Als wüsste sie, dass er von ihr sprach, streckte die Katze den Kopf heraus und miaute. Sie war grau getigert mit grünen Augen. Entweder ein Jungtier oder ein Zwerg. »Ich glaube, sie hat Hunger.«

»Versuchst du, mir die Katze unterzuschieben?«

»Da draußen kannst du sie nicht lassen.«

»Carter. Die letzte Katze, die ich hatte, hieß Socks. Sie endete tot vor meiner Haustür.«

Die Streunerin sprang aus Carters Armen und hopste auf einen Gartenstuhl.

»Hast du Katzenfutter?«

Hatte ich welches? Und spielte das eine Rolle? Ich wollte keine verdammte Katze.

Aber das Irritierendste an der Sache war Carter. Der harte, wortkarge Typ wurde beim Anblick der kleinen grauen Katze, die sich auf meinem Gartenstuhl die Pfoten leckte, so weich wie Wachs.

»Ich glaub, ich hab noch was unter der Spüle.«

Er schnipste erfreut mit den Fingern.

»Das heißt nicht, dass ich sie behalte.«

»Wie wollen wir sie nennen?«

»Carter!«

Er lief an mir vorbei ins Haus. Die Katze würdigte mich keines Blickes und putzte sich weiter.

»Du bleibst nicht hier. In deinem eigenen Interesse.«

Sie setzte sich aufrecht hin und zuckte mit dem Schwanz. Gähnte, als hätte mein teurer Bodyguard sie soeben vorm Verhungern gerettet oder was auch immer.

Ich drohte ihr mit dem Finger, folgte Carter ins Haus und schloss die Tür hinter mir. Vielleicht verzog sie sich, wenn ich sie ausschloss.

Ich entledigte mich des Kleides und schlüpfte in eine Jeans und ein Shirt. Carter fühlte sich in meiner Küche wie zu Hause und füllte Trockenfutter in die Schüssel, die dort gestanden hatte, als hätte ich von Anfang an eine Katze füttern wollen.

»Ich hab gehört, sie brauchen öfter mal Feuchtfutter«, sagte er, während er die Tüte wieder verschloss.

»Du kannst ihr zu fressen geben, was immer du willst, wenn du sie mit nach Hause nimmst.«

»Ich kann nicht.« Er stellte die Tüte mit dem Katzenfutter weg. »Du hast immer noch ein Katzenklo und Streu hier drunter.«

Socks' Spielzeuge hatte ich weggeworfen, es aber nicht übers Herz gebracht, die praktischen Utensilien zu entsorgen. Vielleicht dachte ich, Socks käme zurück.

»Warum kannst du sie nicht nehmen?«

»Komm mit. Sehen wir, ob es ihr schmeckt.«

Er hob die Schüssel vom Boden, legte den Arm um mich, und wir gingen durch mein Schlafzimmer nach draußen.

Die Katze war noch da und wartete wie ein Gast in einem schicken Nobelrestaurant.

Carter ging langsam auf die Katze zu und stellte die Schüssel neben dem Gartenstuhl auf den Boden. Dann trat er zu mir zurück.

»Wie wollen wir sie nun nennen?«, fragte er, als er neben mir stand.

»Carters Katze?«

110

Den Ausdruck in seinem Gesicht, als er zu mir herab-
blickte, hatte ich noch nie gesehen. In dem Moment war er kein
Ex-Cop oder Beschützer. Er war nicht Mr Geschäftsmäßig. Er
war nur ein Mann, der sich eine Katze wünschte.

»Willst du mir nicht verraten, warum du keine Katze halten
kannst?«, fragte ich.

»Nein.«

Die Katze war von uns unbemerkt vom Stuhl gesprungen
und genehmigte sich eine anständige Portion Trockenfutter.

»Dann wird sie Secret heißen.«

»Du benennst die Katze nach einem Deodorant?«

»Das war ernst gemeint.«

Ich kniete mich hin und streichelte den weichen Rücken
der Katze.

»Emily.« Er setzte sich mit gespreizten Beinen, die Ellbogen
auf die Knie gestützt, auf den Gartenstuhl. Er legte die
Fingerspitzen aneinander und senkte den Kopf. »Ich will ehrlich
zu dir sein. Mein Leben ist kompliziert.«

Das Erste, woran ich spontan dachte, bevor er mir die
schlechte Nachricht beibringen konnte, war, dass er verheiratet
war. Verlobt. Oder anderweitig gebunden. Der Gedanke durch-
zuckte mich so schmerzhaft, dass es mir vollkommen logisch
erschien.

»Ach wirklich?« Ich sah ihn nicht an und bemühte mich
um einen unverbindlichen und ausdruckslosen Tonfall. Ich
brauchte es nicht auch noch für ihn auszusprechen. Wenn er
mir sagen wollte, dass er verheiratet war, müsste er es mir schon
selbst sagen.

»Und du. Du bist …« Er hielt inne, als suchte er nach
Worten. Sein Zögern ärgerte mich. Er versuchte, den Schlag
abzumildern, und dazu war ich nicht in der Stimmung. Mein
Abend war schon beschissen genug gewesen. »Du bist fantastisch und wunderschön. Du bist …«

»Hör auf damit.« Ich sagte es mit Entschiedenheit. Für diesen Mist hatte ich keine Zeit. Er tat Kampfer auf einen Muskel, der noch gar nicht gezerrt war.

»Du sollst wissen …«

»Carter Kinkaid.« Ich stand auf, stellte mich breitbeinig vor ihn und stemmte die Hände in die Hüften. »Sag es einfach. Sag es, ohne mir Honig ums Maul zu schmieren. Keiner von uns hat Zeit für solche Mätzchen.«

Sag, dass du verheiratet bist.

Die Ellbogen noch auf die Knie gestützt, sah er zu mir auf. Seine großen blauen Augen baten um Vergebung für eine Sünde, die er nicht beichten wollte.

Er brauchte zu lange. Ich war schon oft an der Nase herumgeführt worden, und diesmal spielte ich nicht mit.

»Die Zeit ist um.« Ich machte auf dem Absatz kehrt und lief zurück über die Terrasse. Ich packte den Griff der gläsernen Schiebetür und nutzte meine Drehkraft, um sie hinter mir zu schließen. Obwohl ich nicht zurücksah, wusste ich, dass die Tür nicht zugefallen war. Ich hörte das befriedigende Schnappgeräusch nicht.

»Emily!«, rief er, doch ich ging einfach weiter. Ich schnappte mir einen Hocker und lief damit zur Haustür. Er hielt mich auf, indem er eines der Holzbeine packte und mich mit einem Ruck zurückzog.

»Ich will dich«, sagte er. Diese Aussage erweichte mich immerhin so weit, dass es ihn zum Weitersprechen ermutigte. »Wenn du in meiner Nähe bist, höre ich auf zu denken. Ich handele nicht mehr vernünftig. Aber ich kann dich nicht haben.«

»Wie dramatisch. Was ist das eigentliche Problem?«

»Du bist meine Klientin. Ich kann dich nicht gleichzeitig beschützen und unachtsam werden.«

»Schwachsinn.«

»Was, denkst du, ist vorhin passiert? Was glaubst du, warum du angegriffen wurdest? Ich hab nicht auf dich aufgepasst. Ich habe dich nicht beschützt. Stattdessen habe ich mir vorgestellt, wie ich mein Gesicht zwischen deinen Beinen habe. Ich hab dir ein Dutzend Orgasmen geschenkt. Ich habe versagt, weil ich mir Sorgen gemacht habe, dass dich auf der Tanzfläche ein anderer anfassen könnte. Ich hab nicht richtig aufgepasst, und beim nächsten Mal ist es vielleicht mehr als nur das Kleid.«

Ich riss an dem Stuhl, und er ließ ihn los. »Ich lasse mich nicht verarschen. Ich lasse nicht zu, dass du mit mir spielst. Wenn dein Leben so kompliziert ist und du mir den wahren Grund nicht nennen kannst, dann solltest du mich vielleicht auch nicht beschützen.« Ich öffnete die Tür und stellte den Hocker davor auf die oberste Treppenstufe. »Deine Schicht geht noch eine Stunde und ein paar Gequetschte. Dann mal los.«

Er trat nach draußen und drehte sich in der Tür um, als wollte er noch etwas sagen. Als Nächstes hätte ich die Tür schließen sollen, doch er stand so dicht davor, dass es, egal wie sanft ich sie zumachte, so ausgesehen hätte, als würde ich sie ihm vor der Nase zuknallen. Das wäre zu heftig. Ich wollte nichts tun, was ich noch bereuen würde.

»Ich mache jetzt die Tür zu«, verkündete ich.

»Ich fahre dich morgen früh.«

»Wir sehen uns dann.«

Er nickte, den Kopf liebenswürdig schief gelegt, doch seine Blicke waren anderswo, als würde er angestrengt über etwas nachdenken. Er kam wieder in die Gegenwart zurück und streckte die Hand zum Haus aus, zu mir. In mir flackerte ein Fünkchen Hoffnung auf. Griff er nach mir? Wollte er mich berühren? Oder war ich von dem schrecklichen Abend total durch den Wind?

An dem Vince mich gebrandmarkt hatte.

Was tat ich da nur?

Er legte die Hand auf den Türgriff, als wäre er noch nicht zum Gehen bereit.

»Weißt du was?«, fragte ich. »Du hast recht. Das wird nicht funktionieren. Nicht weil ich dich nicht mag, sondern eben weil ich es tue. Der heutige Abend hat mich daran erinnert, dass ich beschädigte Ware bin. Ich habe einen verrückten Stalker, der von mir besessen ist, und jeder, den ich in mein Leben lasse, gerät in sein Fadenkreuz.«

»Beleidige mich nicht. Ich komme mit ihm klar.«

»Carter, du hast gerade gesagt, wir könnten nicht zusammen sein. Dann stimme ich dir zu, und jetzt bist du beleidigt, weil ich zustimme, damit wir dich von seinem Radar fernhalten können?«

Ich verschränkte empört die Arme.

»Ich werde das regeln«, versprach er. »Und wenn es so weit ist, wird Vince kein Teil der Gleichung mehr sein. Vertrau mir.«

Damit schloss er die Tür.

# KAPITEL 19

## CARTER

Aus meiner Sicht bestand das Problem darin, dass es, Emily betreffend, zwei Punkte gab, die mir Sorge bereiteten. Der eine war die Tatsache, dass sie mein Auftrag war. Mein Spezialauftrag. Mein Beruf, mit dem ich meine Familie ernährte. Die Tantiemenschecks von Phins Mutter wurden mit jedem Quartal mickriger und deckten kaum mehr als die Kosten für seine Schulausbildung ab. Deshalb musste ich arbeiten. Wenn ich einmal anfinge, Emily zu vögeln, würde ich nicht mehr damit aufhören können. Aber eine Frau, mit der ich schlief, konnte ich nicht beschützen. Wenn ich meinen Job gewissenhaft erledigen wollte, und das tat ich immer, wären wir beide verwundbar.

Der zweite Punkt betraf Phin. Er bedeutete mir alles, und eine Beziehung würde Aufmerksamkeit von ihm abziehen, die er brauchte. Ich hatte schon vor langer Zeit die Entscheidung getroffen, dass es von meiner Mutter, die schon mich und meine Schwester aufgezogen hatte, zu viel verlangt wäre, sich auch noch in Vollzeit um Phin zu kümmern.

Mir blieben zwei Stunden, um gründlich darüber nachzudenken.

Zwei Stunden, in denen ich über das Grundstück innerhalb und außerhalb des Tores patrouillierte und mit jedem Schritt wütender wurde. Auf wen war ich so sauer?

Ja. Ich war einfach sauer. Auf mich selbst. Auf Vince. Über das abgelaufene gerichtliche Kontaktverbot. Über die Umstände. Über meine Entscheidungen. Auf Darlene, weil sie mich auf Emily angesetzt hatte. Auf mich selbst und wieder auf mich selbst. Ich blieb fünf Minuten länger vor ihrem dunklen Schlafzimmerfenster stehen. Schlief sie oder versteckte sie sich vor mir?

Es dürfte eigentlich nicht so schwierig sein. Ich müsste Emily ja nichts von Phin erzählen. Noch nicht. Dann könnte er noch ein paar Jahre lang ein anonymer Junge in Los Angeles bleiben. Und dass sie meine Klientin war, ließe sich regeln.

Und Vince?

Das müsste auch geregelt werden. Jedes Mal, wenn ich an all die Gründe dachte, die mich von Emily fernhielten, hatte ich ein bestimmtes Bild vor Augen.

Emily, wie sie den Stoff ihres Kleides umklammert hält und das X darauf verbirgt.

Ihren Gesichtsausdruck.

Die Scham. Die Demütigung.

Die Tatsache, dass er ihr nahe gekommen war.

Er könnte es wieder tun.

Alles andere wurde davon verdrängt.

Das mit Vince musste geregelt werden.

»Du bist die Treppe runtergefallen.« Ich drehte Vince mit dem Fuß um. Er plumpste auf den Rücken. Die Leuchte über dem Garagentor hatte ich außer Gefecht gesetzt, aber das Licht der Straßenlaternen fiel noch durch die Bäume. Die Blutblase, die sich an seinen Lippen gebildet hatte, sah schwarz aus. Als er aufzustehen versuchte, hockte ich mich zu ihm und drückte ihn wieder runter.

»Wenn dein Gesicht abgeheilt ist«, knurrte ich, »ist es an der Zeit, dass du dir eine Freundin suchst. Eine neue Freundin. Eine, die dich mag.«

Vielleicht war ich doch zu weit gegangen.

»Fick dich, Mann.«

Ich sprach leise, sodass er die Klappe halten musste, um mich zu hören.

»Ich will, dass du mich als ihr gerichtliches Kontaktverbot ansiehst. Wenn ich dich irgendwo sehe, gehe ich davon aus, dass du ihr wehtun willst. Und das wird Folgen haben.«

Als er grinste, war sein Mund so voller Blut, dass er in dem blaustichigen Licht zahnlos aussah.

»Sie lutscht Schwänze wie ein Champion, stimmt's?« Sein Lächeln war blutrot. »Das hat sie bei mir gelernt.«

Ich stand auf. Ich könnte ihm so heftig mit dem Schuhabsatz in die Visage treten, dass ich ihm den Kiefer brechen würde, bevor er auch nur über einen neuen Schwanzlutschkommentar nachdenken könnte. Aber ich beherrschte mich. Wenn er im Krankenhaus landete, müsste ich Fragen beantworten.

»Du solltest dich unbedingt am Geländer festhalten, wenn du die Treppe runtergehst. Das wäre eine gute Idee.«

Ohne einen Blick zurück wandte ich mich zum Gehen.

»Sie wird immer mir gehören. Egal wie oft du sie fickst, sie gehört mir.«

Fast hätte ich mich noch mal umgedreht und ihm einen letzten Tritt in die Fresse verpasst. Emily gehörte nicht ihm. Nicht einmal andeutungsweise. Und sie würde von mir nicht »gefickt« werden. Sie war etwas Besseres als ein schneller Fick.

Ich eilte zum Wagen. Meine rechte Faust schmerzte, und die Fingerknöchel waren wund. Morgen früh wären sie so steif, dass ich die Hand nicht mehr bewegen könnte. Aber es hatte sich gelohnt. Alles.

Aber das durfte nicht wieder vorkommen. Ich durfte das nicht noch mal machen. Es sei denn, sie schwebte in unmittelbarer Gefahr. Ich hatte ein Leben mit Gewalt vermieden, den Knast, die falsche Seite der Gesellschaft. Ich könnte genauso schnell wieder hereingezogen werden.

An der Highschool hatte ich eine schwere Zeit. Ich geriet in mehr Schlägereien, als gut für mich war. Nachsitzen war meine Hauptbeschäftigung. Meine Schwester war dabei, sich bei lebendigem Leib von Hollywood auffressen zu lassen, und meine Mutter weinte ständig, weil mein Dad uns verlassen hatte. Nachsitzen bedeutete, dass ich nicht nach Hause gehen und das mit ansehen musste. Moms Tränen lösten in mir den Wunsch aus, meinen Vater und alle Männer, die ihre Familien sitzen ließen, umzubringen. Schlägereien anzuzetteln, hielt mich davon ab, nach Hause zu gehen, und gab meiner Wut ein Ventil. Als ich alt genug war, um nach Belieben zu kommen und zu gehen, geriet ich nur noch in Schlägereien, weil meine Wut zur Angewohnheit geworden war.

Mein Gerechtigkeitssinn und meine hohen Ansprüche hatten ihren Ursprung in meinem Stadtteil. Torrance lag über dem protzigen Rancho Palos Verdes, direkt unter Redondo Beach, doch Redondo war zu einer merkwürdigen Form zugeschnitten, sodass es über den ganzen Strand verfügte. Torrance wurde nur eine Alibimeile Strand zugestanden, doch der Rest war ohne Zugang zum Meer. Aber das hieß nicht, dass wir nicht nach Redondo fahren und Unruhe stiften konnten. Trotzdem fühlte ich mich mit Torrance verbunden. Als wäre die Welt zu meinem Nachteil zugeschnitten worden.

Ich machte mein Glück. Ich war der König von Drögance und Crenshaw. Mit sechzehn war ich um eine Festnahme herumgekommen. Ich war kurz davor, aus Langeweile die Schule abzubrechen, und ja, ich war dumm wie Bohnenstroh.

An den Tagen, an denen ich mich in der Schule blicken ließ, war Devon Muldoon mein Klassenkamerad. Er war genauso ein Rabauke wie ich, hatte aber nicht die Fähigkeiten, seinen Anspruch zu untermauern. Er kam zu dem Parkplatz, auf dem ich pisste, und quatschte Blödsinn, und ich schlug ihn. Nicht zu heftig, aber genug, um ihm die Rangordnung klarzumachen.

Eines Tages tauchte sein Vater in voller Uniform vor unserer Haustür auf und schlug mir ins Gesicht, bevor ich die Tür ganz geöffnet hatte. Meine Mutter stürzte sich schreiend auf ihn, doch er wischte sie beiseite wie eine Stechmücke und baute sich drohend über mir auf. Ich wusste genau, wer er war. Sein Sohn hatte die gleiche Visage. Er packte mich am Kragen und zerrte mich zum Streifenwagen. Warf mich rein wie einen Sack Kartoffeln.

Wir waren zehn Minuten gefahren, als meine Benommenheit endlich nachließ.

»Mein Sohn sagt, du bist ein harter Bursche«, sagte er von vorn. Trotz des Metallgitters zwischen uns hörte ich ihn so deutlich, als würde er mir ins Gesicht starren.

»Er ist eine kleine Kröte«, erwiderte ich trotzig, weil man nicht nachgab, selbst wenn sein Leben davon abhinge.

»Kann sein.« Er war überhaupt nicht sauer. Ich dachte, er würde rechts ran fahren und mich zusammenschlagen, weil ich seinen Sohn eine Kröte genannt hatte, doch er schien ganz gelassen zu sein. Seine Ruhe irritierte mich. Ich wusste nicht, was auf mich zukam. »Aber er ist mein Sohn, und ich beschütze das, was mir gehört.«

Ich hätte eine Menge dazu zu sagen gehabt, wie gut er seinen Sohn beschützte, wenn er sich mit meinesgleichen einließ, doch ich schwieg. Ich sah nur aus dem Fenster und betrachtete die nächtliche Stadt. Er würde mich wegen Körperverletzung und Widerstands gegen die Staatsgewalt verhaften. Mom würde weinen und Dad die Schuld geben. Die letzte Gage meiner Schwester würde für die Anwaltskosten draufgehen. Ich würde am liebsten sterben wollen, doch statt zu sterben, würde ich am nächsten Tag wieder aufwachen und was auch immer/nichts/das gleiche tun wie vorher.

»Ich mach dir ein Angebot, Junge.«

»Ach ja?« Ich tat gelangweilt, aber meine Neugier war geweckt.

»Wenn du zwei Runden mit mir überstehst, kannst du nach Hause gehen.«

»Zwei Runden? Sie meinen Boxen?«

»Ja. Boxen.«

»Mit Handschuhen?«

»Hast du jemals Handschuhe benutzt?«

»Nein. Seh ich so aus?«

»Dann ohne Handschuhe.«

Zwei Runden. Sechs Minuten mit diesem alten Sack, der mir einen einzigen unerwarteten Schlag verpasst hatte? Und dafür könnte ich ohne Vorstrafe einfach nach Hause gehen?

Ich machte mir keine Illusionen, dass ich meinem Leben eine neue Richtung geben könnte, aber warum sollte ich mir frühzeitig eine Vorstrafe einhandeln? Warum sollte ich es nicht bis zum nächsten Mal aufschieben, wenn ich irgendwelchen unvermeidbaren Trottelscheiß verzapfte? Da ginge ich doch lieber nach Hause ins Bett. Ermöglichte Mom eine Nacht ohne Tränen. Sie könnte eine Pause gebrauchen.

»Aber ich nehme keine Rücksicht, nur weil Sie ein Bulle sind.«

»Das erwarte ich auch nicht.«

»Oder weil Sie alt sind.«

»So gehört sich das.«

Er fuhr mit seinem Streifenwagen auf einen Parkplatz außerhalb von Madrona, als hätte er nichts Besseres zu tun. Als verfügte er frei über seine Zeit. Er öffnete mir die hintere Beifahrertür.

»Superjob«, stellte ich fest. »Meine Mom darf alle drei Stunden von der Kasse aufstehen, um zu pissen. Und Sie parken einfach irgendwo und gehen ins Fitnessstudio, wann Sie wollen.«

»Das sind die Vorteile, wenn man kein Arschloch ist, Junge.«

Er deutete auf eine offene Tür am anderen Ende des Parkplatzes. Drinnen hörte man Männer schreien. Über der Tür hing ein handgemaltes Schild. *ACE OF SPADES.*

»Ich heiße Carter.«

»Du kannst mich Officer Muldoon nennen.«

Ich stieg die Treppe hinauf und wurde zum Mann.


Phin war nicht im Bett. Er saß über seinen Computer gebeugt, und seine Sommersprossen leuchteten im hellen Licht.

»Wo ist Grandma?«

»Im Bett.« Er wandte den Blick nicht vom Bildschirm. Er füllte kleine Quadrate mit Farbe, klickte irgendwelchen Mist an, den ich nicht verstand, und schob Kästchen hin und her. »Willst du mal sehen?«

»Was ist das?«

Er drückte auf die Leertaste, und eine kleine grüne Schnecke schlängelte sich über den Bildschirm, als bewegte sie sich über ein Blatt. Als sie am höchsten Punkt angelangt war, wurde ihr Lächeln zu einem breiten Grinsen.

»Süß«, sagte ich und legte ihm die Hand auf die Schulter. Als ich meine kaputten Fingerknöchel bemerkte, nahm ich sie wieder weg. Er sollte es nicht sehen. Aber Phin entging nie etwas. Niemals.

Er hob seine Faust. »Zeig mir, wie groß dein Herz ist, Dad.«

Ich hob die linke Faust. »So groß.«

Er hob beide Fäuste. »Doppelfaust.«

Zu clever. Ich konnte ihm keine Doppelfaust verweigern, ohne zur Rede gestellt zu werden. Und er hatte meine Fingerknöchel sowieso schon gesehen. Also hob ich beide Fäuste, und wir stießen sie aneinander.

»Was ist passiert?«, fragte er.

»Nichts.«

»Hast du deine Hände nicht getapet?«

Er dachte, ich hätte geboxt. Das hatte ich nicht. Ich hatte Scheiße gebaut. Mein Leben drehte sich darum, ihm ein gutes Vorbild zu sein. Einen Stalker krankenhausreif zu schlagen und deshalb zu lügen, würde es nicht bringen.

Deshalb machte ich es nur noch schlimmer.

»Nur ein Kratzer. Wie war die Schule?«

Er zuckte mit den Achseln.

»Was? Nicht super? Nicht der beste Tag überhaupt?«

»Heute war Twins Day.«

Ich kickte meine Schuhe weg und setzte mich auf den Stuhl an seinem Schreibtisch.

»Was ist Twins Day?«

»Das gehört zur Spirit Week. Jeder zieht sich wie jemand anders an. Egal.« Er drehte sich wieder zum Computer, wechselte in ein anderes Fenster und begann, an irgendeinem Kauderwelsch aus Buchstaben und Symbolen zu arbeiten. Der mitteilsame Junge war mit dem ersten Wachstumsschub verloren gegangen.

»Hast du dein Imperator-Palpatine-Kostüm getragen?«

»Nein, nicht so. Wie jemand anders aus der Klasse.«

»Aha!«

Er tippte blitzschnell. Ich ließ ihn programmieren. Wenn ich ihn bedrängte, würde er mir erst recht nichts sagen.

»Alle außer mir hatten einen Zwilling.«

»Die Anzahl der Schüler in deiner Klasse ist ausgeglichen.«

»Cooper, Leshawn und Jarred sind als Drillinge gegangen. Und ich war niemand. Ich habe bei fünf Leuten angerufen, aber sie haben alle gesagt, sie hätten schon einen Zwilling.«

Ich ballte die Faust und öffnete sie wieder. Es fiel mir schon schwer. Mein Handgelenk schmerzte. Diesen Mistkerl anzugreifen, war ein Riesenfehler gewesen. Er könnte weggehen, aber er könnte auch härter zurückschlagen, und dann wäre ich für Emily verantwortlich, ob sie nun meine Klientin war oder nicht.

Das war mir vorher klar gewesen, und selbst wenn ich sagte, dass ich das nicht wollte, wenn sich der Ärger gelegt hätte, wusste ich doch, dass sie die Größe, Form und Intention meines Herzens war, ob es mir gefiel oder nicht.

»Es ist schwer, Menschen zu finden, die einen verstehen«, sagte ich. »Nicht nur für dich. Für jeden.«

»Alle anderen hatten jemanden, der sie verstand.«

»Sie hatten jemanden, der sich anzog wie sie. Das ist nicht dasselbe.«

Er zuckte mit den Achseln. Dieses Achselzucken sagte alles. Er beschwerte sich nicht darüber, dass die Leute ihn nicht verstanden. Er wollte nur dazugehören. Das war alles, was ein Mittelstufenschüler wollte.

»Willst du die Schule wechseln?«

»Nein. Mir geht's gut.«

Ich sah ihm noch eine Weile zu. Programmieren brachte berechenbare Ergebnisse. Wenn er einen Fehler machte, ging etwas schief. Wenn er den Fehler korrigierte, funktionierte das Programm. Dazu brauchte es keine sozialen Fertigkeiten. Dabei gab es keine Menschen, die sich deine Freunde nannten und dich dann ausschlossen. Keine Stalker, die sich hinter Menschen versteckten, die behaupteten, dass sie dich liebten.

Er ging zurück zum Schwarzbild und drückte die Leertaste. Auf dem Bildschirm erschienen orangefarbene Blasen, die explodierten und neue gelbe Blasen schufen, die platzten und grün wurden und so weiter.

»Alles wird gut, Junge.«

»Klar.«

»Wenn du jetzt ins Bett gehst. Ist schon spät.«

»Wie spät ist es denn?« Er war zurück zum Programm gesprungen, um einen Fehler zu korrigieren, der mir gar nicht aufgefallen war.

»Halb elf.«

»Noch zehn Minuten.«

»Keine einzige.« Ich griff nach der Tastatur, er wehrte mich ab, und wir kämpften ein paar Minuten um die Kontrolle über den Computer, bevor ich mich zum Sieger erklärte.

# KAPITEL 20

## EMILY

Mit Carters Kuss noch auf den Lippen, war ich verärgert eingeschlafen. Nachdem ich den Ärger im Schlaf abgebaut hatte, blieb nur noch die Erinnerung an den Kuss. Als ich am nächsten Morgen aufwachte, war ich erregt.

Ich drehte mich auf den Bauch und schob die Hand in meinen Slip. Ich war sehr feucht und keuchte, als ich mich selbst berührte. Mit der Stirn auf der Matratze spreizte ich die Beine und dachte an ihn, daran, wie er schmeckte, an den Druck seiner Lippen, an den Nationalfeiertagsgeruch an seinem ganzen Körper. An seinen harten Schwanz an meiner Hüfte. Er hatte sich riesig angefühlt. Monströs. Vielleicht war meine Wahrnehmung beeinträchtigt, weil ich mich seit Ewigkeiten keinem Mann mehr hingegeben hatte, aber trotzdem. Als ich meinen Finger in mich schob, erschien mir der Platz für seine Größe vollkommen unzureichend.

Sein Schwanz war hart gewesen, weil er mich küsste und ich es wollte. Sein Ständer war für mich. Ich ließ den Orgasmus langsam kommen, damit ich mir vorstellen konnte, wie er auf mir die Kontrolle verlor und stöhnend kam.

Erleichtert ließ ich mich auf die Laken fallen. Körperlich hatte ich eine sich steigernde Anspannung abgebaut, während mir gedanklich etwas klar geworden war. Bei der Vorstellung, dass er bei mir losließ, hatte ich die Angst verloren, dass Vince ihm wehtun könnte. Carter war tougher, schlauer, beherrschter als Peter, und Vince könnte er im Handumdrehen austricksen. Um Carter brauchte ich keine Angst zu haben. Er konnte mit meinen Schwierigkeiten umgehen. Das hatte er schon getan. Nach dem Angriff im Flur hatte er mir über die Demütigung hinweggeholfen und mir klargemacht, dass es sich nur um ein beschmutztes Kleid handelte.

Ich seufzte. Das war alles gut und schön, doch ich hatte immer noch den leisen Verdacht, dass er trotz des nackten Ringfingers eine Ehefrau hatte oder eine schwierige Ex-Frau oder eine Verlobte.

Die Sonne ging auf und brachte die weißen Vorhänge zum Leuchten. Hinter ihnen, auf Höhe der Terrasse, saß ein kleiner Schattentupfer.

Als der Schatten miaute, stöhnte ich.

Ich holte eine Schüssel Trockenfutter und stellte sie der Katze hin. Noch bevor ich zurücktrat, machte sie sich darüber her.

»Gewöhn dich nicht dran«, warnte ich sie. »Ich will das Futter nur loswerden. Wenn es alle ist, kaufe ich keine neue Packung.«

Ich duschte, zog mich an und löffelte Joghurt. Als es am Tor klingelte, sah ich auf den Monitoren nach und ließ Carter herein – einen frisch rasierten, gut riechenden Bodyguard mit Riesenschwanz.

Grinsend sah ich zu Boden und versuchte vergebens, nicht an Letzteres zu denken. Wir hatten uns wegen irgendetwas gestritten, aber es war mir momentan entfallen.

Seine Unfähigkeit, eine Beziehung mit mir einzugehen, im Großen und Ganzen. Darum war es bei dem Streit gegangen. Dass er mich vor Vince beschützte, wenn wir zusammen waren. Kaugummi kauend kam er auf mich zugeschlendert.

»Hallo«, begrüßte Carter mich. »Bist du so weit?«

»Schläfst du auch irgendwann mal?«

»Nicht viel. Wir nehmen meinen Wagen.«

Es führte kein Weg daran vorbei. Auch wenn ich es nicht wollte. Meine ganze Widerstandskraft war den Bach runter. Daran waren seine Lippen schuld. Seine Zunge. Jetzt, wo der Zahnpastageschmack nachließ, konnte ich sie immer noch schmecken. Konnte immer noch spüren, wie er sie mir in den Mund geschoben hatte.

Er öffnete die hintere Tür eines schwarzen Audi. Ich war mir sicher, dass ich sein Auto schon mal gesehen hatte, aber mir war nicht klar gewesen, dass es so tiefgelegt und sexy war.

»Was macht die Katze?«

»Sie hat Hunger. Du wirst mich am Nachmittag zurückbringen müssen, damit ich sie noch mal füttern kann.«

»Sehr gerne.«

Er lächelte links mehr als rechts, und ich musste den Blick von ihm abwenden.

Als ich hinten eingestiegen war, warf er die Tür zu. Er lief vorn um den Wagen herum und knöpfte sein Jackett auf. Seine Hose lag flach an seinem Bauch an, und sein Schlips flatterte im Wind. Ich berührte meinen Oberkörper. Ich trug Rot. Ich war mir nicht sicher, ob es eine Anklage wegen gestern Abend war oder eine Herausforderung an Vince, noch einmal einen Angriff mit einem roten Stift zu wagen.

Er glitt auf den Fahrersitz und drehte sich um.

»Geht's dir gut?«

»Mmm hmm.«

Er wandte sich wieder nach vorn und ließ den Wagen an. Auf dem Beifahrersitz lag ein halb aufgefuttertes Plunderstückchen.

»Reden wir noch mal über gestern Abend?«, fragte ich.

»Wenn du willst.«

Was wollte ich überhaupt sagen? Alles, doch vor allem wollte ich ihm sagen, wie sehr es mir gefallen hat, ihn zu küssen, und wie hin und her gerissen ich mich fühlte. Ich wollte auf der Stelle Antworten verlangen und ihm gleichzeitig genügend Freiraum lassen.

All die Worte wollten aus mir heraussprudeln, doch als er an einer Ampel hielt, trafen sich unsere Blicke im Rückspiegel, und die Worte verhedderten sich ungesagt zu einem Knäuel.

Er tippte auf das Lenkrad, wenn er es drehte, und benutzte zum ersten Mal, seit ich eingestiegen war, beide Hände.

»Hey«, sagte ich.

»Ja?« Er sah mich kurz im Spiegel an.

»Was ist mit deiner Hand passiert?«

»Verbrannt.« Er strich mit der linken Hand über den Verband über seiner Handfläche, genau da, wo man sich verbrennt, wenn man einen heißen Topfgriff anfasst. Wieder fing er meinen Blick im Rückspiegel auf.

Ich wusste nicht, ob ich ihm glaubte.

»Was hast du denn gekocht?«

»Frühstück.«

»Und hast dir trotzdem noch ein Plunderstückchen geholt?«

Er rieb sich mit der linken Hand die Oberlippe und tippte mit der verbundenen auf das Lenkrad.

»Ich hab die Eier verbrannt.«

Klar. Heißer Topf. Verbrannte Hände. Verqualmte Küche.

»Weißt du, was komisch ist?«, fragte ich.

»The Three Stooges.«

»Ich weiß überhaupt nichts über dich. Du könntest bei deiner Mutter im Keller hausen.«

»Da vergrabe ich nur die Leichen.«

Eindeutiges Ausweichmanöver. Vorher hatte ich es süß gefunden; jetzt ging es mir auf die Nerven.

»Bist du verheiratet?«

»Nein!«

Er hätte lügen können, aber geübte Lügner logen immer. Ich konnte nichts dagegen tun, außer mich damit zu trösten, dass ich wenigstens gefragt hatte.

Irgendwas stimmte nicht. Wir hatten uns zweimal geküsst, und er hatte zweimal dichtgemacht. Dabei hätte ich diejenige sein sollen, die dichtmachte. Schließlich war ich diejenige mit dem Ex-Freund-Ballast. Warum war immer ich diejenige, die so bemüht war?

Doch da saß er nun auf dem Fahrersitz, hielt mit beiden Händen das Lenkrad und warf mir gelegentlich einen Blick zu, um sich zu überzeugen, dass ich auf dem Rücksitz nicht an meiner Zunge erstickte. Er strahlte Unbehagen aus. Und ich saß hier mit den Händen im Schoß und überlegte, wie ich ihn wieder küssen könnte.

Er fuhr auf den kleinen Parkplatz und quetschte sich in eine Lücke. Er stellte den Motor ab, schnallte sich ab und starrte einen Sekundenbruchteil zu lange auf das Lenkrad. Ich wollte meine Tür schon selbst öffnen, als er sich ganz zu mir umdrehte, den Arm auf der Rückenlehne seines Sitzes, die verbundene Hand auf der Rückenlehne des Beifahrersitzes.

»Dich zu küssen …« Er hielt inne und sah mir so intensiv auf den Mund, dass ich die Lippen zusammenpresste und draufbiss. »Du bist gefährlich. Selbst wenn ich deine Lippen nicht sehen kann, schmecke ich sie. Heute Morgen konnte ich deinen Geschmack beim Zähneputzen nicht loswerden. Ich schmecke ihn jetzt noch. Wie Honig. Ich kann ihn schmecken, aber nicht intensiv genug. Ich will dich wieder küssen und darf es nicht. Ich kann mich in deiner Nähe nicht beherrschen. Ich kann das nicht. Bei meiner Arbeit geht es um Kontrolle. Verstehst du, was ich dir sagen will?«

»Nein. Tue ich nicht. Ich kenne so einige Bodyguards. Ihr seid ein stoischer Haufen, aber ihr seid nicht alle enthaltsam. Und wenn du glaubst, dass mir das leicht fällt, irrst du dich. Ich habe auch Angst. Ich habe Angst, dass du meinetwegen verletzt wirst. Gestern Abend …« Ich legte meine Fingerspitzen an die Lippen, als würde das den erstickten Schluchzer am Herauskommen hindern. Ich unterdrückte ihn. »Der gestrige Abend hat mir gezeigt, dass Vince wieder da ist, und wenn er mir wehtut, wird er auch dir wehtun.«

Wenn ich die Sitze zwischen uns für Barrieren gehalten hatte, dann hatte ich mich getäuscht. Er warf sich zwischen ihnen hindurch und drückte seine Lippen auf meine. Unser dritter Kuss war überraschend und unbequem, weil Carter sich von vorn nach hinten strecken musste. Ich vergrub meine Finger in seinen Haaren, bot ihm meinen Mund dar und nahm seinen.

Dieser Kuss sollte ihm versichern, dass es in Ordnung war. Er durfte die Beherrschung verlieren. Er konnte mehr sein als nur ein Beschützer. Er war bei mir so sicher wie ich bei ihm. Doch das konnte ich ihm nicht sagen, ohne uns beide anzulügen.

Er riss sich von mir los.

»Vertrau mir.« Er lehnte seine Stirn an meine.

Ein Klopfen am Fenster ließ mich vor Schreck meine Antwort verschlucken. Es war Fabian, der das Schauspiel durchs Seitenfenster beobachtete. Er tippte auf seine Uhr, als sähe er nichts Außergewöhnliches.

»Stoischer Haufen«, bekräftigte ich.

»Er hat recht.« Er krabbelte wieder nach vorn. »Du wirst zu spät kommen.«

Er stieg aus, öffnete die Tür für mich und nahm mir die Taschen ab, während ich auf den rissigen Asphalt trat.

»Verhalten wir uns heute einfach ganz normal.« Ich stand in der grellen Sonne.

»Dann eben später.« Er grinste mit einer Seite seines schönen Gesichts, und es brauchte all meine Energie, um ihn nicht auf sein Grübchen zu küssen.

# KAPITEL 21

## EMILY

Er war den ganzen Tag da, stand in der Ecke an der Tür und beobachtete mich. Ich versuchte, nicht befangen zu sein, aber das war nicht leicht. Er nahm mehr Raum ein als nur durch seine Größe und Körpermasse, und seine Ausstrahlung schuf eine eigene Anziehungskraft.

Bis zum Vormittag kam ich nicht richtig rein. Darlene hielt beim Tanzen mit den Profis mit und sang sogar noch dabei. Das ganze Team erbrachte seine Leistung. Es war schön, endlich an den Punkt zu kommen, an dem wir die Show verbesserten, statt sie Schritt für Schritt zu erlernen. Doch als es zum Mittagessen läutete, hatte ich ein Lächeln im Gesicht. Ich sprang höher und war im Einklang mit dem Takt eines jeden Songs. Meine Seele war von Endorphinen überschwemmt. Mein Gehirn war so voller Freude, dass ich mir nichts anderes vorstellen konnte als eine ständige Aufwärtskurve.

Beim Mittagessen zog mich Darlene an ihren Tisch.

»Wie geht's dir?«, fragte sie und schaufelte sich Grünkohl-Hähnchen-Salat in den Mund.

»Gut. Warum?«

»Darf ich mir keine Gedanken um dein Wohlbefinden machen?«

Ich aß einen Happen Sushi, bevor ich antwortete. Für Small Talk war ich zu hungrig. Als ich mich nach Carter umsah, entdeckte ich ihn in einer Ecke mit Fabian, der sich auf einem Spiralblock Notizen machte.

»Du hast bestimmt von gestern Abend gehört.«

»Ja. Deshalb ja. Alles okay?«

»Mir geht's gut. Carter war … Ihn zu haben, war perfekt. Danke.«

»Du brauchst mir nicht zu danken. Ich muss mich bei dir entschuldigen.« Sie räusperte sich, und ich aß noch ein Stück von der California Roll. Ich wollte nicht auf die Entschuldigung reagieren, bevor sie sie vorgebracht hatte. »Ich war eine Zicke wegen Vindepp. Ich hab rumgeschrien und dir das Leben schwer gemacht.«

»Du bist eben rechthaberisch. Das wusste ich von Anfang an.«

»Ich mache das, weil ich dich lieb hab.«

»Ich weiß.«

»Wir sind die Schwestern, die wir nie hatten.«

»Ist schon gut. Echt. Der Act entwickelt sich super, findest du nicht? *More Than a Sister* ist echt cool, die Nummer wollen sie hören. Heute Nachmittag werde ich daran arbeiten, noch mehr Energie in die Überleitung in *Make Him Yours* zu bringen. Aber ich fühle mich gut.«

Sie nickte und sortierte die Cashewnüsse in ihrem Salat aus. Sie war immer noch ein Energiebündel, aber stiller als sonst. Sie hatte etwas auf dem Herzen, dessen war ich mir sicher.

»Spuck's aus«, forderte ich sie auf.

Sie wischte sich bedächtig die Mundwinkel. Perfektes Timing. Reinstes Drama. Ich kannte sie so gut, dass ich genau wusste, wann sie ein Statement abgeben wollte.

»Wie küsst er?«

Ich lachte schockiert auf. Der Raum verstummte. Ich sah zu Carter, der meinen Blick kurz erwiderte, bevor er sich wieder zu Fabian drehte. Ich neigte nicht zum Erröten, doch ich war mir sicher, dass mein Gesicht einen Pinkton angenommen hatte.

Als die Hintergrundgeräusche wieder zunahmen, beugte ich mich zu Darlene, damit es sonst niemand hören konnte.

»Woher weißt du das?«

Ihre großen braunen Augen weiteten sich, und ihr Mund verzog sich zu einem verschwörerischen Grinsen.

»Sag du's mir zuerst.«

»Ziemlich toll.« Ich schlürfte meine Suppe. War das das einzige Adjektiv, das mir einfiel? Es war wenig aussagekräftig. »Wir haben uns noch nicht so oft geküsst, aber es ist, als würde man eine echt schwierige Hebung machen und wüsste, dass sein Partner einen nicht fallen lässt. Doch gleichzeitig hat man das Gefühl, als würde man fliegen, ohne festgehalten zu werden.«

»Mädel, als deine Freundin ist das Musik in meinen Ohren.«

»Und ich glaube, dass er mit Vince fertigwird. Ich muss nicht allein mit dieser Sache klarkommen. Und vielleicht schreckt ihn das jetzt auch ab.«

Darlene schob ihr Tablett von sich. »Vielleicht.«

»Was? Du hast diesen Blick, als wolltest du mich gleich ins Gebet nehmen.«

»Nö. Ich denke nur daran, dass du gestern Abend angegriffen wurdest. Körperlich angegriffen.«

»Er hat mein Kleid angegriffen.«

»Bagatellisier das nicht. Du weißt, was er getan hat, und dann fängst du an, mit deinem Bodyguard zu knutschen.«

»Himmelherrgott, Darlene.« Jetzt schob auch ich mein Tablett weg. »Das ist eine fiese Lockvogeltaktik.«

»Dann sag mir, dass ich mich irre und es keine Reaktion darauf war, dass du dich bei ihm sicher gefühlt hast.«

»Natürlich war es das. Na und? Warum es relativieren? Warum kann ich es nicht einfach beim Namen nennen und es genießen?«

»Ich will es dir ja gar nicht ausreden. Entschuldige. Ich habe nur so viel um die Ohren. Hör zu.« Sie verschränkte meine Hände mit ihren und beugte sich zu mir. »Er kann nicht auf dich aufpassen.«

»Was meinst du damit?«

»Fabian ist jetzt für dich zuständig.«

»Was? Warum? Du bist Sängerin und keine Sicherheitsexpertin.«

»Er hat darum gebeten.«

Ihr Blick war nicht streitlustig. Eigentlich sah sie aus, als würde sie es nur ungern sagen. Ich stand so schnell auf, dass mein Stuhl fast umkippte.

»Ich kläre das.«

»Geh nur.«

Ich stapfte zu Carter und Fabian, der seinen kleinen Spiralblock in die Tasche steckte.

»Was soll das?«, fragte ich Carter mit verschränkten Armen.

»Das ist mein Stichwort«, meinte Fabian. »Wir sehen uns um sechs.« Er nickte mir zu und ging. An ihm war nichts auszusetzen. Er war ein ausgezeichneter Bodyguard und ein anständiger Mensch. Aber er war nicht Carter, der doch wirklich die Nerven hatte, mich anzulächeln, als würde ich ihn wahnsinnig amüsieren.

»Ich hätte es dir gesagt, aber Darlene hat darauf bestanden.«

Ich zog mir einen Stuhl heraus, um mich zu ihm zu setzen, damit der Tisch mich davon abhielte, ihn zu erwürgen.

»Mach's dir nicht gemütlich«, sagte er und stand auf. »Du musst deine Katze füttern.«

»Nein, muss ich nicht. Sie ist eine Streunerin. Sie kommt zurecht.«

»Hast du ihr schon einen Namen gegeben?« Er stapelte die leeren Essensbehälter.

»Sollte Fabian mich nicht fahren?« Es war praktisch ein Knurren.

»Wir konnten den Zeitplan erst ab heute Abend ändern. Ich fahre dich.«

Er entledigte sich des Abfalls und wartete, dass ich ihm zu seinem Audi folgte.

»Ich muss um eins zurück sein«, sagte ich.

»Kein Problem.«

Ich fühlte mich, als wäre ich ohne vernünftigen Grund abserviert worden. Ich hätte es nicht persönlich nehmen sollen. Er versuchte nur, seine Arbeit zu machen, und dabei war ich im Weg. Aber dass er mich offen zurückwies, mir seine Gesellschaft verweigerte, schmerzte mich zutiefst. Deshalb tobte und schäumte ich, selbst als er mir statt der hinteren Tür die Beifahrertür öffnete. Ich warf mich auf die Ledersitze, als würde ihm das eine Lehre sein, wie man eine Frau behandelt.

Bis wir vom Parkplatz auf die Straße fuhren, sagte er nichts.

»Du bist Furcht einflößend, wenn du sauer bist«, erklärte er. Dabei wirkte er gar nicht eingeschüchtert. Wenn überhaupt, wirkte er eher fasziniert, was mich noch wütender machte. Ich fühlte mich schlecht. Nutzlos. Überflüssig. Und er sah mit einem halben Grinsen in den Rückspiegel und hielt das Tempolimit ein, weil er überhaupt keine Emotionen hatte.

»Ich bin sauer auf mich selbst.«

»Warum?« Er spreizte die Finger und steuerte mit dem Handballen. Der Verband war im Laufe des Tages verrutscht und brachte den Schorf auf seinen Fingerknöcheln zum Vorschein.

»Weil ich geglaubt habe, was du heute Morgen gesagt hast.«

»Worüber?«

Darüber, wie gerne er mich küsste. Dass ihn der Geschmack meiner Lippen wild und impulsiv machte.

»Dass du dir die Hand an einer Pfanne verbrannt hast.«

Mit der Antwort hatte er nicht gerechnet. Er löste den Blick nicht von der Straße, legte aber den Kopf schief, als würde er seinen Fokus neu einstellen. Es hatte nie eine heiße Pfanne gegeben. Keine Ahnung, warum es eine Rolle spielte, aber so war es.

»Es sei denn, du fasst den Griff mit den Fingerknöcheln an«, versetzte ich. »Aber so gelenkig bin selbst ich nicht.«

Er hielt mit einem Ruck an einer roten Ampel. »Du bist gelenkig?«

Ich streckte die Hand aus und schnipste mit dem Fingernagel an seinen Verband. Der war fester, als ich erwartet hatte, und er zuckte zusammen.

»Weißt du was?«, fragte ich. »Ich bin froh, dass du mich fallen lassen hast. Du bist ein Lügner.«

»Moment mal.« Als er den Zeigefinger hob, ballten sich die anderen Finger nicht ganz zur Faust. Ich hatte im Leben schon viele entzündete und geprellte Muskeln gesehen. Wenn seine Hand sich nicht von einem kürzlich erfolgten Trauma erholte, würde ich eine Rolle Zehentape fressen.

»Sag einfach, dass du dich heute Morgen beim Frühstück nicht verbrannt hast, dann bezeichne ich dich auch nicht mehr als Lügner.«

»Ich habe …«

»Lügner.«

»Das ist nicht …«

»Lügner.«

»Machst du Witze?«

»Lügst du?«

An diesem Punkt lächelte ich fast, aber nur fast. Er hatte kein ganzes Lächeln verdient, und das wusste er auch, denn er verstummte. Zehn Minuten vergingen ohne Leugnen oder Vergeltungsmaßnahmen. Keiner von uns sprach, bis er den Wagen vor meinem Haus parkte.

»Gestern Abend«, sagte er, nachdem er tief Luft geholt hatte, »habe ich Vince aufgetan.«

»Warte. Du hast ihn *aufgetan*? Bist du über ihn gestolpert, oder hast du aktiv nach ihm gesucht?«

»Spielt das eine Rolle?«

Als er sich zu mir umdrehte, um seine dämliche Ausdrucksweise zu verteidigen, hätte ich mürbe werden und sagen können, dass es keine Rolle spielte.

»Und ob.«

»Na schön. Ich habe aktiv nach ihm gesucht.«

»Carter! Bist du wahnsinnig?«

»Glaubst du, ich kann nicht auf mich aufpassen?«

»Er spielt nicht fair. Er und seine Freunde sind Drogendealer. Du bist allein, und die sind Dutzende.«

»Merk dir Folgendes: Carter kann auf sich selbst aufpassen.«

Ich hatte geglaubt, in Sicherheit zu sein, wenn er mit mir zusammen war. Ich hatte geglaubt, ich müsste nur die Angst loslassen, dass ich Männer in Gefahr brachte. Ich hatte geglaubt, wenn wir zusammen wären, würde Vince kapieren, dass er nicht an mich rankäme, und mich in Ruhe lassen. Ich hatte ja keine Ahnung gehabt, dass Carter irgendeinen Machomachtkampf mit ihm anzetteln würde.

»Weißt du was? Ich bleibe einfach zu Hause. Sag Darlene, dass ich hier an *Make Him Yours* arbeite.«

Ich öffnete die Tür und lief zu meinem Tor. Hämmerte den Code ein wie ein Berufsboxer. Schwang das Tor auf wie ein Home-Run-Hitter.

Er holte mich an der Haustür ein.

»Erstens«, sagte er, »lass das Tor nicht hinter dir offen.«

»Geh weg.«

»Ich kann nicht.«

Ich lehnte mich mit dem Rücken an die Tür. Er stand mit mir auf der schmalen Stufe, sodass unsere Körper sich fast berührten.

»Warum hast du mich dann abserviert?«

»Abserviert?«

»Mich an Fabian weitergereicht. Was auch immer.«

Seine Miene drückte Verwirrung aus. Offener Mund. Zusammengezogene Augenbrauen.

»Was ist? Hat es dir die Sprache verschlagen?«

»Ich habe mit Fabian getauscht, damit ich mit dir zusammen sein kann.«

Jetzt war ich die Verwirrte. Der Verkehr in meinem Gehirn hielt plötzlich an und schuf eine Massenkarambolage aus Reaktionen.

»Was hast du denn gedacht?«, fragte er. »Dass ich dich im Wagen geküsst habe, damit ich dir eine Stunde später entkommen kann?«

»Nein, ich …«

»Du glaubst, ich hab Jagd auf den Mistkerl gemacht, der deinem letzten Freund mit einem Brecheisen das Gesicht zu Brei geschlagen hat, weil ich dich abservieren wollte?«

Ich ballte die Fäuste und schüttelte sie. In mir hatte sich so viel aufgestaut. Ich war so wütend über ihn und so beschämt, dass ich nicht einmal sprechen konnte. Denn was er sagte, ergab totalen Sinn. Schließlich hatte er nie gesagt oder angedeutet, dass er mich nicht um sich haben wollte. Er hatte nur eine Entscheidung über sein Leben getroffen, damit ich hineinpasste. Und ich hatte ihn dafür angeschrien.

»Hör zu«, fuhr er fort. »Es fühlt sich für mich nicht richtig an, dich als Klientin anzunehmen, wenn ich dich nur endlich anfassen will. Du lenkst mich zu sehr ab. Wenn ich beides mache, werde ich keiner Aufgabe gerecht. Deshalb habe ich einen Entschluss gefasst. Das ist keine große Sache. Carlos hat gesagt, wenn Darlene einverstanden wäre, könnte ich es machen, und Darlene wollte sichergehen, dass du dich nicht unter Druck gesetzt fühlst. Deshalb hat sie es dir gesagt und nicht ich.«

Ich spürte ein Kitzeln an meinen Knöcheln und ein schwaches Vibrieren. Wir blickten nach unten. Die graue Katze schlängelte sich zwischen meinen Beinen.

»Sie mag dich.« Er hob mit zwei Fingern mein Kinn an und zwang mich, in seine ozeanblauen Augen zu sehen. »Und ich auch.«

»Ich hätte nicht sauer werden dürfen, weil du getauscht hast, ohne vorher mit dir Rücksprache zu halten.«

»Schon okay.«

»Aber dass du Vince angegriffen hast?« Er ließ seine Hand sinken, doch ich senkte den Kopf nicht. »Das war dumm.«

»Danke, Mom.« Er hob die Katze hoch. In Gegenwart des schnurrenden Tieres wurde er weich. »Jetzt mach auf, bevor Mrs Grey verhungert.«

»Mrs Grey?«

»Ein Name so gut wie jeder andere.«

Ich strich mit dem Finger über das weiche Fell auf ihrem Kopf. Sie schnurrte. Als wir sie gemeinsam streichelten, kam es mir vor, als hätten wir einen gemeinsamen Entschluss gefasst.

»Sie sieht zu jung aus, um verheiratet zu sein.«

»Es ist leichter auszusprechen als Miss Grey.«

»Dann vielleicht nur Grey?«

Er hielt sie hoch. Ihre Beine versteiften sich, und sie fuhr die Krallen aus.

»Wie gefällt dir das?«, fragte Carter die Katze. Sie machte ein Geräusch, das nicht ganz ein Miau war und offensichtlich besagte, dass sie sofort runtergesetzt werden wollte. »Das verstehe ich als ein Ja.«

Ich öffnete die Tür, und Carter setzte die Katze auf den Boden. Als wir beide im Haus waren, drehte ich mich um und sah, dass Grey mit schnipsendem Schwanz noch auf der Treppenstufe saß.

»Kommst du nicht rein?«, fragte ich.

Sie miaute laut, als wäre ich eine dumme Frau, die eine dumme Frage stellte.

»Sie hat Hunger, und sie frisst im Garten«, erklärte Carter, der schon auf dem Weg in die Küche war. »Reinkommen hat nichts mit Fressen zu tun.«

Es kam mir komisch vor, der Katze die Tür vor der Nase zuzumachen, aber ich tat es. Sobald die Tür zu war, huschte sie über den Zaun, der nach hinten führte. Carter hatte recht gehabt. Er kannte sich mit Katzen aus, oder vielleicht verstand er auch nur, wie sich Katzen, und auch Menschen, verhalten.

Als ich in die Küche kam, war die Schüssel voll, und er verschloss schon die Trockenfuttertüte. Ich brachte den Napf zur Hintertür und spähte nach draußen. Grey saß vor meinem Schlafzimmer, wo ich beim letzten Mal herausgekommen war, als sie Futter bekam. Sie würde sich umgewöhnen müssen. Ich würde nicht jedes Mal durchs Schlafzimmer laufen.

Als ich den Napf abstellte, kam sie herbeigeeilt.

»Gern geschehen«, sagte ich, als sie es sich schmecken ließ.

Ich nahm Carters Geruch wahr, noch bevor ich seine Fingerspitze in meinem Nacken spürte. Die Berührung erweckte meine schlafende Haut zum Leben, wie die erste Bewegung eines Tanzes bei Windstille. Ich schloss die Augen.

»Für den Rest des Tages bist du meine Klientin«, sagte er mir ins Ohr.

»Und dann?«

»Dann werde ich dich ausziehen und jeden Zentimeter deines Körpers küssen.«

Ich schnappte nach Luft. Schloss die Augen. Ein Zittern aus Erregung lief mir über den Rücken. Ich krümmte mich ein wenig, weil es so unerwartet kam.

Ich wollte mich umdrehen, doch er schlang die Arme um mich.

»Wenn ich bei dir bin, will ich dumme Sachen machen.«

»Wie dumm?« Meine Stimme brach.

»Ich will dich zum Orgasmus bringen.«

Seine Fingerspitze glitt unter meinen Hosenbund. Seine Lippen strichen über meinen Hals. Mein Körper geriet außer sich. Jeder Tropfen Blut und Feuchtigkeit, jeder elektrisierende Funken wurde sofort zwischen meine Beine geleitet. Die Verbindung, die vom Gehirn zum Mund verlief, wurde umgelenkt. Ich konnte das Wort Ja nicht aussprechen, doch meine Hüften schoben sich nach vorn und drängten seine Hand am Rand meines Hosenbundes noch einen Zentimeter weiter.

»Ich dachte, das dürftest du nicht. Ich dachte, solange ich deine Klientin sei ...«

»Ich weiß. Ich darf es auch nicht. Aber ich kann auch nicht aufhören, dich zu begehren. Willst du einen Orgasmus?«

So eine simple Frage, und so ein breites Spektrum Antworten.

Ja, ich wollte einen Orgasmus. Aber ich hatte meine Wut auf ihn gerade erst überwunden, und meiner Meinung nach standen zu viele unbeantwortete Fragen zwischen uns. Ich wünschte mir ein richtiges Date mit einem schicken Abendessen und ein bisschen Knutschen im Kino, bevor ich ihm meinen Orgasmus schenkte.

Doch seine Hand war so warm, und meine Muskeln darunter zitterten und zuckten.

Also nickte ich, bevor mein Gehirn meine Kehle zwecks Antwort einschalten konnte.

Seine Hand glitt über mein Dreieck zwischen den Beinen und zog mich an ihn. Er war hart an meinem Po und rieb sich an mir, während seine Finger die feuchte Mitte fanden.

»Ja«, sagte er mit tiefer Befriedigung und schob die andere Hand unter mein Shirt, um meinen hart gewordenen Nippel zu finden. »Du bist so was von bereit.«

Er fuhr mit zwei Fingern über meine Klit und hielt mich im eisernen Griff seiner Arme.

»Ja«, war das einzige Wort in meinem Vokabular.

Er umspielte sanft meine Klit und konzentrierte die Lust an einer zentralen Stelle an der Spitze. Meine Hüften zuckten mit seiner Stimulation, und er hielt mich so fest, dass ich mich so sicher fühlte wie nie zuvor.

»Ich wusste, dass du so heiß bist«, sagte er mir ins Ohr. »Ich kann es nicht erwarten, meinen Schwanz in dich zu schieben. Ich werde dich ficken, bis dir Hören und Sehen vergeht.«

Ich antwortete mit einer Reihe abgehackter Atemzüge. Ich stand auf Zehenspitzen, gebogen wie ein Buchstabe im Alphabet, die Muskeln angespannt und bereit, erlöst zu werden.

»Sag meinen Namen, wenn du kommst.«

»Ca…ah…ah…«

»Das ganze Wort.«

»Carter.« Ich spuckte es aus, und das letzte R klang wie ein Güterzug, während ich in seinen Armen zuckte. Er hielt mich fest, während ich kam, drückte seine Erektion gegen mich und lockerte seine Berührung, um den Orgasmus auszudehnen.

Er hielt still, umfasste mich, wo ich jetzt empfindlich war, ohne sich zu bewegen, als ob er immer noch weitermachen, mir aber nicht wehtun wollte. Als ich erschlaffte, hielt er mich aufrecht.

»Danke«, keuchte er, während ich wieder zu mir kam.

»Ich will dich nicht erschrecken, aber die Katze hat die ganze Zeit zugeschaut.«

Grey saß am fast leeren Futternapf und putzte sich, als hätte sie nichts gesehen. Ich stellte mich wieder richtig hin, und als ich festen Stand hatte, ließ Carter mich los.

»Du hättest sie Pervie nennen sollen.«

Ich richtete mich auf. Zog meinen Hosenbund hoch. Das Shirt wieder runter. Atmete tief durch. Ich würde mich erkenntlich zeigen müssen.

Ich konnte es kaum erwarten.

Das Gefühl seines Schwanzes an meinem Po hatte mir den Rest gegeben. Ich wollte ihn berühren, doch als ich nach seinem Gürtel greifen wollte, hielt er mich sanft davon ab.

»Ich muss mal verschwinden«, sagte er und küsste mich auf die Fingerknöchel.

»Klar.« Ich verschränkte meine Finger mit seinen und führte ihn ins Innere des Hauses.

# KAPITEL 22

## CARTER

Eigentlich wollte ich ihren Geruch gar nicht von meinen Fingern waschen, aber ich musste meinen Ständer loswerden, und die volle Blase war dabei nicht gerade hilfreich. Ich wusch mir die Hände, betrachtete mich im Spiegel und fuhr mir mit den nassen Fingern durch die Haare.

In wenigen Stunden würde Fabian sie als Hauptklientin übernehmen, und ich würde nach Hause gehen, zu Abend essen, Phin ins Bett bringen und noch ein wenig fernsehen. Fast wie immer.

Würde wie immer es nicht mehr bringen? Reichte die Aufrechterhaltung des Status quo mir aus?

Ich hatte große Anstrengungen unternommen, um Phin zuliebe einen festen Tagesablauf einzuhalten. Ich sorgte dafür, dass er mit nichts anderem klarkommen musste als mit Großwerden. Keine Frau mit nach Hause zu bringen, an die er sich gewöhnen musste, war eine bewusste Entscheidung gewesen.

Meine Entscheidungen wurden immer weniger bewusst.

Wenn Emily in meiner Nähe war, war es vorbei mit der Kontrolle. Ich kannte viele schöne und auch kluge Frauen. Emily hatte echtes Talent, doch in Hollywood war Talent wertlos. Meine Reaktion auf sie kam aus dem Bauch heraus. Mein Körper setzte meinen Verstand außer Kraft. Ich musste sie haben. Ich war noch nie nach etwas süchtig gewesen und deshalb nicht darauf vorbereitet, was eine Sucht mit einem machen kann.

Ich wusste nicht, ob es mir gefiel, aber ich wusste, dass ich nicht dagegen ankam. Wie ein Süchtiger fühlte ich mich gegenüber meiner Sucht machtlos.

Emily hatte die Studiotür für mich offen gelassen, und Grey stand davor Wache. Aus den Lautsprechern tönte das Ticken des Metronoms, viel lauter als Darlenes Singstimme vom Band. Emily stand mit engen schwarzen Shorts und einem bauchfreien Top mitten im Raum vor einer Spiegelwand.

»Stopp«, sagte sie, und ich blieb auf halbem Wege stehen. Grey war nicht so gehorsam, hüpfte auf den Stuhl und rollte sich zu einer Sphinx zusammen. »Fünf zurück.«

Ich brauchte eine Sekunde, um zu verstehen, dass sie gar nicht mich meinte. Die Lautsprecher piepsten, und der Song begann an einer anderen Stelle von Neuem. Sie machte einen Schritt, beugte sich vor, warf die Arme hoch, vollführte einen Drehsprung und landete.

»Stopp. Vermerk machen.« Sie erblickte mich im Spiegel. »Hallo, Carter.« Auf dem Bildschirm über ihr erschien unter Notenlinien *Hallo, Carter*. Sie schüttelte den Kopf und rief: »Pause.« Das Diktiergerät stoppte.

»Entschuldige«, sagte sie zu mir.

»Schon in Ordnung.«

»Ich schulde dir was«, sagte sie. »Für den … ähm …« Sie rang die Hände und errötete.

»Orgasmus?«

Hinter mir miaute Grey.

»Ja.«

»Das war ein Geschenk von mir. Und ich bin noch im Dienst. Du darfst die Kontrolle verlieren, aber ich nicht.«

Enttäuscht senkte sie den Blick auf ihre nackten Füße.

»Dann eben ein andermal.«

»Bald. Willst du hierbleiben oder zurück zum Citizens Warehouse fahren?«

Ich machte nur meine Arbeit, aber ich wollte gern bleiben. Ich wollte ihr Sicherheitssystem noch einmal überprüfen, um sicherzugehen, dass Vince meinen Besuch nicht als Vorwand nutzen würde, bei ihr vorbeizuschauen.

Und ich wollte sie für mich. Selbst wenn sie kein Wort mit mir sprach, wollte ich der Einzige in ihrer Umlaufbahn sein,

»Können wir hierbleiben?«, fragte sie. »Ich schaffe mehr, wenn ich allein bin, und an diesem Stück muss ich wirklich arbeiten.«

»Unbedingt. Ich rufe im Studio an und sage Bescheid, dass du zu Hause arbeitest.«

»Sag Simon, dass ich den Tänzern den Nachmittag freigebe. Sie haben es sich verdient.«

»Mach ich. Ich überprüfe jetzt deine Videoüberwachung, dann komme ich wieder.«

»Gut.« Sie ging zu ihrem Laptop und schaltete die Musikanlage wieder an. Als ich gerade gehen wollte, rief sie mir nach.

»Carter?«

»Ja?«

»Danke.«

Sie dankte mir für mehr als nur für den Anruf und die Überprüfung des Sicherheitssystems. Ich nickte und ging hinaus, bevor ich sie wieder küsste.

# KAPITEL 23

## EMILY

Als ich meine Hüften dem Rhythmus überließ, statt sie zu steuern, konnte ich auf einmal sehr klar denken. Ich bewegte mich nur zur Musik. Mein Körper diente der Musik und ließ mein Gehirn in Ruhe arbeiten.

Meine Sorge, meine Furcht, meine tief sitzenden Neurosen Carter betreffend hörten auf, mich zu quälen. Carter könnte von Vince verprügelt werden oder selbst so schlecht sein wie Vince. Er könnte sich bei dem Versuch, mich zu schützen, selbst verletzen. Er könnte meinen Lebensstil sattbekommen und mich verlassen.

All das konnte passieren, doch während ich tanzte, machte es mir nichts aus.

Mein erster Freund Noah hatte mich absierviert, als ich siebzehn war. Er hatte schulterlange blonde Locken und blaugraue Augen so groß wie die Globen im Klassenzimmer. Wir hatten in der Garage seiner Eltern ein paarmal ungeschickten Sex gehabt, Süßholz geraspelt und auf dem Schulhof der Lincoln Park High Händchen gehalten. Eine Woche später veränderte er sich. Er stritt es ab, aber junge Mädchen sind sehr intuitiv. Er wartete morgens nicht mehr am Schließfach auf mich und eiste sich nicht mehr von seinen Freunden los, um mich auf den Mund zu küssen. Im Physiksaal setzte er sich neben Stu Marren statt zu mir und gab als Grund an, dass Stu in Physik besser sei als ich. Beim Basketballspiel gegen Lake View hielt er mir keinen Sitz frei, weil angeblich nicht genügend Platz war. Ich setzte mich zu ein paar Mädchen, die ich kannte, aber meine engsten Freundinnen waren eher künstlerische Typen und Darlene, die auf der anderen Seite des Flusses wohnte. Außer beim Turnen sah ich sie nur, wenn sie mit dem Bus zu mir kommen konnte oder wenn es bei ihr zu Hause Probleme gab.

Noah war immerhin so respektvoll gewesen, erst ein paar Wochen später mit Tammy Winston auszugehen. Doch zu Beginn der Frühjahrsferien waren sie ein Paar, und ich hatte mit der Sache nicht abschließen können.

Als Darlene und ich nach Los Angeles gekommen waren, hatte es Männer gegeben. Wir zwei machten die Stadt unsicher. Die Männer umschwärmten uns. Manager. Agenten. Plattenfirmenfuzzis. Andere Musiker, die sich an uns dranhängen wollten. Lag es an unser beider Talent? Oder nur an Darlenes? Ich erfuhr es nie, und ich stellte es erst infrage, als ich Vince traf.

Bis ich Vince traf, hatte ich alles unter Kontrolle. Ich fühlte wenig, arbeitete viel und verlor nie die Konzentration.

Ich fand nie heraus, was mit mir geschah. Warum ich mich gefühlsmäßig auf ihn eingelassen hatte. Ich hatte schon bessere Typen getroffen. Bei Vince deutete alles darauf hin, dass er ein Verlierertyp war. Ein »legaler« Drogenhändler, der noch bei seiner Mutter wohnte, die ihn von vorn bis hinten bediente. Seine Freunde waren Arschlöcher. Er hatte keinerlei interessante Hobbys oder irgendwelche Talente.

Doch er sagte genau das Richtige. Er sagte mir, ich sei wunderbar und etwas ganz Besonderes. Hatte mir das niemals jemand gesagt? Meine Eltern schon, doch es war bei mir nicht angekommen. Vielleicht waren sie auch die Einzigen gewesen, die es mir gesagt hatten, und ich sehnte mich danach, es aus anderem Mund zu hören.

Es war schön, einen Freund zu haben, der nicht ständig auf cool machte. Einen Freund, der keine Angst davor hatte, mir zu sagen, dass ich ihm wichtig sei. Und nur ihm. Dass ich perfekt für ihn sei, und ich investierte so viel Energie darin, ihm zu glauben, dass ich nicht sah, wie er mein Selbstbewusstsein ankratzte.

Als er endlich weg war, war er nicht richtig weg. Von da an nahm ich mich vor jedem Mann in Acht, der willens war, zu sagen, dass er mich wollte. Auch vor Carter.

Doch während ich an jenem Nachmittag in meinem Garagenstudio an der Choreo für *Make Him Yours* arbeitete, bekam der Panzer aus Angst Risse.

Niemand würde Carter wehtun.

Doch unter dem Panzer saß noch eine nackte Angst, die ich mir nicht eingestanden hatte.

Würde Carter mir wehtun?

# KAPITEL 24

## CARTER

Grey folgte mir, als ich an den Grenzen des Grundstücks patrouillierte. Es war klein, wodurch es leicht zu überwachen und zu schützen war. Die überschaubare Größe bedeutete aber auch, dass jeder, der eindrang, nicht weit zu gehen brauchte, um an Emily ranzukommen.

Die Katze schien kleine, dunkle Räume langweilig zu finden. Als ich die Videoüberwachung überprüfte, verzog sie sich. Alles schien in Ordnung zu sein. Das Innere der Garage war auf den Monitoren nicht zu sehen, doch die Kamera folgte den Bewegungen der Katze, als sie mit aufgerichtetem Schwanz durch die offene Tür lief. Emilys Gestalt kreuzte die rechteckige Türöffnung, während sie zu für mich nicht hörbarer Musik tanzte. Sie blieb stehen, sagte etwas und führte die Bewegung noch einmal aus. Auch wenn ich auf dem zweidimensionalen Bildschirm nur wenig von ihr sah, beobachtete ich sie wahnsinnig gern. Ihr Körper bewegte sich so natürlich, dass ich wusste, wohin sie tanzen wollte, bevor sie dort ankam. Ihre Bewegungen waren vollkommen, und ich sah bewundernd auf den Bildschirm, bis sie aufhörte, dort zu tanzen, wo ich sie sehen konnte.

Ich hatte bei ihr eine Grenze überschritten. Ich hatte keine Wahl.

Nein, korrigierte ich mich auf dem Weg zurück ins Studio. Ich hatte sehr wohl eine Wahl. Ich war ein erwachsener Mann. Ich hatte die bewusste Entscheidung getroffen, sie zu wollen, und mich bewusst dafür entschieden, sie auch zu bekommen.

Das stimmte nur zum Teil.

Es war alles bewusst, bis auf die Aspekte, die völlig vom Instinkt geleitet waren.

Als ich in ihr kleines Studio zurückkam, machte sie gerade eine Pause. Sie saß im breiten Spagat auf dem Boden, während ihre Stirn das Parkett berührte. Die Lautsprecher waren stumm, aber sie nicht.

Ihre Stimme hallte von den weißen Wänden wider. Sie sang. Sie traf die Töne und hatte Power in der Stimme, doch was mich besonders anzog, war ihr Gefühl. Als legte sie viel mehr in den Song als nur ihre Stimme.

»*Amazing grace, how sweet ...*«

Sie hielt inne und hob den Kopf.

»Hör nicht meinetwegen auf«, bat ich und reichte ihr die Hand, um ihr aufzuhelfen, was sie ignorierte.

»Nicht deinetwegen.« Sie löste sich mit Leichtigkeit aus ihrer Position und stand ohne Hilfe auf.

»Mir gefällt, wie du singst.«

»Nein. Tut es nicht. Du hast mich doch gehört. Sogar die Katze singt besser.« Sie zeigte auf einen Stuhl neben einem Tischchen mit einem Glas Wasser drauf. Auf dem Stuhl hatte es sich die Katze gemütlich gemacht, die mit den Hüften wackelte und schnurrte, als wollte sie ihren Platz behaupten.

»Ich habe dir eine Sitzgelegenheit organisiert, aber ...«

»Ich sitze im Dienst nicht. Erzähl mir von deinem Gesang.«

Sie wandte sich ab, doch da sie vor dem Spiegel stand, sah ich sie trotzdem.

Dort, wo ihre Stirn den Boden berührt hatte, hatte sie einen roten Punkt, und der Rest ihres Gesichts war von der ungewohnten Position rot angelaufen. Ihre blonden Haare lösten sich aus ihrem Dutt, als hätte sie einen Stromschlag erlitten.

Ich ging zu ihr. Ich konnte nicht anders. Sie verkörperte reine Schönheit und Bewegung. Als ich mich hinter sie stellte, trafen sich unsere Blicke im Spiegel.

»Ich brauche deine Hilfe«, sagte sie.

»Ja?«

Sie nahm meine Hand und ließ sie nicht los.

»Kannst du tanzen?«

Ich lachte. »Nein.«

»Weißt du, wie man so tut, als könnte man es?«

Sie ging einen Schritt zurück, ohne meine Hand loszulassen.

»Ich bin kein Durch-Schein-zum-Sein-Typ.«

Sie hob den Arm und drehte sich unter unseren Händen. Wich wieder zurück.

»Du kannst so tun, als ob, oder ich rufe Monty an, damit er mit mir tanzt.«

Sie drehte sich in unsere Arme, bis ihr Rücken an meiner Brust lag. Sie passte wie eine Pistole ins Halfter, schmiegte sich an meinen Körper, als seien wir füreinander geschaffen.

»Er tanzt besser.«

Meine Arme um sie geschlungen, trat sie einen Schritt nach links und ich mit ihr.

»Ich brauche keinen besseren Tänzer«, erwiderte sie. »Ich brauche jemanden, der mir folgt.«

»Ich folge nicht.«

Sie streckte den linken Fuß heraus und neigte sich zur Seite. Ich neigte mich ebenfalls. Sie wandte sich mir zu.

»Du folgst mir schon während des gesamten Gesprächs.«

Sie drückte gegen meine Hand und drehte sich weg. Ich zog sie zurück in meine Arme. Ihre Lippen waren geöffnet, auf ihren Wangen schimmerte der Schweiß, und ihre Haare klebten an ihrer Haut. So würde sie aussehen, wenn ich sie richtig durchfickte. Verschwitzt. Derangiert. Leicht benommen. Genau wie jetzt. Ich würde ihr die Haare von den Lippen streichen. Ihr den Schweiß von der Haut küssen und die Tränen weglecken, die sie wegen mir weinte.

Mein Schwanz drückte gegen meine Hose.

»Was muss ich machen?«

»Mich hochheben, wenn ich es dir sage.« Sie hob die Arme und wirbelte zum Spiegel herum. Ich stand hinter ihr und wartete. »Kannst du deine Schuhe ausziehen?«

Ich zog sie aus und stellte sie an die Wand.

»Die Socken auch.«

Ich lehnte mich an die Wand und zog die Socken aus.

»Sonst noch was?«, fragte ich.

»Ähm, ja.« Sie legte die Hand auf ihre Brust. »Mit Hemd und Schlips fehlt dir die Bewegungsfreiheit. Hast du ein Unterhemd an?«

»Ja.«

»Dann trag nur das.«

Ich zog mich bis aufs Unterhemd aus und lief auf sie zu. Ihr Blick verweilte auf meinem Oberkörper und meiner Taille und blieb schließlich an meinen Füßen hängen.

»Was ist?«, fragte ich. »Soll ich die Socken wieder anziehen?«

»Du hast sehr schöne Füße.«

Ich betrachtete ihre. Sie stellte einen Fuß über den anderen, als wollte sie etwas verstecken, aber ich hatte sie schon gesehen. Sie waren knorrig und schwielig, in Abständen getapet. Reine Muskeln und purer Kampf. Die Füße einer Tänzerin waren wie

Boxerfäuste. Instinktiv öffnete und schloss ich meine geprellte rechte Hand.

»Bist du so weit?«, fragte ich.

»Ja.« Sie nahm ihre Position vor dem Spiegel ein. »Stell dich direkt hinter mich. Wenn ich es dir sage, fass mich unter dem Brustkorb, genau hier.« Sie legte die Daumen an die Stelle, wo ich sie umfassen sollte. »Heb mich gerade hoch und folge mir. Wir machen es erst mal ohne Musik.«

»Okay. Alles klar.«

Ich war mir nicht sicher, ob alles klar war. Wir würden Monty anrufen müssen, damit sie ihre Arbeit erledigen konnte. Aber wenigstens könnte sie mir nicht vorwerfen, dass ich es nicht versucht hätte.

Sie riss die Arme hoch und senkte sie wieder. Das einzige Geräusch im Raum waren ihre Füße auf dem Boden und ihr lautes Atmen bei jeder Bewegung.

Sie stieß rückwärts gegen mich, breitete die Arme aus und sagte: »Jetzt!«

Ich hob sie hoch. Sie beugte sich nach links, und ich bewegte mich mit ihr, als sie ein Bein beugte und sich zur Seite neigte, als würde sie fliegen.

»Links-eins-zwei«, befahl sie, und ich machte zwei Schritte nach links. »Ab.«

Ich setzte sie ab.

»Du bist echt schrecklich«, stellte sie fest. »Aber damit kann ich arbeiten.«

Ich lachte. Sie hatte den Nagel auf den Kopf getroffen, was mich betraf, und mir gleichzeitig Mut gemacht.

# KAPITEL 25

## EMILY

Ich wusste nicht, was ich mir beweisen wollte, indem ich mit ihm an Hebungen arbeitete. Ich wollte ihm vertrauen, doch seine Fähigkeit, mich hochzuheben, ohne mich fallen zu lassen, hatte nichts damit zu tun, wie viel von meinem Herzen ich ihm schenken konnte. Sich beim Tanzen zu verstehen, hieß nicht, dass wir auch auf der emotionalen Ebene harmonierten.

Ich musste wissen, dass es möglich war. Ich musste wissen, ob er meine Arbeit respektierte, ob er mir helfen würde, ohne es als Weiberkram abzuqualifizieren. Ich musste wissen, ob wir mit unseren Körpern sprechen konnten. Ich wollte seine Hände auf meinem Körper spüren.

Und arbeiten musste ich auch.

Er hatte nicht das geringste Talent. Nicht fürs Tanzen. Aber im Vorausahnen, was ich brauchte, und im Geben von hundertprozentiger Bereitschaft, mir zuzuhören? Der reinste Wunderknabe. Er ließ sogar die Hände da, wo sie hingehörten.

Doch es half mir weniger als erhofft, denn im Laufe dieser ersten Stunde waren seine Hände nicht dort, wo ich sie wollte. Er war mir so nahe, und seine Berührung war so fest und männlich, dass ich mich zusammenreißen musste, um mich auf die Arbeit zu konzentrieren.

»Habe ich eine Zukunft im Tanz?«, fragte er während der ersten Pause.

»Nicht so richtig.« Ich warf ihm eine Wasserflasche zu. Er drehte den Verschluss mit einem Knacken auf und trank, wobei er die Flasche mit seiner Riesenhand zusammenquetschte. »Hebungen sind schwer, aber die hier sind leicht. Darlene ist auch keine besonders gute Tänzerin.«

»Autsch.« Er wischte sich mit dem Handgelenk über den Mund und sah mich an, als wollte er sich in mich eingraben. In dem Moment wirkte der sonst so selbstsichere und kontrollierte Gentleman wie ein Tier.

»Das weiß sie selbst.« Ich nippte an meinem Wasser und wich Carters animalischem Blick aus.

Als sein Handy piepste, sah er nach. Er runzelte die Stirn, und der Bann war gebrochen.

»Toilettenpause«, sagte ich. »Gib mir fünf Minuten.«

Er nickte, ohne mich anzusehen.

Ich schlüpfte in die Studiotoilette und atmete durch. Er hatte mich eine Stunde lang angefasst, und ich war so ein braves Mädchen gewesen. Doch als ich allein war, traf mich die Gesamtwirkung seiner Hände mit voller Wucht. Mein Becken fühlte sich schwer an, als wäre von meinem Herzen abwärts alles zu reiner Flüssigkeit geworden, würde der Schwerkraft nachgeben und am tiefsten Punkt landen. Zwischen meinen Beinen. Aus dem Konzept gebracht und mit einem Pochen zwischen den Beinen, lehnte ich mich ans Waschbecken. Als ich die Beine zusammenpresste, wurde das schmerzliche Sehnen zugleich befriedigt und entflammt.

Ich hörte ihn draußen reden, verstand aber die Worte nicht. Er schien aufgeregt zu sein. Vielleicht wollte er erst einmal in Ruhe gelassen werden. Eine Minute. Oder auch zwei. Ich könnte die gesamte fünfminütige Pause auf der Toilette verbringen, und er wäre mir dankbar dafür.

Länger bräuchte ich nicht.

Ich schob meine Hand unter meinen Hosenbund, legte sie um die Schrittpartie meiner elastischen Shorts und rieb kurzerhand meine feuchte Möse. Himmel, er könnte seinen Schwanz so leicht in mich kriegen. Er würde einfach hineingleiten. Mich weit dehnen. Dabei an meiner Klit ziehen. Und der animalische Mann mit dem verschwitzen Hemd würde mich ficken. Er würde auf mir liegen. Er würde mich festhalten und wie ein Tier in mich stoßen. Meine Hüften aufs Bett drücken, sodass seine mächtige Wurzel an meiner Klit reiben würde.

Als seine imaginäre Hand in meinen imaginären Mund wanderte, verlor ich den Verstand.

Ich war kaum mit dem Orgasmus fertig, als mich ein Splittergeräusch zurück in die Realität holte. Ein weiteres kam direkt danach, und die Toilettentür wurde aufgebrochen.

Auf der anderen Seite stand Carter, jetzt wieder im Anzug, und keuchte.

Meine Hand war noch in meiner Hose.

»Kannst du nicht anklopfen?« Ich zog die Hand heraus.

»Du hast geschrien.«

Ich stellte fest, dass meine rechte Hand feucht von Mösensaft war, und versteckte sie hinter meinem Rücken.

Er lachte, aber nicht aus Amüsement. Sondern aus Erleichterung und aus einem Aha-Erlebnis heraus.

»Du bist so heftig gekommen, dass du geschrien hast.« Er trat in die Toilette. Ich wich nicht von der Stelle. »Als ich es dir vor einer Stunde besorgt habe, warst du still.«

»Da waren wir auch draußen. Aber du solltest trotzdem anklopfen.«

Noch ein Schritt auf mich zu. Er stand jetzt Zentimeter entfernt.

»Woran hast du gedacht?«

Ich schluckte. Es war das Beste, es zuzugeben, oder?

»An dich.«

»Inwiefern? Was hab ich gemacht?« Endlich berührte er mich und fuhr mit der Hand von meiner rechten Schulter zum Ellbogen. »Hab ich dich gefickt?«

»Ja.«

Mit sanftem Druck zog er meinen Arm hinter meinem Rücken hervor.

»In welcher Stellung?«

»Du warst oben, aber …« Er hob meine feuchten Finger an seine Lippen, und ich musste innehalten, um die Kontrolle über eine neue Welle der Erregung zu bekommen. »Es war nicht die Missionarsstellung.«

»Wie denn?«

Er steckte sich einen Finger in den Mund.

»Du hast mich sehr hart rangenommen. Du hast mich runtergedrückt, um mich stillzuhalten, damit du …« Jetzt schob er zwei Finger in seinen Mund und lutschte an ihnen, als er sie wieder herauszog. Das war so heiß, dass sich die Hälfte meines Hirns ausschaltete. Ich musste die Klappe halten.

»Damit ich was?« Er schloss die Augen, als er mich auf die Handfläche küsste.

»In mich stoßen konntest.« Ich grinste verlegen und wandte den Blick ab. Normalerweise sprach ich nicht so. »Es war, als wolltest du in mich kriechen.«

»Das will ich auch«, erwiderte er.

Er ließ meine Hand sinken und führte sie an seinen Schritt. Sein Schwanz dehnte seine Hose, und als ich dagegendrückte, schnappte er nach Luft. Ich wollte es. Mir lief schon das Wasser im Mund zusammen. Noch nie zuvor hatte ich einem Mann unbedingt einen blasen wollen. Ich hatte es aus Pflichtgefühl getan.

»Du hast mir schon zwei Orgasmen geschenkt«, sagte ich. »Technisch gesehen.«

Er sah an die Decke, als wollte er Gott bitten, den Konflikt für ihn zu lösen. Ich machte es ihm so schwer wie möglich, indem ich durch die Hose seine Erektion rieb.

»Du bist zu perfekt«, murmelte er.

»Ist das was Schlechtes?«

Er schob meine Hand weg und küsste mich noch einmal auf die Handfläche, bevor er hineinsprach.

»Ich verspreche, meinen Schwanz tief in dich zu schieben. Ich verspreche, dich festzuhalten, wenn du kommst. Bald. Ich kann es nicht mehr lange aushalten.«

»Wir haben eine halbe Stunde. Wir können die Tür abschließen.«

Stand ich wirklich in meiner Studiotoilette und flehte ihn an, ihm einen blasen zu dürfen? Was war über mich gekommen?

Hinter der kaputten Tür, im Studio, piepste sein Telefon. Er ließ meine Hand los.

»Bleibst du heute Abend zu Hause?«

»Warum?«

»Fabian ist auf der West Side. Wenn du ausgehen willst, braucht er mehr als eine Stunde, bis er hier ist.«

»Bleib!«, sagte ich. Dumm. Impulsiv.

»Ich muss wohin.«

»Wohin denn?«

Noch bevor ich die Frage artikuliert hatte, war mir klar gewesen, dass er es mir nicht sagen würde. Er wollte so tief in mir sein, dass er mich dafür festhalten musste, mir aber nicht sagen, wohin er mit meiner Erektion ging?

Denn jawohl – diese Erektion gehörte mir.

»Ruf einfach einen von uns an, wenn du irgendwo hin willst. Carlos sorgt dafür, dass dich jemand begleitet.

»Aber du wirst *irgendwo* sein?« Ich verschränkte die Arme. Zwei Minuten nach einem Orgasmus war die Verärgerung so groß, dass ich schreien musste, und ich war so sexuell frustriert, dass ich meinen Ärger nicht verbergen konnte.

»Fabian holt dich morgen früh ab. Ich bin morgen im Studio bei Darlene. Dann ist Samstag. Können wir am Samstag ausgehen? Ein richtiges Date, ein schönes Abendessen und danach die beste Nummer unseres Lebens.«

Ich hätte dankbar sein sollen, dass er so ein Gentleman war. Welche Frau träumte nicht von einem Mann, der willens war, um Ritterlichkeit und Sicherheit willen auf seine sofortige Befriedigung zu verzichten?

»Klar«, sagte ich, ohne mich auf irgendetwas festzulegen. Nicht im Geiste. Im Geiste war ich nur mit dem Date einverstanden, nicht mit dem Sinn des Angebots. Ich wusste, dass ich unaufrichtig war, aber es war mir egal.

»Deine Tür repariere ich wieder«, versprach er, als er über die Schwelle zurück ins Studio trat.

»Keine Sorge.« Ich lächelte, doch insgeheim überlegte ich, wo meine Schlüssel lagen, und berechnete die Entfernung zwischen der Haustür und der seitlichen Auffahrt. »Ich gehe jetzt duschen. Nicht gucken.«

»Okay.« Mit erhobenen Händen trat er rückwärts den Rückzug an und lächelte mit dem Mund, der gerade den Mösensaft von meinen Fingern gelutscht hatte. Mit diesem Mund konnte er doch wohl keine andere Frau küssen!

Ich griff nach dem Duschknopf und winkte ihm geziert zum Abschied, als das Wasser lief.

Lächelnd winkte er zurück. Machte mit kleinem Finger und Daumen eine Anrufgeste.

Ich zog den Saum meines Tops nur langsam hoch, damit er sich entscheiden konnte, was er tun wollte. Er ging, bevor er einen Blick auf meine Titten erhaschte.

Als ich hörte, wie sich die Studiotür schloss, zog ich den Träger wieder hoch, drehte die Dusche ab und rannte, um meine Schlüssel zu holen. Zog meine Clogs an. Ging nach draußen. Die Tür verriegelte sich automatisch hinter mir. Ich stieg in den Wagen, fuhr los, bevor ich mich fertig angeschnallt hatte, und tippte ungeduldig auf mein Lenkrad, während das Einfahrtstor aufglitt. Meine einzige Hoffnung war, dass er auf der Olympic Richtung Osten fuhr. Wenn er das tat, würde er lange genug an der Ampel festhängen, sodass ich ihn einholen konnte, und dann würde er nicht an meiner Einfahrt vorbeikommen, wo er das offene Tor sehen würde.

Der schwarze Audi stand an der Ecke meiner kleinen Straße und wartete an der Ampel, um auf den sehr beliebten Olympic Boulevard zu fahren. Wenn er nach rechts hätte abbiegen wollen, dann hätte er es längst getan. Er würde mich nicht sehen. Ich würde zwar kurz an der Ampel festhängen, doch die nächste Ampel weiter östlich war schlecht auf diese hier abgestimmt, sodass ich ihn einholen könnte.

Es klappte wie am Schnürchen. Seine Ampel sprang auf Grün. Zwischen anderen Autos getarnt, fuhr ich los und holte ihn drei Straßen weiter ein. In der Rushhour sah mein Volvo aus wie jeder andere Volvo auf der Straße.

»Okay, Arschloch. Ich hab dich. Vor mir kannst du keine Geheimnisse bewahren.«

Links auf den Crenshaw Boulevard. Rechts auf den Wilshire Boulevard. Links auf den Lorraine Boulevard.

Scheiße, Scheiße. Scheiße, er hielt an. In *dieser* Gegend? Die Villa des Bürgermeisters befand sich nur drei Straßen weiter. Was verdiente der Typ?

Ich duckte mich und fuhr vorbei, während er zu einem Haus fuhr, vor dem ein Crossover stand. Ich parkte am Ende der Straße.

Ein anderer Wagen in der Einfahrt bedeutete, dass es einen weiteren Erwachsenen im Haus gab, und ein Crossover bedeutete eine Sache und nur eine. Kinder.

Der beschissene Mistkerl!

Entgegen all seinem Sicherheitsgelaber gab es vor seinem Haus weder ein Tor noch eine Hecke. Wie bei keinem der Häuser hier. Es wurde langsam dunkel, und ich trug immer noch meine engen schwarzen Shorts und Clogs.

Ich scrollte durch mein Telefon. Ich brauchte jemanden, der mir sagte, dass ich verrückt war. Darlene konnte ich nicht anrufen. Sie war bestimmt beschäftigt. Sie war immer beschäftigt. Simon müsste gerade aus den Proben kommen. Ich könnte ihn anrufen und ihm sagen, dass ich die Choreo für *Make Him Yours* fertig hatte. Dann könnte ich ganz beiläufig erwähnen, dass ich meinen Bodyguard stalkte.

Klar.

Nein.

Ich sollte nach Hause fahren. Ich sollte mir einen Film reinschieben und Carter einfach vertrauen. Ich sollte mich erwachsen verhalten und ihn bitten, wie ich Vince gebeten hatte, mich in Ruhe zu lassen, und davon ausgehen, dass er es einfach tat. Denn erwachsen zu sein, hatte supergut funktioniert. Jetzt war ich diejenige, die in einer Festung lebte. Weil Menschen lügen und man ihnen nicht vertrauen kann.

Was mich an etwas erinnerte. Ich hielt mich außerhalb des Hauses auf. Auf der Straße. Ganz allein. Abends.

Drauf geschissen! Ich wollte einfach Klarheit. Ich hatte das Recht, es zu erfahren. Ich wollte ihn nicht stören oder belästigen. Ich wollte nur sichergehen, dass ich mich nicht mit einem lügnerischen, betrügerischen Mistkerl einließ.

Ich lief die Straße entlang. Die altmodischen Straßenlaternen warfen einen angenehm warmen Schein auf die Spitzen der alten

Bäume. Meine Clogs knirschten auf Laub und Samenhülsen. Die Häuser, an denen ich vorbeikam, standen von der Straße zurückgesetzt. Mit breiten Veranden. Großen Vorderfenstern. Ich fühlte mich total wohl und sicher, bis ich zu seinem Haus kam.

Was machst du bloß?

»Ich gucke nur«, redete ich mir ein und glaubte es. Ich würde mich nur umschauen, und dann würde ich nach Hause fahren und mir einen Film ansehen.

An der Einfahrt waren hohe Tore. Zum hinteren Teil des Hauses kam ich nicht. Ich hatte vorgehabt, in ein Seitenfenster zu schauen, das von der Straße zugänglich war. Doch dazu müsste ich das Nachbargrundstück betreten, und da ich nicht erwischt werden wollte, duckte ich mich und eilte zum Haus.

Er muss doch ein Sicherheitssystem haben.

Ich näherte mich und wartete auf den Alarm.

Nichts. Keine Bewegungsmelder.

Vielleicht hatte er den Alarm nicht an, wenn er zu Hause war.

Vielleicht ist es gar nicht sein Haus.

Das Seitenfenster sah von der Straße tiefer aus. Als ich es erreichte, war es über meinem Kopf.

Verdammt!

Schnell und so heimlich, wie ich noch nie etwas getan hatte, lief ich vorn herum und die Verandastufen hinauf. Am Backsteingeländer lehnten zwei Mountainbikes. Eins war für Erwachsene; das andere hatte Kinderräder. Ein Jungenrad, wenn ich richtig tippte. Ein drittes Rennrad war rosafarben. In Erwachsenengröße.

Eine tief empfundene Wut stieg in mir auf. Sie kam vom selben Ort wie die sexuelle Erregung. Sie war archaisch und instinktiv. Wenn sich herausstellte, dass er ein lügender, betrügender Schürzenjäger war, würde sowieso nichts davon eine Rolle spielen.

Ich hockte mich vor das Fenster und spähte hinein.

Niemand. Die Lichter brannten, doch es war niemand zu sehen.

Da war ein Kaminsims, auf dem sein Leben stand.

Carter und eine Frau. Er hielt sie bei den Schultern und küsste sie auf die Stirn. Carter und ein kleiner Junge. Carter und die Frau mit dem Jungen. Der Junge und die Frau. Nur der Junge.

Sein Haus.

Seine Familie.

Verdammter Scheißkerl!

Ein kurzes Quietschen und ein grelles Licht zerschnitten die Luft. Das Licht wurde blau-rot-blau, und das Geräusch von Motoren schwoll an.

»Keine Bewegung!« Mehr Lichter direkt auf mich gerichtet. »Hände hoch! LAPD!«

# KAPITEL 26

## CARTER

Egal, was man uns weismachen will, Nachtsichtkameras sind nicht perfekt. Nicht einmal annähernd. Deshalb erkannte ich, als ich zu den Monitoren ging, um nachzusehen, warum das Alarmsystem piepste, weder ihre Clogs noch ihre zierliche Figur. Ich sah nur eine schwarz gekleidete Frau, die zuerst ums Haus herum und dann auf die Veranda zuschlich.

Ich arbeitete für Berühmtheiten mit durchgeknallten Fans. Davor hatte ich Menschen in den Knast gebracht. Ich verdiente hervorragend und hatte Wertgegenstände, die man stehlen konnte. Doch vor allem, und das stand ganz oben auf der Liste, musste ich Phin vor meinem Leben beschützen, ohne ihm das Gefühl zu geben, dass er im Gefängnis lebte. Deshalb war das Sicherheitssystem zwar unsichtbar, aber umfassend. Es entsprach frustrierenden Denkmalschutz-Leitlinien und hatte seit Jahren geschwiegen.

Als ich zur Abendessenszeit die Gestalt ums Haus herumschleichen sah, befahl mir mein Instinkt, zuerst auf Beschützermodus zu schalten und erst später Fragen zu stellen. Ich war Polizist gewesen, als Genevieve Tremaine und ihr

Nochehemann getötet wurden. Ich nahm Stalking sehr ernst. Ich befahl Phin und Mom, *sofort* nach oben zu gehen. Als Phin Fragen stellte, warf ich ihn am Schlafittchen praktisch die Treppe hinauf.

Ich erschreckte ihn zu Tode.

Meine Mutter hatte mehr Angst vor mir als vor dem Eindringling.

Der gar kein Eindringling war.

Als das LAPD eintraf, ging ich nach draußen, wo Emily noch in demselben schwarzen sexy Outfit, das sie den ganzen Nachmittag getragen hatte, mit erhobenen Händen stand. Sie blinzelte verängstigt in das grelle Licht, das sie überflutete. Zwei Uniformierte richteten ihre Waffen auf sie. Ich blieb in einer dunklen Ecke stehen.

Ich verspürte ein brennendes Verlangen, sie zu beschützen, genauso wie ich eben noch meine Familie hatte beschützen wollen. Ein älterer Polizist kam die Treppe herauf. Ich kannte ihn.

»Fünfzig-eins-fünfzig.« Er sprach mich mit meiner Dienstnummer an.

Harry und ich schüttelten uns kurz die Hände, während einer der waffenschwingenden Polizisten seine Knarre wegsteckte und Emily befahl, sich umzudrehen und die Hände an den Kopf zu legen.

»Ich kenne sie«, sagte ich.

»Hast du dir eine Stalkerin zugelegt?«

Er schien das lustig zu finden. Vielleicht war es das sogar, doch mein Amüsement hielt sich in Grenzen.

»Sie ist harmlos«, erklärte ich, ohne nachzudenken. Als einer der Polizisten begann, Emily abzutasten, schloss mein gesamtes Gehirn kurz. Ich stürzte auf sie zu.

»Ich mache das!«, rief ich. Der Polizist sah Harry fragend an, der genickt haben musste. Emily hätte meine Stimme erkennen müssen, aber sie drehte sich nicht um.

Ich stellte mich hinter sie.

»Hände an die Wand!«, befahl ich. »Über den Kopf.«

Als sie mir gehorchte, die Arme über den Kopf streckte und die Hände flach auf die Hausverkleidung legte, schwand die Hälfte meiner Wut und mein Schwanz erwachte.

»Füße auseinander.« Ich wartete nicht, bis sie dem Befehl nachkam. Gehorsam war schön, doch ihre Beine auseinanderzutreten war einen Tick erregender.

»Carter.« In ihrer Stimme lag eine Entschuldigung, die ich später annehmen würde.

»Nicht quatschen.«

Ich filzte sie, beginnend an den Handgelenken, und arbeitete mich bis zu ihrem Oberkörper vor. Sie verbarg überhaupt nichts unter dieser spärlichen Bekleidung, bis auf Titten und Kurven und einen Arsch, der geformt war wie zwei Eier in einem Eikarton. Ich ging sehr sorgfältig vor, als wollte ich nichts übersehen.

»Ich habe dich allein zu Hause gelassen. Du solltest mich anrufen, wenn du wegwolltest.« Ich strich mit den Fingerspitzen unter ihren Brüsten entlang und spürte, wie das weiche Fleisch darunter nachgab. »Du hast dich in Gefahr gebracht und mir mein Abendessen versaut.«

Bauch, Hüften, Oberschenkel. Langsam fuhr ich mit den Händen zwischen ihre Beine, weil man nie wusste, was Frauen zwischen ihrer Haut und Lycra versteckten.

Ich strich rasch über ihren Schritt und stellte mich hinter sie.

»Was hast du dir dabei gedacht?«

»Du hast gesagt, ich soll nicht quatschen.«

Harry und die anderen Cops waren auf den Rasen gegangen, um zu warten. Als ich sie mit einer Handbewegung verscheuchte, winkten sie zurück. Harry gab mir das Daumen-hoch-Zeichen.

Ich wandte mich ab und steckte meine Nase in Emilys Haare. Hinter mir knallten Türen und Autoreifen knirschten in der Einfahrt.

»Das ist ein Problem«, sagte ich. Sie roch nach Angst und frischem Schweiß. »Wenn ich dir nicht vertrauen kann, kann ich nicht für dich arbeiten und dich ganz sicher nicht ficken.«

»Tut mir leid.«

Ich legte meine Hände auf ihre Hüften. »Hast du herausgefunden, was du wissen wolltest?«

»Ja.«

»War es das wert?«

»Ja.«

»Wirklich?« Ich bewegte mich von ihren Hüften zur Vorderseite ihrer Schenkel, zu dem Dreieck dazwischen. Sie erschauderte

»Wie kannst du mich auf der Veranda deiner Frau betatschen?« Sie ließ die Hände sinken und wirbelte zu mir herum. »Das ist doch krank.«

»Meine was?«

Sie verschränkte die Arme, als würde sie eine Waffe laden. »Erzähl mir keinen Scheiß. Sieh nur hinter dich. Drei Fahrräder. Eins eindeutig für eine erwachsene Frau. Die Fotos auf dem Kaminsims. Du siehst superglücklich aus, Carter. Warum solltest du ihr das antun? Warum solltest du mich küssen und mich anfassen …?« Ihre Augen wurden groß, als würde ihr etwas klar. »Deshalb hast du mich nicht zum Höhepunkt gebracht.«

»Langsam, du bist …«

Plötzlich war ich in der Defensive, während Emily anklagend mit dem Finger auf mein Gesicht zeigte,

»Das ist eine Grenze, die ihr vereinbart habt, stimmt's?« Sie stieß wiederholt gegen meine Brust. »Stimmt's? Welcher normale Mann lehnt einen Blowjob ab? Ein *verheirateter* …«

169

Ich hielt ihren Finger fest.

»Ich bin nicht verheiratet. Lies mir von den Lippen ab. Nicht – verheiratet.«

»Lebt ihr zusammen?«

»Nein. Die einzige Frau, der ich zugetan bin, erweist sich gerade als echter Psycho.«

Sie nahm den Finger runter.

»Ich rufe Thor an«, sagte ich. »Wenn er nicht da ist, lasse ich dich von jemand anderem nach Hause bringen.«

»Danke, ich kann alleine zu meinem Wagen gehen. Aber eine Erklärung, bevor du mich rauswirfst, wäre schön.«

Ich zog mein Telefon hervor.

»Ich schulde dir nichts, weil du in meine Fenster geglotzt hast.« Ich war unnachgiebiger, als ich wollte, doch ihre Anspruchshaltung kollidierte mit meinem Sicherheitsbedürfnis. »Ich halte mein Privatleben aus gutem Grund vom Job getrennt.«

Klopf klopf klopf.

Phin klopfte ans Fenster. Mom stand hinter ihm. Sie betrachteten neugierig die hübsche Frau auf der Veranda.

Ich scheuchte sie mit einer Handbewegung weg, doch Mom nahm das zum Anlass, die Tür zu öffnen.

»Bleiben Sie zum Abendessen?«

»Mom«, sagte ich genervt. »Geh wieder rein.«

»Sie sieht überhaupt nicht gefährlich aus!«

»O Gott!«, rief Emily überrascht aus. »Sie sind die Frau auf den Bildern. Sie sehen so jung aus.«

Ihre Stimme war vollkommen aufrichtig. Sie wollte meiner Mutter nicht schmeicheln, doch es schmeichelte ihr trotzdem. Sie legte die Hand auf ihre Brust und lächelte.

»Bitte geh wieder rein«, sagte ich in einem allerletzten Versuch, die Situation unter Kontrolle zu bekommen.

»Ach, bleiben Sie doch«, bat sie und hielt Emily die Hand hin. »Wir haben reichlich zu essen, auch wenn es inzwischen ein bisschen kalt ist.« Emily war höflich genug zu zögern, doch meine Mutter war nicht höflich genug, um einen verdammten Wink zu erkennen, wenn sie ihn sah. Sie nahm Emily am Ellbogen und führte sie ins Haus. »Bitte«, sagte sie. »Nennen Sie mich Brenda.«

# KAPITEL 27

## EMILY

Lassen Sie mich aufzählen, in wievielerlei Hinsicht das peinlich war. Ich war von einem Sicherheitssystem, das automatisch das LAPD rief, beim Schnüffeln ertappt worden. Ich trug verschwitzte Klamotten, die von einer heißen Leibesvisitation, die in mir den Wunsch ausgelöst hatte, dass ich eine Waffe hätte, zwischen den Beinen feucht waren. Carter war aus gutem Grund sauer auf mich, aber ich hatte keine Ahnung, wie seine Beziehung zu diesen Menschen aussah, und deshalb keine Ahnung, was ich sagen durfte und was nicht. Und was am wichtigsten war, mein Bauch knurrte so laut, dass er Tote hätte aufwecken können.

Carters Mutter ließ ihre Hand an meinem Ellbogen und führte mich durchs Wohnzimmer mit einem Ledersofa und einem Couchtisch im Missionsstil. Wir gingen an einem Fernsehzimmer mit einem Flachbildschirm und alten Stoffsofas vorbei zur Küche, wo in einer Ecke der Abendbrottisch gedeckt war. Sie klatschte in die Hände, wobei die Ringe an ihren Fingern aneinanderschlugen.

»Sie sind doch wohl keine Veganerin, oder?«

»Nein.«

»Denn das könnte ich umschiffen.«

»Ich esse eigentlich alles.«

»Phin!«, rief Carters Mutter. Der Junge, der aus dem Fenster gesehen hatte, kam mit der Anmut eines frisch Pubertierenden hereingeschlurft. Er hatte Sommersprossen und große grüne Augen. »Das ist die Stalkerin deines Vaters«, fuhr sie fort.

Ich schüttelte Phin die Hand. »Freut mich, Sie kennenzulernen«, sagte er. »Ich bin auch so was wie ein Stalker.«

»Ich bin kein ... Moment mal. Was?«

Es gefiel mir nicht, als Stalkerin bezeichnet zu werden, doch die Bezeichnung hatte ich mir verdient. Dieser Junge dagegen kam mir nicht gerade wie eine Gefahr für seine Mitmenschen vor.

Carter mischte sich von der Tür aus ein. »Das ist nicht lustig, Phinnaeus.«

Der Junge griff nach einem zusätzlichen Teller, auf den seine Großmutter ein Essbesteck legte. Er deckte klappernd und klimpernd für mich ein, während Carter mit verschränkten Armen am Türpfosten lehnte.

Ich formte mit den Lippen eine Entschuldigung.

Er zuckte mit den Schultern. Mich beschlich das unbehagliche Gefühl, dass ein Abendessen mit seiner Familie mir null Punkte einbrachte. Vielleicht brachte es mir sogar Minuspunkte ein. Ich verhielt mich total übergriffig. Trotz der herzlichen Gastfreundschaft seiner Familie war ich in diesem Haus unerwünscht.

Nun, das Unbehagen hatte ich mir verdient, indem ich eine Seite aus dem Buch der unfassbaren Dummheit herausgerissen hatte. Es war das Beste, meine Strafe auszuhalten.

Seine Mom zog Carter in den Raum. Phin rutschte in die Ecke. Carter setzte sich neben ihn. Die Mutter nahm neben Phin Platz, und ich sollte anscheinend neben Carter sitzen.

Es war eng, gelinde gesagt.

»Grandma sagt, der Esszimmertisch ist zu weit weg«, erklärte Phin, während seine Großmutter weißen Reis auf seinen Teller lud. »Ihn abzuräumen, ist nervig.«

»Nenn mich Brenda.«

Carter zeigte mit seiner Gabel auf den Jungen. »Den Tisch abzuräumen, ist deine Aufgabe.«

»Nicht, wenn er Hausaufgaben hat. Mögen Sie Hähnchen, Liebes?«

»Ja, gern.«

Ich saß schon so weit am Rand wie möglich, doch mein Arm lag einen halben Zentimeter von Carters entfernt. Ich konnte kaum atmen, ohne ihn zu berühren. Er hatte nicht ohne Grund eine Tischseite für sich. Er nahm den Großteil der Sitzbank ein.

»Also, was hat diese Aufmachung zu bedeuten?« Phin deutete auf meine knappen Shorts und mein bauchfreies Top. »Kommen Sie direkt aus dem Fitnessstudio?«

»Nein. Von der Arbeit.«

»Haben Sie Haustiere?«

Ich machte den Mund auf, um zu antworten, doch Carter mischte sich ein.

»Beantworte keine persönlichen Fragen.« Carter sprach mit mir, sah dabei jedoch Phin eindringlich an. »Der kleine Hacker sucht nur nach offenen Türen. Nach Methoden, deine Passwörter rauszufinden.«

Phin verdrehte die Augen. »Ich bin der totale White-Hat.«

Ich wollte Carter nicht beim Abendessen stören und mich dann auch noch zieren, selbst wenn der kleine Hacker die kleinste Info benutzen würde, um Hinweise auf Passwörter aus mir herauszukriegen.

»Die Haustiersituation ist im Fluss. Und ich bin so angezogen, weil ich Tänzerin und Choreografin bin.«

»Cool. Was denn für Tanz?«

»Zeitgenössisch. Jazz. Alles, was gebraucht wird. Ich arbeite hauptsächlich mit einem weiblichen Popstar an ihren Shows.« Ich warf Carter einen Blick zu, um festzustellen, ob er hinzufügen wollte, für *wen* wir arbeiteten, oder ob wir zusammenarbeiteten oder nicht. Er sagte kein Wort.

»Wann haben Sie damit angefangen?«

Ich hatte schon mit Kindern in seinem Alter gesprochen, und sie waren normalerweise interessierter daran, über sich selbst zu sprechen, als Fragen zu stellen.

»Ich hab mit Kunstturnen angefangen. Doch dann hab ich mich am Knie verletzt.«

»Mist! War's schlimm?«

Er schaufelte sich Reis und Hähnchenfleisch in den Mund, als hätte er seit Tagen nichts gegessen.

»Ja. Ich hab mir den rechten Meniskus gerissen, was …«

Phin ließ seine Gabel fallen und hob abwehrend die Hände. »Nein, nein. Die Empathie. Ah …«

Carter redete dazwischen. »Wenn Phin sich nach Verletzungen erkundigt, empfindet er empathischen Schmerz.«

»Es sind keine Schmerzen«, widersprach Phin erschaudernd. »Es ist, als bekäme ich ein merkwürdiges Gefühl in dem Körperteil, von dem gesprochen wird.« Er erschauderte noch einmal und nahm seine Gabel wieder in die Hand.

»Tja.« Ich lächelte. »Ein Medizinstudium kommt für dich nicht infrage.«

Carter und seine Mutter lachten.

»Apropos Schule …«, sagte Carter. »Wie war's heute?«

Phin berichtete uns von seinem Tag, von der morgendlichen Busfahrt bis zum Treffen der White-Hat-AG nach der Schule.

Ich spürte Carter neben mir. Sein Hemd streifte meinen nackten Arm, als er sein Hähnchenfleisch schnitt. Ich war mir schmerzlich bewusst, dass ich ihm unrecht getan hatte und dass er mir das nicht verzeihen würde. Dieses Abendessen hätte das letzte gemeinsame sein können. Ich hatte es mit Sicherheit vermasselt. Er hatte sich entschieden, seine Familie geheimzuhalten, dabei hatte er letzten Endes nichts zu verbergen.

Phin zog beim Essen ein Knie auf den Sitz, stellte mit Meeresalgen auf der Gabel den Fuß wieder auf den Boden, spielte an der Flasche mit der scharfen Sauce herum, schnipste und klopfte, streute Witze ein und zeigte mit dem Finger, wenn er zustimmte.

»Für eine Stalkerin sind Sie cool«, sagte er.

»Sie ist keine Stalkerin.« Carter setzte seine väterlich-strenge Stimme ein, die sogar mich dazu brachte, aufrechter zu sitzen.

»Was ist sie dann?«

»Ich bin eher ein Lurker.«

»Kann ich meinen Freunden erzählen, dass wir zum Abendessen einen Lurker zu Gast hatten?«, fragte er Carter.

»Nein.«

»Zeit zum Abräumen«, mischte sich Brenda ein. »Packen wir's an.«

Als ich meinen Teller hochhob, nahm Phin ihn mir ab. »Dienstags, donnerstags und samstags räumen Grandma und ich ab. Das ist so was wie 'ne Regel.«

»Die Regel lautet, dass *du* abräumst«, warf Carter ein. »Deine Großmutter hat ein zu weiches Herz.«

»Ich will nur, dass es dieses Jahr noch gemacht wird. Und sag bitte Brenda, nicht Großmutter.«

Phin verdrehte die Augen, während er die Teller stapelte. Während die zwei an der Spülmaschine zugange waren und sich stritten, wie man sie am besten einräumt, wandte ich mich an Carter.

»Er ist ein toller Junge«, sagte ich leise.

»Ja.«

»Du bist geheimnistuerisch, weil du ihn beschützen willst.«

Er nickte.

»Und indem ich herkam, habe ich das gefährdet.«

Wieder nickte er.

»Es tut mir leid.«

Er trank sein Wasser aus und stellte bedächtig das Glas ab.

»Magst du Tomaten?«

»Klar.«

»Dann komm.«

Ich warf einen Blick zu Brenda, die mir mit einer Geste bedeutete mitzugehen.

Ich rutschte aus der Nische, und Carter führte mich zur Hintertür. Er tippte ein paar Nummern in ein kleines Bedienfeld an der Tür und trat mit mir auf die hintere Veranda. Der Garten war größer als meiner, aber nicht riesig. Links die Garage. Rechts ein Fußballplatz. Ein mächtiger Bergahorn, an dem eine Reifenschaukel baumelte. Er führte mich tief in die Schatten des hinteren Gartenbereichs.

»Ich kann den Garten riechen«, sagte ich. Er zog mich an sich und küsste mich im Dunkeln. Überrumpelt versteifte ich mich, doch er blieb beharrlich und ich schmolz wieder dahin. Meine Muskeln wurden nachgiebig und passten sich seinen Bewegungen an. In der Stille und der Leidenschaft dieses Kusses vergab er mir. Akzeptierte mich. Zog mich in seine Welt.

Als ich die Augen wieder öffnete, hatte ich mich an die Dunkelheit gewöhnt.

»Jetzt will ich dir alles sagen«, flüsterte er.

»Ich werde zuhören.«

»Dir muss eiskalt sein.« Er strich mit den Fingern über meine nackten Arme, auf denen sich prompt eine Gänsehaut bildete. »Du bist ja halb nackt.«

»Ich bin vollständig bekleidet. Und wir haben Mai.«

»Apropos Jahreszeit, meine Mutter baut Tomaten an wie niemand sonst auf der Welt.«

Am Zaun befand sich ein Hochbeet mit üppigen Tomatenpflanzen. Selbst bei dem Schummerlicht waren die bunten Punkte zu sehen.

»Hast du irgendwelche Vorlieben?«, fragte er, während er sich bückte und die Blätter wegschob. »Wir haben orangefarbene, gelbe, Pflaumentomaten und Fleischtomaten. Keine Ahnung, was sie hier hinten noch alles hat.«

Er pflückte eine riesige rotgelbe Tomate von dem Rankengewächs. Sie war so groß wie seine Handfläche, und als ich sie entgegennahm, gab mein Arm nach. Sie wog bestimmt ein Kilo.

»Davon kann ich mich eine Woche ernähren.«

»Das ist ein Geschenk von mir, damit du nicht beleidigt bist, wenn ich dich ums Haus herumlotse.«

»Ich bin nicht beleidigt.«

»Phin braucht feste Gewohnheiten. Wir versuchen, sie so wenig wie möglich durcheinanderzubringen.«

»Ist schon okay.«

»Wenn du wieder mit reinkommst, findet er einen Weg, dich in Beschlag zu nehmen, und das wird seine Routine stören.«

»Meinen Autoschlüssel hab ich.« Ich wedelte mit dem kleinen Schlangenarmband mit dem Schlüssel dran. »Ich kann einfach losfahren.«

»Wo steht der Wagen?«

»Am Ende der Straße. Ich habe versucht, mich zu tarnen.«

Er küsste mich zärtlich und ließ seine Lippen auf meinen verweilen.

»Ich bringe dich.«

Er verschränkte seine Finger mit meinen und zog mich seitlich ums Haus herum, vorbei an Eishockeyschlägern, einem zusammengeklappten Tor und einem Skateboard.

»Er steht wirklich auf Sport.« Ich deutete auf den Basketballkorb auf Rädern.

»Eigentlich nicht. Das war mein Versuch, ihn zum Sport zu bekehren. Aber er will nur Videospiele programmieren und Computerkunst machen.«

Er ließ mich durch das Seitentor hinaus, und auf dem Gehsteig nahmen wir uns wieder an den Händen.

»Hey, Emily!«, rief Phin mir von der Veranda nach.

»Gute Nacht!«, rief ich zurück.

Der Junge kam die Treppe runtergerannt und hielt mir einen kleinen blauen USB-Stick hin. »Das hab ich gemacht. Es ist witzig.«

Er warf ihn mir zu, und ich fing ihn auf.

»Danke.«

Auf einmal wirkte er befangen, als hätte er eine Grenze überschritten.

»So groß wie mein Herz.« Carter hob die Faust.

Phin entspannte sich und tat es ihm nach. »So groß wie meins.« Sie schlugen die Fäuste aneinander. Dann sprang er die Treppe wieder hoch und schloss die Tür hinter sich.

»Was war das denn?«, fragte ich. »Das mit der Faust.«

»Das ist eine dumme Methode, Dinge zu messen, die man nicht messen kann.«

Ich drehte den USB-Stick zwischen den Fingern.

»Liebe?«

»Ja.« Er räusperte sich und senkte den Blick auf den Gehsteig.

»Ist es dir peinlich, darüber zu reden?«

Er zuckte mit den Achseln. »Es ist eben Liebe. Du weißt schon, mädchenhaft und kitschig. Er und ich essen Baumrinde. Wir sind Ultra-Men.«

Ich lachte.

»Muss ich mich hiervor fürchten?« Ich hielt den kleinen USB-Stick hoch, bevor ich ihn zwischen meinen Daumen und die Tomate klemmte, während wir liefen.

»Schlägt wahrscheinlich ein Loch in dein System.«

»Darf ich dich nach seiner Mutter fragen?«

Ich rechnete nicht sofort mit einer Antwort, doch ich rechnete auch nicht damit, dass er den ganzen Weg zum Auto schweigen würde. Ich entriegelte den Wagen mit einem Tschilpgeräusch, und er öffnete die Fahrertür für mich. Ich legte die Tomate und das Geschenk von Phin aufs Armaturenbrett. Carter schloss die Tür, ohne sich zu verabschieden.

Wow! Das hatte ich total vergeigt. Dabei hatte ich sogar noch gefragt, ob ich fragen dürfte, und dennoch …

Er klopfte ans Fenster der Beifahrertür, und ich gestattete mir einen Seufzer der Erleichterung, bevor ich die Türen entriegelte.

Er glitt auf den Sitz. »Du hast nach seiner Mutter gefragt.«

»Du musst nicht darauf antworten.«

Noch bevor ich ausgeredet hatte, legte er los.

»Seine Mutter war eine Versagerin. Ersten Ranges. Das sollte ich eigentlich nicht sagen. Was ihr zugestoßen ist, war nicht ihre Schuld, und ich sollte zivilisiert bleiben. Aber so habe ich es empfunden, und ich kann nicht so tun, als sei es anders gewesen. An manchen Tagen bin ich echt sauer auf sie, aber das hat keinen Sinn, weil ich Phin liebe. Er ist mein Sohn … meine Verantwortung … und ich werde einer Toten nicht vorwerfen, dass sie ihn mir geschenkt hat. Ich sollte ihr dafür danken.«

Er war so hin und her gerissen und verletzlich, dass mir all meine Fragen trivial vorkamen. Waren sie verheiratet gewesen? Waren sie überhaupt zusammen gewesen? Und wie war sie gestorben? Und wann?

»Er scheint ein toller Junge zu sein.«

»Das ist er. Er ist ihr in vielerlei Hinsicht ähnlich.«

»Hast du sie geliebt?« Die Frage kam heraus, bevor ich darüber nachdachte, und ich bereute sie schon, bevor sie mir über die Lippen gekommen war.

»Sehr.«

Er hatte eine Versagerin geliebt. Ich konnte mir nicht vorstellen, dass der Carter, den ich kannte, irgendetwas anderes liebte als klare Verantwortung und Berechenbarkeit. Doch vor längerer Zeit hatte er beim Lunch zugegeben, dass er früher ein Unruhestifter gewesen war. Vielleicht gehörte sie zu dieser Phase seines Lebens.

»Ich bin eine Spaßbremse.« Er nahm meine Hand und drückte sie. »Ich sollte dich lieber befummeln.«

»Du kannst mich bei unserem Date befummeln, wenn du noch willst.«

»Am Samstag?«

»Am Samstag.«

»Ich muss wieder rein. Tut mir leid, dass ich das alles bei dir abgeladen habe.«

»Jederzeit wieder.«

Das Deckenlicht ging an, als er die Tür öffnete, doch er stieg nicht aus. Er sah auf unsere verschränkten Hände und streichelte mit dem Daumen meinen Finger.

»Ich weiß nicht, was du an dir hast. Du hast mich zum Tanzen gebracht. Du hast mein Zuhause ausspioniert. Ich hätte Vince für das, was er dir angetan hat, fast umgebracht. Das habe ich lange nicht mehr getan. So habe ich noch nie mit jemandem über Phins Mutter gesprochen. Ich komme mir dumm vor, doch zur selben Zeit ... bin ich irgendwie erleichtert.«

»Du bist voller Widersprüche.«

Er küsste mich lächelnd und legte seine Hände an mein Gesicht, als wollte er sich seine Form einprägen.

»Versprich mir, dass du auf direktem Wege nach Hause fährst und das Tor hinter dir verriegelst.«

»Ich verspreche es.«

»Und ruf mich an, wenn du in deiner Straße bist.«

»In Ordnung.«

»Ich rufe Fabian an, damit er dich einschließen kann.«

Er stieg aus, und als er die Tür zugeworfen hatte, klopfte er an meine Fensterscheibe. Ich ließ sie herunter.

»Fabian muss mich nicht einschließen«, sagte ich.

»Ich weiß. Aber er ist schon vor Ort.« Er griff in den Wagen und verriegelte meine Tür. Dann trat er zurück und ließ seine Hand kreisen, was »Fenster hochkurbeln« bedeutete.

Ich gehorchte, und als ich wegfuhr, winkte er mir nach.

# KAPITEL 28

## EMILY

Als ich meine Auffahrt hinauffuhr, rief ich ihn an.

»Ist Fabian da?«, fragte er.

Ich winkte Fabian zu, der aus seinem Wagen stieg und über die Straße zur mir getrottet kam.

»Ja.«

»Er wird dich ins Haus bringen und sicherstellen, dass es sauber ist.«

Und das tat er dann auch. Ich stellte einen Napf Futter für Grey heraus, während Fabian die Duschkabinen und Wandschränke überprüfte, sich von der Funktionsfähigkeit der Sicherheitsanlage überzeugte und schließlich ging. Carter blieb während des Sicherheitschecks am Telefon (»Sag ihm, er soll das Studio kontrollieren«), während Phin zu Bett ging (»Mein Gott, putz dir die Zähne, Junge!«) und während eines Gesprächs mit seiner Mutter, in dem es darum ging, wer Phin am Morgen zur Bushaltestelle brachte. Ich putzte mir die Zähne, zog mich aus und kroch nackt ins Bett.

»Du bist in Sicherheit«, sagte er.

»Ich bin in Sicherheit.«

»Hier sind alle noch wach, sonst würde ich dich fragen, was du anhast.«

»Nichts. Ich habe nichts an.«

»Du machst mich fertig!«

»Gute Nacht, Carter.«

»Gute Nacht, nackte kleine Tänzerin.«

Ich legte lachend auf. Grey lehnte sich an die Glastür, als würde sie mich gemeinsam mit Carter, Darlene, Fabian und einem Spitzensicherheitssystem bewachen.

Während mein Geist zur Ruhe kam und meine Atmung sich verlangsamte, bereitete ich mich auf den nächsten Tag vor. In meinem Gedächtnis festigte sich die Choreo, die ich am Nachmittag mit Carter entwickelt hatte. Mein Kopf war frei. Ich machte mich vor Sorge nicht selbst fertig. Ich wachte nicht auf und fragte mich, ob die Türen verriegelt waren. Der Tag rauschte an mir vorbei wie ein Video im Schnellvorlauf.

Ich hatte geküsst.

Ich hatte getanzt.

Ich war ehrlich und verletzlich gewesen.

Hatte Antworten eingefordert.

Mir war verziehen worden.

Ich hatte mich in jederlei Hinsicht geöffnet.

Statt mich wegen meiner Fehltritte zu geißeln, dämmerte ich mit dem Gefühl von Carters Hand in meiner ein.

Schlummerte ich mit einem Gefühl ein, das ich seit Langem nicht mehr gespürt hatte.

Mir ging es gut.

Es würde mir nicht *irgendwann* gut gehen.

Mir ging es *jetzt* gut, in diesem Moment, heute schon den ganzen Tag und morgen wieder.

Ich war, wer ich war, und ich war richtig so.

# KAPITEL 29

## CARTER

Phin war auf seinem Kindle eingeschlafen. Ich zog ihn unter ihm hervor und wischte mit dem Ärmel den Sabber ab. Selbst an ruhigen Tagen schlief er wie ein Toter. Sein Körper schaltete von hundertsechzig Stundenkilometern auf null.

Ich hob meine Faust.

»So groß wie mein Herz, Junge«, sagte ich und berührte mit den Fingerknöcheln sanft seine Wange.

Eines Tages wäre seine Faust größer als meine. Ich würde alt werden und schrumpfen, während er ein Mann wäre. Vielleicht würde er zu mir sagen, meine Liebe sei kleiner als seine, weil meine Faust auch kleiner wäre, doch damit hätte er unrecht. Ich würde ihn immer mehr lieben als er mich.

Ich verspürte Gewissensbisse, weil ich Emily gegenüber schlecht über seine Mutter gesprochen hatte. Es war nicht respektvoll, doch alles andere als die Wahrheit hätte sich wie Verrat angefühlt. Und wenn ich ihr schon nicht die ganze Wahrheit sagen konnte, konnte ich ihr wenigstens meine wahren Gefühle offenbaren.

Als ich wieder nach unten ging, war Mom in der Küche und wischte die Theke ab.

»Sie scheint nett zu sein«, bemerkte sie, als ich mir ein Glas Wasser holte.

»Das ist sie.«

»Wirst du sie wiedersehen?«

»Am Samstag. Kannst du bei Phin bleiben?«

Sie wrang den Schwamm aus.

»Er ist langsam alt genug, um auf sich selbst aufzupassen.«

Sie wischte sich die Hände mit einem Handtuch trocken. Ihre Hände waren kräftig und schwielig. Bis die Karriere meiner Schwester in Gang kam, hatte meine Mutter in einer Textilfabrik gearbeitet. Dann hatte sie gekündigt und die zunehmend schwierigeren Aufgaben ihrer Managerin übernommen.

»Wenn er vierzehn ist.«

»Letztes Jahr hast du dreizehn gesagt.«

»Hast du am Samstag etwas Wichtiges vor? Oder willst du mir nur Probleme machen?«

Sie stieß einen verächtlichen Laut aus. Sie fürchtete sich weder vor mir noch vor meinen Ausbrüchen. Sie griff in ein hohes Regal und holte eine Pyrexschüssel herunter. Sie nahm ihre Zigaretten und ein Feuerzeug heraus und steuerte auf die vordere Veranda zu, als wüsste sie, dass ich ihr folgen würde.

Was ich auch tat. Ich war zwar kein Schoßhündchen, aber sie war meine Mutter.

Als ich mich zu ihr gesellte, bot sie mir eine Zigarette an. Ich lehnte ab, zündete aber ihre für sie an. Eines Tages würde das Rauchen sie noch umbringen, doch wenn es so war, würde ich ihr deshalb nicht die Hölle heißmachen. Sie hatte schon genug durchgemacht.

»Die Sache ist die«, sagte sie und blies ihren ersten Rauchschwall aus. »Mach's dir gemütlich, als würdest du hier wohnen.« Sie setzte sich auf den Verandastuhl, ich mich aufs

Geländer. »Du hast diese nette Frau aufgetan. Was hast du mit ihr vor?«

»Also wirklich, Mom.«

»Ja, wirklich. Wirst du die übliche Nummer abziehen? Dich ein paarmal mit ihr treffen und sie dann nie wiedersehen?«

»Woher weißt du, was ich üblicherweise tue?«

»Ich bin deine Mutter. Nur weil du niemanden mit nach Hause bringst, heißt das noch lange nicht, dass ich keine Augen und Ohren habe. Diese Frau war nur hier, weil sie dir nach Hause gefolgt ist.« Sie zog wieder an ihrer Zigarette und schnippte die Asche in eine Topfpflanze.

»Ich weiß nicht, was ich tun werde. Wenn es so weit ist, lasse ich es dich wissen. Oder auch nicht, da du es sowieso zu wissen scheinst.«

Sie winkte ab und verteilte dabei den Rauch in alle Himmelsrichtungen.

»Phin ist bald erwachsen, und dann sind nur noch du und ich übrig. Glaub mir, das will keiner von uns, deshalb werde ich mir eine Wohnung suchen, dann kannst du dieses große Haus für dich haben. Oder eine Frau in dein Leben lassen. Es sei denn, du willst enthaltsam leben. Du bist kein Priester, aber du bist auch nicht Hure genug, um so weiterzumachen.«

»Du weißt besser als alle anderen, warum ich so weitermache.«

»Allerdings. Glaub mir, wenn ich gewusst hätte, dass dieses Geheimnis dich kaputt machen würde, hätte ich niemals eingewilligt.«

»Es macht mich nicht kaputt. Gib mir eine Chance!«

Sie drückte ihre Zigarette in der Blumenerde aus und hielt den erloschenen Stummel zwischen den Fingerspitzen.

»Ich gebe dir ja eine Chance. Geh und leb dein eigenes Leben. Wenn du am Samstag mit der Frau ausgehst, gesteh dir zu, dich ein bisschen zu verlieben. Nur ein bisschen. Und dann sieh, was passiert.« Sie stand auf und küsste mich auf die Wange. »Vielleicht ist es gar nicht so schlimm.«

»Ich denk drüber nach.«

»Gut. Bleib nicht zu lange auf.«

Sie verschwand ins Haus. Ich blieb noch lange auf der Veranda und fragte mich, ob der Zug nicht längst abgefahren war. Die Chancen standen gut, dass ich mich schon ein bisschen in Emily verliebt hatte.

# KAPITEL 30

## EMILY

Am nächsten Morgen fuhr mich Fabian zur Arbeit, was gut war. So konnte ich mich fünfzehn Minuten auf dem Rücksitz entspannen und brauchte keinen Parkplatz zu suchen. Er sagte kein Wort zu mir, bis wir uns am Empfang des Citizens Warehouse anmeldeten.

»Fahren Sie mit nach Las Vegas?«, fragte er.

»Klar, und Sie?«

»Vegas, Baby! Das würde ich mir niemals entgehen lassen.«

Wir wären nicht zum Spaß in Las Vegas, egal wie aufgeregt Fabian war. Preshows und Premierenshows waren ein Albtraum. Niemand wusste, wo irgendwas war. Riesenlücken in der Inszenierung stellten sich zu spät heraus. Während der letzten Preshow in San Diego hatte Darlene eine Kleiderpanne in der Schrittpartie gehabt, und zehntausend Leute sahen zu, wie die gesamte Tanztruppe einen Sichtschutz zwischen ihnen und ihr bildete. Der Song ging den Bach runter, doch dank der Geistesgegenwart meiner Tänzer war der Stolz des Stars nicht allzu sehr in Mitleidenschaft gezogen worden.

»Reist das gesamte Sicherheitsteam mit?«

»Die Spitzenkräfte. Carlos. Ich. Bart beschwert sich, aber er fährt. Carter nicht. Er arbeitet nur in L.A. Er setzt harte Grenzen, und Mann, Carlos ist darüber nicht glücklich.«

Ich versuchte vergeblich, nicht zu lächeln. Er ginge nicht mit auf Tour und ich nach den ersten paar Shows auch nicht. Zum Glück saß ich auf dem Rücksitz, sonst hätte Fabian mich vielleicht gefragt, warum ich mich so freute, dass Carter die gesamte siebenmonatige Tour in Los Angeles blieb.

Ich betrat das Studio. Um acht Uhr morgens roch es schon nach Schweiß und Kaffee.

»Simon«, sagte ich zu Darlenes Hebepartner. »Ich muss dir zeigen, woran ich gestern gearbeitet habe.«

Simon wischte sich ein winziges Fleckchen Joghurt aus dem Mundwinkel.

»*Make Him Yours?*«

»Ja, ich glaube, wir kriegen es hin, dass es nicht grottenschlecht wird.«

»Du bist eine Zauberin.«

»Lästert ihr über meine Songs?«, unterbrach uns Darlene. An ihrer Seite war ihre Assistentin, die ihre Taschen schleppte. Direkt hinter ihr stand Carlos mit einem Kabel im Ohr und einer Ausbeulung im Jackett.

»Nicht über den Song«, sagte ich.

»Der Song ist perfekt«, schaltete Simon sich ein.

»Die Choreo. Simon und ich gehen sie zusammen durch, und in ein paar Stunden kannst du sie einstudieren.«

Die Assistentin ließ die Tasche fallen und lief zum Cateringtisch, um Darlene ihren Kaffee zu holen. Simon folgte ihr, und sie kicherten und tratschten zusammen.

»Kündigst du die Show in Vegas heute Abend an?«, fragte ich Darlene.

Sie nickte und pustete in ihren Kaffee. »Auf EL. Liam hat eine Aktion organisiert, wo ich mir Fans aus der Warteschlange rauspicke, die dann die besten Tickets gewinnen, und dann beginnt der Vorverkauf.«

»Als wäre es dir spontan eingefallen«, sagte ich.

»Als ob.« Sie verdrehte die Augen. »Kommst du nachher mit?«

Ich begleitete Darlene oft zu ihren Auftritten. Nur, um mich abzulenken und ihr die Gesellschaft einer »bodenständigen« Freundin zu schenken. Heute Abend hatte ich keine Lust, die Bodenständige zu mimen.

»Wenn es dir nichts ausmacht, schwänze ich lieber.«

»Schon okay. Mädel, ich bin nicht bereit für diese Show. Ich treffe die Töne nicht. Ich habe Betonfüße.«

»Du wirst vor Tourneen immer nervös.«

»Ich brauche Sex.«

Das stimmte. Aber während sie immer berühmter geworden war, war es immer schwieriger geworden, jemanden fürs Bett zu finden.

»Was ist mit deinem Manager? Wie heißt er noch?« Ich deutete mit dem Kinn auf einen Typen im Anzug und mit glänzenden Schuhen, der gerade mit ihrer Presseagentin sprach. Ich hatte ewig gebraucht, um rauszufinden, inwieweit sich ihre Jobs unterschieden.

»Liam?« Sie zeigte mit dem Daumen auf ihn, als wäre es ihr wurst, ob er wusste, dass wir über ihn sprachen. Was nicht stimmte. »Seine Spielchen spiele ich nicht mit.«

»Es wird dich entspannen.« Ich wackelte anzüglich mit den Augenbrauen.

»Mir egal. Du selbst siehst ziemlich entspannt aus. Du bist nach dem Lunch nicht wiedergekommen.« Jetzt wackelte sie mit den Augenbrauen.

»Wir haben die Katze gefüttert.«

»Ist das ein Euphemismus oder so?«

Ich grinste. Vielleicht war es das.

»Oder so.«

»Immer schön langsam. Echt jetzt?«

»Nein, aber doch. Egal. Ich hab bei ihm zu Hause zu Abend gegessen.«

Ihre Augen wurden groß, und mir wurde bewusst, dass Carter seine Privatsphäre sonst erbittert verteidigte. Ich hatte keine Ahnung, was ich über seine Familie sagen durfte oder nicht, deshalb hoffte ich, dass Darlene nicht nachfragen würde.

»Erzähl mir alles.«

So viel dazu. Was war das Unverfänglichste, was ich verraten konnte?

»Er hat ein schönes Haus.«

»Wo?«

»In Hancock Park.«

Hinter ihr drückte sich Liam herum und versuchte, ihre Aufmerksamkeit auf sich zu ziehen. Darlenes Arbeitstag würde gleich beginnen.

»Ist das dein Ernst? Ein ganzes Haus?«

»Ja. Na und?«

»Ich weiß, dass Carlos den Jungs gutes Geld bezahlt, aber ein Haus in Hancock Park? Welche Straße?«

Ich zuckte mit den Achseln. Ich wusste nichts über seine Wohnsituation. Vielleicht war es das Haus seiner Mutter, oder er zahlte eine günstige Miete, oder es war geerbt. Das ging mich genauso wenig etwas an wie Darlene. Ich wollte keine weiteren Fragen beantworten, bevor ich genau wusste, was ich sagen durfte und was nicht.

»Ich glaube, Liam will mit dir reden«, sagte ich und zeigte auf den attraktiven Engländer. Er nickte andeutungsweise und trat zu ihr.

»In New York ist es Viertel nach elf und …«

Ich zog mich zurück, bis ich außer Hörweite war.

Hancock Park war ein ziemlich großes Wohnviertel, also hatte ich nicht allzu viel verraten. Als wir dann mit der Arbeit begannen, vergaß ich den Zwischenfall sofort.

Für die neue Choreo holte ich die gesamte Truppe mit ins Boot, und nach ein paar Korrekturen waren wir für einen Probedurchlauf mit Darlene und Simon bereit.

Carter kreuzte nach dem Mittagessen auf. Ich konnte nicht anders, als nach ihm Ausschau zu halten. Irgendwann, nach einer Drehung, ertappte ich ihn dabei, wie er mich ansah, während sein Chef auf ihn einredete.

Aber er hatte nicht die Arbeit im Kopf. Sein Blick war so intensiv und hitzig, dass ich fast umgefallen wäre. Und es ging weiter so. Seine Präsenz wirkte wie eine Schwerkraft auf mich. Die Welt drehte sich um uns, doch wir verankerten sie mit Zentripetalkraft, bis ich das Gefühl hatte, als würde sich alles drehen, und nur er und ich seien Ruhepole im Zentrum. Mein Körper war sich seiner Aufmerksamkeit und des Drehens um uns bewusst, und meine Brustwarzen wurden so hart, wie meine Unterwäsche feucht wurde.

Was gelinde gesagt desorientierend war.

»Fünf Minuten!«, rief ich, schnappte mir mein Handtuch und lief zum Getränketisch.

Dort traf ich auf Simon. »Gute Choreo.«

»Danke.«

»Aber zu schwer«, sagte Darlene und dehnte die Arme. »Ich weiß nicht, für wen du mich hältst oder wie du dir diesen ganzen Mist ausdenkst.«

»Das hat sie gestern Nachmittag alles ausgeheckt.« Simon ließ ein Stück Zitronenschale in sein Wasser plumpsen.

»Ich hatte Hilfe.« Ich winkte Carter zu, der schon wieder zu mir herübersah. Er war nicht einmal für meine Sicherheit zuständig, doch er beobachtete mich, als wollte er jede meiner Bewegungen erfassen. »Wenn er das kann, könnt ihr es auch.«

Simons Augen wurden groß, und er musterte Carter von Kopf bis Fuß. »Dieses Bild von einem Mann kann tanzen?«

»Na ja …« Ich wollte Carter nicht beleidigen, ihn aber auch nicht in die Situation bringen, sich beweisen zu müssen.

»Hey!«, rief Darlene. »Mr Hancock Park! Sie können tanzen?«

Nach dem »Hey« war Carter auf uns zugegangen, doch bei der Erwähnung seiner Wohngegend verwandelte sich das Lächeln in seinem Gesicht zu einer dünnen, lippenlosen Linie.

»Ich kann nicht tanzen.«

»Aber er kann heben.«

»Aber mir wurde gesagt, dass ich heben kann.«

Unser komisches Timing war perfekt, doch er sah mich nicht an. Tatsächlich mied er meinen Blick, als sei ich Medusa.

Ich sah auf meine Uhr. »Toilettenpause. Dreißig Sekunden.«

»Wir sehen uns gleich«, flötete Simon.

In der Hoffnung, dass Carter mir folgen würde, trottete ich zur hinteren Toilette. In vierzig Sekunden konnte ich mit ihm reinen Tisch machen, pieseln, zurück auf die Tanzfläche gehen und für den Rest des Nachmittags einen auf Zentrifugalkraft mit ihm machen.

Aber nein. Er folgte mir nicht, und als ich fertig war, wartete er auch nicht draußen. Er stand genau auf dem Posten, auf dem er sein sollte. Im Studio, wo er über seine Klientin wachte.

Den restlichen Nachmittag über war ich unaufmerksam und wurde ein bleiernes Gefühl nicht los. Ich spürte den Rhythmus nicht. Ich war ungeduldig mit den Tänzern, und meine Lunge schien nicht genug Platz zu haben, um richtig zu atmen. Die Anziehungskraft war zunichte gemacht, und ich fühlte mich wie von der Erde losgelöst. Doch es war kein Freiheitsgefühl wie beim Fliegen. Ich fühlte mich nicht sicher wie bei den Hebungen mit ihm. Ich hatte nur das Gefühl, dass meine Füße über dem Boden schwebten, während ich dabei war, über sie zu stolpern.

Wir unterbrachen fürs Abendessen. Alle blieben länger. Wir mussten alle in zu wenig Zeit zu viel lernen. Ich wusste nicht, wie ich es in den nächsten Stunden hinkriegen sollte.

»Fabian«, sagte ich, als ich ihn hereinkommen sah. »Ich will nach Hause.«

Ich wusste, dass ich sauer klang. Das war ich auch, aber nicht auf ihn. Nicht auf die Welt. Ich wusste nicht, ob ich auf mich selbst sauer war, auf Carter oder keins von beidem. Ich war sauer, weil ich verunsichert war, und ich hasste es, verunsichert zu sein. Ich hatte zu hart daran gearbeitet, Selbstzweifel abzutöten, und jetzt ging ich her und belebte sie wieder.

»Dann lassen Sie mich den Wagen holen.«

Er ging, ohne weitere Fragen zu stellen, und das war auch besser so. Denn ich hätte ihm den Kopf abgebissen, weil er sich in meine Angelegenheiten einmischte.

»Kommst du zurück?«, ertönte Carters Stimme hinter mir.

»Warum?« Ich zog meine Schuhe an, ohne ihn anzusehen.

»Weil Carlos wissen muss, wie er das Personal einteilt. Darum.«

»Ich will die Katze füttern.«

Er ließ mich ohne eine Antwort stehen, was absolut unakzeptabel war.

»Die Katze, die du wolltest«, fauchte ich. Er blieb stehen. Gut. Mir fielen seine breiten Schultern und seine schmale Taille auf, während er den Kopf in den Nacken legte und an die Decke sah.

»Ich kann keine Katze haben«, sagte er.

»Warum nicht?«

Er kam auf mich zu. Alle anderen ließen sich das gelieferte Abendessen schmecken, sodass wir in der kleinen Nische an der Tür allein waren.

»Das geht dich nichts an.«

»Ist Phin allergisch?«, riet ich und erkannte an seiner Miene, dass ich den Nagel auf den Kopf getroffen hatte.

»Hast du Darlene von ihm erzählt?«

»Nein.«

»Bist du sicher?«

»Ich habe deinen Sohn nicht erwähnt. Ich habe gesagt, dass du in einem Haus in Hancock Park wohnst. Ich habe keine Straßennamen erwähnt oder mit wem du dort wohnst, sondern rasch das Thema gewechselt. Wenn du sauer bist, sag es mir.«

»Dieses Leben, das deine Freundin lebt, ist Wahnsinn. Es ist nicht normal. Wusstest du, dass sie auf Facebook eine Fangruppe hat, die jeden ihrer Schritte verfolgt? Wusstest du, dass einige von ihnen versucht haben, die obere Etage zu mieten, damit sie sie beobachten können? Weißt du, wie viele von ihnen davon fantasieren, sie zu töten, während sie sie ficken? Ich schon. Es gibt kranke Leute da draußen, und sie wissen, dass ihr Sicherheitsdienst weiß, wo sie sich aufhält. Noch bevor sie dort ist. Glaubst du nicht, dass einer von denen verrückt genug ist, meinen Sohn aufzuspüren, um durch ihn an sie ranzukommen?«

Ich schluckte heftig. Ich schluckte die defensive Reaktion herunter, die ihn in die Offensive getrieben hätte. Ich schluckte das Dementi, das mich nur davon abhalten würde, ihm zuzuhören. Ich schluckte eine Entschuldigung herunter, für die er nicht bereit war.

Leise knurrend fuhr er fort. »Ich hab mir den Arsch aufgerissen, um ihn von allem fernzuhalten. Ich hab alles getan, um dafür zu sorgen, dass er meine höchste Priorität ist. Ich werde mich nicht ablenken lassen, und ich kann momentan kein Leck gebrauchen.«

»Ich bin kein Leck.«

»Doch. Und ob. Du bist ein Leck. Du lässt Informationen durchsickern, und wenn ich mit dir zusammen bin, verliere ich an Selbstkontrolle.«

Ich konnte nicht noch mehr herunterschlucken. Ich hatte die Nase voll.

»Daran bist du selbst schuld.« Ich sprach leise, aber deutlich. »Wenn niemand wissen soll, dass du in Hancock Park oder in Los Angeles oder auf dem Planeten Erde wohnst, dann musst du mir explizit sagen, was geheim bleiben soll und warum. Sich hinterher zu beschweren, funktioniert nicht.«

Fabian öffnete die Tür. »Bereit?«

Carter presste den Mund wieder zu einer dünnen Linie zusammen. »Sie schon.« Mit zusammengebissenen Zähnen, die keine weitere Diskussion zuließen, ging er weg.

Und ich fuhr nach Hause, um die verdammte Katze zu füttern.

# KAPITEL 31

## CARTER

In dem Moment, als Darlene mein Wohnviertel ausposaunte, hätte ich mich am liebsten in Zeitlupe auf sie gestürzt und ihr den Mund zugehalten. Doch es war zu spät, und ich lebte nicht in einem Actionfilm.

Also schäumte ich, als sei es mein Job. Ich beendete meine Schicht, sah zu, wie Emily mit Fabian wegging, und sah aus dem Fenster, um sicherzugehen, dass sie sicher in den Wagen stieg, als wäre auch das mein Job. Was es nicht war. Darlene war mein Job, und auf sie aufzupassen, war viel schwerer als auf ihre Choreografin.

In einem Restaurant in West Hollywood stand ich vor dem Separee, das Darlenes Manager für ein spätes Abendessen organisiert hatte. Mit meiner Unbewegtheit und Ernsthaftigkeit war ich ein eindrucksvoller Anblick. Die Menschen in dem vollen Speisezimmer sahen mich an und fragten sich, wer der Mann an der Tür war.

Ich beobachtete sie. Sie beobachteten mich.

Als Officer Brian Muldoon meinen jämmerlichen siebzehnjährigen Arsch in den Boxring brachte, hatten die Leute mich auch beobachtet. Hauptsächlich ältere farbige Männer. Vereinzelte Weiße. Ich hatte mich für einen harten Burschen gehalten, aber diese Typen konnten mich in der Pfeife rauchen.

Der Ring war geräumt worden, und Brian verkündete, dass ich mich entschieden hätte, in den Ring zu steigen oder wegen Körperverletzung verhaftet zu werden. Dass ich seinen Sohn angegriffen hatte, erwähnte er nicht, sondern sagte nur, dass ich nach Hause ginge, egal ob ich verlieren oder gewinnen würde. Ich hätte eine Wahl getroffen.

Die Männer schienen belustigt, als sei ich nicht der erste verkorkste Junge im Ring. Der Tabakgeruch von der offenen Tür überlagerte den Schweißgeruch in der Luft.

Muldoon, noch in voller Uniform, hob die nackten Fäuste und tänzelte. Ich war zu gut für Technik. Zu cool. Normalerweise stellte ich die Füße fest auf und schlug meinen Gegner vernichtend.

Seine kurze Gerade war leicht, aber gut platziert. Ich sah Sterne, erholte mich aber schnell wieder. Meine Wange bekam einen linken Haken ab. Mehr Sterne. Ein dumpfes Knacken. Ich hatte noch keinen einzigen Schlag anbringen können, aber verletzt war ich auch nicht. Ich hatte im Leben schon viele Schläge abbekommen.

Muldoon hörte auf zu tänzeln und senkte die Fäuste.

»Willst du mich nicht schlagen?«

Ich dachte darüber nach. Stellte es mir vor. Wusste, dass ich es könnte. Er war Mitte dreißig und wuchtig, mit einer dicken Polyesteruniform. Wenn er dort ohne Deckung stehen wollte, konnte ich ihm ohne Weiteres auf die Fresse hauen. Wahrscheinlich zwei schnelle Schläge landen, bevor er sich erholte oder die Männer mich von ihm wegzogen.

»Und?«, fragte er. »Wie sieht's aus?«

Ich wusste nicht, was für ein Test das war, nur, dass ich ihn nicht bestehen würde.

»Nee.«

»Die Hosen voll?«

Achselzuckend sah ich zu den Männern, die mich beobachteten.

»Die petzen nicht. Alles okay. Greif mich an.«

Ich könnte es tun. Ich könnte es wirklich machen.

»Vergessen Sie's. Schlagen Sie mich, wenn es sein muss. Mir geht's gut.«

»Warum nicht? Schlägst du nur Kinder?«

Er wollte mich reizen. Ich schlug nie jemanden, der kleiner war als ich.

»Sie sind zu alt. Und diese Uniform ist zu hässlich. Da kann man glatt Mitleid kriegen.«

Alle lachten. Ich dachte, dass ich jetzt mit Sicherheit eine Abreibung bekommen würde, aber Brian beugte sich vor und lachte. Ich stand nur da wie ein Schwachkopf.

Brian hatte mir die Hand geschüttelt und mir die andere Hand auf die Schulter gelegt.

»Ich wusste, dass du nicht zu hundert Prozent Scheiße bist. Jetzt kannst du dich auch so verhalten«, hatte er dann noch gesagt.

Brians Sohn wurde schließlich Schauspieler. Hauptsächlich in Seifenopern. Das Boxen hatte ihn auf den rechten Weg gebracht, bevor ihm jemand die Visage zertrümmerte. Ich sah ihn manchmal noch, und sein Dad war selbst mehr als zwanzig Jahre später leicht zu finden.

McDerby's war eine Straße vom Boxklub entfernt. Als wir volljährig waren, nahm Brian mich und Devon mit dorthin, nachdem wir lange genug auf den Sandsack eingeschlagen hatten.

Emily hatte am Nachmittag mein Vertrauen gebrochen. Sie hatte in einem Raum voller Menschen die Adresse meiner

Familie ausposaunt. Ich wusste, dass sie uns nicht hatte schaden wollen, und auch, dass den Namen meines Viertels zu kennen, keine große Sache war, aber Emily Barrett hätte besser als jeder andere wissen müssen, wie wichtig Sicherheit war. Ich musste die Sache relativieren, und ich wusste, dass ich das bei McDerby's tun konnte.

Als ich mich neben Brian setzte, wandte er den Blick nicht vom Fernseher. Das *Pling* und *Piep* von Spielautomaten übertönte die alten Soulsongs, die die einzigen Optionen in der Jukebox waren.

Rick, der Barkeeper, brachte mir ein Bier.

»Schön, dich zu sehen«, sagte Brian.

»Dito.«

Er zeigte mit seiner Flasche auf den Fernseher. »Die Dodgers.«

»Ungelogen.«

Wir tranken eine Weile schweigend. Brian war genauso gewesen, wie ich mir einen Vater vorgestellt hatte. Knallhart. Unerbittlich.

Vielleicht war ich alles, was er sich in einem Sohn vorgestellt hatte. Oder alles, was sein Sohn nicht war.

»Wie ist dein neues Einsatzkommando?«

Seit ich die Truppe verlassen hatte, arbeitete ich schon seit Jahren als privater Bodyguard, doch er nannte es immer noch mein »neues Einsatzkommando«.

»Viel Arbeit.«

»Und der Junge?«

»Sieht aus wie seine Mutter.«

»Gottlob.«

Dash Wallace, der Shortstop der Dodgers, erzielte einen Home-Run ins Mittelfeld, und die zehn Männer, die an der Theke hockten, brachen in Jubel aus.

»Wie geht's Devon?«, fragte ich. »Mir ist, als hätte ich ihn in einem Werbespot für Deos gesehen.«

»Hast du. Landesweiter Spot. Gutes Geld.« Brian war in New York aufgewachsen und sprach in einem undurchschaubaren Code aus Substantiven und Adjektiven. »Was auf dem Herzen?«

Ich kippte meine Bierflasche und rollte sie auf der Unterkante, wodurch sie auf der Serviette eine Spur aus Kondenswasser hinterließ.

»Nach Louises Tod«, sagte ich und rollte die Flasche weiter, auch als die Feuchtigkeit weg war, »hast du da je etwas mit jemand anderem angefangen? Einer Frau?«

»Danke für die Klarstellung.« Er grinste andeutungsweise und ließ die Flasche kurz an seiner Unterlippe ruhen, bevor er Bier daran vorbeikippte.

»Leck mich. Ich wollte nur wissen, wie du das gehandhabt hast.«

»Was gehandhabt?«

Er und ich konnten stundenlang so weitermachen und mit Halbsätzen um uns werfen, bis wir es vermieden hatten, etwas zu sagen. Aber dafür hatte ich keine Geduld.

»Da ist diese Frau.«

Er wandte den Blick vom Fernseher, ohne die Flasche zu bewegen, die aufrecht in seiner Hand stand wie ein grüner Glassoldat. Ich hatte seit Jahren keine Frau mehr erwähnt. Das hier könnte die ganze Nacht dauern, oder ich könnte mich der Nummer mit einem dummen Witz entziehen.

»Ich hab nicht vor, sentimental zu werden. Aber sie ist was Besonderes. Können wir es dabei belassen?«

»Du bist der Boss.«

»Aber da ist Phin. Jemanden mitzubringen, könnte das verderben. Wenn sie zur falschen Person das Falsche sagt … es könnte alles den Bach runtergehen, und es steht viel auf dem Spiel.«

»Himmel Herrgott, Junge. Niemand hat dir verboten, was mit einer Frau anzufangen. Ich jedenfalls nicht.«

»Warum bist du dann immer noch Single?«

Er zuckte mit den Achseln. Darüber wollte er nicht reden. Niemals. Er war in einer Gang-Sondereinheit gewesen und hatte dafür den höchsten Preis bezahlt. Louises Tod war die Rache eines eingebuchteten Bandenchefs gewesen.

Meine Situation war zwar anders, aber ähnlich genug, um einen Vergleich zu ziehen.

»Ich bin Single, weil ...« Er machte keine Anstalten, den Satz zu vervollständigen.

»Weil?«

»Weil ich zu viel Bier trinke. Hab einen Bauch gekriegt. Frauen mögen das nicht. Du siehst gut aus. Solltest mal Sex haben.« Er wandte sich wieder dem Fernseher zu, wo ein Werbespot für kleine blaue Pillen lief.

Ich trank mein Bier in der Überzeugung aus, das Richtige getan zu haben. Emily musste gehen. Wenn Phin aus dem Haus war und Mom tot wäre, würde ich mir jemanden suchen.

»Vielleicht leg ich mir stattdessen einen Bauch zu.«

»Wie du willst.«

Das würde ich.

Das Inning fand ein schlechtes Ende.

Ich wollte Brian gerade auf den Rücken klopfen und ihm für nichts danken, als der Barkeeper umschaltete. Auf *Entertainment Live!* wurde gerade eine Show übertragen, und meine Brötchengeberin saß neben einer großen Leinwand auf einem Stuhl. Der Moderator saß auf der anderen Seite. Auf dem Bildschirm zwischen ihnen schwenkte eine Kamera über schreiende, jubelnde Menschen, die sich vor dem Studio versammelt hatten.

»Sie sucht Fans für eine Überraschungsshow aus«, erklärte der Barkeeper. »Meine Freundin ist dort und versucht Tickets zu kriegen. Verrückt.«

Auf dem Schichtplan hatte gestanden, dass Emily Darlene begleitete. Sie hielt sich wahrscheinlich von den Kameras fern, doch ich hielt nach ihr Ausschau. Jemanden im Fernsehen zu sehen, den ich kannte, war seltsam. Ich hatte mich auch nie daran gewöhnt, meine Schwester im Fernsehen zu sehen. Nicht wenn sie in ihrer Show war oder interviewt wurde. Ich konnte nicht glauben, dass irgendjemand außer einem Psychiater hören wollte, was sie zu sagen hatte.

»Gehst du mit, wenn sie gewinnt?«, fragte Brian den Barkeeper.

»Himmel, nein.«

Vor dem Gebäude sah ich jemanden, den ich kannte. Darlene deutete auf ihn. Glücklicher Gewinner. Der große, knochendürre Typ aus Vinces Einfahrt. Dieser Adamsapfel konnte mir nicht entgehen. Der Außenreporter auf dem Strip sagte es ihm, und er umarmte seine Freundin. Die Kamera schwenkte zum nächsten potenziellen Gewinner.

»Komm schon, Arschloch!«, rief ein Schluckspecht vom Ende der Theke. »Schalt das Spiel wieder ein.«

Ich hielt Ausschau nach Vince. Wenn er dort wäre, dann wäre er in Emilys Nähe, und das müsste ich dem Sicherheitsdienst melden. Das Fernsehbild schnipste wieder zum Spiel. Ich war noch nie im Leben so enttäuscht gewesen, Jack Youder an der Second Base zu sehen.

Ich schlug Brian auf den Rücken.

»Später.«

»Ja.«

Ich war schon fast aus der Tür, als er meinen Namen rief. Halb drin in der Bar und halb draußen, sah ich zu ihm zurück.

»Du willst keinen Bauch.«

Ich zeigte ihm die Faust. Er zeigte mir seine.

Ich hatte vergessen, warum ich in die Bar gegangen war. Vergessen, was ich ihn gefragt und was er mir geantwortet hatte. Mein ganzes Wesen war darauf fixiert, Emily zu beschützen.

# KAPITEL 32

## EMILY

Bist du okay?

Selbst in drei Worten war die merkwürdige Dringlichkeit der SMS von Carter nicht zu leugnen.

Warum?

Dein Ex ist im Haus

Was zum …? Ich schaltete den Film ab, den ich mir gerade ansah. Das Sinnloseste, was ich hätte tun können, und das Letzte, das ich noch zustande brachte, bevor mein Körper aufhörte, Befehlen zu gehorchen. Ich bekam eine Gänsehaut und meine Muskeln erstarrten. Fabian hatte alles abgeschlossen. Das wusste ich. Er hatte das ganze Haus überprüft, bevor er zu Carlos bei *Entertainment Live!* gefahren war. Jetzt wünschte ich, ich wäre hingegangen, statt auf der Couch zu sitzen und Eis zu essen.

Wo?

Beobachtete er mich gerade? Würde er mir das Telefon wegnehmen? Wartete ich nur auf einen Schlag auf den Kopf? Würde er mir von hinten einen überziehen oder versuchen, mit mir zu reden?

Keine Ahnung. Hab draußen einen seiner Freunde gesehen. Geh sofort zu Carlos oder Fabian

Die sind im EL

Ich wartete auf die drei Pünktchen, die besagten, dass er tippte. Mein Gehör war in höchster Alarmbereitschaft. Meine Muskeln waren von Adrenalin durchdrungen, aber bewegungslos. Ich hörte nichts.

Und keine Pünktchen von Carter.

Zwei Dinge passierten auf einmal.

Grey sprang auf die Couch, und das Telefon klingelte. Ich quietschte vor Schreck auf und ließ das Telefon auf den Boden fallen.

Immer noch sicher, dass Vince sich im Haus befand, stürzte ich mich auf das Telefon.

Es war Carter. Mit dem Rücken an der Wand rutschte ich über den Boden und nahm ab.

»Carter?«, flüsterte ich.

»Wo bist du?«

»In meinem Wohnzimmer.«

Ich hörte schweres Atmen von der anderen Seite. Eine Autohupe. Verkehr. Er war draußen.

»Was soll ich tun?«, zischte ich.

»Nichts. Alles in Ordnung. Tut mir leid.«

»Was?«

»Ich hab im Fernsehen einen seiner Freunde in der Schlange stehen sehen ...«

207

»Willst du mich verarschen?« Ich sprach immer noch leise.

»Ich …«

»Du hast mich um Jahre altern lassen.« Ich war mit der Drehkraft eines Rückwärtssaltos von »aus Angst flüstern« zu »vor Wut schreien« übergegangen. »Im Haus. Du hast gesagt *im Haus*, stimmt's?«

»Ja, aber …«

»Lachst du etwa?«

»Ich bin erleichtert, dass du in Sicherheit bist.«

»Du bist ein Scheißkerl, weißt du das?«

Als würde sie spüren, dass alles in Ordnung war, sprang Grey von der Couch und auf meinen Schoß.

»Vielleicht, aber wenn ich dachte, du wärest mit Darlene im EL, könnte er das auch denken. Also war es kein völlig falscher Alarm.«

»Wer war das? Der Freund, den du gesehen hast. Angeblich.«

»Ein großer, dünner Typ.«

»Ichabod Crane. Alias Kyle Bedrosian. Seine Freundin liebt Darlene, okay? Er hatte jedes Recht, dort zu sein. Gott, ich kann dich im Moment nicht ertragen. Heute Nachmittag machst du mit mir Schluss, und jetzt dieser Anruf.«

»Ich habe nicht …« Eine Autotür knallte, und die Nebengeräusche verstummten. »Ich habe nicht mit dir Schluss gemacht.«

»Weil wir nie zusammen waren. Deshalb.« Ich stand auf und lief barfuß den Raum ab, überprüfte Schlösser und Fenster und schloss die Jalousien. »Weil du diese Hinhaltestrategie perfekt beherrschst. Du hältst mein Interesse wach, aber gibst mir nichts. Und ich hab das so satt. So satt.«

»Das habe ich nicht gemacht. Ich …«

»Nichts ich. Aber trotzdem danke. Danke, dass du mich mutig genug gemacht hast, wieder mit Männern auszugehen.«

»Warte …«

»Ich muss Schluss machen.«

Ich legte auf und schaltete die Telefonklingel aus. Der Schreck, den er mir eingejagt hatte, machte mich müde und mürrisch. Ich wollte ins Bett gehen. Allein. Zum Glück.

Grey folgte mir ins Schlafzimmer und schnurrte an meinen Füßen. Ich hob sie hoch. Ihr Rücken wurde butterweich und ihre Beine versteiften sich und ragten hervor wie Salzstangen in Toffee.

»Was ist?«

Sie gähnte. Ich zog sie an mich und drückte sie an meine Brust. Sie entspannte ihre Beine und ihr Rücken krümmte sich und schmiegte sich an mich.

Ich wünschte, Carter wäre mehr wie eine Katze.

# KAPITEL 33

## CARTER

»Dad?«

Ich wurde aus einer Fantasie gerissen, in der Emily sich an mich schmiegte und an meiner Brust immer langsamer atmete, bis sie in meinen Armen einschlief. Ich war rechtzeitig nach Hause gekommen, um noch mit ihm zu Abend zu essen und Hausaufgaben zu machen. Phin lernte alle Länder in Afrika auswendig und kämpfte mit den landumschlossenen. »Guckst du hin?«

»Ja.« Ich beugte mich vor.

»Demokratische Republik Kongo«, sagte er und klickte auf dem Computer eine seltsam geformte Landmasse an. »Das ist was anderes als die Republik Kongo.« Die Landkarte von Afrika war vollkommen blau. Alles beim ersten Versuch richtig.

»Tja«, antwortete ich. »Du scheinst es drauf zu haben.«

»Ja.« Er schaltete die Maschine ab.

Er machte sich oben bettfertig, duschte, rannte durch den Flur zum Wäscheschrank, um sich das Handtuch zu holen, das er vergessen hatte, und hinterließ wahrscheinlich überall auf dem Boden Pfützen. Die Chancen standen gut, dass er auch seine Unterwäsche vergessen hatte. Er würde mit dem Handtuch umwickelt über den Flur laufen, es auf den Boden fallen lassen, seine Unterhose anziehen, ohne sich richtig abzutrocknen, und mit nassen Haaren ins Bett gehen. Ich würde ihn umarmen, bevor er einschlief, das Handtuch wieder aufheben, aufhängen und vorm Schlafengehen noch ein bisschen fernsehen.

Das Gleiche wie immer.

Aber ich hatte mich nicht mal auf die afrikanischen Länder konzentrieren können, weil ich mir um Emily Sorgen machte. Ich hatte Fabian angerufen, der mir versichert hatte, dass sie so sicher weggesperrt war wie die Kronjuwelen. Danach hätte ich mich besser fühlen sollen. Ich hätte mich freuen sollen. Ich hatte das Leck sofort gestopft.

Ich wich einem Berg Legosteine aus und hob Phins feuchtes Handtuch vom Boden auf.

»Gute Nacht, Junge«, sagte ich.

»Gute Nacht, Dad.«

Ich hob die Faust, aber er seine nicht. Stattdessen rollte er sich auf den Rücken und verschränkte die Hände hinter dem Kopf. »Darf ich dich was fragen?«

»Klar.« Ich setzte mich zu ihm auf die Bettkante.

»Woher weiß man, ob ein Mädchen einen mag?«

Auf die Frage war ich nicht vorbereitet. Als die anderen Jungs angefangen hatten, den Mädchen nachzulaufen, hatte Phin sich geweigert mitzumachen. Er hatte ganz normale Freundinnen. Er nannte sie Leertasten-Freundinnen.

»Du meinst so richtig?«

»Was denn sonst.« Sein Augenverdrehen bot mir eine großartige Aussicht auf sein Frontalhirn.

»Tja. Sie freut sich, wenn sie dich sieht. Sie ist nett zu dir. Sie will Sachen über dich wissen. Ähm ...«

»Und wenn sie ihren Freundinnen erzählt, dass du nicht süß bist? Als wäre sie überhaupt nicht interessiert?«

211

»Das«, ich drohte ihm mit dem Finger, »das ist sehr wichtig zu wissen. Freundschaften laufen bei Frauen anders als bei Männern. Männer wollen zusammen abhängen und was unternehmen, zum Beispiel Ballspiele machen. Frauen sind da anders.«

»Machen sie nichts zusammen?«

»Doch, schon, aber sie sind auch … irgendwie … sie können zu Konkurrentinnen werden.«

»Ich dachte, wir konkurrieren auch.«

»Vielleicht. Hör zu. Macht sie denn all die anderen Sachen? Freut sie sich, dich zu sehen? Und den ganzen Rest?«

»Ja. Und heute hat sie …« Er verstummte.

»Was denn?«

»Sie hat die Hand auf mein Bein gelegt, und ich, äh … ich hatte eine Reaktion.« Er gestikulierte vage zu seinem Unterkörper und hielt sich die Hände vors Gesicht.

»Ah. Du weißt schon, dass das nor…«

»Ja, Dad! Ich weiß, dass das normal ist. Menno.«

»Selber Menno. Wie heißt sie denn?«

Er zuckte mit den Achseln.

»Weißt du, wie sie heißt?«

Neues Augenverdrehen.

»Ich verstehe das als Ja. Okay, ignoriere, was ihre Freundinnen sagen. Das ist Regel Nummer eins. Verstanden?«

Er nickte. Ich hob meine Faust.

»Und das ist Regel Nummer zwei. Zeig mir, wie groß dein Herz ist.«

Er ballte die Hand zur Faust. Wir stießen aneinander, und ich drückte ihn.

Ich dachte, ich sollte auf meinen eigenen Rat hören, doch mir fiel ein, dass mehr auf dem Spiel stand. Dann dachte ich wieder an Emily, wie warm sie war, wie sie sich bewegte, wie ihr Gesicht aufleuchtete, wenn sie kam.

Darlenes Patzer wegen meines Wohnviertels kam mir wie die geringste Sorge vor, die ich je gehabt hatte.

Dann die Risiken. Mein Sohn.

Wie dumm das alles war.

Dann die Angst um Phin. Und Emily.

Ich guckte Sport. Es klang wie der gleiche typische Mist, den sie immer brachten, nur mit anderen Namen und Mannschaften. Ich konnte mich nicht konzentrieren.

Gegen elf kam Mom heim.

»Wie war dein Date?«, fragte ich.

»Ich bin doch zu Hause, oder?«

»Stimmt.« Ich sprang von der Couch auf und küsste sie auf die Wange. »Ich fahre noch mal weg.«

»Du willst wegfahren? Wohin?«

»Ich bin bald wieder da.«

Ich ging, ohne es ihr zu erklären, denn ich hatte auch keine großartige Erklärung. Ich fand, ich könnte sowohl Emily als auch meine Familie weiter so beschützen wie immer. Dazu brauchte ich weder meine Methoden noch meine Verrücktheit zu ändern. Ich brauchte nur nach Emily zu sehen, wenn ich konnte, und dafür zu sorgen, dass alle Phin für den Sohn eines unverheirateten Ex-Polizisten hielten. Nicht mehr und nicht weniger.

Nach Emily zu sehen, würde nicht länger als eine Sekunde dauern.

Ich fuhr mit meinem schwarzen Wagen im Schneckentempo die dunkle Straße hinunter. Ich konnte nicht viel von dem sehen, was sich hinter dem Tor befand, doch das Licht wurde von den Unterseiten der Blätter reflektiert. Ich stieg aus und ging zum Haus. Aus dem Studio konnte ich das Stampfen von Musik hören. Sie tanzte.

Am liebsten wäre ich bei ihr gewesen. Hätte ihr zugeschaut. Ihre Bewegungen gespürt. Sie auf ihr Kommando hochgehoben. Meine Hände unter ihre Kleider geschoben.

»Runter, Junge«, beruhigte ich murmelnd meinen Schwanz.

Ein Kratzen am Holzzaun ließ mich nach meinem Pistolenhalfter greifen, aber es war die graue Katze. Sie kletterte hoch und balancierte auf der Kante, lief in eins achtzig Meter Höhe zur Grundstücksgrenze. Als sie direkt über mir stand, richtete sie ihre Pfoten neu aus und miaute, als wollte sie fragen: *Bereit?*

Sie sprang in meine Arme.

»Wie geht's ihr?«, fragte ich.

Sie schnurrte. Ich streichelte ihr Fell.

Aus dem Lautsprecher ertönte ein Quäken.

»Was machst du da?«

Ich drehte mich zur nächsten Kamera am Vordertor und drückte auf den Knopf unter dem Keypad.

»Unsere Katze besuchen.«

Quäk. »Meine Katze.«

»Klar. Meine Katze.«

Quäk. »Zieh nicht die *Who's on First*-Nummer mit mir ab.«

Die Katze sprang aus meinen Armen, als wäre sie so verärgert wie Emily.

Ich drückte den Knopf. »Ich bin hergekommen, um mich dafür zu entschuldigen, dass ich dir Angst eingejagt habe.«

Das war gelogen, aber da ich nicht so recht wusste, warum ich mich zu ihr hingezogen fühlte, war diese Erklärung so gut wie jede andere.

Die Haustür ging auf, und Emily kam barfuß heraus. Sie hakte ihre Finger in das Geländer des gusseisernen Tores wie eine Gefangene.

»Entschuldigung angenommen.«

»Wir sehen uns morgen Abend.«

»Carter ...«

Ich legte meine Hände auf ihre. Wir hielten uns gemeinsam an den Gitterstäben fest.

»Das wird lustig.« Ich wollte noch mehr versprechen, war aber in einem Käfig der Vorsicht gefangen.

»Ich kann nicht«, sagte sie.

*Ich kann nicht?* Was sollte das denn heißen? Ein unangemessenes, unliebsames, unerträgliches Gefühl regte sich in meiner Brust. Es war keine richtige Wut, jedoch genauso fordernd und doppelt so produktiv. Es hatte die Größe von Wut, aber nicht die Hitze. Es richtete sich nach innen, zum Zentrum meiner Verwirrung.

»Warum nicht?« Ich hielt meine Stimme neutral. Wenn ich auch nur ein wenig von diesem Könnte-Wut-sein-ist-es-aber-nicht-Gefühl verriet, wäre sie weg.

»Du bist noch nicht so weit. Ich hab das schon erlebt. Ich habe mir eingeredet, dass etwas richtig war, obwohl es das nicht war. Und wenn wir richtig füreinander wären, dann würdest du mir vertrauen. Du würdest nicht sauer auf mich werden, weil ich etwas gesagt habe, das ich für harmlos hielt. Du würdest mit mir reden. Aber das tust du nicht, und ich weiß, dass ich wieder Mist bauen werde. Es schmerzt mich zu sehr, wenn du sauer wirst.«

»Ich hatte unrecht.«

Moment mal. Hatte ich unrecht? Ich hatte das nicht gedacht, doch es kam aus meinem Mund. Vielleicht hatte ich ja wirklich unrecht.

»Ich hätte Darlene nichts sagen dürfen, ich stimme dir zu. Das war dumm.«

»Ist schon gut.« Ich griff zwischen die Gitterstäbe und strich mit der Hand an Emilys Arm hinauf. Ihre Wimpern flatterten. »Ich habe überreagiert.«

»Ja.« Ihre Antwort war nur gehaucht. Ich wartete darauf, dass sie das Tor öffnete. Sie tat es nicht.

»Also dann«, sagte ich. »Morgen Abend?«

»Ich glaube nicht. Ich glaube, wir brauchen Zeit.« Sie zog ihre Hand weg. »Gute Nacht, Carter.«

Wo war die Grenze zwischen Stalking und Hingabe? Wann konnte man eine Frau überzeugen? Wie konnte ich ihr zeigen, was ich wollte, ohne ihr Angst zu machen?

Sie wandte sich von mir ab.

Wenn ich sie losließe, sie beim Wort nahm, würde ich den Moment und sie verlieren. Sie lief zu ihrer Tür, und in drei Sekunden würde sie dahinter verschwinden. Ich konnte die Entfernung zwischen uns mit fünf Schritten zurücklegen, das Tor zu Schrott verbiegen, die Luft wie ein Blitz durchqueren, aber nicht, wenn sie die Tür erst mal geschlossen hatte.

Verzweiflung machte sich in mir breit.

Was war der Unterschied zwischen einem Stalker und einem Verzweifelten?

»Ich komme morgen Abend hierher.« Ich hatte keinen Plan. Ich wusste nicht einmal, was ich sagte, aber ich sprach weiter, auch als sie schon die Hand an der Tür hatte. »Ich habe versprochen, dass ich dich am Samstag ausführe, und das werde ich auch, also bist du um acht besser gestiefelt und gespornt, oder du verpasst was.«

Sie winkte, bevor sie die Tür schloss.

# KAPITEL 34

## EMILY

Ich hatte den Tag für mich. Ich machte das Katzenklo sauber, was nicht allzu schlimm war. Ich machte Dehnübungen, nahm Anrufe wegen der Kostüme entgegen. Machte mir aus der geschenkten Tomate einen Salat.

Ich dachte überhaupt nicht an acht Uhr. Nö. Nicht mal andeutungsweise. Außer als ich die Tüte mit der Katzenstreu rausbrachte. Ich fragte mich, ob er am Tor stehen würde. Und als das Telefon klingelte, dachte ich, dass es vielleicht er wäre. Und wenn ich Grey sah, also eigentlich ständig, dachte ich auch an ihn.

Aber er rief nicht an, um unser Date zu bestätigen oder sich rückzuversichern. Er simste nicht. Er schickte keine Blumen, was Vince einmal getan hatte, um mich zurückzuerobern. Es hatte funktioniert, und ich hatte geschworen, dass es nie wieder funktionieren würde.

Nicht, dass es eine Rolle spielte. Es kamen keine Blumen.

Ich schloss Phins USB-Stick an meinen Laptop an. Mit meinem Wissen über ihn hätte ich das nicht tun sollen. Aber ich hatte Carter vertrieben und sehnte mich nach einer

Verbindung zu ihm. Keine Disziplin in der Liebe. Ich war eine Gefahr für mich selbst. Ich steckte den USB-Stick eines Wunderkindhackers in meinen Laptop.

Auf dem Bildschirm explodierte ein Regenbogen aus Blumen, die barsten und zu einer wunderschönen steten Schleife aus Farbe und Licht erblühten. Wenn es meinen Computer killte, würde er beim Sterben zumindest gut aussehen, aber er gab nicht den Geist auf.

Als Carter den Termin bis Viertel nach sieben nicht per SMS bestätigt hatte, dachte ich, dass er nicht käme. Ich hatte ihm ja gesagt, dass ich nicht mit ihm ausgehen würde, und er musste es sich ausgeredet haben. Das wäre klug. Sehr klug.

Aber wenn er nun doch aufkreuzte?

Wenn er nach einem Tag ohne Kontakt vor meiner Tür stünde?

Was würde ich tun?

Er käme nicht, aber wenn doch, wäre ich bereit.

Obwohl ich wusste, dass es überhaupt keinen Sinn ergab, duschte ich, weil ich schmutzig war, rasierte mir die Beine, weil es an der Zeit war, und zog mir etwas Hübsches an, weil eine Jogginghose sich nicht für ein Date eignete. Strumpfhalter und ein zartrosa Kleid? Das war gut für ein Date.

Auch wenn es natürlich kein Date gäbe.

Aber wenn er sich den ganzen Tag darauf verlassen hatte, dass ich mich für ihn zurechtmachen würde, ohne nachzufragen oder mich zu belästigen, und wenn er trotzdem auftauchte, obwohl er nicht wusste, ob ich ihn abweisen würde, dann war das an sich schon eine Verbindlichkeit. Das wäre ein Mann, der mich gleichzeitig respektierte und begehrte. Er wäre willens, herzukommen und verletzt zu werden, nur um sein Versprechen zu halten.

Aber er käme nicht. Als ich mich schminkte, war ich mir sicher, dass ich mich umsonst schön aufgebrezelt hatte.

Aber wenn er doch käme, hätte ich ihn unterschätzt. Dann war er ganz anders als Vince.

Um Punkt acht summte es am Vordertor.

Ach du Scheiße!

Ich lief zu dem Überwachungsmonitor mit dem Bedienfeld darunter. Mit Blumen in der Hand stand er im Anzug vor meinem Eingangstor.

War ich ein Dummkopf?

Fiel ich einfach nur auf eine andere Art verrückten Verhaltens herein? Ich hatte ihm einen Korb gegeben, mich aber trotzdem in ein Kleid geworfen. Ich hatte mich selbst davon überzeugt, dass er nicht käme, und war deshalb enttäuscht gewesen.

Magst du ihn?

Ich mochte ihn. Sogar sehr.

Vertraust du ihm?

Das ließ sich nicht so leicht beantworten.

»Carter?«, fragte ich in die Gegensprechanlage. Er sah in die Kamera. »Ich sagte doch, wir haben heute Abend kein Date.«

Er beugte sich zum Tastenfeld. »Ich weiß.« Er ließ den Knopf los und drückte ihn wieder. »Du kannst einem Mann nicht vorwerfen, es versucht zu haben.«

Konnte ich das?

Er steckte die Blumen zwischen die Gitterstäbe und trat zurück. Winkte in die Kamera.

Er ging wirklich weg.

Ich sprach laut in die Anlage, damit er mich hörte.

»Warte!«

# KAPITEL 35

## CARTER

Sie kam mit hochhackigen Schuhen und einem hellrosa Kleid heraus, perfekt geschminkt mit einer Hochsteckfrisur und einer farblich passenden Handtasche. Eine Hälfte meines Gehirns hätte ihr am liebsten auf den Zahn gefühlt, seit wann sie gewusst hatte, dass sie meine Einladung annehmen würde, und wie lange sie mich noch hatte die Gegensprechanlage küssen lassen wollen.

Die andere Hälfte meines Gehirns hätte ihr am liebsten die Haarnadeln herausgezogen und zugesehen, wie ihr die blonden Haare über die nackten Schultern fielen.

»Hallo.« Sie entriegelte das Tor. »Ich bringe die nur schnell rein.«

Sie schwang das schwere Tor auf und zog die Blumen aus dem Gitter. Ich nahm sie und hielt ihr meine andere Hand hin.

»Bring sie später rein.« Ich legte sie auf ihrem Grundstück ab. »Wenn du reingehst, werde ich dir folgen, und wenn wir im Haus allein sind, verfällt unsere Reservierung.«

»Wohin fahren wir denn?«

»Ins Zentrum.«

Sie zog das Tor hinter sich zu. Ich ließ sie in den Wagen steigen und lief zur Fahrerseite. Ich hatte mich kaum angeschnallt, da roch ich schon ihr Parfüm. Normalerweise sah ich sie bei der Arbeit, wo sie nach Schweiß und Zitronengras roch. Ich fand das scharf. Aber das Parfüm mit dem rosafarbenen Kleid war eine ganz neue Stufe von sexy.

»Fahren wir?«, fragte sie.

»Du siehst fantastisch aus.«

»Danke.« Sie betastete ihre Frisur, als hätte ich ihr gesagt, sie sei verrutscht. Wenn sie so weitermachte, wären ihre Haare mehr als verrutscht. Sie wären von mir durchwühlt.

Ich fuhr auf die Olympic und weiter nach Osten. Das war der direkte Weg zu unserem Ziel.

»Danke, dass du mitkommst«, sagte ich, weil es sonst nichts zu sagen gab. Ich verspürte nur Dankbarkeit. Das stand jedem anderen Gesprächsanfang im Weg.

»Ich hatte nichts Besseres zu tun«, erwiderte sie, den Kopf in gespielter Arroganz erhoben. Als ich an einer Ampel hielt, lächelte sie mich an.

»Gut. Ich dachte, wir testen den *Three Stooges*-Marathon im Rogue Theater.«

»Traumhaft. Und danach vielleicht ein Boxkampf?«

»Ehrlich gesagt, machst du mich wegen meiner Pläne ziemlich nervös, also hör auf, Witze zu machen.«

»Okay, keine Witze. Wie läuft's? Willst du umziehen, jetzt, wo Darlene verkündet hat, wo du wohnst?«

»Nee. Ich werde so tun, als sei es nie passiert.« Das war keine richtige Strategie, aber ich hatte keine große Wahl. »Aber ich wüsste es zu schätzen, wenn du dich von genauen Angaben fernhieltest, wenn du mit deinen Freundinnen über mich sprichst.«

Ich fuhr auf einen Parkplatz am Factory Place.

»Das kriege ich hin.«

»Danke.« Ich parkte den Wagen.

»Wenn du mir den Grund nennst.«

Ihre Finger krallten sich um den oberen Teil ihrer Handtasche, und sie hielt den Kopf hoch. Ich drehte mich so weit wie möglich zu ihr herum, legte einen Ellbogen auf das Lenkrad und den anderen Arm über den Sitz.

»Wann?«

»Was meinst du?«

»Wann soll ich dir alles anvertrauen, was mir wichtig ist?«

Sie legte den Kopf schief und kniff die Augen zusammen. Sie dachte nach.

»Irgendwann. Heute nicht. Aber irgendwann schon.«

»Abgemacht.«

Ich stieg aus dem Wagen, bevor ich alles ausplauderte, nur um es aus dem Weg zu schaffen. Sie würde mir gehören. Daran hatte ich keinen Zweifel, aber ich brauchte nichts zu überstürzen, nur weil mein Schwanz das Control Panel meines Gehirns bediente.

Ich führte sie über den Parkplatz.

»Gehen wir dahin?« Sie deutete auf eine Wellblechtreppe, die zum Schützenverein von Los Angeles führte.

»Ja.« Ich legte ihr den Arm um die Schultern und streichelte ihre Haut. »Ich habe eine halbe Stunde gebucht. Es macht Spaß, und so lernst du auch, wie man eine Waffenattrappe hält.«

»Die trage ich nicht mehr bei mir. Das hast du mir abgewöhnt.«

»Gut.«

Ich öffnete die Tür.

# KAPITEL 36

## EMILY

Der Gehörschutz dämpfte das Knallen der Schüsse um mich herum. Die Schutzbrille war so sauber und leicht, dass ich sie kaum wahrnahm. Die Pistole war rosafarben, was ich nicht für möglich gehalten hätte, aber sie war der beliebteste Mietgegenstand des Klubs. Mir gefiel sie, weil sie nicht so beängstigend war wie die anderen Waffen.

Ich spürte nur Carters Körper hinter mir. Seinen rechten Fuß, der meinen in die richtige Position schob. Seine Arme um meine und seine Hände, die sich um meine legten. Seine Hüften nur Zentimeter entfernt, zu weit, um zu spüren, ob er erregt war.

Wegen der Ohrenschützer tippte er mir auf die Schulter, wenn ich den Abzug drücken sollte. Meine Arme beugten sich mit dem Rückstoß, und ich roch einen intensiveren Carter-Geruch – Schießpulver. Die Kugel verfehlte die schwarz-weiße Papierzielscheibe um Längen.

Carter zog mir einen Schützer vom Ohr.

»Du zuckst beim Schießen immer zusammen. Nicht den Kopf drehen.«

»Ich kann nicht anders.«

»Stell dir vor, dass es Vince ist, und wenn du den Kopf drehst, geht er auf dich los.«

Er schob mir den Gehörschutz wieder auf, presste seinen Körper an mich und drückte meine Hände. Ich blinzelte, bis ich Vinces Kinnbart sah, sein anzügliches Grinsen und seine Anspruchshaltung förmlich roch.

Ich schoss und verfehlte das Schwarze, aber ich hatte den Kopf nicht gedreht und war nicht zusammengezuckt.

Ich zog mir den Gehörschutz vom Kopf. »Ich hab's geschafft!«

»An der Schulter erwischt«, sagte Carter. »Er liegt wenigstens schreiend am Boden, während du einen Notruf absetzt.«

»Ich kann nicht glauben, dass ich das noch nie gemacht habe.« Ich gab ihm die Waffe, und er lud sie wieder durch. »Diesmal schieße ich ihm ein Loch in den Kopf.«

»Langsam.«

Er hielt die Waffe außerhalb meiner Reichweite, obwohl ich total scharf darauf war, noch einmal zu schießen. Ich hatte mich zu lange als wehrloses Opfer gefühlt, das nur darauf wartete, dass seine Grenzen überschritten würden. Auf den Tag, an dem Vince mich umbrachte oder vergewaltigte. Mir diese Macht zurückzuerobern, ließ meine Haut kribbeln. Am liebsten wäre ich auf und ab gehüpft. Carters Augen wurden groß.

»Ich hab dich noch nie so gesehen«, stellte er fest.

»Wie denn? Gib mir die Waffe.« Ich öffnete und schloss meine gierigen kleinen Hände.

»Glücklich.«

Es läutete zweimal. Das Krachen und Knallen der anderen Schützen erstarb.

»Die Zeit ist um«, erklärte Carter. Ich schmollte. »Aber wir kommen wieder.«

»Versprochen?«

»Versprochen. Du wirst im Nu zur Scharfschützin.«

Im Wagen verlor ich den Verstand. Sobald er die Tür geschlossen hatte, stürzte ich mich auf ihn, zog meinen Rock hoch, damit ich mich rittlings auf ihn setzen konnte, und ließ mich auf seinen Schwanz herab. Wir knutschten wild und saugten aneinander, rissen an der Kleidung, griffen nach nackter Haut. Ich schnallte seinen Gürtel auf und griff nach dem Stoff zwischen mir und seinem Schwanz.

»Warte«, flüsterte er.

»Teufel nein.«

»Unser erstes Mal wird nicht in meinem Wagen stattfinden.«

»Nein. Ich bin dir noch was schuldig. Ich werde dir einen blasen und jeden einzelnen Tropfen schlucken.«

Die Überraschung in seinem Gesicht war unübersehbar.

»Du versautes kleines Luder.«

»Wasch mir den Mund mit deinem Saft aus.«

Er nahm meine Wangen in die Hände und drückte, bis meine Lippen sich lockerten und öffneten.

»Wenn du ihn schon in den Mund nimmst, dann ganz.« Er biss mich auf die Unterlippe und zog daran, wobei er mit den Zähnen darüberschrammte und sie wieder freigab. »Jeden Zentimeter. Nur mit dem Mund.«

Er ließ mein Gesicht wieder los. Ich war feucht und pulsierte, aber ich konnte warten.

Ich stieg von ihm herunter und kniete mich auf den Beifahrersitz. Ich griff nach seinem Schwanz wie eine Verhungernde. Er war lang und dick mit einer dunkleren Spitze. An der Rückseite lief ein Tropfen Flüssigkeit herunter, den ich ableckte. Salzig und warm. Ich küsste ihn, während er noch auf meiner Zunge war.

»Versaut.« Er stöhnte. »Du bist versaut, und das gefällt mir.«

Ich zog am Hebel seines Sitzes, bis Carter sich bequem zurücklehnte. Während ich sein Hemd hochschob, fuhr ich mit den Fingernägeln über seine Bauchmuskeln und an seinem Schwanz hinauf. Dann hielt ich ihn fest, während ich den Kopf darauf senkte, leckte ihn langsam und drückte meine Zunge herunter, damit er sich in meine Kehle schieben konnte.

»O mein Gott«, flüsterte er, als ich seinen gewaltigen Schwanz ganz in mich aufgenommen hatte. Eine beachtliche Leistung. Es war schon länger her, und ich musste den Würgereflex unterdrücken. Als ich ihn langsam wieder herauszog, als hätte ich die totale Kontrolle, saugte ich an der Eichel und ließ sie aus meinem Mund ploppen.

»Ist das gut?« Ich sah zu ihm auf. Er griff nach dem Saum meines Kleides, zog ihn hoch und entblößte meinen Slip.

»Der nächste Durchgang ist in zwanzig Minuten zu Ende. Wenn du also nicht willst, dass uns alle aus dem Klub sehen, mach nur weiter.«

Zwanzig Minuten?

Meine leichteste Übung.

Er schob die Hand unter meinen Slip und streichelte meinen Po. Ich nahm ihn wieder in mich auf, schneller und schneller, atmete zwischen den Stößen ein und stieß mit der Nase an seinen Bauch. Er packte mich an den Haaren und gab mir das Tempo vor, stieß keuchend in meinen Mund.

»Ich komme«, knurrte er. Zwei Stöße später kam er mit einem langen, sinnlichen Stöhnen in meiner Kehle, klebrig und bitter, warm vor Leben. Dieses Stöhnen, dieser Orgasmus, dieser Kontrollverlust waren das Erregendste, das ich je gesehen hatte.

Ich zog seine Unterhose über seinen immer noch feuchten Penis und küsste ihn auf die Wange. Er drehte das Gesicht, um mich auf den Mund zu küssen.

»Danke.«

»Können wir das Abendessen nicht ausfallen lassen? Wir können bei mir zu Hause essen.«

»Was hast du denn da?«

»Ich hab noch ein bisschen Katzenfutter.« Ich zog meinen Rock herunter und setzte mich wieder richtig hin.

»Ich liebe Katzenfutter.«

Er ließ den Wagen an, und wir fuhren zurück zu mir.

# KAPITEL 37

## EMILY

Keine noch so heiße Leidenschaft konnte Carter davon abhalten, zuerst die Fenster und Türen zu überprüfen. Ich zog mich bis auf meine raffinierte Unterwäsche aus, und als ich Grey am hinteren Fenster sah, ging ich nach draußen, um sie zu füttern. Ich hockte in meinen Dessous vor der Katze und streichelte sie, während sie fraß.

»Wird das Fressen nahrhafter, wenn du sie beim Fressen streichelst?«

Er stand im Anzug in der Tür, und ich war zu überwältigt, um ihm eine schlagfertige Antwort zu geben. Sein schöner Körper war zwar bedeckt, aber durch seine breiten Schultern und den flachen Bauch trotzdem sichtbar. Ich war diejenige in sexy Dessous. Er trug nur einen Anzug. Es lief aufs Gleiche hinaus.

Ich stand auf und trat in den Raum. Er strich an mir vorbei und ließ die Tür zuschnappen.

»Tut mir leid, Grey«, sagte er hinter mir und flüsterte mir dann ins Ohr: »Nicht bewegen.«

»Okay.« Meine Stimme brach.

Carter kniete sich hinter mich und hakte meine Strümpfe los. Dann zog er mir langsam den Slip herunter und fuhr mit dem rauen Spitzenstoff und seinen weichen Fingern über meine Haut. Ich spürte seinen Atem an meinem Po, dann seine Lippen. Als er mir den Slip bis zu den Fußknöcheln gezogen hatte, trat ich heraus.

»Bett«, befahl er und schlug mir auf den Po. Ich quietschte und wollte auf ihn losgehen, doch er kniete vor mir und lächelte mich an. »Jetzt geh, oder ich haue dich noch mal.«

Ich ging rückwärts, bis ich mit den Beinen gegen die Matratze stieß, und setzte mich.

Er stand über mir und zog sich aus. Warf sein Jackett auf den Stuhl. Schnallte sein Schulterhalfter ab und legte die Pistole auf den Nachttisch. Dann die Krawatte. Den Gürtel. Die Handschellen. Die Knopfleiste. Hemd aus. Unterhemd aus, was sein Gesicht für einen Sekundenbruchteil verbarg, sodass ich seinen perfekten Körper begierig in mich aufnehmen konnte, die dunklen Haare auf seiner Brust. Er beobachtete, wie ich mich auf die Ellbogen zurücklehnte, während er seine Hose auszog und sein Schwanz herausschnellte wie die Drohung, mit einem Stock geschlagen zu werden.

Ich hielt die Knie zusammengedrückt, denn da war etwas, das mir gefiel, und darum zu bitten, machte keinen Spaß.

Er legte die Hände an meine Knie und riss meine Beine auseinander.

Das war es. Eine Welle aus Empfindungen durchflutete meinen Körper. Ab diesem Zeitpunkt hätte ich alles für ihn getan. Ich erschlaffte, und er schob meine Knie hoch und nach außen und entblößte meine feuchte Mitte.

Er steckte seinen Mittel- und seinen Ringfinger in den Mund, zog sie wieder heraus und legte sie an meine feuchte Haut. Hoch an meine Klitoris, die hart war und schmerzte, und runter, wo seine Finger bis zum Anschlag in mich glitten.

229

»Ich werde dich jetzt lecken, aber du darfst nicht kommen.«

»Okay.«

»Egal wie stark ich an deiner Klitoris sauge.«

»Ja.«

Er ließ die Finger in mir und beugte sich vor, ohne den Blickkontakt zu unterbrechen. Als seine Zunge über die Spitze meiner Klitoris schnellte, wäre ich fast gekommen. Als er mit den Lippen daran entlangfuhr. Als er sanft daran saugte und seine Finger herauszog, nur um sie tiefer hineinzuschieben.

»Ja«, sagte ich, was nur der Anfang einer Reihe von Affirmationen war.

Ich vergrub die Finger in seinen Haaren, während er mit der freien Hand meine Beine auseinanderhielt. Er saugte und leckte, beobachtete mich, fickte mich mit den Fingern. Ich grunzte Silben wie ein Tier, dann zog er seine Finger heraus. Ich quietschte zum zweiten Mal.

»Psst!« Er nahm mit den Zähnen ein Kondom aus seiner Brieftasche, während er mich mit seiner Hand bearbeitete.

»Du machst mich verrückt.«

»Gut.« Er streifte sich das Kondom über und kniete sich zwischen meine Beine, schob seinen Schwanz an mir entlang und landete an meiner heißen Mitte wie eine Drohung. »Bist du bereit?«

»Ja. Gern.« Ich brachte kaum zusammenhängende Sätze zustande. Er schob sich nach vorn, dehnte mich langsam, bis er ganz in mir war und gegen meine Klit stieß.

»Ich wollte das vom ersten Augenblick an, als ich dich sah«, gab er zu, während er sich zurückzog und wieder zustieß. Zu einer Antwort nicht fähig, krallte ich mich an seine Brust. »In dir sein.« Er schob meinen BH aus dem Weg und streichelte mit dem Daumen meinen Nippel. »Deinen Körper in Besitz nehmen. Kannst du mich spüren?« Er stieß hart in mich, und ich schrie auf. »Kannst du spüren, wie sehr ich dich begehre?«

Ich konnte es spüren. Jeden Zentimeter. Aber ich konnte es nicht in Worte fassen. Er stieß langsam in mich, dann schnell, als spürte er, was mein Körper wollte, und würde es prompt liefern.

»Ich …« Ich konnte nicht zu Ende sprechen. »O Gott.«

Er stützte sich auf die Ellbogen und legte seine Nase an meine, während er seine Hüften in einem neuen Rhythmus kreisen ließ.

»Bist du bereit?«, fragte er.

»Ja.«

»Ich auch.«

Schneller. Fester. Er dehnte mich, bis es schmerzte, bis ich es keine Sekunde mehr aushalten konnte. Ich ballte die Fäuste und ergab mich der Lust, die mir sein Schwanz bescherte. Er ergoss sich mit demselben leisen Stöhnen in mir, das ich schon im Wagen gehört hatte.

Dieses Stöhnen war mein Geschenk. Ich schenkte es ihm. Es war für mich und niemanden sonst. Ich berührte sein Gesicht, als es vorbei war, als wollte ich seinen Orgasmus greifen und ihn sicher aufbewahren.

Wir schlangen unsere Körper für die Nacht umeinander, und ich fühlte mich sicher. Vielleicht täuschte mich das Gefühl. Vielleicht machte ich mir selbst etwas vor. Aber seine Küsse waren warm, und sein Körper passte zu meinem, als seien wir füreinander geschaffen. Wenn es ein Weltklasse-Sicherheitssystem gab, dann war es Carter Kincaid.

# KAPITEL 38

## EMILY

Ich wachte von einem Schnurren auf. Grey trat über meinem Kopf auf meinem Kissen herum. Mir gefiel diese Liebesbezeugung, doch ihre Intensität löste bei mir Unbehagen aus. Als ich nach Carter griff, fand ich seinen warmen Körper direkt neben mir. Er drehte sich zu mir.

»Guten Morgen.«

»Wie ist die Katze reingekommen?«

»Sie war an der Tür. Sehr hartnäckig. Und laut. Hast du sie nicht gehört?«

»Nö. Hab geschlafen wie ein Baby.«

»Babys schlafen nicht so wie du.« Er fuhr sanft mit der Fingerspitze über meinen Nasenrücken.

»Hat Phin als Baby gut geschlafen?«

Sein Missfallen dauerte nur einen Sekundenbruchteil, war aber unübersehbar.

»Tut mir leid, hätte ich das nicht fragen sollen?«

»Schon gut. Ich bin nur nicht daran gewöhnt. Was willst du zum Frühstück?«

Ich setzte mich auf und rieb mir die Augen.

»Ich weiß nicht, was ich im Kühlschrank habe.«

»Dusch du zuerst, dann sehe ich, was ich auftreiben kann.«

Er küsste mich auf die Wange und schwang seinen nackten Körper aus dem Bett.

Mein Gott. Was hatte er getan? Was hatte er mir gegeben? Hatte der makellose Mann, der vor mir stand, mir in der Nacht zuvor diesen perfekten Körper geschenkt? Er war schlank und muskulös, seine Proportionen ohne Kleider sogar noch perfekter. Sein Schwanz war auf halbmast mächtiger als jeder andere, den ich voll erigiert gesehen hatte. Ich war wund davon, aber nicht wund genug.

»Sieh mich nicht so an«, sagte er, als er sich seine Hose anzog.

»Warum nicht?«

»Weil ich dich sonst noch einmal nehme.«

Ich ließ das Laken fallen und entblößte meine Brüste.

»Das wäre ja schrecklich«, sagte ich und legte die Hände über meinen Kopf, sodass sich mein Rücken durchbog und meine Brust vorgestreckt wurde.

Die Hände rechts und links von meinen Hüften auf die Matratze gestützt, beugte er sich über mich und küsste mich auf beide Wangen.

»Ich muss Phin wohin bringen. Deshalb muss ich nach Hause und sichergehen, dass er wach ist, denn meine Mutter schläft gerne länger.«

Er sagte nicht, wohin er seinen Sohn bringen wollte, und ich gab mir Mühe, nicht beleidigt zu sein. Die Schutzschicht, mit der er den Jungen umgeben hatte, würde er irgendwann für mich abschälen oder nicht. Es war nicht an mir, das zu bestimmen, auch wenn es schmerzte.

»Ich glaube, ich hab noch Joghurt im Kühlschrank. Obst. Und Müsli in der Speisekammer.«

233

Er stieß sich mit den Händen ab, um aufzustehen, und schnappte sich sein Unterhemd vom Boden. Während er sich hineinkämpfte, verabschiedete ich mich vom Anblick seines Körpers. Als sein Kopf am Halsausschnitt wieder herauskam, waren seine Haare verwuschelt und sein Gesichtsausdruck locker und unbefangen. Er lächelte mich an.

»Kaffee oder Tee?«, fragte er.

»Kaffee.«

»Toll.« Er küsste mich auf die Wange und ging in die Küche. Ich seufzte. Zu gut, um wahr zu sein. Alles an ihm. Sein Körper. Wie er mich beim ersten Mal gefickt und beim zweiten Mal geliebt hatte. Ich reckte mich, um die Müdigkeit aus den Muskeln zu vertreiben, streckte meine Finger zum Kopfende und die Zehenspitzen durch.

Grey saß jetzt auf dem Nachttisch. Sie hatte ein Bild von mir und meinen Eltern in Disneyland weggeschoben und sich zwischen einen Stapel aus Büchern und Carters Pistole gezwängt.

Sie sah mich mit stoischen grünen Augen an. Sie sagten: *Du weißt schon, dass du dir das näher anschauen musst.*

Ich nahm das Pistolenhalfter vom Nachttisch, die Schultergurte schleiften nach. Mit etwas Mühe gelang es mir, den Verschluss aufschnappen zu lassen. Der Metallverschluss war offenbar für Männer angefertigt oder um dafür zu sorgen, dass man absolut sicher war, seine Pistole ziehen zu wollen.

Ich hatte mit einem Holzgriff und silbernem Metall gerechnet. Mit einer Waffe vom Typ Wilder Westen, doch sie war schwarz und modern. Sie sah aus wie ein abgenutztes und lieb gewordenes Spielzeug. An einer kleinen Schraube am Griff war ein Stückchen schwarze Farbe abgeblättert. Die Waffe roch nach Carter. Nach Schießpulver und heißem Metall. Nach 5. Juli.

Wie lange besaß er sie schon? Seit er beim LAPD gewesen war? Wie viel von seinem Leben hatte diese Pistole gesehen?

»Emily?«, sprach er mich von der Tür aus an.

Es war zu spät, die Waffe wegzulegen. Ich fühlte mich, als hätte er mich beim Lesen seines Tagebuchs ertappt.

»Entschuldige.« Ich hielt ihm die Pistole hin. Er nahm sie und ließ die Lasche wieder zuschnappen.

»Wie trinkst du deinen Kaffee?«

»Schwarz, zwei Stück Zucker.«

Er küsste mich rasch und schob die Arme durch das Halfter.

»Geh duschen, sonst wird dein Kaffee kalt.«

# KAPITEL 39

## EMILY

Wenn unsere Arbeitspläne sich mit Phins und Brendas Terminen vereinbaren ließen, schlief er bei mir. Er und Fabian tüftelten heimlich, still und leise mit Carlos die Terminpläne aus, sodass Fabian nicht bei mir zu sein brauchte, wenn Carter da war. Offiziell war ich immer noch Fabians Klientin, und auch wenn Carter darauf beharrte, dass er als mein Bodyguard nutzlos sei, solange wir miteinander ins Bett gingen, fanden wir es lächerlich und auch unangenehm, dass zwei Leute gleichzeitig auf mich aufpassten.

»Hast du Schwierigkeiten?«, fragte ich ihn eines Morgens, als er nach einem Telefongespräch mit Fabian aufgelegt hatte. »Weil du mit einer Klientin schläfst?«

»Nur ein bisschen.«

Eigentlich wollte ich es gar nicht hören, aber ich musste es wissen.

»Was heißt das, *ein bisschen*?« Ich bückte mich, um mich in meinen Schuh zu zwängen.

»Das heißt, er hat mich gefeuert ...«

»Was?« Ich wäre fast hingefallen.

Er fing mich auf, stellte mich wieder auf die Beine und hielt mich fest, bis ich mit dem Fuß in meinen Sneaker kam. Sollte ich ihn aufgeben, damit er arbeiten konnte? Wäre das anständig? Ich würde es nicht tun. Konnte es nicht.

»Ich hab ihn beruhigt«, antwortete er.

»Wie denn?«

»Ich hab ihm gesagt, wie unglaublich du bist.« Er zuckte mit den Achseln, als sei das nicht zu ändern, als sei meine Unglaublichkeit wie ein blauer Himmel oder nasser Regen.

»Warum sollte das einen Unterschied machen?«

»Das bedeutet, dass du nicht nur eine Affäre bist. Wir sollten jetzt gehen, sonst kommen wir zu spät.«

In den nächsten zwei Wochen dachte ich, wenn ich schon in einem Käfig gefangen sein musste, hätte ich es viel schlimmer treffen können als mit Carter Kinkaid. Mein Leben gehörte zwar nicht mir, doch an sexueller Befriedigung litt ich keinen Mangel. Er erfüllte all meine Bedürfnisse, hielt mich in seinen Armen, sprach und lachte in der Nacht mit mir, kitzelte mich, streichelte mich, seufzte mir ins Ohr. Er sah mich an, als wollte er mich bei lebendigem Leib auffressen, was durchaus möglich zu sein schien, weil ich lebendig war. Mir war nicht klar gewesen, wie einsam ich gewesen war, bis Carter mich gefunden hatte.

Die Vögel sangen ihren improvisierten Jazz, und die Morgensonne drang durch die Gardinenschlitze. Ich griff nach seinem Kissen und vergrub mein Gesicht darin. Es roch nach einem bestimmten Morgen im Hochsommer. Ich auf meinem Fahrrad, wie ich zu Mommy sagte, dass ich zu Darlene fahren wollte. Stattdessen hatte sie meiner Freundin ein Taxi geschickt, und wir spielten in unserer Straße (nicht weiter weg – bloß nicht allein über die Straße gehen!) und hoben die

237

Hüllen der Flaschenraketen auf, die am Abend zuvor über die Dächer geflogen waren. Es war die Erinnerung an den 5. Juli, wenn die Luft nach prasselndem Feuer und unerwarteten Schätzen roch, der Duft nach endlosen Möglichkeiten und Carter Kinkaid.

Als ich in die Küche kam, hatte er den Tisch mit Eiern, Toast und Joghurt samt dem Müsli aus der Speisekammer gedeckt. Er rückte mir einen Stuhl zurecht und setzte sich mir gegenüber an den kleinen Frühstückstisch.

»Sonntagmorgen steht dir.« Er schnipste die Tapatío-Würzsauce gegen seine Handkante und drehte den Verschluss ab. Er aß seine Eier gern würzig, deshalb hatte ich mich mit Chilisauce eingedeckt.

»Was soll das heißen?«

»Zu sagen, dass du verflucht fantastisch aussiehst, klingt übertrieben, auch wenn es stimmt.«

Ich drückte meine Gabel mit der Seite in mein Ei. Der Dotter war feucht, aber im Inneren zähflüssig, sodass er nicht ins Eiweiß auslief.

»Perfekt«, stellte ich zufrieden fest. »Wieder mal. Ich wünschte, du würdest mich bei der Zubereitung zusehen lassen.«

»Dann wüsstest du mein Geheimnis.« Als er sich die Gabel in den Mund schob, kam mir die Geste so geschmeidig und maskulin vor, dass ich kaum schlucken konnte.

»Vielleicht schalte ich demnächst morgens einfach eine der Kameras an.«

»Viel Glück damit. Was hast du für heute geplant?«

»Warum?«

»Ich hab gerade mit Carlos gesprochen. Fabian ist bei Darlene. Er hat noch einen anderen Klienten. Deshalb muss ich mich mit dir abstimmen.«

Er war ganz geschäftsmäßig. Mir gefiel es, wie ernst er seine Arbeit nahm.

»Okay, zuallererst, nimmt sich Fabian jemals einen Tag frei?«

»Nö. Das Problem ist, dass ich was mit Phin machen muss.«

»Tja, ich will heute nirgendwohin.«

Er sah mich argwöhnisch an. »Keine Pläne?«

»Wirklich nicht. Geh und erledige das mit Phin. Wenn ich einkaufen will oder so, mache ich es, wenn du zurück bist. Oder ich lasse es mir liefern. Was auch immer.«

»Ich sollte gegen vier zurück sein.«

»Das ist ein langer Tag.« Ich platzte damit heraus, bevor ich es durchdacht hatte. Ich klang ablehnend, und, noch schlimmer, ich klang, als würde ich versuchen, Infos aus ihm herauszubekommen. »Sorry.«

Er schüttelte den Kopf und wischte die Entschuldigung mit einer Handbewegung weg.

»Es ist ein Robotikwettkampf. Ich werde den ganzen Tag in einer Turnhalle hocken und einen Roboter anfeuern, damit er einen Ball aufhebt.«

»Ein großer Roboter?«

»Nein. Er steht auf einem Tisch. Sie programmieren die Roboter so, dass sie Gegenstände schieben und aufheben können. Es ist … Wir verbeißen uns alle darin wie bei einem Footballmatch.«

»Nur ohne Gehirnerschütterungen.«

Er lächelte mir über den Rand seiner Tasse zu, und einen kurzen Augenblick stellte ich mir vor, wie wir an jedem beliebigen Morgen gemeinsam frühstückten und uns auf den Tag vorbereiteten. Phin würde uns vollschwatzen und Brenda würde darauf bestehen, dass ich sie Brenda nannte. Ich wäre von der Nacht erschöpft, und er würde mir über den Tisch hinweg schöne Augen machen.

Ich stellte mir ein Leben umgeben von Menschen vor, die mich liebten. Lärm. Gespräche. Gemeinsame Pläne und Absprachen. Ein Leben voller Liebe.

Ich stellte es mir nicht als unsicher vor. Ich fühlte mich nicht wie eine Gefangene. Vergewisserte mich nicht, dass die imaginären Türen verriegelt waren. Das sichere Gefühl kam nicht von Bolzenschlössern, Alarmanlagen und Videoüberwachung. Sondern von Familienzugehörigkeit.

# KAPITEL 40

## CARTER

Phin war in einer ungewöhnlich nachdenklichen Stimmung, die mir sehr zupass kam. Ich fühlte mich richtig gut, aber ich wollte es ihm nicht sagen, weil die Nacht mit Emily der Grund war. Während wir über die 101 fuhren, dachte ich an alles, was ich mit ihrem Körper anstellen wollte. Als mein Schwanz hart wurde, dachte ich an all die Orte, an denen ich sie nehmen wollte, an alle Möglichkeiten, sie zum Lachen zu bringen. Ich wünschte, ich könnte tanzen, weil ich das mit ihr hätte teilen können. Aber vielleicht konnte ich sie wenigstens wieder hochheben. Ihr mit meinen ungeschickten Händen und zwei linken Füßen aushelfen. Und sobald sie jede Menge Sicherheitstraining absolviert hätte, würde ich ihr eine eigene Glock kaufen, und wir würden gemeinsam Schießübungen machen.

Wir fuhren gerade von der Schnellstraße ab, als Phin das Radio ausschaltete.

»Dad.«

»Ja?«

»Ich hab für mein Afrikaprojekt eine Vier gekriegt.«

»Ich weiß. Das war vor zwei Wochen.«

»Deshalb brauche ich eine Eins für das Stammbaumprojekt, wenn ich eine Zwei im Zeugnis will.«

»Okay.«

»Es gibt haufenweise Zeug auf deiner Seite, aber nichts auf der Seite meiner Mutter, außer ein Haufen Namen.«

Mist! Meine Glückseligkeit wurde abgeschossen wie eine langsam fliegende Tontaube.

»Das ist alles, was ich habe, Junge.«

»Und wenn ich was erfinde? Ich könnte mir Bilder aus dem Netz ziehen. Ich könnte ein paar Orte und eine kleine Anekdote oder so dazu dichten. Wer würde das merken?«

Ich. Ich würde es merken. Ich wüsste, dass er gelogen hatte, weil ich ihm hatte Lügen auftischen müssen. Ich wüsste, dass der Mann, der ihn großzog, ihm das falsche Leben vorgelebt hatte, und damit konnte ich nicht leben.

»Mach es so gut, wie du kannst. Sie können dir schließlich kein Bein ausreißen, weil du nur einen Elternteil hast.«

Er verzog missmutig die Lippen. Irgendwas ging in seinem Kopf vor, und es roch nach Ärger.

# KAPITEL 41

## EMILY

Ich erledigte alles, was im Haus zu tun war, und aß im Schatten meines Baumes zu Mittag. Ich gab Grey ein paar Essensabfälle, las ein paar Kapitel eines Buches, stellte gegen Mittag aber fest, dass ich mich langweilte.

Darlene war in der Kirche. Sie ging jeden Sonntag hin, und das war absolut nicht verhandelbar. Sonntage waren zum Gebet da. Wir unternahmen sonntags nichts zusammen, und ich rief sie nie vor der Abendbrotzeit an. Ich respektierte das, doch an diesem Sonntag fühlte es sich anders an. Meine Nacht mit Carter hatte mich hyperaktiv gemacht. Ich fühlte mich mitteilsam und platzte vor Tatendrang. Als hätte ich beim Absprung eine große Höhe erreicht, mich aber nicht zum Salto zusammenrollen können.

Ich dachte, ich könnte an irgendwas arbeiten. An einer neuen Choreo. Was auch immer. Das würde mich zumindest auspowern.

Dann rief Simon an.

»Hallo«, sprach ich ins Telefon, während ich meinen Teller hochnahm.

»Ich hab für Vegas nichts im Schrank.«

»Du solltest Tanzkleidung in der Schublade haben.«

»Bring mich nicht zum Lachen, meine Grundierung kriegt Risse«, sagte er mit gespieltem Ernst.

»Hast du den Ablaufplan gesehen? Da ist keine Zeit für was anderes als Arbeiten und Schlafen. Darum würde ich mir keine Sorgen machen.«

»Las Vegas schläft nie. Und außerdem reise ich schon am Vorabend an.«

»Du solltest lieber nicht übermüdet ...«

»Hör schon auf. Mir tun schon die Ohren weh.«

»Feier nicht am Abend vorher. Nicht – feiern.«

»Ich krieg das hin. Ich habe Elektrolyte. Ein Pfadfinder ist immer bereit.«

»Du warst mal Pfadfinder?«

»Na klar. Aber ich hab aufgehört. Die Uniformen hingen von den vielen Anstecknadeln und Abzeichen durch.«

»Kann ich mir nicht vorstellen.«

Simon seufzte frustriert. »Dann geh ich eben allein zu Nordstrom.«

Ich kratzte meine Schüssel aus und stellte sie neben die Frühstücksschüsseln von Carter und mir in die Spülmaschine.

»Ich kann nicht.«

»Warum nicht?«

»Weil Darlene ...« Ich hielt inne. Ging es hier um Darlenes Paranoia? Nein. Es ging darum, dass ihre Paranoia berechtigt war. »Weil es momentan nicht sicher für mich ist, ohne Bodyguard unterwegs zu sein.«

Simon stieß ein langes Stöhnen aus. »Wer soll mir dann sagen, wenn ich nicht fantastisch aussehe?«

»Du siehst immer fantastisch aus.«

»Das tue ich nicht, und das weißt du auch. Deshalb musst du ja mitkommen.«

»Ich kann nicht ohne …«

Er schnappte so heftig nach Luft, dass ich den Mund zuklappte.

»Emily!«

»Was?«

»Ich bin dein Bodyguard!«

»Simon. Echt jetzt?«

»Du hast mich doch nackt gesehen. Ich bestehe nur aus Muskeln, und das weißt du auch.«

»Aber …«

»Ich hole dich ab und chauffiere dich herum wie eine Königin! Fürstliche Behandlung. Wenn dich nur jemand anspricht, schallere ich ihm eine.«

Ich lehnte mich an die Küchentheke. Das Haus war so still und leer. Ich wollte Menschenmengen und Lärm um mich.

»Ich muss gegen sieben wieder zurück sein.« Carter und ich hatten nichts verabredet, und ich nahm an, dass er bei Phin sein wollte, und dennoch fühlte ich mich wie ein Teenager, der heimlich aus dem Fenster klettert. Ich musste rechtzeitig zurück sein, sonst bekäme ich Stubenarrest.

»Ja!« Ich hörte, wie er in die Hände klatschte, und ich lächelte. Wenn meine Gegenwart einen anderen Menschen glücklich machte, sollte es so sein. Man konnte ein schlechteres Leben haben.

# KAPITEL 42

## EMILY

Wir fuhren zu The Grove. Simon sah in allem fantastisch aus. Ich musste mir ein paar Gründe ausdenken, weniger begeistert zu sein, um meine Glaubwürdigkeit zu bewahren. Ein verwaschenes Olivgrün. Baggypants, die seinen Tänzerarsch nicht betonten. Eine Kette, die einfach zu feminin war.

Er hatte schon einen Haufen Einkaufstüten und ich keine einzige, als ich etwas zu lange vor der La-Perla-Filiale stehen blieb. Das war ein Fehler. Simon hatte zu viel Intuition, um das durchgehen zu lassen.

»Entschuldigung?«, sagte er und verlagerte das Gewicht auf eine Hüfte.

»Mir gefällt die Farbe.«

Die Schaufensterpuppe trug ein lavendelfarbenes Babydoll mit einem dunkellila Spitzen-BH und -slip darunter.

»Nur die Farbe?«

»Sie ist ungewöhnlich.« Ich drängte weiter. Der Nike-Shop war zehn Schritte entfernt, und ich brauchte Socken. »Vielleicht haben die was in der Farbe.« Ich hörte Simon nicht antworten. »Oder findest du sie hässlich?«

Ich sah mich nach ihm um, aber er war weg.

»Simon?«

Er streckte den Kopf aus dem La-Perla-Laden, winkte und ging wieder hinein. Ich blieb im Eingang stehen. Das Geschäft war stimmungsvoll beleuchtet, von sinnlicher Instrumentalmusik beschallt, und Simon hielt einen violetten Spitzen-BH mit Nippelquasten hoch.

»Machst du Witze?«, fragte ich.

»Wenn du ihn nicht anprobierst, werde ich es tun. Dann poste ich es auf Twitter und tagge dich.«

Vince würde es sehen. Er würde ausrasten. War es normal, dass mein erster Gedanke war, dass es gefährlich war, wenn ich auf Twitter getaggt würde?

Nein. Das war es nicht.

»Ich probiere das hier an.« Ich nahm mir ein Ensemble mit BH ohne Nippelquasten.

In der Umkleide sah ich aus wie eine andere Frau. Ich fuhr mit der Hand über die Kurve in meinen Hüften, wie er es tun würde, und spürte, wie meine Brustwarzen sich zusammenzogen. Als ich das Strumpfband befestigte, stellte ich mir vor, wie Carter es aufhaken würde, mit seinen Händen die Innenseite meiner Schenkel streifen und die Stelle küssen würde, wo der Stoff auf die Haut traf.

Diese Lippen.

Zwischen meinen Schenkeln.

Auf den Wölbungen über dem BH.

Ich schluckte heftig. Drehte meinen Oberkörper, um meinen Rücken anzusehen.

Der Slip umspielte die Rundung meines Pos, und die Strumpfbänder verlängerten meinen Körper optisch. Ich schob einen Finger unter einen Straps.

Das würde er tun. Er würde die Finger darunterschieben und zupacken.

»Em!« Von der anderen Seite der Tür kam Simons Stimme mit einem misstönenden Klopfen.

»Ja?«

»Lass mich mal sehen.«

»Himmel, nein!« Ich ließ den BH aufschnappen.

»Zier dich nicht!«

»Tu ich nicht. Ich kaufe es.« Ich löste das Strumpfband und schlüpfte aus den Strümpfen.

»Es gefällt dir?« Er schien sehr aufgeregt, und ich war es auch. Das Dessousensemble gefiel nicht nur mir, sondern ich war mir ziemlich sicher, dass es auch Carter gefallen würde.

Als ich zurück zum Haus kam, klemmte der Knopf mit der Acht auf der Tastatur an meiner Einfahrt, und er piepste nicht so laut wie die anderen. Als ich aufs Grundstück fuhr, klapperte das Tor hinter mir, und als ich vor der Garage hielt, sprang der Bewegungsmelder an, genau wie er sollte. Ich wechselte meine La-Perla-Tüte von meiner rechten Hand zur linken, damit ich meinen Code eingeben konnte, um die Tür zu entriegeln.

Aber das Licht über der Seitentür funktionierte nicht. Grey sprang auf die Lehne eines Stuhls und beobachtete mich vom Fenster aus.

Ich war mir sicher, dass ich sie draußen gelassen hatte.

Sie tippte mit der Pfote ans Fenster, als versuchte sie mir in Katzensprache etwas sehr Wichtiges mitzuteilen. Ich spähte durchs Fenster. Das Haus schien dunkel und leer zu sein.

Grey machte einen Buckel und sträubte die Nackenhaare. Ihr Maul öffnete sich zu einem Fauchen.

# KAPITEL 43

## CARTER

»Im Bus? Du sitzt im Bus?« Ich wiederholte Emilys Worte, dann meine eigenen.

Wir waren mit dem Abendessen fast fertig. Phin hatte sich geschlagene anderthalb Stunden mit seinem zweiten Platz gebrüstet, während Mom ständig auf die Uhr gesehen hatte, als würde sie das davon abhalten, zu spät zu ihrem Date zu kommen. Normalerweise ging ich nicht ans Telefon, wenn wir am Tisch saßen, aber ich hatte unter dem Vorwand, das Geschirr abräumen zu wollen, auf das Display geschaut, und es war Emily.

»Das kam mir unter den Umständen am sichersten vor.«

Das Erste, was sie mir gesagt hatte, als ich ranging, war, dass es ihr gut ginge und dass sie glaubte, dass Vince im Haus sein könnte.

»Wenn ich ins Auto gestiegen wäre, hätte er rausspringen können, und zu Fuß bin ich schneller. Andererseits hätte er mich die Straße runter verfolgen können, deshalb bin ich in den Bus gestiegen.«

»Wo bist du jetzt?« Ich starrte in die Spüle, in der sich noch das Geschirr vom Mittagessen türmte, weil Mom nie die verdammte Spülmaschine ausräumte.

»Ich will nicht, dass er Grey wehtut.«

»Wo bist du?«

»Ecke Fairfax Olympic.«

»Du hast den Bus nach *Westen* genommen?«

»Das ist die Straßenseite, auf der ich war.«

Ich hörte die Busklingel. Emily entfernte sich nur immer weiter.

»Steig aus«, sagte ich. »An der Ecke ist ein Coffeeshop. Warte auf mich.«

»Kann jemand nach der Katze sehen?«

Ich seufzte. Die Katze war meine Schuld.

»Ja. Ich lasse jemanden nach der Katze sehen.«

»Danke.« Ihre Stimme wurde vor echter Dankbarkeit weich, und tief in mir, neben all meiner Verärgerung über die Störung, verspürte ich an dem Ort, an dem ich die Dinge aufbewahrte, die mir Frieden gaben – Phin, Mom, meine Verpflichtungen zu Hause –, eine tiefe Freude.

Ich konnte ihr helfen, und das machte mich glücklich.

Ich legte auf.

»Ma, kannst du noch eine Stunde hierbleiben?«

Sie hatte die Würzsaucen in der Hand und wollte sie gerade wegstellen.

»Eine Stunde? Nein. Ich hab noch fünfzehn Minuten.«

»Ich muss was erledigen.«

»Das ist das dritte Date.«

Mom hatte nicht viele dritte Dates. Die meisten Männer, mit denen sie ausging, wurden nach der dritten Verabredung kaltgestellt. Selbst Phin war beeindruckt.

»Wow, Grandma. Gut gemacht!«

»Sie braucht keine Unterstützung von den billigen Plätzen.«

»Ehrlich gesagt, könnte ich sie gebrauchen.«

Ich räumte das Geschirr weg. »Geh einfach später hin.«

»Er könnte mich hier abholen.« Ihr Angebot sollte abgelehnt werden, und ich fiel prompt darauf rein.

»Nein!« Ich stellte das Geschirr mit einem Poltern auf die Theke, sodass es fast zerbrach. »Phin, zieh deine Schuhe an. Du kommst mit mir.«

»Aber der Stammbaum …«

»Tu's einfach!«

Sein Körper sackte zusammen, und er schlurfte aus der Tür.

»Was ist dein Problem?« Mom knallte die Gewürze auf die Ablage.

»Er muss beim ersten Mal tun, was ich sage.«

»Nein, er ist dreizehn. Du kannst ihn eine Stunde allein zu Hause lassen.«

»Nein.«

»Was kann er schon anstellen? Heimlich eine Stunde länger daddeln?«

»Das sieht ihm nicht ähnlich.«

»Was kann im schlimmsten Fall passieren?«

»Frag seine Mutter.«

Ich fauchte es, während ich mit dem Finger auf sie zeigte und die Schultern nach vorn schob. Ich bereute es sofort. Ich bereute meinen Ton, dass ich ihr mit dem Schlimmsten gedroht hatte, sie gezwungen hatte, sich an etwas zu erinnern, was sie nicht wollte, dass ich die Trumpfkarte gezogen hatte, die einen Streit beendete. Jeden Streit.

Sie ging, bevor ich mich entschuldigen konnte, und stapfte nach oben, um sich für ein Date fertig zu machen, das ich ihr sicher schon zum Großteil verdorben hatte.

Phin stand an der Haustür und hämmerte mit einem im selben Winkel gesenkten Kopf wie seine Freunde auf sein Handy ein. Sie drängten sich in Gruppen zusammen, als würden sie beten.

»Leg das Ding weg.« Ich schnappte mir meine Schlüssel.

# KAPITEL 44

## EMILY

Ich setzte mich mit meinem Tee hin und holte mein Handy heraus. Ich überlegte, ob ich Darlene simsen und ihr erzählen sollte, was passiert war, aber sie wäre entweder sauer oder würde sich Sorgen machen. Simon würde nicht über ernste Dinge sprechen wollen, aber ich wollte das Thema auch nicht meiden.

»Emily?«

Ich blickte von meinem Handy auf. Es war Peter mit der demolierten Nase, eine große Tasse in jeder Hand. Er hatte sein Brillengestell durch ein randloses Modell ersetzt und ließ sich einen schönen Dreitagebart stehen. Ich erinnerte mich an sein schiefes Lächeln und seinen langen Hals. An seinen freundlichen Humor und seine generelle Harmlosigkeit.

Genau das hatte ich bei einem Mann gesucht, weil es das totale Gegenteil dessen war, wovor ich gerade weggelaufen war. Doch diese Charakterzüge hatten auch ihn zum perfekten Opfer gemacht.

»Hallo, Peter. Wie geht's?«

Er zuckte mit den Achseln. »Gut!«

Eine Frau, etwa so groß wie ich, mit einem pink gefärbten Kurzhaarschnitt und einem Nasenring stellte sich zu ihm und hakte sich bei ihm unter. Sie hatte einen einäugigen Buben auf den Hals tätowiert, und unter ihren Ärmeln schauten noch mehr Tattoos hervor.

»Hallo. Ich bin Roxie.«

»Ich bin Emily.« Wir schüttelten uns die Hände.

»Die Emily?« Eines ihrer Augenlider senkte sich einen Tick.

Was hatte er ihr erzählt? Würde sie mir eine scheuern oder nur unverschämte Bemerkungen machen?

»Ja.« Peter reichte ihr den Kaffee aus seiner rechten Hand. Ich hatte das Gefühl, als hätte ich mitten in einem Gespräch über mich einen Raum betreten. »Und es war nicht ihre Schuld. Also …«

»Bist du den fiesen Typen inzwischen los?«, fragte Roxie.

Ich seufzte. »Ja, aber er ist hartnäckig.«

»Mist. Hübsche Tüte.« Sie deutete auf meine La-Perla-Tüte und zwinkerte mir zu. Ich hatte keine Ahnung, was ihre Motivation war oder was sie von mir wollte, aber ich war sowieso schon erschöpft. »Ich hab gehört, du bist Tänzerin?«

»Choreogr…«

»Ich auch!« Jetzt wusste ich, was sie wollte. Hollywood war ein Magnet für Unterhaltungskünstler jeder Couleur, und auch wenn hier meist am Hungertuch nagende Schauspieler und Musiker anzutreffen waren, kamen auch Tänzer her, um Karriere zu machen.

»Hast du je wieder mit dem Singen angefangen?«, fragte Peter. Hatte er überhaupt davon gewusst? War ich nicht zu verletzt gewesen, um ihm zu sagen, dass ich sehr gern gesungen hatte? Vielleicht nicht. Vielleicht war es aus mir herausgebrochen, sobald ich mich bei ihm geborgen gefühlt hatte.

»Nein.« Nervös lachend winkte ich ab. Ich schämte mich. Ihm war die Nase gebrochen worden, er hatte trotzdem bei mir bleiben wollen, und als ich seine Anrufe nicht mehr erwidert hatte, war er weitergezogen. Meine Füße hingegen waren in nassem Zement stecken geblieben, und mit jedem Monat, der verging, wurde es schwieriger, sich zu bewegen. »Ich bin froh …« Ich hielt inne, um es anders zu formulieren. Er brauchte nicht zu wissen, dass ich froh war, dass er sich neu orientiert hatte. »Deine Nase ist perfekt verheilt.«

»Diese Geschichte erzähle ich ständig.«

»So hat er auch den Job bei Paramount bekommen.« Roxie strahlte. »Er hat sie alle mit seiner Story über die kaputte Nase eingewickelt.«

Mein Handy klingelte und vibrierte auf dem Tisch.

»Entschuldigung.« Ich nahm es in die Hand. Darlene. »Ich muss rangehen.«

»War schön, dich zu sehen.« Peter nahm Roxies Hand, und sie schwenkte sie, winkte mir zu und wirbelte nach draußen, als wäre Fairfax Avenue ein Vorort des Himmels.

»Alles in Ordnung?«, fragte Darlene, bevor ich auch nur eine Silbe zur Begrüßung herausbekommen hatte.

»Mir geht's gut. Ich wollte es dir ja erzählen, aber …«

»Aber du hattest Schiss, dass ich ausflippe?« Ich konnte auf ihrer Seite keine Hintergrundgeräusche hören. Sie war nicht draußen, aber drinnen konnte sie auch nicht sein, sonst wäre Musik zu hören gewesen.

»So was in der Art. Ich hab Carter angerufen. Er holt mich ab.«

»Was glaubst du, woher ich es weiß, du Idiot?« Sie klang zur Abwechslung mal nicht wütend oder besorgt. »Du bist in guten Händen.«

»Was ist mit dir?«

»Ich bin auch in guten Händen. Ich habe Bart zu dir nach Hause geschickt. Wenn der Kühlschrank leer ist, kannst du ihm die Rechnung schicken.«

Die La-Perla-Tüte lag zu meinen Füßen. Ich hatte mir Sorgen gemacht, dass Vince mich einholen und sie sehen würde. Ich hatte Angst, dass er wissen würde, dass ich für einen anderen Mann Dessous tragen wollte, und es ihn wütend machen würde.

»Ich bin es leid, so zu leben.«

»Ich weiß, Schwester.«

»Manchmal glaube ich, dass ich die Kameras am Haus einfach abreißen sollte. Soll er doch kommen. Tragen wir es aus.«

»Nein, nein …«

»Das ist kein Leben. Kein richtiges.«

»Nein. Aber du musst in Ruhe abwarten.«

Da man vor dem Coffeeshop nicht parken konnte, sammelte ich meine Sachen zusammen, als ich sah, wie der schwarze Audi im Parkverbot zum Halten kam.

»Carter ist hier.«

»Ruf mich morgen an.«

Ich wollte schon auflegen, hielt aber inne.

»Darlene?«

»Ja?«

Ich drückte den Rücken gegen die Tür und trat in den Lärm des nächtlichen Fairfax.

»Danke für alles.«

»Scher dich raus, du Knalltüte.« Sie legte auf.

Phin stieg auf der Beifahrerseite aus.

»Hallo«, sagte ich.

»Hallo.« Mit einer auffordernden Geste öffnete er missmutig die hintere Tür.

»Phin!« Carter beugte sich über die Mittelkonsole. »Was tut man, wenn eine Dame in den Wagen einsteigt?«

»Keine Ahnung, Dad! Warum machst *du* es nicht?«

Trotz des Protestes stellte sich Phin an die Beifahrertür und reichte mir wie ein Gentleman die Hand. Ich nahm sie, um

255

es ihm leichter zu machen. Als ich auf den Beifahrersitz glitt, schloss Phin die Tür hinter mir.

Spürbare hormonbedingte Wut verströmend, stieg er hinten ein, und Carter fuhr vom Straßenrand los.

»Der Grund, warum ich es nicht getan habe ...«, fing Carter an, doch Phin unterbrach ihn.

»Schon gut.«

Phins »gut« klang alles andere als das.

»... ist, weil ich nicht in den Verkehr aussteigen wollte. Und du brauchst Übung. Es muss dir zur Gewohnheit werden.«

»Was soll's.«

Carter sah seinen Sohn im Rückspiegel an, dann mich.

»Entschuldigung«, brummte Phin in meine Richtung.

»Kann ich euch was erzählen? Da ihr sowieso nicht miteinander reden werdet?«

»Klar.« Phin ließ die Hände im Schoß und sah aus dem Fenster. Carter nickte.

»Meine Eltern waren *aufgeklärt*. Sie sind beide Anwälte. Vielbeschäftigte Anwälte und superehrgeizig. Sie dachten gründlich über Kindererziehung nach, bevor sie Eltern wurden. Sie lasen Ratgeber, wie man es richtig macht. Ich bekam Naturkost, bis ich von zu Hause auszog. Ich glaube nicht, dass ich ein einziges Toxin im Körper hatte. Ich hatte das beste pädagogisch wertvolle Spielzeug. Sie kauften mir keine rosafarbenen Kleider oder Prinzessinnenkram, bis ich darum bettelte, weil sie den Mythos der schwachen Weiblichkeit nicht lebendig erhalten wollten.«

Ich vergewisserte mich, ob Phin zuhörte, und das tat er. Carter fuhr und war wie üblich undurchschaubar.

»Ansonsten hatte ich das Sagen. Ich bestimmte, was ich essen wollte. Ich bestimmte, wann ich ins Bett gehen wollte. Sie wollten mir nicht ihren Willen aufdrängen oder mich zu etwas zwingen, das auch nur annähernd unangenehm war. Alles, was ich tat, war perfekt und etwas Besonderes. Und wenn ihr das merkwürdig findet, es waren nicht nur sie. So war es bei all meinen Mitschülern und in meinem ganzen Freundeskreis.«

»Ja«, warf Phin ein. »So ist es für alle, außer für mich.«

»Junge …«, setzte Carter an, doch ich drückte seinen Schenkel.

»Außer bei Darlene«, fuhr ich fort. »Ihre Eltern waren streng. Sie ging nicht auf meine Schule, aber ich wurde ihre Freundin, weil ich bei ihr zu Hause das Gefühl hatte, dass ich atmen konnte. Dort gab es Regeln, und ich wusste, was ich zu tun hatte, um es richtig zu machen. Richtig richtig. Nicht falsch richtig. Nicht nach dem Motto: *Alles, was du tust, ist etwas Besonderes und Wertvolles.* Ich musste mich anstrengen. Meine Eltern beschwerten sich ständig über Darlenes Eltern, aber ich lechzte nach *deren* Anerkennung.«

Ich wandte mich Phin ganz zu, denn wenn ich mich schon einmischen wollte, dann aber auch richtig.

»Ich will darauf hinaus, dass ich seitdem in meinem Leben nach Ordnung, Sinn und Disziplin gesucht habe. Ich habe deshalb viele schlechte Entscheidungen getroffen. Ich liebe meine Eltern, aber ich wünschte, sie wären mehr wie dein Dad. Ich wette, mir wäre viel Schlimmes erspart geblieben, wenn ich innere Disziplin gehabt hätte und im Leben nach Freiheit gesucht hätte. Aber es war das Gegenteil.«

Ich saß kerzengerade und faltete die Hände um meine Tüte.

»Tut mir leid. Das war wahrscheinlich unangebracht. Ich kenne euch nicht sehr gut, aber das ist meine Erfahrung, und dazu stehe ich.«

Carter bog schweigend auf der Olympic nach Norden ab. Ich hatte keine Ahnung, ob ich mehr Schaden angerichtet hatte als Gutes bewirkt. Erziehung war etwas so Persönliches, und ich hatte null Erfahrung damit.

Kurz bevor er in seine Einfahrt fuhr, griff Carter nach meiner Hand und drückte sie.

Bis zu dem Moment war mir nicht klar gewesen, dass ich gedacht hatte, ich hätte ihn vor den Kopf gestoßen, und meine Erleichterung war so überraschend wie willkommen.

# KAPITEL 45

## CARTER

Sobald wir wieder bei mir zu Hause waren, rief ich Bart an. Phin machte seine Hausaufgaben, während Emily in der Küche Kaffee kochte.

»Das Haus ist jetzt sauber«, sagte Bart. »Aber sie hatte recht. Er war hier. Ihre Bettlaken sind zerfetzt.«

»Ich will nicht, dass sie das sieht.«

»Wir können sie auswechseln, wenn das LAPD weg ist.«

»Wie ist er reingekommen?«

»Er hat versucht, das Keypad zu zerstören, und ist dann über den Zaun geklettert. Seine Visage ist auf dem Aufzeichnungsgerät. Ich glaube, er hat ein hartgekochtes Ei gegessen. Auf der Küchentheke liegen Schalen. Es sei denn, sie hat sie liegen lassen.«

»Ja, nein.« Emily war nicht unordentlich. »Kannst du da draußen bleiben, bis ich dir Bescheid gebe?«

»Klar.«

Eine Frau in mein Leben zu lassen, war ein Problem, das ich langsam, aber sicher löste, aber jetzt, wo alle im selben Haus waren, in meinem Haus, hatte ich ein unlösbares Problem. Ich hatte nie zwischen meinem Sohn und einer Frau wählen wollen. Diese Möglichkeit hatte mir immer Angst gemacht. Doch jetzt war ich genau in der Situation, die ich zu vermeiden versuchte.

»Danke, Bart.«

In ihr Haus mit einem kaputten Sicherheitssystem und einem aktiven Stalker konnte ich sie nicht zurückbringen. Bei ihr bleiben ging auch nicht. Und Phin konnte ich auch nicht mit zu ihr nehmen.

Sie stand an der Spüle und ließ Wasser in den Teekessel laufen. Durch ihr Shirt konnte ich ihre Schulterblätter sehen, und ihr Po in der Jogginghose hatte eine perfekte Herzform. Ich stellte mich hinter sie und legte eine Hand auf jede Pobacke. Ich konnte nicht anders. Sie passten perfekt drauf. Ihr Hintern war so winzig und straff.

»Carter«, zischte sie. »Phin ist oben.«

Ich ließ meine Hände um ihre Taille gleiten. »Was hast du in der Tüte?«

Mit dem vollen Teekessel zwischen uns drehte sie sich um. Ich drückte sie an die Küchentheke.

»Das wirst du schon sehen.«

»Wann?«

»Ich weiß nicht mal, wo ich heute Abend schlafe.«

Ich stieß mich von der Theke ab. Stimmte ja.

»Bart hat dein Haus überprüft. Es ist einstweilen sicher, aber er war dort.«

Sie drehte sich zum Herd. In dem Sekundenbruchteil, als ich ihr Gesicht sah, registrierte ich einen Ausdruck resignierter Verzweiflung. Sie stellte den Teekessel auf den Brenner und entzündete die Flamme.

»Ich bin müde.« Sie sprach mit sich selbst, mit dem Teekessel, mit dem Universum. Ich legte ihr die Hände auf die Schultern, aber sie sackte unter meiner Berührung zusammen. »Ich weiß nicht, wie ich so leben soll.«

»Ich würde dir anbieten, ihn krankenhausreif zu schlagen.«

»Hast du das nicht schon getan?«

»Ja. Aber er ist stur.«

Es war eine Sache, das Gefühl zu haben, davon abgehalten zu werden, zu tun, was man will, um jemanden zu schützen. Es war eine ganz andere Sache, genau das getan und festgestellt zu haben, dass es fehlgeschlagen war. Da ich die allerletzte Lösung zuerst gewählt hatte, musste ich jetzt auf die Maßnahmen zurückgreifen, die mir stets wie ineffektive erste Schritte erschienen waren.

»Ich bin mit meinem Latein am Ende.« Sie rückte den Teekessel um eine Vierteldrehung zurecht.

»Wir können das LAPD wegen Einbruchs einschalten. Dann könnten wir wenigstens das gerichtliche Kontaktverbot erneuern lassen.«

Sie blickte seufzend an die Decke. »Klar.« Sie drehte sich um und blickte zu Boden, als könnte sie mir nicht in die Augen sehen.

Plötzlich, wie eine Sturzflut aus meinem Herzen, rebellierte ich gegen ihre Nachgiebigkeit. Ich lehnte mich gegen ihr Seufzen und ihr Achselzucken auf. Ich hasste ihre Erschöpfung und ihre Duldsamkeit. Nein. Schlicht und ergreifend nein. Sie war nicht zu einem solchen Leben bestimmt. Sie war dazu bestimmt, zu tanzen und zu lachen. Sie war dazu geschaffen, geliebt zu werden und nicht seelisch so angeschlagen zu sein, dass ihr inzwischen alles egal war.

»Emily.«

»Ja.«

»Sieh mich an.«

Sie weinte nicht. Ihre Augen waren so trocken wie mein Mund. Als hätte sie zu viel ertragen, und dies sei nur ein weiterer Tag, an dem ihr der Boden unter den Füßen weggezogen wurde. Ich hob die Hände. Nicht, um sie zurückzuhalten oder zu beruhigen, sondern um den unaufhaltsamen Fluss meiner impulsiven Worte zu stoppen.

Es funktionierte nicht.

»Solange ich auf diesen zwei Beinen stehen kann, wird dir nichts passieren. Solange ich atme, bist du sicher. Du stehst unter meinem Schutz. Lass es mich noch einmal sagen, damit du verstehst, was ich damit meine. Da ist Phin, und da bist du. Ihr seid meine Aufgabe. Eure Sicherheit und … nein, nicht nur eure Sicherheit. Euer Glück, eure Geborgenheit, euer Wohlergehen … Ich nehme dir die Verantwortung dafür ab. Sie liegt ganz bei mir.«

Sie biss sich auf die Lippe und blickte wieder zu Boden. Ich hob ihr Kinn an, damit sie mich ansehen musste.

»Du stehst unter meinem Schutz.«

»Ich kann dir das nicht antun.« Was eben noch trocken war, war jetzt feucht. Ihr Mund wurde klebrig, als er sich bewegte, und ihre Augen füllten sich mit Tränen. »Du hast genug Probleme.« Sie deutete vage auf die Tür, und ich wusste, dass sie Phin meinte. »Ich weiß, warum du dich mit niemandem einlassen wolltest. Du kannst ihn nicht aus den Augen lassen, und das ist auch richtig. Er sollte deine oberste Priorität sein.«

»Ich kann beides machen.«

Sie schüttelte den Kopf, und ich ließ ihr Kinn los. Sie hielt sich die Faust vor den Mund, als könnte sie ihre Schluchzer greifen und wegwerfen.

»Ich weiß nicht, Carter. Es ist zu viel. Ich falle dir nur ungern zur Last. Und sag nicht, dass ich keine bin. Nichts, was du sagst, kann das ändern.«

»Hör zu. Kannst du zuhören?«

»Klar.«

»Ich erwirke eine einstweilige Anordnung für dich.«

Sie zeigte mit dem linken Zeh senkrecht zum Boden. Ihr Spann bog sich in einem extremen Winkel, den ich mit meinen Lippen spüren wollte.

»Dann bleibe ich hier?«

»Du kannst auf Phin aufpassen.«

»Gut. Ich mag ihn.«

»Ich will nicht, dass du dich wegen etwas sorgst.«

»Ich bin besorgt. Hauptsächlich mache ich mir Sorgen, dass du und ich uns eigentlich kennenlernen sollten, und stattdessen bin ich dein Job.«

»Ich liebe meinen Job.«

Es war zu früh, um so etwas zu sagen, aber es stimmte.

Ich küsste sie, bevor sie widersprechen konnte, und sie drückte sich an mich. Ihre Finger fuhren durch meine Haare, während ich die Hände hinten unter ihr Shirt schob.

»Ähm, hallo?« Wir lösten uns voneinander und sahen Phin, der den Kopf in die Küche steckte. »Ich gehe zum Recherchieren ins Internet. Macht weiter mit dem, was ihr gerade gemacht habt.«

»Warte«, sagte ich, als er sich aus dem Staub machen wollte. »Ich muss kurz weg. Emily wird mit dir abhängen.«

»Okay.« Sein comic-haftes Bemühen, locker zu wirken, misslang total. Er rannte weg.

»Er ist ein bisschen …« Ich verstummte.

»Normal?«

»Nur ein bisschen.«

»Geh jetzt bitte. Wenn du immer noch gehen musst, geh einfach.«

Ich küsste sie noch einmal und ging.

# KAPITEL 46

## EMILY

Ich schaute nach Phin. Er saß vor einem Riesenbildschirm mit Buchstabensuppe, sofern das Alphabet auch sämtliche Zeichen an den Rändern der Tastatur umfasste.

Ohne mich bemerkbar zu machen, ging ich zurück in die Küche und fragte mich, was Carter in meinem Haus wollte. Es hatte keine Möglichkeit gegeben, ihm auszureden, noch einmal zu mir zu fahren.

Es würde nie enden. Vince war beharrlich und gelangweilt. Wenn er in der Liebe irgendwelche Chancen hatte, verfolgte er die Sache nicht weiter. Ich bildete mir nicht ein, dass sich keine andere Frau mit mir messen konnte. Ich war wie sein Muskelgedächtnis. Er fixierte sich automatisch auf mich, wenn er sich schlecht fühlte, oder gut, oder gelangweilt, oder wenn er notgeil war. Vielleicht beschäftigte er sich auch zwischendurch zwanghaft mit mir.

Ich wusste es nicht. Ich würde es nie erfahren.

Könnte ich wegziehen? Einfach weggehen? Mich in die Anonymität flüchten? Ich hatte schon so oft über so viele Möglichkeiten nachgedacht. Von zurück nach Chicago zu ziehen,

264

um meine Eltern in der Nähe zu haben, bis einfach loszufahren, bis ich mitten im Nirgendwo, USA, anhielt, war alles dabei.

Meine Fantasie reichte dafür nicht aus. Das Privileg, sich seinen Lebensunterhalt mit Tanzen zu verdienen, hatten nicht viele, und ich liebte meinen Beruf. Es war eine Ehre, zu tun, was ich wollte, den Traum so vieler Menschen zu leben. Darlene hatte an diesem Erfolg großen Anteil, und sie lebte in Hollywood, weil die Unterhaltungsbranche dort ihren Sitz hatte.

Aber mein Traum hatte seinen Preis. Solange ich in Los Angeles blieb, wäre ich eine Zielscheibe, und solange ich eine Zielscheibe war, wäre ich niemals frei. Wäre ich niemals in der Lage, eine Beziehung zu führen, und könnte deshalb auch keine Familie gründen.

Ich versuchte nicht darüber nachzudenken. Normalerweise erstickte ich diesen Kummer mit Tanzen oder mit Musik. Ich könnte mit Darlene zu einer Party gehen oder arbeiten, bis meine Fußsohlen zu Leder wurden.

»Hey.« Phin steckte den Kopf durch die Küchentür. Ich hielt eine Tasse Tee wie eine Handvoll Münzen.

»Hey.«

Er sprang herein, öffnete den Kühlschrank und überlegte viel zu lange, ob er die Milchpackung herausholen sollte. Als sich die Kühlschranktür schloss, stand er mit der Milch in der Hand da. Er war wie ein offenes Buch. An ihm war kein Fünkchen Boshaftigkeit. Ich wusste genau, was er dachte.

»Ich weiß, dass ich nicht dein Dad bin, aber ich bin eine Petze. Du solltest ein Glas benutzen.«

Er wankte zum Schrank, als seien seine Gliedmaßen nur lose befestigt. Er hatte Sommersprossen und kantige Gesichtszüge. Ich konnte etwas von Carter in ihm erkennen und etwas von einer anderen, weniger robusten Person. Er goss die Milch in ein kleines Glas und kleckerte auf die Küchentheke, als er den Karton wieder aufrichtete.

Ohne den Fleck wegzuwischen oder den Karton wegzuräumen, stürzte er die Milch herunter und stieß ein genüssliches Aah aus.

»Flüssiges Gold.« Er goss sich noch ein Glas ein und räumte den Karton weg.

»Was machst du da oben?« Ich reichte ihm den Küchenlappen. Er sah zuerst ihn an, dann mich. Ich deutete auf den Milchfleck auf der Theke.

»Ich hab ein Stammbaumprojekt, für das ich eine Eins brauche.« Er nahm den Lappen.

»Ah! Klingt spaßig.«

Er wischte die Theke ab, ohne die ganze Milch zu beseitigen. Ich hätte es nicht so schlecht machen können, selbst wenn ich es versucht hätte.

»Das ist es nicht, wenn dein Vater *und* deine Großmutter dir irgendwelchen Scheiß über deine Mutter erzählen.«

Ich nahm ihm den Lappen ab und wischte die verschüttete Milch richtig auf. Durfte er überhaupt *Scheiß* sagen? Das schien mir unwahrscheinlich.

»Das bezweifle ich.«

»Tja, der Name, den sie mir genannt haben, steht auf keiner der Geburtsurkunden im Rathaus.«

»Vielleicht ist sie nicht in L.A. geboren.«

»Dad hat es aber behauptet.«

»Solltest du lieber im Staatsarchiv nachschauen oder deinem Vater glauben?« Ich fuhr mit den Fingern an den Rändern des nassen Lappens entlang.

Er zuckte die Achseln und ging zur Tür. Er schien sehr deprimiert. Als wäre er auf eine Straßensperre gestoßen, hätte um Hilfe gebeten, und niemand wäre ihm zu Hilfe geeilt.

Bevor er um die Ecke bog, machte ich den Mund auf. »Du solltest auf deiner eigenen Geburtsurkunde nachsehen.«

»Gute Idee!«, rief er zurück, ohne seinen Schritt zu verlangsamen. Carter simste mir, als ich gerade das Spültuch zusammenfaltete.

Wie kommst du zurecht?

Wollte ich das Gespräch mit Phin ansprechen? Nein. Das konnte ich nicht. Die Geschichte seiner Mutter ging mich nichts an.

Dein Sohn hat gerade zwei Liter Milch getrunken. Bring auf dem Nachhauseweg neue mit

Wow. Diese Beziehung hat sich rapide verschlechtert

Ich lachte.

Ich lass mir lieber schnell was einfallen

(…)

Ich kann es kaum erwarten, den Inhalt der La-Perla-Tüte zu sehen

Angemessen sexy

Großartig

Ich bringe Milch mit

Wie geht's meinem Haus?

Unversehrt. Wir machen es wieder sicher. Versprochen

Oben rumste etwas. Ich steckte mein Handy ein und ging nach oben.

»Phin? Alles okay?«

»Ja.«

Das Treppenhaus war von Fotos gesäumt. Ich blieb vor Carters Polizeischule-Porträt stehen. Was für ein attraktiver Mistkerl! Die restlichen Bilder zeigten dieselben drei Menschen, die ich auf dem Kaminsims gesehen hatte. Phin, Dad, Grandma. War Mom jemals abgebildet?

»Ich komme hoch, um nach dir zu sehen.«

»Am Ende des Flurs.«

Ich ging an Carters Schlafzimmer vorbei und versuchte, nicht davor stehen zu bleiben. Ich wollte sehen, ob sein Kissen nach Schießpulver roch, und seinen Wandschrank nach Souvenirs und Erinnerungen durchforsten. Kam da ein bisschen »5th of July« aus dem Zimmer? Ich blieb stehen und atmete den Geruch tief ein.

»Hey«, rief Phin vom Flurende.

»Was ist passiert?« Ich riss mich von der karierten Tagesdecke und dem Holz in sattem Rostbraun los. »Ich habe einen Rums gehört.«

»Bin vom Ball gefallen.« Er zeigte in sein Zimmer, wo ein riesiger blauer Gymnastikball vor einem Schreibtisch mit einem Computer mit Großbildschirm stand. »Das passiert öfter. Ich bin ein bisschen tollpatschig.«

Auf dem Bildschirm war eine ganze Reihe Fenster geöffnet, und durch eins davon rollte ein Text im Affentempo. Wie ein Stammbaum sah das nicht aus. Als er mich gucken sah, setzte er sich davor.

»Was machst du?« Ich trat weiter vor, um den Bildschirm besser zu sehen. Ich war nicht daran interessiert, irgendwelches Fehlverhalten aufzudecken. Ich war nur neugierig.

»Ich lasse ein Skript durchlaufen. Nichts Besonderes.«

»Wow!« Ich spähte ihm über die Schulter. »Das sieht echt cool aus.«

Sein Gesicht erhellte sich. Dann zuckte er herablassend mit den Achseln. »Ganz simpel.«

»Wozu ist das gut?«

Sein Gesicht und sein Körper waren so ausdrucksvoll, dass ich an der Form seines Mundes und an der Art, wie er gestikulierte, fast ganze Bände ablesen konnte. Sein Körper und sein Gesicht verzerrten sich, wie um zu sagen: *Ich sollte es Ihnen nicht sagen, aber ich will es unbedingt.*

»Hat es was mit dem Geschenk auf dem USB-Stick zu tun? Das hat mir sehr gefallen.«

Wieder hellte sich seine Miene auf. Der Junge war hypernervös.

»Ich sage es Ihnen, aber erst müssen Sie mir sagen, ob Sie wissen, was ein White-Hat ist.«

»Ein White-Hat? Ein weißer Hut.«

»Nein. Ein White-Hat ist ein Hacker, der zu einem guten Zweck hackt und niemals stiehlt oder so.«

»Okay. Und du bist ein White-Hat?«

»Voll.« Er tippte an seinen Kopf, als berühre er einen imaginären weißen Hut.

Der Fußboden war mit Legosteinen, Büchern und Schuhkartons voller Einzelteile übersät. Ein Lötkolben, von dem ich hoffte, dass er ausgeschaltet war, lag auch herum.

»Wo ist das Bett?«

Er rollte einen Bürostuhl zu mir.

»Keine Bildschirme im Schlafzimmer. Deshalb ist das hier, was weiß ich, mein Arbeitsbereich. Okay, ich hab das für mein Projekt entwickelt, und denken Sie dran, White-Hat.« Wieder tippte er sich an die Stirn, geistesabwesend, als wäre es automatisch.

Er rollte den Ball zum Schreibtisch zurück und setzte sich darauf, wippte, während ich mich auf den Stuhl setzte. Die Buchstaben rollten schnell in dem kleinen Fenster.

»Was ist das alles?«

»Das ist das durchlaufende Skript. Und so funktioniert's. Ich bin zum L.A. County Registrar gegangen und hab ihre E-Mail-Namenskonvention herausgefunden: erster großer Anfangsbuchstabe Nachname@LACR. Easy. Dann hab ich rausgefunden, welche Abteilung Zugang zu den Geburtsurkunden hat, und dann, wer in dieser Abteilung arbeitet. Mit diesen Infos kann ich E-Mail-Adressen nachbilden und mit Namen versehen. Und dann hab ich dieses andere Skript ...« Er öffnete noch ein Fenster. »Es überprüft Social Media nach den Geburtstagen dieser Menschen, ihren früheren und aktuellen Adressen, Haustiernamen, Hobbys ...«

»Langsam!«

»White-Hat.« Wieder berührte er seinen Kopf. »Und dann hab ich ein Skript entwickelt, das all das verarbeitet und mögliche Passwörter erstellt, und dann starte ich einen babyleichten Brute-Force-Angriff, der ... oh, schauen Sie! Peng.«

Bevor ich protestieren oder ihn fragen konnte, ob sein Dad darüber Bescheid wusste, war er schon auf der Suchseite für Angestellte beim L.A. County Registrar und tippte blitzschnell irgendwelche Tasten.

»Und dann muss ich nur das Passwort eingeben, nach meinem Namen suchen, und da haben wir's, meine Geburtsurkunde, die das Einzige ist, was ich hier einsehen will. White-Hat, da Dad behauptet, er könnte sie nicht finden.«

Der Bildschirm zeigte eine eingescannte Geburtsurkunde mit dem Siegel des Staates Kalifornien, County Los Angeles.

»Tss«, sagte Phin. »Das ist ... merkwürdig.«

Ich sah genauer hin. »Was denn?«

»Das ist nicht Dad.«

Er zeigte auf einen Abschnitt der Urkunde.

VATER: George Owen Whitman.

Der Name sagte mir was, aber ich konnte ihn nicht zuordnen.

»Du solltest wirklich mit deinem Dad darüber sprechen.«

Phin fuhr mit dem Finger über den Bildschirm.

MUTTER: Genevieve Tremaine Kincaid.

»Moment. Ihr Nachname stimmt, aber ...« Er fuhr mit dem Finger über den Namen des Kindes. »Könnte jemand denselben Namen und Geburtstag haben wie ich?«

»Anscheinend. Ich denke ...«

Ich dachte vieles. Genevieve Tremaine Kincaid hatte einen Erst- und einen Zweitnamen, die zu spezifisch waren, um sie zu ignorieren.

Phin stand auf und ging zu seinem Wandschrank. Die Schiebetür stand schon offen und offenbarte das Chaos darin. Er sprang nach einem Karton auf der obersten Ablage.

»Der Geburtsurkunde ist eine Sozialversicherungsnummer zugeordnet, deshalb muss ich meine sehen.« Es gelang ihm, die vorstehende Ecke eines Ordners zu greifen, und der Inhalt des gesamten obersten Schrankfachs kam ihm entgegen.

Davon unbeeindruckt hob er den Karton auf, öffnete ihn und ließ den Deckel fallen. Er holte eine kleine Brieftasche hervor und nahm seine Sozialversicherungskarte heraus. Er steckte sie sich zwischen die Zähne, während er sich wieder auf den großen blauen Gymnastikball setzte.

Seine Körpersprache sagte, dass er sich sehr sicher war, dass er nur das Naheliegende überprüfte, bevor er weitersuchte.

»Tss«, sagte er und wirbelte zu mir herum. »Mit ADHS achtet man manchmal nicht auf Details und übersieht Dinge. Kannst du das überprüfen?« Er tippte auf den Bildschirm, wo die entsprechende Sozialversicherungsnummer stand, und reichte mir die Karte.

Ich kontrollierte die Zahlen. Sie waren identisch.

»Du solltest wirklich mit deinem Dad darüber reden.«

»Klar.«

Neues Fenster.

Google.

Genevieve Tremaine Kincaid.

Nicht viel. Aber er scrollte nach unten, und die Ergebnisse mit Kincaid darunter erschienen.

Der Bildschirm wurde mit Bildern einer schönen Frau überflutet, die jetzt, wo ich sie nebeneinander sah, Phin genauso ähnlich sah wie Carter. Der gleiche Teint. Die gleiche Nase. Die gleichen mandelförmigen Augen. Ihr vollständiger echter Nachname musste gleichzeitig bekannt und unbekannt gewesen sein. Wenn man nach ihm suchte, konnte man ihn finden, aber wer suchte elf Jahre später noch danach?

Phin klickte ein Bild von ihr an, auf dem sie süß und aufgeschlossen aussah und lächelte. Über dem Foto war eine fette Schlagzeile mit dem Wort *ermordet* darin.

»Wenn das meine Mutter ist …«

»Du solltest mit deinem Vater reden.«

Ich glaube, beim dritten Mal kam es bei ihm an, aber ich konnte mir nicht sicher sein. Als die Treppenstufen knarrten, regte er sich nicht.

Carter, immer noch im Mantel, eine Einkaufstüte in Form eines Milchkartons in der Hand, bog von der Treppe in den Flur ab. Von dort aus konnte er den Computerbildschirm sehen.

Ich winkte. Als er sah, was sein Sohn sich gerade anschaute, ließ er die Tüte fallen.

»Phin?«, sagte ich leise.

Kaum hatte ich es ausgesprochen, machte Carter einen Satz in den Raum, trat auf Legosteine und aufgeschlagene Notizbücher, zerdrückte einen Schuhkarton, griff hinter einen Stuhl und knipste den Schalter an der Steckerleiste aus.

Der Raum wurde dunkel.

»Geh ins Bett.«

»Ich bin mit meinem Projekt noch nicht fertig.«

»Eine Vier wird dich nicht umbringen. Geh ins Bett.«

»Wer ist Genevieve Kincaid? Ist sie meine Mutter?«

»Geh ins Bett!«

»Ich will es wissen!«

»Und ich will einen kleinen Moment Ruhe und dass du dieses Zimmer aufräumst, aber wir kriegen nicht immer, was wir wollen. Jetzt ab ins Bett!«

Phin stürmte in den Flur, griff im Laufen nach der Türklinke, öffnete die Tür mit der Kraft des Drehmoments, wirbelte herum und …

»Wehe, du knallst die …«

… knallte die Tür so heftig zu, dass die Wände wackelten.

Carter lief in den Flur und blieb vor der Tür seines Sohnes stehen. Ich wollte ihm raten, nicht reinzugehen, aber das hier war wichtiger als ich, wichtiger als alles, was sich in der kurzen Zeit, die wir uns kannten, zwischen mir und Carter entwickelt hatte. Er lief an der Tür vorbei, hob den Milchkarton auf und ging nach unten.

Ich wollte nach Hause. Was auch immer hier ablief, seine Familie brauchte Raum. Ich kam mir vor wie die unerwünschte Zeugin von etwas sehr Grundlegendem und Persönlichem.

Ich eilte die Treppe hinab und fand Carter in der Küche, wo er den Milchkarton öffnete.

»Ich kann bei Darlene schlafen.«

»Klar. Aber ich glaube nicht.« Er trank in großen Schlucken direkt aus dem Karton und wischte sich den Mund mit dem Ärmel ab. Ich hockte mich auf den Rand der Sitzbank in der Essecke.

»Ich kann auch ins Hotel gehen.«

Er stellte die Milch weg und steckte den Kopf in den Kühlschrank.

»Ich bemühe mich, nicht schlecht über Tote zu sprechen, aber seine Mutter war eine verdammte Nervensäge.« Er holte Plastikverpackungen heraus, stieß die Tür mit dem Fuß zu und ließ gemischten Aufschnitt auf den Esstisch plumpsen. »Von Kindheit an.«

Teller. Messer. Servietten. Kleines Schneidebrett. Alles auf den Tisch in der Essecke. Er stand am Kopfende. War sie seine Sandkastenliebe gewesen? Hatten sie geheiratet, denselben Namen getragen, glücklich zusammengelebt, bis sie ihn mit George Owen Whitman betrogen hatte?

Ich hielt den Mund. Er war tief in Gedanken versunken, während er je zwei Stück Brot auf zwei Teller tat.

»Sie ließ ihre Klamotten überall im Haus rumliegen. Sie ließ immer die Tür vom Flurschrank auf. Immer. Wenn Dad ihr deshalb zusetzte, gab sie mir die Schuld, und ich musste aufstehen und sie schließen.« Er hielt ein gelbes Glas hoch. »Senf?«

»Ja.«

Er strich Dijonsenf auf beide Brotstapel.

»Seit meinem siebten Lebensjahr war ich allein zu Hause, weil *sie* zu Castings gehen und *sie* am Set sein musste. Deshalb ist Dad auch abgehauen. Mom hatte mehr Interesse an Gennys Karriere als an allem anderen in dieser Familie.« Er riss eine Packung mit Truthahnaufschnitt auf. »Meine Schwester war clever, aber es stieg ihr zu Kopf. Ich war schon verkorkst, aber sie war noch schlimmer. Viel schlimmer.« Er ließ eine Scheibe Wurst über dem zweiten Sandwich schweben.

»Truthahn ist gut.«

Er ließ die Scheibe auf das Brot fallen und schichtete es wie im Delikatessenladen. Ich war noch nicht ganz durchgestiegen, was los war, aber für ihn war seitdem noch nicht viel Wasser den Berg runtergeflossen. Was auch geschehen war, hatte den Fluss angestaut und das Tal überschwemmt. Ich wollte nicht meine Neugier stillen; ich wollte wissen, wie ich ihm helfen konnte.

»Du verurteilst mich«, sagte er.

»Ich weiß immer noch nicht, wovon du sprichst.«

»Kopfsalat und Tomate?«

»Ich esse, was du isst.«

Er schnitt die Tomate in Scheiben. »Meine Schwester und ihr Ex wurden wie Tiere abgeschlachtet. Sie hat mich wahnsinnig gemacht, aber das hat sie nicht verdient. Niemand verdient das. Ihr Sohn ...«, er deutete mit dem Messer nach oben, wo Phin in seinem Zimmer schmollte, »hat alles gesehen.«

Als bei mir der Groschen fiel, schlug ich entsetzt die Hand vor den Mund.

»O Gott! Es tut mir so leid.«

»Er war viereinhalb. Er erinnert sich nicht. Mit ADHS bleiben Erinnerungen nicht hängen, aber keiner weiß, ob er es vergessen hat, weil sein Gehirn aus Teflon ist oder weil die Erfahrung traumatisch war. Ich will es gar nicht rausfinden. Er sollte die Tatortfotos niemals sehen, aber das Internet ist voll davon. Er sollte nie erfahren, wer seine Mutter war, weil er die Bilder finden und sich erinnern würde. Wir haben Genevieves Geld genommen und die Presse verklagt, damit sie seinen Namen unter Verschluss hält. Ich bin in die Sicherheitsbranche gegangen, damit ich flexibler sein und mich um ihn kümmern kann. Wir haben dieses Haus unter einem anderen Namen gekauft und Geschichten erfunden, die er sich selbst erzählen konnte, bis er nur noch verblasste Erinnerungen an eine schöne Frau hatte.« Er schnitt die zwei Sandwiches in rechteckige Hälften. »Sie war schön, meine Schwester. Wunderschön.«

»Das wusste ich nicht.« Ich nahm seine Hand. Er zitterte. »Sonst hätte ich ihn aufgehalten, aber nach seiner Geburtsurkunde zu suchen ... schien mir keine große Sache zu sein.«

»Ihn zu beschützen, ist nicht *deine* Aufgabe.« Er schob mir einen Teller hin und setzte sich mir gegenüber. »Sondern meine. Es war meine. Jetzt weiß er, dass ich gelogen habe.« Er sah mir in die Augen, als erwartete er, darin eine Antwort zu finden. »Wie soll ich ihn jetzt noch schützen?«

Ich wusste nicht, was ich sagen sollte. Ich wusste ja nicht einmal, wie ich eine Katze beschützen sollte. Ich konnte ihm nicht sagen, was er tun sollte, oder ihm einen Rat geben, aber er brauchte mich. Ich war hier, und er brauchte mich.

Ich ging zu seiner Seite, stellte ein Knie auf die Bank und nahm sein Gesicht in die Hände. Dieser starke, krisenfeste Mann stand kurz vor dem Zusammenbruch. Es zerriss mir das Herz. Ich hätte nicht im Haus sein sollen, während das passierte, aber ich war nun mal da, und vielleicht war es auch besser so.

»Kannst du mit ihm reden?«, fragte ich.

»Nein.«

»Wirklich nicht?«

Er nahm meine Hände von seinem Gesicht.

»Ich bin froh, dass du hier bist.«

Ich wollte protestieren, doch er küsste meine Handgelenke, dann meine Lippen. Er umarmte mich, und wir hielten uns fest, bis es oben wieder rumste.

# KAPITEL 47

## CARTER

Er lag unter seinem Bett, und wer konnte es ihm verübeln? Ich hätte mich auch unter dem Bett verkrochen. Ich schloss die Tür hinter mir und setzte mich auf den Boden. Hier drin war es ordentlicher als in seinem Arbeitszimmer, aber ich musste trotzdem ein paar Bücher und eine Wollmütze aus dem Weg räumen.

»Hey. Wie geht's dir da unten?«

»Ich will nicht drüber reden.« Seine körperlose Stimme kam deutlich unter dem Bett hervor. Er hatte seine Bastelsachen und einen Karton mit Klamotten, aus denen er herausgewachsen war, darunter hervorgeschoben.

»Okay.«

»Ich kann nur eine Eins in diesem Projekt kriegen, wenn ich was erfinde. Also kann ich entweder aufs Ganze gehen und sagen, dass meine Mutter Diana Prince aus Amazonien ist und sie von Königin Hippolyta bildhauerisch aus Ton gestaltet wurde, oder ich kann auf glaubhafte Bestreitbarkeit setzen.«

»Ist das das Gleiche wie Lügen?«

»Wir haben in Geisteswissenschaften über Versimilität gesprochen.«

»Ich habe keine Ahnung, was das heißt.«

»Es heißt: subjektiv für wahr halten. Subjektive Wahrheit. Ein Wahrheitsbaum. Ich brauche nur eine Eins, und das bedeutet, dass ich nur subjektive Wahrheit brauche und du es unterschreiben musst.«

Das klang sehr nach Lügen, aber ich hatte ihn in eine furchtbare Lage gebracht. Er konnte auf keinen Fall gleichzeitig verdauen, was er gerade erfahren hatte, und eine Eins für sein Stammbaumprojekt bekommen.

Nicht, dass es eine Rolle gespielt hätte. Als Polizist hatte ich beobachtet, dass Menschen, die ein Trauma erlitten, sich oft darauf fixierten, was sie unmittelbar vor dem Ereignis gemacht hatten. Eine Frau, die auf dem Weg zum Lebensmittelmarkt überfallen wird, wird sich Sorgen machen, dass sie nichts zu essen im Kühlschrank hat.

»Du machst Folgendes. Lass das Projekt so, wie es ist. Es ist sowieso größtenteils wahr. Jedenfalls die Wahrheit, wie du sie kanntest.«

Er sagte lange nichts. Ich lag mit der Wange auf dem Teppich vor dem Bett. Er lag mir gegenüber, und das Licht seiner Armbanduhr fiel auf sein tränenüberströmtes Gesicht. Mit seiner weichen Haut und den kindlichen Zügen sah er wieder wie ein Knirps aus, der wegen eines Kekses oder eines verpassten Nickerchens weinte. Als ich ihn damals zu mir nahm, dachte ich, er würde immer so klein bleiben, so leicht zu beschützen. Ich hatte nie für das Unvermeidliche geplant. Mom hatte mich gewarnt, dass es passieren würde. Mein Neffe würde älter und klüger werden, der Marsch der Informationen würde vorbeiziehen, und er würde entdecken, was ich vor ihm verborgen hatte.

»Ich kapiere es nicht. Sie trug den Namen Kincaid schon vor eurer Heirat? Oder bevor ihr zusammen wart? Ist das Zufall? Und wer war dieser George?«

»Genevieve war meine Schwester. George war dein leiblicher Vater.«

Ich hatte meine Entscheidung, die ersten Jahre aus seinem Gedächtnis zu löschen, niemals in Zweifel gezogen, bis er mich unter dem Bett ansah, die Wange auf dem Boden und ein Obi-Wan Kenobi über dem Kopf. Ich hätte gern gesagt, dass es mir leidtue, aber das stimmte nicht. Eigentlich nicht. Mir war unbehaglich zumute, und ich fühlte mit ihm, aber hätte ich die Wahl gehabt, hätte ich dasselbe getan. Ich hätte es nur besser gemacht.

»Ich wollte dich beschützen.«

»Wovor?«

Das war eine gute Frage. Die einzig wichtige Frage. Aber die Antwort würde ihn am meisten verletzen. Wenn ich ihm sagte, dass er damals dabei war und ich nicht wollte, dass er sich erinnerte, würde das die Erinnerungen triggern?

Ich brauchte drei Sekunden, um darüber nachzudenken, doch dafür hatte Phin keine Zeit. Er ging gleich zur nächsten Frage über.

»Ist der Typ hinter mir her? Der, der … es getan hat?«

»Nein. Er hat sich umgebracht.«

»Hat er Kinder? Ist seine Mutter sauer? Ich will nicht, dass sie uns finden.«

»Phin …«

»Ich habe Angst.«

»Das brauchst du nicht.«

»Das Projekt ist mir egal. Ich will es morgen nicht abgeben. Was, wenn jemand es durchschaut? Was, wenn sie davon erfahren? Dann kommen sie und holen uns. Grandma wohnt auch hier, und wenn jemand sie umbringt, dann, oh …«

279

Er wurde panisch.

Ich griff nach ihm. Seine Augen waren riesig, genau wie die seiner Mutter.

»Der Mann, der deine Mutter umgebracht hat, hatte eine nette Familie. Sie wollen uns nicht schaden. Ihnen tut sehr leid, was er getan hat. Du bist in Sicherheit.«

»Warum wolltest du mich dann beschützen? Wovor?«

»Hat irgendwas von dem, was du gesehen hast, eine Erinnerung wachgerufen?« Ich wollte es nicht fragen, weil ich mich vor der Antwort fürchtete, doch wenn er sich erinnerte, bräuchte er Hilfe bei der Bewältigung.

»Nein.«

Er sagte die Wahrheit. So gut kannte ich ihn immerhin.

»Ich beschütze dich vor deinen Erinnerungen. Es gab Dinge ...« Wie weit sollte ich gehen? Sollte ich ihm alles sagen? »Ich will nicht, dass du dich an den Tag erinnerst, an dem du deine Mutter verloren hast.«

»Aber vielleicht will ich mich an sie erinnern.«

»Du hast doch Bilder im Internet gesehen? Hast du sie erkannt?«

»Sie ist in der Show mit dem lila Haus.«

»Ich habe einen Karton mit Sachen von ihr. Wir können uns unterhalten, und du kannst sehen, ob du dich an die schönen Dinge erinnerst.«

»Was ist da drin?«

Ich hatte mir die Sachen seit dem Tag nicht mehr angesehen, an dem Phin mich Dad genannt und ich ihn nicht korrigiert hatte. Einen Monat nach dem Mord an seinen leiblichen Eltern hatte er darum gekämpft, die Ereignisse zu verstehen, indem er den Mantel des »Vaters« um mich legte, und ich hatte ihn mir angezogen. Sein Vater war nicht oft präsent gewesen, und ich hatte diese Rolle sowieso schon so lange gespielt, wie er sich erinnern konnte.

»Fotos. Ein Armband. Ein Emmy.«

»Sie hat einen Emmy gewonnen?«

»Ja. Von ihren Tantiemenschecks zahlen wir deine Schulgebühren.«

Das sagte ihm nichts. Ich versuchte ihm zu zeigen, dass sie immer noch Teil seines Lebens war und für ihn sorgte, doch ich hatte sie bereits ausgemerzt. Sie zurückzubringen, würde mehr Mühe kosten.

»Du bist also eigentlich mein Onkel?«

Die Bezeichnung fühlte sich an wie ein Schlag ins Gesicht. Ich hatte ihn schon so lange als meinen Sohn angesehen, dass ich vergessen hatte, dass er es nicht war. Mehr als vergessen. Es war mir nicht nur entfallen, sondern ich hatte einen Sinneswandel vollzogen. Onkel waren eine feine Sache, aber der Begriff passte nicht zu mir und Phin.

»Von dem Moment an, als du in mein Leben tratest, warst du mein Sohn. Ich will, dass du das weißt. Als du noch ein Baby warst, hat dein Dad deine Mom verlassen. Ich habe deine Windeln gewechselt und dich auf die Füße geküsst, genau wie ein Vater. Als deine Mutter und dein Vater starben, wurdest du zu meinem Sohn. Ich habe dich nie als etwas anderes angesehen. Deshalb ist mir egal, wie der Verwandtschaftsgrad ist. Du bist alles, was ich mir immer an einem kleinen Jungen gewünscht habe, und jetzt, wo du fast ein Mann bist, bin ich so stolz auf dich wie ein Vater. Damit hat sich's. Du bist mein Sohn. Alles andere akzeptiere ich nicht.«

Er passte immer noch unters Bett, und seine Augen waren so groß und grün wie die eines Kindes, aber er wurde zum Mann. Das Staunen wurde mit jedem Tag weniger. Ungeachtet seiner Hormone, war er fast erwachsen. Ich konnte ihm nicht vorschreiben, was er denken sollte.

»Wenn du mich nicht mehr Dad nennen willst, verstehe ich das. Aber Onkel Carter kannst du mich nicht nennen.«

Sein Nicken auf dem Teppich war waagerecht.

»Vielleicht kannst du tun, wovon Grandma findet, dass es jeder tun sollte. Sprich mich mit meinem Vornamen an.«

Meine eigenen Worte schmerzten mich tief. Meine Mutter wollte ihr Alter leugnen. Ich gab Phin die Möglichkeit, meine Beziehung zu ihm zu leugnen. Es war seine Entscheidung, und er hatte die Macht, mich zu verletzen.

Er hielt mir seine Faust hin. Ich stieß mit meiner dagegen und legte meine Hand auf seine. Er schloss die Augen. Ich dachte, er würde nachdenken, doch sein Rücken hob und senkte sich langsam. Er war eingeschlafen, wie er es oft tat, wenn er überfordert war.

Ich stand auf und ging nach unten. Emily schlummerte auf der Couch. Ich legte eine Decke über sie, steckte sie an den Rändern fest und achtete darauf, dass sie ihre kaputten Tänzerinnenfüße bedeckte.

Ich war mir sicher, dass alles zerstört war. Was sie und ich auch fast füreinander gewesen waren, es war vorbei. Wer würde mit mir zusammen sein wollen? Mit einem Mann, der ein Kind angelogen hat? Der es um die Erinnerung an seine Mutter gebracht hat? Schlimm genug, dass ich Phins Vergebung brauchte; was würde sie von meinem Leben und den Lügen halten?

Jetzt, wo Phin die Wahrheit erfahren hatte und Emily auf meinem Sofa schlief, wusste ich, dass mein Leben einen heftigen Schwenk gemacht hatte. Ich wünschte, ich wüsste, in welche Richtung es sich gedreht hatte.

# KAPITEL 48

## EMILY

Stimmen.

Geräusche.

Rauschende Rohrleitungen in den Wänden und fließender Verkehr direkt vor dem Fenster.

Das Klicken des Herds, bevor das Gas durch den Brenner strömte, und das Klappern von Tellern.

Rückenschmerzen und kalte Füße.

Ein widerlicher Geschmack im Mund.

Normalerweise wachte ich in Stille oder zu den ersten Klängen meines Radioweckers auf. In den wärmeren Monaten vom Licht, das durch die Vorhänge fiel.

Ich wachte nie von Lärm anderer Menschen auf. Ich blieb still auf dem Sofa liegen, bewegte mich nur so weit, um meinen Rücken zu entspannen, und lauschte Phin, der etwas vor sich hin brummelte, Carter, der Befehle blaffte, und Brenda, die im Bad oben die Klospülung zog.

Sich zu bewegen, hätte das kaputt gemacht. Die Augen aufzuschlagen, hätte meinen traumartigen Zustand der Dankbarkeit für den unregelmäßigen Taktschlag der Geschäftigkeit zunichtegemacht. Ich wollte es nicht sehen. Ich wollte meine Ohren und meinen Körper davon durchfluten lassen.

Noch im Halbschlaf hatte ich nicht die Selbsterkenntnis, mich zu fragen, warum ich die Gegenwart anderer Menschen so sehr genoss. Warum ich mich dabei wohlfühlte statt unbehaglich. Ich labte mich daran wie an einer nahrhaften Suppe.

Das harte Klicken einer geöffneten Tür weckte mich vollständig.

»Psst!«, flüsterte Carter. »Du weckst sie auf.«

»Ich bin schon wach«, sagte ich und schlug die Augen auf. Phin stand mit einem riesigen Rucksack an der Haustür und hinter ihm sein Dad, noch ungeduscht, mit Jeans und einer leichten Jacke. Mir fiel ein, was ich gestern über ihn erfahren hatte, doch als ich die beiden zusammen sah, sah ich nur, wie ähnlich sie sich waren.

»Tut mir leid«, entschuldigte sich Phin peinlich berührt.

»Du gehst heute zur Schule?« Im Halbschlaf dachte ich nicht nach, bevor ich sprach.

»Er hat darauf bestanden«, gab Carter defensiv zurück, als hätte er Phin nach den gestrigen Ereignissen lieber daheim behalten, und wollte mich wissen lassen, was für ein einfühlsamer Vater er sein konnte.

»Dann wünsche ich dir einen schönen Tag.«

»Ich bringe ihn nur zur Bushaltestelle.« Carter sah auf seine Uhr. »Fünf Minuten.«

Phin öffnete die Fliegengittertür, hielt inne und wandte sich an mich.

»Tut mir leid wegen gestern Abend.«

»Warum?« Ich rieb mir den Schlaf aus dem rechten Auge.

»Das war ein bisschen heftig.« Phin verdrehte die Augen, um herunterzuspielen, was er durchgemacht hatte.

»Aber ich habe gelernt, wie man das L.A. County Registrar oder was auch immer hackt«, gab ich zurück. »Das war es absolut wert.«

Er lachte, stimmte mir zu und ging mit seinem Dad hinaus. Seinem Onkel. Beides.

Ich sah ihnen durchs Fenster nach. Carter warf einen Blick zurück, als er in den Wagen stieg, als wüsste er, dass ich dort saß. Ich winkte. Er zwinkerte mir zu.

Brenda kam in einer Yogahose und einem Tanktop die Treppe heruntergetapst. Sie war eine schöne Frau, mit hochgesteckten Haaren und ungeschminkt. Genevieve musste ihr gutes Aussehen von ihr geerbt haben.

»Ich hatte gehofft, dass Sie die Gestalt auf der Couch waren, die ich gestern Abend gesehen habe. Hat er Kaffee gekocht?«

»Keine Ahnung. Wie spät ist es?«

»Halb sieben.« Sie verschwand in der Küche, und ich hechtete von der Couch und entwirrte meine Beine aus der Decke, als würde sie mich attackieren.

Ich faltete die Decke zusammen, legte sie auf die Rückenlehne der Couch und ging in die Küche. Bevor ich die Gelegenheit hatte, ihr zu sagen, dass ich mir ein Taxi rufen würde, damit ich es bis um acht zur Arbeit schaffte, drückte Brenda mir eine Tasse in die Hand.

»Danke, dass Sie hier waren«, sagte Brenda. »Das gestern Abend war eine große Sache.«

»Ich kam mir vor wie ein Eindringling.«

Sie schüttelte den Kopf. »Glauben Sie mir. Sie waren ein guter Blitzableiter. Ich wusste, dass die Kacke irgendwann am Dampfen wäre. Ich dachte nur, dass ich diejenige mit Flecken auf der Bluse wäre.«

»Glauben Sie, dass er es verkraftet? Phin, meine ich.«

»Ja.« Sie nahm den halben Liter Sahne-Milch-Gemisch und schüttelte den Behälter, um festzustellen, wie viel noch drin war.

»Er hatte mehr Vorteile als die meisten Kinder, aber auch genügend Benachteiligungen, um ihn zu verkorksen.« Sie kippte sich etwas von dem Gemisch in ihren Kaffee. »Meine Tochter hatte alles. Hat ihr nicht viel genützt.«

»Was ihr passiert ist, tut mir leid.«

»Ja. Genau wie halb Hollywood. Was für ein Zirkus. Ich habe ein Kind verloren. Ein Stück meines Herzens. Und sie haben es in ein Spektakel verwandelt.« Sie schüttelte den Kopf und nippte an ihrem Kaffee. »Gott sei Dank habe ich Carter. Er wird Phin Halt geben.«

Als hätte sie ihn herbeigerufen, öffnete sich die Haustür und Carter rief: »Emily? Bist du noch hier?«

»In der Küche!«

Er erschien wie ein Retter in der Not, unrasiert, ungeduscht, bereit, für die Menschen zu kämpfen, die er liebte. Er strahlte Männlichkeit und Sicherheit aus, wie ein König, der schwor, sein Reich zu beschützen.

Es war wunderschön und zugleich beunruhigend. Ich wusste nicht, wo mein Platz in seinem Königreich war oder ob ich überhaupt einen Platz darin haben wollte.

»Um acht muss ich da sein«, sagte ich. »Hast du heute Dienst?«

»Ja. Wir müssen uns sputen.« Er nahm mir die Tasse ab, stellte sie auf die Küchentheke, küsste seine Mutter auf die Wange und bugsierte mich zur Tür.

»Ich weiß nicht, wie es dir geht, aber ich muss erst duschen«, sagte ich, als er mir die Wagentür öffnete.

»Das kannst du bei dir.« Damit schloss er die Tür.

»Das schaffen wir nie«, protestierte ich, als er einstieg.

»Sag niemals nie.«

Bevor ich Einwände erheben konnte, setzte er rückwärts auf die Straße. Ich hatte eine Menge Gegenargumente auf

Lager. Der Verkehr. Mein Haus lag in der entgegengesetzten Richtung. Der Verkehr. Ich hatte meinen Rucksack für die Arbeit noch nicht gepackt. Und außerdem ... das L.A.-Becken.

Aber nichts davon spielte eine Rolle. Mit dem ersten Abbiegen auf die 4th Street war Carter ein Mann mit einer Mission. Zehn Stundenkilometer über dem Tempolimit, wechselte er die Spur sicher, aber häufig, erahnte intuitiv, wo der Verkehr dichter wurde, und bog abrupt ab, um ihm auszuweichen, und ich war in sechs Minuten vor meiner Haustür. Der Wagen hatte kaum gehalten, als Carter schon ausstieg und mir die Tür öffnete.

An meinem Eingangstor klebte die einstweilige Anordnung.

Ich eilte durchs Tor und ins Haus. Carter schloss die Tür hinter sich und streifte mir meine Handtasche von den Schultern.

»Ich kann ...«

Er drückte mir einen Kuss auf die Lippen und öffnete meinen Mund mit seiner Zunge, die nach Pfefferminz-Zahnpasta schmeckte. Ich schob ihn weg.

»Ich habe mir die Zähne nicht geputzt.«

Ohne ein Wort zog er mir das Shirt über den Kopf und warf es beiseite. Seine Augen funkelten entschlossen. Er sah aus wie ein Mann mit einem Auftrag und dem heißen Verlangen, ihn zu erfüllen. Seine Hände umfassten meinen Brustkorb, griffen nach dem Rand meines BHs und zogen ihn mir über den Kopf. Meine Nippel waren steinhart, und er betrachtete sie nicht länger als eine Sekunde, bevor er unter meinen Hosenbund griff und ihn mitsamt dem Slip herunterzog.

Ich schnappte nach Luft. »Carter. Warte.«

»In die Dusche. Sofort.«

Okay.

Duschen.

Ich trat aus meinen Hosen und lief ins Schlafzimmer. Auf dem Weg kam ich an der Küche vorbei, wo Grey vor ihrem leeren Napf saß.

»Gib mir eine Minute«, bat ich sie, während ich ins Bad weiterging und das Wasser aufdrehte. Ich stand halb in der Dusche, halb draußen, die Hand unter dem Schwall, und wartete, bis das Wasser warm wurde. Ich glaubte nicht, dass wir pünktlich zur Arbeit kämen, aber ich würde mitspielen.

Das Wasser war gerade warm geworden, als Carter hereinkam, nackt, nur aus harten Muskeln und straffer Haut. Er war umwerfend. Eine kolorierte Davidstatue, die ins Bad trat und die Tür schloss, während er mit ausgestreckten Händen auf mich zukam, mich auf die nassen Fliesen schob und seinen Mund ein zweites Mal auf meinen drückte.

Ich wollte etwas sagen, doch seine Zunge hinderte mich daran, und seine Berührung verschlug mir den Atem. Mein Körper sagte, was mein Mund nicht sagen konnte, drückte sich an ihn, suchte nach seiner Erektion. Ich hob ein Bein, das er um seine Taille legte, damit ich ihm entgegenkommen konnte, und als seine Härte meine Weichheit berührte, vibrierte ein elektrisches Summen über meinen Rücken und in meiner Kehle brannte ein Stöhnen.

Ja. Wir würden zu spät kommen.

Er fuhr mit dem Mund über meine Wange und an meinem Hals herab.

»Sag, dass du mich noch willst«, forderte er.

»Ich bin nackt mit dir in der Dusche.«

»Nach gestern Abend. Was muss ich tun, um mich dir zu beweisen?«

»Nichts. Ich …«

»Sag's mir einfach.«

»Carter. Du hast dein Bestes für ihn getan. Du hast getan, was du für richtig hieltest.« Ich grub meine Fingernägel in seine

Haut, als würde ihn das aufwecken, doch seine Augenlider schlossen sich flatternd, die dunklen Wimpern klebten zusammen, und Wasser tropfte auf seine Wangen wie Tränen. »Du hast getan, was richtig war.«

»Ich kann nicht ertragen, dass ich dich zur selben Zeit gefunden habe, wie das passiert ist. Du hättest nicht inmitten eines Sturmes kommen sollen. Du hättest in mein Leben treten sollen, wenn alle Stürme vorbei gewesen wären.«

»Wozu sollte das gut sein?«

Ich griff nach seinem Schwanz, führte ihn dahin, wo ich ihn brauchte. Er lehnte sich an mich und sog Luft durch die Zähne ein, als seine Eichel in mich glitt. Ich schlang beide Beine um ihn, und er legte seine Hände auf meinen Po, um mich hochzuhalten.

Er küsste mich und stieß tief in mich hinein. Wir blieben eine Sekunde lang verbunden, reglos und still, ließen das Wasser auf uns prasseln, dann ließ er langsam die Hüften kreisen und kitzelte die Lust aus mir heraus. Er hielt mich mit den Schultern an der Wand, hoch in seinen starken Armen, und bewegte meinen zierlichen Körper nach Belieben.

Ich ließ mich in seinen Armen fallen, überließ ihm die Kontrolle, und jeder Stoß brachte mich dem Höhepunkt näher. Er biss sich auf die Unterlippe und hielt sich zurück.

Ich berührte meine Klitoris, und mehr brauchte ich nicht, um zu explodieren. Ich wölbte und wand mich vor Lust, doch er hielt mich fest. Als er kam, hielt er mich noch fester, einen Meter über dem Boden und so sicher wie noch nie.

# KAPITEL 49

## EMILY

Ich stellte Grey genügend Futter für zwei Mahlzeiten hin. Ich hatte keine Ahnung, ob das funktionieren würde, hatte aber keine Sekunde Zeit, um darüber nachzudenken. Wir schafften es gerade noch pünktlich zur Arbeit. Ein kleines Wunder, das Ergebnis von Carters verblüffender Fähigkeit, im richtigen Tempo auf den richtigen Straßen richtig abzubiegen. An der Parkplatzzufahrt musste er langsamer fahren. Hinter Absperrungen am Parkplatzeingang wartete eine Paparazzischlange. Carlos winkte uns durch. Ich rutschte auf meinem Sitz herunter, um nicht fotografiert zu werden. Ich war ein Nichts. Ohne jegliche Bedeutung. Aber ein Foto von mir an einem öffentlichen Ort würde Vince provozieren.

»Sie haben uns gefunden«, sagte ich.

»Das tun sie immer.« Er fand eine Parklücke und küsste mich rasch, als die Automatik auf Parken stand.

»Glaubst du, dass es Phin gut geht?«, fragte ich. »In der Schule?«

»Ich hoffe es. Die Lehrer dort haben Adleraugen. Wenn es dem Jungen schlecht geht, merken sie es.«

»Glaubst du, dass du hiernach in Las Vegas arbeiten wirst?«, fragte ich hoffnungsvoll und zugegebenermaßen selbstsüchtig. »Die Duschen im Bellagio sind sensationell. Aber vielleicht nächstes Mal.«

»Ich weiß noch nicht. Schauen wir mal.«

Er drückte meine Hand, und ich fühlte mich nicht mehr so allein. Carter und ich hatten unsere Probleme, aber gemeinsam könnten wir sie lösen.

Wir gingen ins Haus. Er verschwand in seiner Ecke, um alles zu beobachten.

Ich schleuderte meine Schuhe von mir, ließ meine Tasche fallen und schälte mich aus meinem Kapuzenpulli. Dann sprang ich ins Tanzstudio, wo alle schon auf ihren Plätzen warteten und sich unterhielten.

»Okay!« Ich reckte die Arme hoch und wedelte mit den Händen. Es dauerte ein paar Sekunden, bis alle verstummten. Darlene kam hereingeschlendert und stellte sich hinter mich. »Wir haben noch fünf Tage bis zur Show! Seid ihr bereit?«

Gemurmel. Eindeutig mangelnde Begeisterung.

»Wenn ihr von hier oben sehen könntet, was ihr bisher erreicht habt, wüsstet ihr so sicher wie ich, dass ihr bereit seid. Wir machen heute einen Probedurchlauf und morgen noch mal einen mit Kostümen. Ich verspreche euch, bis dahin werdet ihr es kaum erwarten können, endlich loszulegen. Okay?«

Vereinzelter Applaus.

Darlene rief hinter mir. »Leute! Ist das euer Ernst? Ihr seid das beste Team, mit dem ich jemals, und ich meine *jemals*, gearbeitet habe. Das hier wird die Must-See-Show in der Stadt sein. Wir werden größer sein als Michael Jackson. Größer als Beyoncé. Jesus Christus ist schon dabei, seinen Platz zur Rechten Gottes frei zu machen. Die Leute werden noch ihren Enkeln von dieser Show erzählen, und diese Kids werden gewaltigen Respekt haben. Wer hört mich?«

Sie hob den Arm und deutete gen Himmel.

»Ich höre dich!«, rief ich und reckte den Finger hoch.

»Wer hört mich?«

»Ich höre dich!« Simon deutete nach oben.

»Wer zum Teufel hört mich?«

Sie musste nur zweimal fragen, bis die ganze Truppe schrie und an die Decke zeigte.

»Packen wir's an!« Darlene klatschte, und wir machten uns an die Arbeit.

Weil meine Knie eine Show pro Tag nicht aushielten, würde ich nicht mit auf der Bühne stehen. Ich war der Beobachter. Der Prüfer. Der Verbesserer. Es war meine Aufgabe, dafür zu sorgen, dass alle dort standen, wo sie hingehörten, und alle vorbereitet in die Welt hinauszuschicken.

Bis zum Mittagessen wären sie mehr als vorbereitet, dessen war ich mir sicher. Sie wären bereit, die Bühne zu rocken.

Carlos fand mich in der Essensschlange. »Hier steht, dass Sie im Bellagio absteigen.« Er deutete auf sein Klemmbrett.

»Ja?«

»Alle anderen sind im MGM.«

»Ich werde immer separat untergebracht. Es ist sicherer.« Wo die Tänzer, Musiker und der Mitarbeiterstab wohnten, sprach sich unweigerlich herum. Wenn ich von Vince gefunden werden wollte, müsste ich nur bei ihnen bleiben. Bisher hatte Carlos das nie infrage gestellt. Ich wusste nicht, was diesmal anders sein sollte.

»Diesmal sind Sie eine Klientin. Ich muss für einen meiner Männer ein Zimmer buchen.«

Hoffentlich würde einer seiner Männer bei mir im Bett schlafen, aber das konnte ich schlecht sagen.

»Lassen Sie mich im Bellagio, aber weisen Sie mir, wenn nötig, ein anderes Zimmer zu«, sagte ich. »Tut mir leid, dass ich Sie nicht informiert habe.«

Er salutierte andeutungsweise und vermerkte etwas auf seinem Klemmbrett, bevor er sich dem nächsten Problem widmete.

Ich aß mit meinem Team zu Mittag und bemerkte erst in der Nachmittagspause, dass Carter verschwunden war. Er stand nicht in seiner angestammten Ecke, nicht auf dem Flur und auch nicht bei Bart und Fabian.

»Fabe?«

»Ja?«

»Hast du Carter gesehen?«

»Mann. Der hat gerade gekündigt.«

Ich bemühte mich um Fassung. Überraschung zu zeigen, hätte mich nur wie eine Außenseiterin dastehen lassen. Es schien mir nicht gelungen sein, denn Fabian hob die Hände, als wollte er sagen: Es ist nicht meine Schuld, also sieh nicht mich an.

»Ich weiß nichts«, fügte er hinzu. »Ich frage ihn nach der Schicht.«

»Danke.«

»Vielleicht hat er ein besseres Angebot bekommen.«

»Ja. Wahrscheinlich.«

Die Pause war in einer Minute rum. Ich griff tief in meine Sporttasche nach dem Telefon. Ich machte mir Sorgen um ihn. Der Abend zuvor war heftiger gewesen, als Phin und Carter hatten zugeben wollen.

In meinen Mitteilungen fand ich eine SMS von ihm.

Phin braucht mich

# KAPITEL 50

## CARTER

Ich war anders als die anderen Eltern an Phins Schule. Ich hatte höhere Ansprüche als sie, hatte Regeln und klare Grenzen. Ich tat nicht so, als sei Phin mein Freund, und nannte ihn nicht »Kumpel«. Ich ließ mir wegen des Gefühlschaos der frühen Pubertät keine grauen Haare wachsen.

Bis ich an dem Morgen, nachdem Phin herausgefunden hatte, wer seine Mutter war, einen Anruf bekam.

Sie sagten, er würde hemmungslos weinen und sich weigern, über den Grund für die Tränen zu sprechen.

Ich hatte Schuldgefühle, weil ich ihn in die Schule geschickt hatte, und das war nur das Letzte auf einer langen Liste von Dingen, die ich hätte besser machen können. Ich wusste nicht, wann es ihm zu viel würde. Wann die Liste so lang würde, dass es ihm die Luft abschnürte. Ich hatte mich mit Lügen belastet, und jetzt belastete die Wahrheit ihn.

Als ich ins Schulbüro kam, war es schlimmer, als man mir gesagt hatte. Cora, die stellvertretende Schulleiterin, sah von ihrem Schreibtisch auf, presste die Lippen zusammen und reichte mir eine Schachtel Taschentücher. Phin lag zusammengerollt der Rückenlehne zugewandt auf dem Sofa. Seine Schultern zuckten.

Cora sprach leise und deutlich. »Offenbar hat er etwas über seine Mutter herausgefunden. Er hat sein Projekt vorgestellt und gesagt, alles sei eine Lüge.«

Ich setzte mich auf die Sofakante und strich ihm übers Haar.

»Was war eine Lüge?«, fragte sie mit tonloser Stimme.

»Ganz konkret«, antwortete ich, »das Projekt und sein Leben.«

Phin hielt die Augen geschlossen, und seine Haut war kalt und tränenfeucht. Er reagierte nicht, als ich ihn berührte.

Sie stand auf. »Er muss zur Ruhe kommen.«

Wir gingen zu einer Sofareihe vor ihrem Büro. Ich war mir sicher, dass er rausgeworfen würde. Diese Ringelpietz-mit-Anfassen-Schule hatte sehr strenge Regeln, was das Lügen und Selbstdisziplin betraf. Ohne Kooperation fiel das gesamte System auseinander.

Phins Projekt war eine Lüge, und wer wusste schon, was für verrückte Dinge er während der Präsentation gesagt hatte. Ich hatte schon erlebt, dass Kinder für weniger rausgeworfen wurden.

Vielleicht brauchte er sowieso einen strukturierteren Unterricht. Aber er liebte seine Schule, und ihn herunterzunehmen, würde ihm wehtun und ihn mächtig durcheinanderbringen. Als Cora auf eins der Sofas zeigte, beschloss ich, dass ich mir mehr Sorgen um Phins Stabilität machte als darüber, was er vor der Klasse gesagt hatte.

»Er hatte eine schlimme Nacht«, erklärte ich, als ich mich setzte, »aber er wollte heute kommen und das Projekt einreichen, was, wie ich weiß, auf Tatsachen beruhen sollte. Wir verstehen, dass seine Note widerspiegeln wird, dass dem nicht so ist.«

»Wir machen uns keine Sorgen wegen seiner Note.«

»Er könnte ...« Ich konnte den Satz nicht beenden. Er könnte versagen. Er könnte für den Rest der Woche oder des Monats nicht mehr zur Schule gehen können. Er könnte mehr Aufmerksamkeit nötig haben als bisher angenommen. »Ich kann nicht garantieren, dass er das Halbjahr abschließen wird.«

»Mister Kinkaid, haben Sie etwas auf dem Herzen?«

»Er ist sehr gerne hier.«

»Und wir haben ihn sehr gerne hier. Wir werfen Kinder nicht raus, weil sie gerade eine schwere Zeit durchmachen. Was heute passiert ist, war unter den Umständen normal.«

»Was ist passiert? Was hat er gesagt?«

»Dass seine Mutter Genevieve Tremaine war und sein Dad sein Onkel ist.«

Ich rieb mir so heftig die Augen, dass ich Sterne sah. »Er wusste nichts davon«, murmelte ich. Ich nahm die Hände weg, damit ich sie ansehen konnte. »Ich wollte es nicht. Aber jetzt weiß er es, und er kann Geheimnisse nicht gut für sich behalten.«

»Wir bemühen uns darum, dafür zu sorgen, dass die Klasse diskret damit umgeht. Wir haben mit den Schülern darüber gesprochen.«

Erst jetzt wurde es mir so richtig bewusst. Cora strahlte Ruhe und Kompetenz aus, aber jemanden zu bitten, eine so pikante Geschichte geheim zu halten, war Zeitverschwendung. Ich war verrückt zu glauben, dass er an derselben Schule bleiben könnte. Es gab keine Möglichkeit, dass die Sache gut ausgehen würde.

»Das ist eine siebte Klasse.« Es reichte schon aus, diese nackte Tatsache auszusprechen. Sie nickte. Die Schüler würden es ihren Eltern erzählen, unter denen sich auch ein Fernsehmanager, ein Studioanwalt und ein Schauspieler in Hundert-Millionen-Dollar-Blockbuster-Filmen befanden. Wer wusste schon, wer noch. Innerhalb von achtundvierzig Stunden oder weniger würde der Mord im *Hollywood Reporter* wieder aufgewärmt werden. Es würde zu den Internetseiten durchsickern, wo Phin es sehen würde, selbst wenn ich den Router in den Müll warf, wo er hingehörte.

»Ich habe die letzten elf Jahre damit verbracht, ihn davor zu schützen, was seiner Mutter zugestoßen ist. Wie ich das getan habe, muss Ihnen nicht gefallen, aber das war meine Motivation. Und jetzt gibt es keinen Weg mehr, ihn davor zu bewahren.«

»Er hätte es sowieso irgendwann herausgefunden«, sagte sie. »Unsere Schulgemeinschaft kann ihm helfen, damit umzugehen, aber wir können nicht so tun, als wäre es nicht passiert.«

»Dass er es weiß, ist eine Sache. Ich wollte nicht, dass es die ganze Welt weiß.«

Sie nickte, die Hände gefaltet. Ich wusste nicht, ob sie mich verurteilte oder wie schwer es ihr fiel, es zu verbergen. Zum Glück war mir egal, was sie von mir hielt. Mir war nur mein Sohn wichtig.

Mein Neffe. Was auch immer. Meine Verantwortung.

Ich stand auf und reichte ihr die Hand. »Danke für das Gespräch. Ich nehme ihn jetzt mit nach Hause.«

»Sagen Sie uns Bescheid, wie es läuft.«

Ich ging zurück in ihr Büro. Phin hatte sich nicht gerührt. Ich hob ihn hoch. Er war so dünn, dass ich ihn tragen könnte, als wäre er wieder ein Baby, mit einem Arm unter den Knien und dem anderen um seine Schultern. Er fing an zu weinen, als ich ihn bewegte. Sein Gesicht war puterrot und geschwollen. Ich lief rückwärts durch die Schultüren, um ihn auf den Parkplatz zu schaffen. Der Wachmann stand auf, als ich vorbeikam. Er hieß Marco, und er und Phin wechselten zur Begrüßung immer ein paar Worte.

»Geht's ihm gut?«

»Ja.« Ich drückte Phin fester an mich. Niemand sollte sehen, wie aufgelöst er war. Ich wollte nicht, dass er es morgen erklären müsste oder überhaupt jemals. Ich wollte ihn immer noch beschützen. »Ich kann mich nicht austragen, wenn ...«

»Schon gut, alles okay. Kein Problem.«

»Danke.«

Phins Weinen hallte von den Betonwänden und vom Boden wider. Ich stieg in den Wagen. Die Schlüssel waren in meiner Tasche. Ich würde ihn absetzen müssen, um an sie heranzukommen.

Was sollte ich tun? Ich konnte ihn nicht einfach auf den Rücksitz legen. Um mit ihm wohin zu fahren? Aus welchem Grund? Ich stand an meinem Wagen und stellte fest, dass ich ihn nicht loslassen konnte, Punkt. Selbst wenn er auf eigenen Beinen stehen könnte, ich konnte ihn nicht loslassen.

Kurz nach dem Mord an Genevieve war es ihm gut gegangen. Er hatte nur eine Woche bei Onkel Carter zu Hause rumgehangen. Sein junges Gehirn hatte das einfach akzeptiert, bis ihm klar wurde, dass seine Mutter nicht zurückkäme. In dem Moment zerbrach er wie ein Ei und alles brach aus ihm heraus. Er weinte zwei Tage lang. Er ließ sich weder durch Essen und Trinken noch durch totale Erschöpfung beruhigen. Der Arzt gab ihm ein Beruhigungsmittel, das es aufgrund des damals noch nicht diagnostizierten ADHS nur noch schlimmer machte. Das Einzige, was ich tun konnte, war, ihn in die Arme zu nehmen und zu tragen. Solange er mir nahe war und ich in Bewegung blieb, schluchzte er nur noch leise.

Am Ende des zweiten Tages war er mitten im Schluchzen zusammengesunken und eingeschlafen. Als er achtzehn Stunden später aufwachte, nannte er mich Daddy. Und damit hatte sich der Fall.

Als er herausfand, was mit seiner Mutter passiert war, war er dreizehn und sechsunddreißig Kilo schwer. Aber ich trug ihn trotzdem. Wenn ich stehen blieb, um mich auszuruhen, weinte er heftiger, weshalb ich in Bewegung blieb. Ich trug ihn um die Ecke, den Olympic Boulevard herunter, zurück über irgendeine Straße mit vielen Bäumen. Er hatte schon immer gern zu den Bäumen hinaufgeschaut. In der Erde gebuddelt und Vögel gejagt. Hatte ich ihn mit genug Natur in Berührung gebracht? Hatte ich ihn zum Zelten mitgenommen? Zum Skifahren? Hatten wir oft genug auswärts gegessen? Die Sterne betrachtet und über Gott gesprochen? Oder hatte ich nur Perfektion verlangt?

Das Lügen hatte jetzt ein Ende. Während er in meinen schmerzenden Armen schluchzte und ich im Viertel auf und ab und herum lief, wusste ich, dass es vorbei war. Die Heimlichkeit, die ich erzwungen hatte. Die Sicherheit, die ich verlangt hatte. Die Glasglocke, unter die ich ihn gesetzt hatte, existierte nicht mehr. Er war nicht mein Sohn. Er war nie mein Sohn gewesen, und das wusste er. Wahrscheinlich hasste er mich. Das musste er.

Ich hatte es verdient. Alles. Aber ich trug ihn, weil ich nicht wusste, wie ich damit aufhören sollte.

# KAPITEL 51

## CARTER

Als Phin mit dem Weinen aufgehört hatte, hörte ich auf, ihn zu tragen. Meine Ellbogen waren ganz steif und meine Schultern schmerzten, aber er weinte nicht mehr.

In den Stunden, in denen ich ihn durch die von Bäumen gesäumten Straßen von Westside getragen hatte, war ich alles durchgegangen, was ich in all den Jahren getan hatte, um ihn zu beschützen. Und ich war zu dem Schluss gekommen, dass mein einziger großer Fehler darin bestanden hatte, ihn in Los Angeles zu lassen. Ich hatte versucht, die Veränderung in seinem Leben so klein wie möglich zu halten. Ein neues Haus. Ein neues Viertel. Neue Menschen, die sich um ihn kümmerten. Das schien mir genug zu sein.

Der zweite Fehler war weniger klar. Ich hatte Phin kein wahrheitsgemäßeres Narrativ vorgegeben. Ich hatte die Lügen sehr allgemein und einfach gehalten, um mir nicht selbst zu widersprechen. Ich hatte ihm von seiner Mutter erzählt, aber nicht, dass sie Schauspielerin gewesen war, weil er das hätte recherchieren können, und auch nicht, dass sie meine Schwester war. Ich hatte ihm gesagt, dass ich sie geliebt hatte, was stimmte, aber den Mord an ihr weggelassen. Ich hatte verhindern wollen, dass er versuchen würde, sich an das zu erinnern, was er gesehen hatte, und dass der Schock ihn wie aus heiterem Himmel träfe. Seine Tränen in diesen ersten Tagen nach dem Tod seiner Mutter waren so tief empfunden, so herzzerreißend gewesen, dass er das nie wieder durchmachen sollte. Und als er mich »Daddy« nannte, hatte ich ihm nicht den Trost verweigern wollen, den er sich selbst geschaffen hatte.

Fehler Nummer zwei war gewesen, dass ich einfach mitgemacht und zugelassen hatte, dass er seine neue Realität selbst definierte. Ich hätte mein Handeln auf der Wahrheit begründen müssen.

Du wolltest sein Vater sein.

Das stimmte. Ich hatte mich um ihn gekümmert, seit er auf der Welt war und sein Vater abgehauen war wie Road Runner in einer Trickfilmwolke. Ich war in eine Rolle geschlüpft und hatte mehr Zeit mit seinen Nannys in der Villa meiner Schwester in den Hollywood Hills verbracht als mit meinen eigenen Freunden.

Ein Fehler nach dem anderen. Jetzt fielen mir die Lügen vor die Füße wie die Keulen eines unaufmerksamen Jongleurs.

Als er mit dreizehn seinen zweiten Weinkrampf hatte, tat er, als er vorüber war, das Gleiche. Er schlief in meinen Armen ein.

Ich war wegen Emily unachtsam geworden.

Ich war zu ihr nach Hause gefahren, um mich um sie zu kümmern, und hatte ihn mit der Arbeit an seinem Stammbaum allein gelassen. Hätte ich das nicht getan und ihm wie immer hundert Prozent meiner Aufmerksamkeit geschenkt, hätte er nicht das L.A. County Registrar gehackt. Er hätte überhaupt nichts gehackt, während ich im Haus gewesen wäre. Ich hätte ihm mit dem Projekt helfen können, dann hätte er nicht das

Bedürfnis gehabt, illegal in eine staatliche Datenbank einzudringen. Die ganze Sache wäre nicht passiert.

Diese Reue machte mir schwer zu schaffen, dabei war es totaler Quatsch.

Es gab nichts zu bereuen. Ich hatte mein Bestes getan. Die Wahrheit wäre sowieso irgendwann herausgekommen. Ich hätte den Jungen nicht ewig anlügen können. Das wusste ich. Ich durfte mich deshalb nicht so quälen.

»Willst du kein Licht machen?«

Mom stand in der Tür, als ich in Phins Zimmer im Dunkeln saß. Phin lag zusammengerollt unter der Decke, und sein Körper hob und senkte sich mit seiner Atmung. Ansonsten regte er sich nicht.

»Nein.«

»Willst du was essen? Ich kann hierbleiben und auf ihn aufpassen.«

»Mir geht's gut.«

»Carter.«

»Lass mich in Ruhe.«

»Er kommt wieder auf die Beine.«

»Ja.« Ich war entschlossener denn je, dafür zu sorgen.

»Du solltest ...«

»Jetzt nicht.«

Sie ging und schloss die Tür hinter sich. Ich heckte im Dunkeln einen Plan aus. Er gefiel mir nicht. Seine Folgen würden mir nicht gefallen. Er bedeutete, dass die Tage des Glücks, die ich mit Emily erlebt hatte, nur noch schöne Erinnerungen wären und nichts mehr.

Die Traurigkeit darüber, sie zu verlieren, war in die Dunkelheit eingeflochten, mit einem schmerzenden Gefühl der Reue durchbohrt. Emily hatte mir klargemacht, dass ich lieben konnte. Meine Gefühle für sie waren wie die erste

Flaschenrakete am 4. Juli, und sie war vom Himmel gestürzt, bevor sie aufleuchten konnte.

Aber besser so. Wenn sich unsere Beziehung noch vertieft hätte, wäre es schwerer zu gehen. Ich hätte mit ihr darüber reden müssen. Sie um Erlaubnis bitten müssen. Sie einbeziehen müssen. Mit ihr Schluss machen müssen. Uns beiden das Herz brechen müssen.

Aber so lange hatte es noch nicht gedauert. Es würde kurze Zeit wehtun und wieder weggehen, wenn Phin sich erst einmal wieder beruhigt hatte. Wenn ich mich richtig anstrengte, konnte ich mich an ihren Brustkorb unter meinen Fingern erinnern, an das Gefühl, sie hochzuheben, an die Anmut ihres Körpers, und die Spuren harter Arbeit an ihren Füßen spüren. Ich hatte nie die Rundung ihres Spanns geküsst oder ihre rauen Fersen gerieben. Ihre Füße erzählten Geschichten, die ich niemals kennen würde. Dieses Versäumnis bereute ich wirklich.

Aber daran durfte ich nicht denken.

Ich musste an Phin denken.

Er kam an erster Stelle.

# KAPITEL 52

## EMILY

**Alles in Ordnung?**

Ich hatte auf Carters SMS geantwortet, aber nichts mehr von ihm gehört. Er simste weder an jenem Abend noch am nächsten Tag. Carlos wollte mir nichts sagen, und von den anderen Sicherheitsleuten schien keiner etwas zu wissen. Darlene war zwar körperlich anwesend, aber derart mit der bevorstehenden Tour beschäftigt, dass es unfair gewesen wäre, sie darum zu bitten, ihren Ex-Bodyguard ausfindig zu machen. Aber ich würde nach Las Vegas abreisen, ohne zu wissen, ob es ihm und Phin gut ging.

Ich gab Genevieve Tremaines Namen im Internet ein und fand in drei Sekunden so viele grauenhafte Beschreibungen des Tatorts, dass ich die Berichte querlesen musste. Als ich mich auf regionalere und weniger auf Promis fixierte Quellen stürzte, erfuhr ich, was Carter damals durchlitten hatte. Er hatte gerichtlich erwirkt, dass die Tatortfotos unter Verschluss gehalten wurden. Phins Namen hatte damals jeder gekannt. Neben Apple, Pilot Inspector und Moon Unit stand der Name

Phinnaeus für alles, was mit den Namenskonventionen der Promis falsch lief. Carter hatte beantragt, dass alles, was mit dem Jungen zu tun hatte, unter Verschluss gehalten wurde. Er hatte das Vermögen seiner Schwester in einem Fonds für ihn angelegt und ihn aus seinem alten Leben herausgerissen, ohne ihn weit weg zu bringen. Er hatte keine Interviews gegeben oder mit den Medien gesprochen. Er und seine Mutter hatten eine öffentliche Erklärung abgegeben, dass Genevieves Sohn tabu war und jeder Versuch, ihn zu fotografieren, von den besten Anwälten, die man von millionenschweren Tantiemenschecks kaufen konnte, mit der ganzen Härte des Gesetzes verfolgt würde.

Die öffentliche Meinung war auf Carters Seite, und in weniger als zwölf Monaten waren die Geschichten über Genevieve Tremaines Tod von der Bildfläche verschwunden.

Ich respektierte, was Carter für Phin getan hatte, doch wer war für ihn da gewesen? Wer war für ihn da gewesen, als seine Schwester starb? Und in all den Jahren, wenn es ihm zu viel wurde, sich um ein Kind zu kümmern, das nicht sein eigenes war?

Seine letzte SMS belastete mich.

Phin braucht mich

Es konnte schlimm oder richtig schlimm sein, und als die Stunden und Tage vergingen, stieg die Spannung in meiner Brust an. Phin brauchte Carter, aber wen brauchte Carter? Und wenn ich es war, würde er je nach mir verlangen? Die Mauern, die er um seine Familie gezogen hatte, waren so massiv und hoch, dass er vielleicht gar nicht wusste, wie er sie durchdringen sollte, um um Hilfe zu bitten.

Alles in Ordnung?

Ich starrte auf meine SMS von vor zwei Tagen. War sie ange-messen? War sie eindeutig? Sah es aus, als würde ich mich vor etwas scheuen? Belästigte ich ihn, wenn ich ihm noch einmal schrieb? Stalkte ich ihn?

Als Vince mich dieses erste und letzte Mal schlug, hatte ich es Darlene gegenüber heruntergespielt. Ich sagte ihr, es sei keine große Sache, weil ich sie nicht beunruhigen wollte. Sie hatte schon genug um die Ohren. Meine Zurückhaltung war normal gewesen, aber ihre Reaktion hatte mich aus mei-ner Unsichtbarkeit geweckt. Ihr Eingreifen hatte mich vor wer wusste schon wie viel Problemen und Schmerz gerettet.

Carter war kein Opfer von Misshandlung, aber er war genauso sehr Opfer der Umstände wie ich. Erwies ich ihm einen Bärendienst, wenn ich ihn eine noch höhere Mauer errichten ließ?

Ich war hinter meiner eigenen Mauer. Bart und Fabian waren ständig präsent, und ich erfuhr, wie es war, Sicherheitsleute um mich zu haben, die meine Aufmerksamkeit nicht beanspruchten. Ihre Aufgabe bestand darin, unsichtbar zu sein, und das waren sie auch. Ich hatte meine Kameras und mein Sicherheitssystem. Ich hatte mich auch schon vorher wie eine Gefangene gefühlt, aber nur weil ich das Gefühl gehabt hatte, dass ich rausgehen und irgendetwas anstellen sollte.

Jetzt stand die Mauer zwischen mir und Carter, und das machte mich stinksauer.

Fabians Position war ein Stuhl an der Treppe vor dem Haus. Alle fünfzehn oder zweiundzwanzig Minuten oder was auch immer lief er das gesamte Grundstück ab, damit niemand ein Zeitmuster erkennen konnte. Ich traf ihn beim Überprüfen der Schlösser an der Studiotür an.

»Ich muss wo hinfahren.«

»Jetzt gleich?«

»Jetzt gleich.« Ich hatte nicht daran gedacht, mir irgendeine Geschichte zurechtzulegen.

»Wohin?« Er holte sein Handy heraus. Er müsste Carlos Meldung machen.

»Ich sage Ihnen, wo Sie abbiegen müssen.«

Er zog eine Augenbraue hoch. Er hatte hübsche Augenbrauen über braunen Augen und dichte schwarze Wimpern. Sehr gut aussehend, aber in mir regte sich nichts.

Wohin sollte ich an einem Mittwochabend um sechs Uhr fahren? Ich ging im Kopf den Stadtplan durch. Nach Osten. Dann links. Dann rechts. Ein Park.

»Ich will in die Kirche. Ich bin wegen der Show aufgeregt, und ich muss in die St. James Church, aber Sie müssen die Strecke fahren, die ich Ihnen sage.«

»Warum? Ich meine, hören Sie, mir ist es egal. Ich bin nur neugierig.«

»Aberglaube.«

»Ich mag Sie, aber Sie sind sonderbar.«

»Ich mag Sie auch. Können wir fahren?«

Wir schlossen ab und fuhren auf dem Olympic Boulevard nach Osten. Ich war nervöser, als angebracht war. Ich wusste nicht, worauf ich hoffen sollte. Wenn Carter mit seiner Familie zu Hause wäre und in alten Gewohnheiten Trost fand, würden die Lichter brennen und sie hätten gerade zu Abend gegessen. Das würde er sich für Phin wünschen. Er hatte sein Leben um die Aufgabe herum aufgebaut, dafür zu sorgen, dass der Junge Tag für Tag wusste, wo er wäre, und feste Abläufe und Zeitpläne für ihn aufgestellt. Deshalb würden die Lichter brennen.

Es sei denn, alles war den Bach runtergegangen. Vom Tod seiner Mutter und von seiner wahren Beziehung zu seinem Vater zu erfahren, könnte den Jungen zerbrochen haben. Er war dreizehn mit all der augenverdrehenden Unverschämtheit, die man von einem Pubertierenden erwartete, aber er war auch ein vielschichtiger Junge. Er hatte mir ein Geschenk mitgegeben, weil er wollte, dass ich ihn mochte, und es waren berstende Ballons und Blüten gewesen, nicht Krieger und Schwerter. Er hatte eine sensible Seite, die zu zeigen er sich nicht scheute. Er war wissbegierig und scharfsinnig.

Die Enthüllungen konnten echten Schaden angerichtet haben. Er tat mir wahnsinnig leid. Ich wusste, Carter würde tun, was er konnte, um seinen Neffen/Sohn zu beschützen, doch wer wäre für Carter da? Er hatte schon wegen seiner Schwester die Hölle durchgemacht. Phin ein sicheres Umfeld zu bieten, hatte ihn so viel Energie gekostet, dass er sich wahrscheinlich keine Minute Zeit für sich selbst genommen hatte. Und jetzt kam alles wieder hoch.

Er würde jemanden brauchen, und wenn er mich ließe, würde ich für ihn da sein.

»Auf der Lorraine links.« Ich beugte mich über den Vordersitz. Fabian hatte darauf bestanden, dass ich hinten saß, weil es Vorschrift war, aber ich war total hibbelig. »Scharf auf die Wilshire abbiegen und links auf die Irving.«

Ich würde ihn zurück auf die Wilshire lotsen müssen, um zur Kirche zu kommen, aber ich hatte nur so zum Spaß noch ein paar verrückte Abbiegemanöver geplant.

Als er auf die Lorraine bog, tat ich so, als würde ich nicht zur rechten Straßenseite blicken, tat es in letzter Minute aber doch. Es war kurz nach der Essenszeit. Ich rechnete damit, den Wagen auf dem Parkplatz und das Haus hell erleuchtet zu sehen.

Doch statt Lichtern und Leben war hinter den Fenstern nur Dunkelheit, und vor Carters wunderschönem Craftsman-Haus stand ein Zu-verkaufen-Schild.

Mein Herz krampfte sich zusammen und mir schnürte sich die Kehle zu.

# KAPITEL 53

## CARTER

Ich lud ihn in sein Lieblings-Thai-Restaurant im Einkaufs-
zentrum ein. Es hatte im Eingangsbereich einen buddhistischen
Schrein mit Schalen mit frischem Obst und Blumen sowie ver-
blichene, sich wellenden Fotos von Spezialitäten. Wir konnten
den Namen nicht aussprechen, und der Großteil der Speisekarte
war auf Thai verfasst, aber wir aßen das, was wir immer bestell-
ten. Ich wollte, dass irgendetwas – egal was – so war wie, bevor
er erfahren hatte, dass ich nicht sein Vater war.

In den vergangenen vierundzwanzig Stunden war Phin
langsam aufgewacht. Er hatte eine Kleinigkeit gegessen. War
auf der Toilette gewesen. Er sprach in ganzen Sätzen, während
wir die Thai-Speisekarte studierten, was eine Erleichterung war,
abgesehen davon, dass ich seine Fragen beantworten musste.

»Wohin gehen wir?«

»Nach dem Essen?«

»Wenn du das Haus verkaufst.«

»Ich dachte an Nordkalifornien. Dort gibt es viele
Techfirmen.«

»Kommt Grandma mit?«

»Sie kauft sich ein eigenes Haus hier.«

»Kann ich nicht bei ihr bleiben?«

Der Kellner kam, um unsere Bestellung aufzunehmen, bevor ich so heftig reagieren konnte, wie ich gern gewollt hätte.

»Ich nehme Hühnchen mit Basilikum und einen Thai-Eistee, und er nimmt Pad Thai mit …«

»Ich will den *Weinenden Tiger*.« Phin klappte die Karte zu.

»Das ist sehr scharf«, wandte der Kellner ein.

»Dann machen Sie es milder«, warf ich ein.

»Ich nehme es scharf.« Phin gab beide Speisekarten dem Kellner. »Und auch einen Thai-Eistee.«

Der Kellner verbeugte sich und ging.

»Der Tee hat Koffein. Du wirst die ganze Nacht nicht schlafen können.«

»Ich habe zwei Tage geschlafen, Da…«

Er stockte, bevor er das Wort zu Ende aussprechen konnte. Ich faltete meine Hände auf dem Tisch und tippte mit den Daumen gegeneinander. Er drückte seine Essstäbchen in die Papierserviette, bis sie halbmondförmige Vertiefungen erzeugten.

»Ich weiß nicht, wie ich dich nennen soll.«

»Wie willst du mich denn nennen?« Es sah mir nicht ähnlich, ihm in unserer Beziehung solche Macht zu geben. Ich stellte die Regeln auf. Ich war der Erziehungsberechtigte. Aber ohne den Panzer meiner Lügen wusste ich nicht, wie ich meine Autorität aufrechterhalten sollte.

»Arsch«, sagte er sachlich, ohne tadelnden oder gehässigen Unterton, doch es erfüllte mich mit solcher Wut, dass ich ihm die Essstäbchen aus der Hand riss.

»Wag es ja nicht!«, knurrte ich.

Er sah mich nicht an. Ohne die Stäbchen benutzte er seine Fingernägel, um Halbmonde in die Serviette zu stanzen.

»Na schön.« Er schob die Serviette zu mir, und ich nahm sie in die Hand. Obwohl ich kurz davor war, in einem Thai-Restaurant eine Szene zu machen, war mir mein Verhalten zuwider. Ich fand meine Wut abstoßend, aber sie war da.

Eine Kellnerin lief mit einem Tablett mit Zitronengras und Basilikum vorbei, was mich an Emily erinnerte. An ihr Leben in einer Festung. Ihr wunderschönes Lächeln. Ihre Verletzlichkeit mit dem roten X auf ihrer Brust. All das überkam mich überfallartig, und ich sah mich selbst und meine Wut mit ihren Augen. Wie hätte sie auf mein Verhalten reagiert?

»Tut mir leid.« Ich berührte über den Tisch hinweg seinen Unterarm. Durch das Drücken seines Arms wollte ich ihm meine Liebe übermitteln. »Das ist schwer für dich.«

»Ich will nicht weg«, sagte er. »Bitte zwing mich nicht wegzugehen.«

»Alle werden darüber reden.«

»Ist mir egal.«

»Glaube ich nicht.«

»Vielleicht. Aber wenn wir weglaufen, werde ich neue Freunde finden müssen, und was soll ich denen dann erzählen? Hier kennen mich wenigstens alle und ich muss vielleicht die Hälfte erklären. Oder vielleicht gar nichts. Ich werde eine Weile im Mittelpunkt des Interesses stehen, aber das geht vorbei. Niemand bekommt so lange Aufmerksamkeit. Als Glen Crouch und Frida Langston sich scheiden ließen, tat Indigo allen vielleicht eine Woche leid. Zehn Tage höchstens. Dann hieß es, was soll's. Niemanden kümmerte es.«

Ich hatte vor langer Zeit beschlossen, dass Phin nicht bestimmen würde, wo es langgeht. Wichtige Entscheidungen, sein Leben betreffend, stünden den Erwachsenen im Raum zu. Dennoch hatte er mich auf etwas aufmerksam gemacht. Als ich den Gedanken hierzubleiben zuließ, verstand ich, woher meine Abwehrhaltung kam.

»Du hast immer gesagt, ich sollte mich nicht darum sorgen, was andere denken.« Er packte mehr Worte in zehn Minuten als in den letzten zwei Tagen zusammen. »Und jetzt machst du dir deshalb Gedanken.«

»Es geht nicht darum, was andere denken.« Unwahr. Wann war ich zu einem solchen Lügner mutiert? Ich war derjenige, der keine Erklärungen für sein Handeln abgeben wollte. Wenn wir blieben, würde sich etwas ändern, und seine Schule, seine Freunde, die Menschen in meinem Leben würden alle wissen wollen, warum ich das Leben dieses Jungen in eine Lüge verwandelt hatte. »Sondern darum …«

… dich zu schützen.

Das stimmte nicht. Beschützen war meine Zielvorgabe. Meine Hauptmotivation. Wozu existierte ich überhaupt ohne?

Worum geht es, Carter Kinkaid?

Wovor rennst du weg?

Phin sprach weiter, als bräuchte er den Rest des Satzes nicht zu hören, weil er verdammt gut wusste, worum es ging. Es war darum gegangen, ihn zu beschützen, bis zu dem Punkt, an dem es nicht mehr so war. Jetzt ging es darum, mich selbst zu schützen.

»Und was ist mit der Frau, die du gern hast?«, fuhr Phin fort wie ein Gebrauchtwarenhändler, der versuchte, einen Klapperkasten an den Mann zu bringen. »Emily? Sie schien echt nett zu sein. Willst du sie einfach zurücklassen?«

»Halt dich aus meinem Liebesleben raus, Junge.«

»Du schienst echt glücklich zu sein. Ich hab noch nie gesehen, dass du mit jemandem Händchen hältst.«

»Hey …«

»Ich sag's ja nur. Hör zu. Es ist so. Ich bin echt sauer auf dich. Stinksauer. Aber ich will trotzdem, dass du glücklich bist.«

»Du willst also mir zuliebe hierbleiben?«

»Na ja, zum Teil. Vielleicht. Keine Ahnung.« Er wirkte verloren. Er war erst dreizehn. Was wollte ich noch auf ihn abwälzen?

Unser Essen kam. Ich gab ihm seine Stäbchen und seine Serviette zurück.

»Ich bin ein Arsch«, murmelte ich.

»Ja.«

»Vielleicht verzeihst du mir nie.« Ich wartete vergeblich auf ein versöhnliches Wort. Er zuckte mit den Achseln und stocherte in dem Rindfleisch mit Chilikruste, während er mich weiterreden ließ. »Ich wollte immer nur auf dich aufpassen. Ich weiß, das ist keine Entschuldigung. Aber wie du dich auch entscheidest, mich zu nennen, Onkel oder Dad oder Carter ... ich will, dass du etwas sehr Wichtiges weißt.«

»Ich weiß, dass du mich lieb hast.« Phin ließ seinen Teller nicht aus den Augen, steckte sich ein Stück Fleisch zwischen die Zähne und kaute.

»Ja, aber das meinte ich nicht. Du sollst wissen, dass ich sehr gern dein Vater war. Es war alles, was ich mir je erhofft hatte. Dich zu dem jungen Mann zu erziehen, der du jetzt bist, ist das Beste, was ich je getan habe. Und wenn es zu Ende ist, bevor ich es will, ist das in Ordnung für mich. Dass du mich Dad genannt hast, hat mich jeden Tag stolz gemacht. Ich habe nichts aufgegeben, das mehr wert war, als dein Vater zu sein. Und Phin, nur damit du es weißt. Du kannst mich ganz offen oder hinter meinem Rücken Onkel Arsch nennen. Ich werde dich immer als meinen Sohn betrachten.«

Er war über sein Essen gebeugt, sodass ich sein Gesicht nicht sehen konnte. Eine Träne tropfte auf seinen Teller, und ich dachte, ich würde ihn mit einem neuen Weinanfall heraustragen müssen.

»Phin?«

Er schnappte sich sein Glas Thai-Eistee und schüttete die Hälfte davon herunter. Sein Gesicht war rot und feucht vor Tränen und Schweiß.

»Junge«, sagte ich. »Dass das *Weinender Tiger* heißt, hat seinen Grund.«

Er hustete und nahm sich noch ein Stück Fleisch. »Ich schaff das.«

Er kaute und schluckte. Ich hatte in diesem Restaurant schon einmal den *Weinenden Tiger* gegessen, und das Gericht hatte eine Authentizität, die man durchleiden musste, um sie zu schätzen zu wissen. »Kann sein, dass du Halluzinationen kriegst.«

»Vielleicht leitet es die Pubertät ein.« Er verschluckte sich an seinen Worten, und ich lachte. Als hätte der Kellner gesehen, dass der weiße Junge mit einem Feuer im Gesicht fertig werden musste, brachte er eine Schale mit eisgekühlten Gurkenscheiben und Kohl.

Ich riss ein kühlendes Kohlblatt ab und reichte es ihm. Er stopfte es sich in den Mund und lutschte daran, kaute, schluckte und aß mehr von dem *Weinenden Tiger*.

»Ich habe eine Idee«, sagte er, bevor er den nächsten Flammenwerfer vertilgte.

»Wollen wir tauschen? Ich hab die Pubertät schon hinter mir.«

»Noch besser. Du fährst nach Las Vegas.« Er riss ein Kohlblatt ab und legte es auf seinen Teller. »Während du weg bist, erkläre ich all meinen Freunden, was passiert ist. Auf diese Art braucht es dir nicht peinlich zu sein, und sie können ihren Eltern erzählen, was sie wollen.« Er benutzte die Stäbchen, um ein paar Fleischstückchen auf das Kohlblatt zu tun.

»Ich glaube nicht.«

Er wickelte das Fleisch in das Blatt ein. Clever. Ich war stolz darauf, dass sein Gehirn funktionierte, als wäre er mein Sohn. »Bis du zurück bist«, fuhr er fort, »ist alles vorbei.«

Er verspeiste den eingerollten *Weinenden Tiger*, und ich sah ihm beim Kauen zu.

Nach Las Vegas fahren. Emily sehen. Ein Bett mit ihr teilen. Etwas mit ihr anfangen. Etwas Reales. Etwas Glückliches. Etwas, das mich total ablenkte und Phin ohne mich ungeschützt zurückließ.

»Ich habe Gründe, warum ich nicht reise. Erstens: Ich lasse dich nicht allein.«

»Du könntest mich mitnehmen.«

»Wenn ich arbeite, kann ich nicht auf dich aufpassen. Nächstes Mal.«

»Echt?« Sein Gesicht leuchtete auf. Vor Aufregung oder vom Chili. Möglicherweise von beidem.

»Echt. Und zweitens hasse ich Hotels. Und Flugzeuge. Und lange Autofahrten.«

Er biss ein großes Stück von seinem eingerollten Fleisch ab und kaute. Er handhabte es gut. Nur seine Augenwinkel waren ein wenig feucht.

»Du musst ein bisschen leben, Dad.«

Er stürzte den Großteil seines Eistees herunter, ohne zu erwähnen, dass er mich Dad genannt hatte.

# KAPITEL 54

## EMILY

Ich wusste nicht, wie man sich um jemanden sorgte. Ich hatte nur gelernt, die Sorge in den Gesichtern anderer zu lesen, und diese Sorge hatte normalerweise mir gegolten.

Nachdem ich das Zu-verkaufen-Schild vor Carters Haus gesehen hatte, musste ich Fabian weiter etwas vorspielen, deshalb machte ich weiter wie angekündigt. Ich ließ ihn zuerst nach links, dann nach rechts auf die St. James abbiegen.

Aus einer offenen Turnhallentür tönte Darlenes Singstimme. Sie klang nach bedingungsloser Liebe. Ich hatte gehört, sie hätte die Gabe, jedem Menschen, der sie hörte, das Gefühl zu geben, nur für ihn oder sie zu singen. Doch erst in dem Moment, als ich *This One Time* in einer Grundschulturnhalle hörte, wusste ich, dass es die Wahrheit war.

»Stopp.«

Er hielt an der Schule direkt neben der Kirche. In der Turnhalle fand ein Aerobic-Kurs für Erwachsene statt. Ich tat so, als müsste ich daran teilnehmen, und bat Fabian, die Tür im Auge zu behalten. Ich stellte mich heimlich zu den Frauen, ging jedoch nach ein paar Schrittkombinationen zum hinteren Teil des Raumes und setzte mich mit dem Rücken an die Wand.

Ich umklammerte mein Telefon.

Ich wusste nicht, wen ich anrufen sollte. Die Musik pumpte und pulsierte mit energiereichem Optimismus. Ich hatte mich noch nie so distanziert von etwas gefühlt. Von den Schrittkombinationen. Vom Tempo. Der Begeisterung anderer. Ich wusste, wie es sich anfühlte, aber nicht, wie ich es selbst spüren sollte.

Darlene würde in ein paar Tagen auf Tournee gehen. Sie steigerte sich in jedes einzelne Detail hinein und hatte keine Kapazitäten für Privates. Sie konnte ich nicht anrufen. Sie war nicht in der Lage, mir ihre Aufmerksamkeit zu schenken.

Simon tat alles als Drama ab und rettete sich in falsche Fröhlichkeit. Ich brauchte aber keine Aufmunterung; ich musste mich abreagieren, aber nicht durch Tanz. Das hatte ich ja versucht. Bewegung gab mir ein besseres Gefühl, aber ich wollte mich gar nicht besser fühlen. Ich wollte mich *richtig* fühlen, und alles, was ich fühlte, war falsch. Ich musste etwas falsch gemacht haben. Vielleicht lag es an meiner Vergangenheit. Vielleicht lag es an mir. Vielleicht wusste Carter, dass ich ihn liebte, und hatte Angst bekommen. Vielleicht hatte es auch gar nichts mit mir zu tun, sondern ich bedeutete ihm nichts. War es nicht wert, mich anzurufen oder kurz vorbeizukommen, um mir zu sagen: »Hallo, ich ziehe um. Es war schön mit dir.«

Ich sah den Frauen zu, wie sie zu Darlenes Musik tanzten. Ich konnte das. Wenn sie es konnten, konnte ich es auch.

Ich brauchte nur aufzustehen und mich vom Tanz mitreißen zu lassen. Tanz war ein Reset-Knopf. Das Ende der Endlosschleife aus Selbstverachtung. Dies war nicht meine Kirche und nicht mein Kurs. Ich war nicht für Aerobic angezogen, aber ich reihte mich ein und tanzte, als würde niemand zusehen.

Verschwitzt und mit klarem Kopf ließ ich mich nach Hause kutschieren. Fabian sperrte mich in meinem Turm ein und fuhr nach Hause zu seinem Leben. Ich packte für Las Vegas, faltete, rollte und sortierte meine Klamotten mechanisch. Ich hatte teure Lederkoffer in einem fröhlichen Rosa. Meine Eltern hatten sie für mich gekauft, als ich aufs College ging. Sie waren von hoher Qualität, teuer und mir verhasst. Die Farbe war wie ein Schlag ins Gesicht, und die Monogramme erinnerten mich daran, dass ich noch dieselbe war wie immer.

Draußen fuhr der Verkehr vorbei, und ich lauschte, ob ein Wagen vor meinem Haus anhielt. Lauschte nach Schritten. Nach dem Unterschied zwischen einem knackenden Zweig am Boden und dem Knarzen des Windes. Meine Aufmerksamkeit erstreckte sich bis zu den Grundstücksgrenzen. Meine Muskeln wollten sich bewegen, aber die Koffer würden sich nicht durch Tanzen packen lassen. Ich musste mit dieser Unsicherheit leben.

Tanzen gab mir ein Gefühl der Sicherheit. Tanzen und Carter.

Grey sprang aufs Bett und wollte es sich in meinem Gepäck gemütlich machen. Ich scheuchte sie weg, worauf sie sich auf dem Haufen Unterwäsche niederließ, den ich bereitgelegt hatte.

»Mist!«, sagte ich. »Ich kann dich nicht hier allein lassen.«

Sie schloss langsam die Augen und öffnete sie bedächtig.

»Mein Ex-Freund ist ein Katzenkiller, und wer soll dich füttern?«

Sie gähnte. Das war mein Problem. Ich hatte eingewilligt, mich um sie zu kümmern. Sozusagen.

»Carter«, sagte ich. »Er hat dich gefunden. Er kann mir mit dir helfen.«

Ich hob sie hoch, bevor sie weglaufen konnte.

# KAPITEL 55

## EMILY

Nach dem Absperren sollte ich den Turm nicht mehr verlassen. So lautete die Vorschrift, und ich fing an, die Vorschriften zu hassen. Ich fand inzwischen, dass die Vorschriften, die meine Sicherheit gewährten, mich vom Leben abhielten. Bis Carter mir ein Gefühl der Sicherheit vermittelte, hatte ich mich permanent bedroht gefühlt.

Wenn ich ihn nur eine halbe Sekunde sehen könnte, würde ich mich vielleicht weniger verletzlich fühlen.

Ich hätte ihm simsen können. Oder ihn anrufen. Ihm durch einen gemeinsamen Freund etwas ausrichten lassen. Ich hätte einen späteren Flug nehmen können und den Vormittag mit der Suche nach einem Katzensitter verbringen können. Ich wusste nicht, was ich mir dabei dachte. Sein Haus hatte im Dunkeln gelegen, als ich das letzte Mal vorbeigefahren war, und das Zu-verkaufen-Schild bedeutete, dass er schon hätte weg sein können.

Doch in mir hatte sich ein Schalter umgelegt. Ich musste etwas tun. Etwas riskieren. Vorwärtsgehen.

Grey war nicht kooperativ gewesen. Ich packte sie am Nacken und setzte sie ins Auto. Sie rollte sich auf dem Rücksitz zusammen, als könnte sie nichts, was ich jemals tun könnte, aus der Ruhe bringen. Es gab nichts, womit sie nicht fertigwerden würde. Das bewunderte ich. Es wäre dumm von mir, zu glauben, dass ich ihrer Gelassenheit nacheifern könnte, aber ich respektierte sie.

Ich bog in die Lorraine ab. Früher am Abend, als ich mit Fabian vorbeigefahren war, waren die Lichter aus gewesen. Diesmal nicht. Diesmal leuchtete aus den Fenstern ein anheimelndes Licht. Ich parkte vor dem Haus.

Als ich das erste Mal bei Carter gewesen war, hatte ich sein Leben ausspioniert.

Beim zweiten Mal hatte ich sein Zuhause als Zufluchtsort benutzt.

Diesmal wusste ich nicht, weshalb ich, abgesehen von der Katze, gekommen war, aber ich war wegen mehr hier. Das wusste ich. Die arme Grey war nur ein Vorwand.

Als ich die hintere Autotür öffnete, schlüpfte sie heraus, bevor ich sie packen konnte, und rannte auf Carters Veranda. Als ich über den Weg zum Haus lief, sah sie mich von der obersten Stufe an und miaute.

Ich würde ihm nur Grey übergeben und höflich fragen, ob ich ihr Zeug aus dem Kofferraum holen sollte. Wir würden einander versprechen, eine friedliche Übergabe zu machen, wenn ich aus Las Vegas zurückkäme. Ich würde ihn fragen, ob er etwas dagegen hätte, auf sie aufzupassen, wenn ich auf Reisen war. Er würde sagen, dass er das sehr gern tun würde. Phin könnte ein Antihistaminikum nehmen. Wir wären die vernünftigsten Katzenhüter in Los Angeles.

Grey begleitete mich zur Tür und lief Achten zwischen meinen Beinen, während ich klingelte.

Vielleicht würde Brenda aufmachen. Das wäre ein Reinfall. Sie war großartig, aber ich wollte nicht sie sehen. Sondern Carter, und während die Sekunden vergingen, dehnte sich die freudige Erwartung in meiner Brust aus, bis ich glaubte, meine Rippen würden brechen.

Ein Rascheln hinter der Tür. Ein Klicken und ein Klopfen. Ein Wuschgeräusch, als sie sich öffnete.

Es war er mit Zweitagebart und einem T-Shirt, das zur Jahrtausendwende neu gewesen war. Seine Füße unter den Bündchen seiner Jeans waren nackt und so perfekt wie nichts, was ich je gesehen hatte. Meine Brust fiel in sich zusammen, als ich atmete. Er sah gut aus. Einfach nur gut. Genau, wie ich erwartet hatte. Als er meinen Namen sagte, war der Klang seiner Stimme wie das letzte Teil eines tausendteiligen Puzzles.

»Emily?«

»Carter, ich …«

»Mist!« Grey war ins Haus gerannt und hatte sich auf der Couch eingenistet. Carter lief ihr nach, doch sie wich ihm aus und rannte in die Küche. Carter rannte hinterher und brach mir das Herz mit einer Vierteldrehung, einem ausgestreckten Finger und zwei Worten.

»Bleib da!«

Bleib da? Ich durfte nicht ins Haus? Hatte ich eine ansteckende Krankheit? Ich hörte einen kleinen Tumult und Stimmen.

Ich ging rein, durchquerte das Wohnzimmer und bog zum Esszimmer ab.

»Nein. Ich habe Nein gesagt. Vier Buchstaben. N-E-I-N.« Carters Stimme kam aus der Küche.

Phin antwortete. »Ich habe in einem Artikel gelesen, dass man sich, wenn man eine Allergie in den Griff kriegen will, seinen Allergenen auss…«

Er nieste mitten im Satz. Ich lugte vorsichtig um die Ecke in die Küche. Phin hatte Grey auf dem Arm.

»Ich ziehe nicht mit einer Katze um.«

»Ich – will – nicht – umziehen.« Phins Augen loderten.

Als Grey mich sah, sprang sie aus Phins Armen, und Carters Blick folgte der Katze zu mir.

»Ich habe dir doch gesagt, du sollst da bleiben.«

»Ich bin kein Lieferant«, protestierte ich. »Du wolltest, dass ich die Katze behalte, aber ich muss nach Las Vegas, deshalb musst du auf sie aufpassen.«

»Jawoll!«, rief Phin.

Carter und ich fixierten uns wütend. Das lief nicht so, wie ich gehofft hatte. Das wurde ein regelrechter Shitstorm.

»Phin«, sagte Carter, ohne den Blick von mir zu wenden, »geh nach oben. Bitte.«

Er flitzte zur Treppe, und ich hätte seinen Eifer nicht erklären können, bis Carters Blick von mir weghuschte. Phin hatte auf dem Weg zur Treppe die Katze wieder hochgehoben.

»Nein!«

Der Junge ignorierte ihn und nahm immer zwei Stufen auf einmal.

Carter wollte hinterher, blieb aber abrupt stehen. Dann wandte er sich an mich, deutete mit dem Finger, als wollte er etwas sagen, und ballte die Hände zu Fäusten. Er stand regungslos in dem Chaos. Ich wollte ihn umarmen und ihm eine knallen, in dieser Reihenfolge.

»Ihre Sachen sind im Kofferraum«, sagte ich. »Ich bin Montag wieder da.«

Damit stürmte ich nach draußen. Ich glaubte nicht, dass er mir folgen würde, und da er barfuß war, hörte ich ihn nicht hinter mir, bis ich auf dem Gehweg stand und mit einem Klick den Knopf an meinem Schlüssel drückte. Die Lichter leuchteten auf, und der Wagen tschilpte. Der Kofferraum gab ein befriedigendes Plopp von sich.

»Du kapierst es nicht«, sagte er, und ich wirbelte zu ihm herum. »Wir sind nicht Katzenmami und Katzenpapi.«

»Was sind wir dann?«

»Ich weiß nicht.«

»Du weißt es nicht?« Ich lief auf ihn zu, und er musste zurücktreten, um nicht überrannt zu werden. »Du hattest deinen Schwanz in mir. Du kannst nicht einfach meine SMS ignorieren und wegziehen. Du kannst nicht einfach sagen, dass du es nicht weißt.«

»Ich habe andere Probleme. Du wusstest das besser als jeder andere. Aber du machst es schlimmer. Du kommst allein hierher. Wo ist Fabian? Du bist ihm entwischt, stimmt's? Und warum? Weil ich mir auch noch um dich Sorgen machen soll. Ganze Arbeit. Jetzt muss ich dich nach Hause schaffen und dich einschließen, sonst werde ich keinen Schlaf finden.«

Ich riss den Kofferraum auf. Scheiß auf ihn! Ich wollte nicht, dass er sich um mich sorgte; ich wollte, dass er mich liebte. Ich wusste nicht, ob er den Unterschied kannte, aber ich kannte ihn ganz sicher.

»Hör zu.« Er zeigte auf den Inhalt meines Kofferraums. Katzensachen und rosafarbene Gepäckstücke. »Du hast schon gepackt. Du wolltest ohne jede Security nach Las Vegas fahren.«

»Hier geht's nicht mal um mich.«

»Und ob es …«

»Sondern um deine Schwester.« Ich räumte meinen Kosmetikkoffer aus dem Weg, als wäre er eine persönliche Beleidigung, und zerrte die Tüte Katzenfutter heraus. »Du warst Polizist, als sie ermordet wurde. Du hast sie nicht beschützt. Und jetzt überkompensierst du. Was …«

»Analysier mich nicht.«

»… verständlich ist. Es ist sogar bewundernswert. Aber das ist lange her.« Ich warf das Katzenfutter auf den Grasstreifen am Straßenrand. »Der Junge will eine Katze. Schick ihn zu einem Allergologen und schenk ihm eine Katze. Aber du sagst zu allem Nein, stimmt's? Du bist das personifizierte Nein. Nein, ich kann nicht reisen.« Ich warf ihm das Katzenklo zu, das er auffing. »Nein, ich kann dich nicht nach Hause bringen.« Den Futternapf. »Nein, ich kann nicht mit dir zusammen sein, obwohl ich dich liebe, und leugne es nicht! Du liebst mich.« Ich ließ die Plastiktüte mit dem Katzenstreu vor seine perfekten Füße fallen. Ich konnte nicht glauben, dass ich das gesagt hatte. Ich war entweder heller als gedacht, mutiger als gedacht oder total durchgeknallt.

Ich legte die Hand an die Kofferraumklappe. Jetzt war nichts mehr drin als mein fröhliches rosafarbenes Gepäck. Ich knallte sie zu. »Ich verstehe das Problem«, fuhr ich fort, als er weder bestätigte noch leugnete, dass er mich liebte. »Was passiert ist, war für dich und Phin schrecklich und traumatisierend. Aber du hast dich selbst in die Sackgasse manövriert und kommst da nicht wieder raus. Deshalb verhältst du dich wie ein Arsch.«

»Ich bin kein Arsch.«

»Arsch.« Ich entriegelte die Türen mit einem Tschilpgeräusch. Zwei Schritte, und ich griff nach der Tür. Blitzschnell war er zwischen mir und dem Griff.

»Du fährst nicht allein nach Hause.«

»Du lässt Phin hier? Das glaube ich nicht. Nicht, bevor er zwanzig ist.«

Ich griff um ihn herum, und er bückte sich, um leise zu sprechen. Ich konnte das Schießpulver an seinem Körper riechen, zischende Feuerwerkskörper und explodierende Böller.

»Ich wollte dich anrufen und es dir sagen.«

»Wann?«

Er richtete sich wieder auf. »Sobald ich glaubte, dir in die Augen sehen zu können.«

Das Lustige daran war, dass er mir zwar direkt in die Augen sah, seine Arme aber verschränkt hatte und seine Knie geschlossen waren. Er erzählte mir in einer defensiven Haltung von seiner Verletzlichkeit.

»Man lässt eine Frau nicht schmoren und sich scheiße fühlen und sich fragen, was sie falsch gemacht hat, weil man sich schämt, mit ihr zu reden. Das ist dein Problem. Ich mag dich. Ich …« Ein Schluchzer stieg in mir auf. Ich war so sauer, so durcheinander, so verletzt, dass ich kaum denken konnte. »Ich mag dich nicht. Du bist ein Arsch. Niemand mag Ärsche. Aber ich fühle …« Ich versuchte, mich vom Weiterreden abzuhalten, indem ich einen Haufen Schleim schluckte, der sich in meiner Kehle angesammelt hatte. »Ich dachte, ich würde dich lieben.«

»Emily …«

»Halt die Klappe. Ich liebe dich.«

Statt einer Antwort küsste er mich, fuhr mit seinen vollen Lippen über meine und zurück, bis mein Mund für ihn lebendig wurde. Er schnipste seine Zunge nicht gegen meine, um mich zu erregen, obwohl sie nach reinem Sex schmeckte. Er zog mich schweigend gerade so weit in sich, um meine Entschlossenheit zu brechen.

Meine Hände drückten gegen seine Brust und spürten, wie fest und stabil er war, wie real und stark. Dann schob ich ihn weg.

»Ich will mehr.« Ich ließ meine Hände an ihm hinabgleiten und kostete jeden harten Muskel unter seinem T-Shirt aus.

»Wie viel mehr?«

Ich öffnete die Wagentür. Das Deckenlicht sprang an und das Armaturenbrett piepste.

»Einfach mehr.«

Ich stieg in den Wagen. Er blockierte die Tür mit seinem Körper.

»Du musst die Katze wieder abholen.«

»Pass auf sie auf.«

»Ich passe auf sie auf, als wäre sie du.«

Er trat zurück und ließ mich die Tür schließen.

# KAPITEL 56

## CARTER

Phin durfte sein Handy nur bis abends um sieben benutzen. Danach musste es mit dem Display nach unten an der Aufladestation in der Essecke liegen. Wenn ich nach sieben zufällig in die Küche spazierte, fand ich ihn oft in der Essecke vor, wo er in einer Zeitschrift las, die er falsch herum hielt. Wenn ich sein Handy in die Hand nahm, war es nicht in Schlafmodus oder gesperrt, weil er es hastig weggelegt hatte, als er mich kommen hörte.

Nachdem Emilys Wagen um die Ecke gebogen war und ich beschlossen hatte, ihr nicht zu folgen, sammelte ich die Katzenfressalien und Kackutensilien auf und brachte sie ins Haus. Phin lag auf der Couch und streichelte die Katze. Der Läufer war zerknautscht und die Decke vom Stuhl am Vorderfenster gerutscht, als wäre er zurück zur Couch geeilt, als er mich zurückkommen sah.

Er nieste.

»Wie geht's deinem Mund?«, fragte ich teilnahmsvoll. Der *Weinende Tiger* hatte eine Schärfe, die sich noch stundenlang hielt. Er hatte alles aufgegessen wie ein tapferer Krieger.

»Besser.« Wieder nieste er.

Ich ließ das Katzenzubehör an der Tür fallen.

»Willst du ein Antihistaminikum?«

»Ich hole mir eins.«

Er stürmte in die Küche. Bis ich hinterherkam, stand er schon auf einem Stuhl und langte ins Arzneiregal. Ich nahm ihm die Schachtel aus der Hand.

»Was hast du gesehen? Vorne?«

»Nichts.« Er schob den Stuhl zurück in die Ecke.

»Welche Art von nichts?«, fragte ich und drückte eine rosafarbene Tablette aus der Folie.

»Die küssende Art.« Er hielt mir seine Handfläche hin, und ich ließ die Tablette darauf fallen. Er schluckte sie ohne Wasser, eine irritierende Gewohnheit, seit er angefangen hatte, täglich Medikamente zu nehmen.

»Ah!«

»Weißt du«, erwiderte er und wand sich, als hätte er Angst, das zu sagen, was er sagen wollte, sich aber damit abgefunden, dass er es sagen würde. »Du solltest ihr wirklich nachfahren.«

»Das tut man nicht, wenn eine Frau geht. Man respektiert sie.«

»Ich meine ja nicht wie ein Stalker. Mehr so nach dem Motto: Hey, ich mag dich. Geh nicht weg.«

»Leitest du das von der küssenden Art von nichts ab?«

»Vielleicht hab ich auch ein bisschen was mitgehört.«

»Ich kann dich hier nicht alleine lassen.«

»Nein, Dad. Echt jetzt. Du musst hinterher und sie dir schnappen.«

Er hatte mich wieder Dad genannt. Bewusste Entscheidung oder Macht der Gewohnheit?

»Hast du keine Hausaufgaben?«

»Nein. Hab ich nicht. Okay, schon, aber echt jetzt. Ich bin alt genug, um allein zu Hause zu bleiben, bis Grandma wiederkommt. Ernsthaft.«

»Noch nicht.« Als ich den Raum verließ, folgte er mir.

»Wann dann? Wann willst du damit aufhören?« Seine Stimme kam mir älter vor, selbstsicherer, tiefer. Doch als ich mich umdrehte, war er wieder ein kleiner Junge. »Ich weiß Bescheid, okay? Ich weiß von Mom und wer sie war. Ich hab's überlebt. Und ich werde mein Leben lang daran denken, aber, Kumpel ... Ich frage ja nur ... Wann willst *du* leben?«

Hatte er mich gerade Kumpel genannt?

»Phin.« Ich hatte einen drohenden Ton beabsichtigt, aber es lag zu viel Bitten darin.

»Sie ist nett. Mehr sage ich nicht. Sie ist nett, und du magst sie.«

Als er wegschaute, tat er das nicht aus Unterordnung oder Demut. So gut kannte ich ihn. Sondern weil ich seine Traurigkeit nicht sehen sollte.

»Was ist aus diesem Mädchen geworden?«, erkundigte ich mich.

Achselzucken. »Summer. Sie heißt Summer. Nicht ganz so nett.«

»Was ist passiert?«

Das war es, was mir zusätzlich zu allem anderen Sorgen bereitete. Seine Freunde würden wegen seiner Mutter über ihn herziehen. Sie würden sich Spitznamen ausdenken und ihn verspotten. Sie würden wissende Blicke austauschen über eine Situation, über die sie nichts wussten.

»Ich habe gehört, wie sie mit ihren Freundinnen darüber gesprochen hat, wie viel Geld Gary Singh hat ... Er hat nicht viel ... oder vielleicht doch, aber er zieht sich nicht so an und verhält sich nicht so, und sein Dad fährt einen Toyota. Worüber sie sich lustig gemacht hat, war ... Seitdem mag ich sie nicht mehr so.«

Mehr Achselzucken.

»Gute Entscheidung.« Ich stieg ein paar Treppenstufen hoch, bevor er mir nachrief.

»Schnappst du sie dir?«

Ich antwortete ihm nicht, lief einfach weiter in mein Schlafzimmer.

Ich konnte der Frau, die ich liebte, nicht nachfahren, wenn ich wie ein Penner aussah.

# KAPITEL 57

## EMILY

Ich fuhr mit seinem Geschmack auf den Lippen nach Hause. Mein Herz schlug im Rhythmus dieses Kusses. Sein Takt veränderte mich. Ich schöpfte Atem, während ich ihn aufs Neue durchlebte. Ich hatte keine Worte dafür, was sich verändert hatte, nur ein Gefühl der Veränderung zwischen mir und Carter, das meinen Platz in dieser Welt verändert hatte.

Er wusste nicht, was er bewirkt hatte. Er wusste genauso wenig wie ich, was er wollte. Sein Leben war total auf den Kopf gestellt worden, und er kam gerade wieder auf die Beine. Von ihm eine Verpflichtung zu erwarten, die übers Katzensitten hinausging, war unfair.

Die Straßen waren mir zwar vertraut, doch die Strecke war so neu, dass ich meine Abbiegung verfehlte und eine Viertelmeile oder mehr weiterfuhr. Ich wendete und fuhr in die Einfahrt. Dann öffnete ich mein Fenster, um an das Keypad heranzukommen.

Die Ziffer Acht klemmte ein bisschen, bevor sie klickte. Könnte noch von neulich Abend so sein. Oder neuen Ärger bedeuten.

Ich seufzte, als sich das Tor klappernd öffnete. Der Seufzer bedeutete Akzeptanz einer Lösung, die ich in mir verschlossen gehalten hatte. Sie war der Schlüssel zur Freiheit. Ein Atemzug, der stark genug war, um den Kippschalter zu drücken und mich zu befreien.

Seelenruhig parkte ich den Wagen. Öffnete den Kofferraum. Holte meinen Baseballschläger heraus. Schloss den Kofferraum in dem Moment, als das Einfahrtstor zuschnappte.

Ich brauchte vier Schritte statt sechs bis zur Seitentür. Ich sah hinter mich, öffnete die Fliegengittertür und gab meinen Code ein. Das Haus lag im Dunkeln. Ich lief mit großen, aber vorsichtigen Schritten so leise wie möglich von einem Raum zum anderen.

Niemand war dort. Ich wusste es von den ersten Sekunden an. Trotzdem sah ich mit erhobenem Baseballschläger in jeder Ecke nach. Dann erst schaltete ich die Lichter ein.

Ich ging zu dem kleinen Wandschrank mit den Monitoren und spulte durch die vorangegangene Stunde vor, ab dem Zeitpunkt, als ich das Haus verlassen hatte, bis zum jetzigen Zeitpunkt. Den Baseballschläger hielt ich noch im Anschlag. Alles war ruhig gewesen.

Vince war zwei Abende zuvor hier gewesen. Er war immer noch eine Bedrohung.

Aber ich konnte so nicht mehr leben. Ich hatte es gründlich satt. Ich hatte nichts falsch gemacht, und trotzdem wurde ich für eine Demütigung bestraft, die ich nicht verdient hatte.

Alles davon, jede Sekunde der Scham wegen etwas, das nicht meine Schuld war, jeder Moment, den ich vergeudet hatte, indem ich Codes und Schlösser überprüft hatte. Jeder beschleunigte Herzschlag war in diesen Überwachungsmonitoren festgehalten.

Ich hob den Baseballschläger an. Ich hätte ihn einfach wegstellen können, aber das tat ich nicht. Stattdessen ließ ich ihn auf meine Überwachungsanlage krachen. Er verschrammte den Rahmen. Statt mich glücklich zu schätzen, der Anlage einen ordentlichen Schlag versetzt zu haben, ohne dass sie Schaden genommen hatte, war ich frustriert. Die Frustration schlug in Wut um, und die lenkte den Schläger in den Monitor ganz links. Die Glasscheibe barst zu einem Spinnennetz.

»So macht man das.« Ich klang sehr überzeugt. Ich musste recht haben.

Ich schlug auf den nächsten Monitor ein und auf den nächsten, bis alle vier geborsten und zerbrochen waren. Ich traf die Blackbox mit der Festplatte, doch der Holzschläger richtete keinen erkennbaren Schaden an. Egal. Ich hatte eine Mission, und ein Stahlgehäuse würde mich nicht bremsen.

Ich riss die Seitentür auf und trat in den Garten. Durch die Bewegung sprang das Licht der Kamera an, die sich auf mich ausrichtete. Ich schwang den Schläger und schlug so heftig dagegen, dass sie sich um ein paar Grad drehte. Doch das Licht leuchtete noch. Es hätte auch ein Atominferno überstanden.

Ich traf den Arm, mit dem die Kamera am Haus befestigt war. Nichts. Wieder nichts. Ich schlug so lange zu, bis der Stuck unter der Metallplatte, an den er geschraubt war, Risse bekam. Mir taten die Arme weh. Meine Lunge brannte. Der Lärm aus klirrendem Metall, aufprallendem Holz und meinem angestrengten Ächzen dröhnte in meinen Ohren. Ich schlug so lange zu, bis die Kamera sich lockerte und, noch immer mit leuchtendem Licht, an Verbindungskabeln von der Wand baumelte.

Ich hatte kein Interesse daran, mein Haus zu zerstören, deshalb ging ich zur nächsten Kamera und dann weiter zur nächsten. Als ich alle Kameras abgeschlagen hatte, widmete ich mich der Gegensprechanlage am Eingangstor und zertrümmerte sie mit aller Kraft.

Dann zerbrach der Schläger. Das Ende flog davon und traf einen geparkten Chevy. Ich blieb zurück, einen zersplitterten

Rumpf umklammernd, der zu leicht war, um damit auch nur eine Hühnerbrust platt zu klopfen.

Mir war nicht bewusst gewesen, dass meine Hände schmerzten. Die empfindlichen neuen Blasen auf meinen Handflächen waren aufgeplatzt und eine klebrig weiße Flüssigkeit floss heraus. Meine Handgelenke und meine Ellbogen taten höllisch weh, und meine Wangen waren feucht von Tränen, die geweint zu haben ich mich nicht erinnerte.

Ich schleuderte den Schlägerstummel über den Zaun und stürmte zurück ins Haus.

Der Schalter für das Sicherheitssystem war in dem kleinen Wandschrank. Ich stieg über die kaputten Monitore, gab meinen Code ein und schaltete das ganze Ding einfach aus.

Erleichterung – echte Erleichterung – ist wie eine Droge. Sie durchflutete mich und vertrieb die schale Angst und die unterschwellige Panik. Ich lächelte ungläubig, schlug die Hand vor den Mund und rutschte an der Wand herunter, bis ich lachend im Flur saß. Ich drehte mich auf den Rücken, breitete die Arme aus und fühlte mich so glücklich, so befreit, so unbelastet, dass ich das Holz unter mir nicht spürte. Ich hätte schwören können, dass ich Zentimeter über dem Boden schwebte.

# KAPITEL 58

## CARTER

Nachdem ich daran gedacht hatte, mir saubere Klamotten anzuziehen, musste ich auch ans Duschen denken. Die Gelegenheit, Emily auf der Straße noch einzuholen, war mir sowieso durch die Lappen gegangen, deshalb musste ich überlegter vorgehen. Sie war wahrscheinlich schon zu Hause und regte sich darüber auf, was für ein Arschloch ich doch war.

Ich ließ das Wasser über meinen Körper laufen und dachte: Konnte ich das tun?

Konnte ich Phin ein paar Stunden allein lassen? Konnten wir in Los Angeles bleiben und mit dem Rückschlag wegen seiner Mutter klarkommen? Konnte ich die Verantwortung für Emily und Phin übernehmen? Machten Leute das nicht ständig? Kümmerten sich Männer nicht jeden verdammten Tag um Großfamilien? Was machte mich so besonders, dass ich es nicht könnte?

»Du trägst einen Anzug?«, fragte Phin, als ich die Treppe wieder herunterkam. Er streichelte die Katze, ohne zu schniefen oder zu niesen.

»Grandma ist in einer Stunde zurück. Du solltest ins Bett gehen.«

»Klar.«

»Hör zu, Junge. Das ist der Deal ...«

Er hielt sich die Ohren zu. »La-la-la-schnapp-sie-dir-la-la-la.«

Ich hätte einen Streit darüber anzetteln können, wie wichtig es war, rechtzeitig ins Bett zu gehen. Aber er war ein großer Junge, und er hatte recht. Ich musste mir Emily schnappen.

# KAPITEL 59

## EMILY

Die Unterschiede zwischen Darlenes Leben und meinem waren auf der Fahrt zu ihrem Haus am sichtbarsten. Die Bäume waren hier älter, die Straßen ruhiger, der Verkehr spärlicher.

Darlene und ich hatten immer Träume gehabt, und wenn wir träumten, dann in großen Dimensionen. Wir würden in meinen Wagen steigen, durch die reichsten Viertel von Los Angeles fahren und uns unsere Häuser aussuchen. Ich würde das auf der linken Seite mit der kreisförmigen Auffahrt nehmen und sie das auf der rechten Seite mit dem Rosengarten und dem Springbrunnen. Wir stritten uns über imaginäre Bowlingbahnen in Souterrains und die Größe und Formen von Swimmingpools, die nicht existierten.

Aber wir waren immer ebenbürtig. Wir würden es gemeinsam schaffen, uns zwei riesige Häuser kaufen und den Zaun dazwischen niederreißen.

Letztlich kaufte ich mir ein winziges Häuschen in Mid-City, und sie erwarb ein zweistöckiges Haus im Tudorstil am Ende der Van Ness Avenue. Damals spielte das keine Rolle. Wir stellten keine Vergleiche an. Ich hatte meine Träume für die Chance eingetauscht, für jemanden wichtig zu sein. Wäre dieser Jemand kein ganz so großes Arschloch gewesen, dann wäre meine Entscheidung vielleicht nicht so offenkundig falsch gewesen.

Letzten Endes bekam ich mein Haus. Ich hatte einen Ort mit hohen Mauern und einem Sicherheitssystem gebraucht.

Darlenes Tor öffnete sich, bevor ich den Wagen ganz angehalten hatte. Die Dame des Hauses stand im Pyjama vor ihrer Haustür. Sie sah für das Gebäude hinter ihr zu klein und zu jung aus, als würde sie bei einer reichen Freundin übernachten.

»Komm her.« Sie hüpfte barfuß die Treppenstufen hinab und umarmte mich, bevor ich überhaupt ausgestiegen war. »Geht's dir gut?«

Ich hatte ihr nur erzählt, dass ich mein Sicherheitssystem kurz und klein geschlagen hatte, und sie gefragt, ob ich vorbeikommen konnte.

»Mir geht's gut.« Ich wollte mich von ihr losmachen, doch sie ließ mich nicht. »Ich hatte es einfach nur satt. Aber jetzt habe ich nicht mal mehr Schlösser an den Türen. Deshalb ...«

»Darum kümmern wir uns.« Sie lockerte ihre Umarmung nicht.

»Ich kümmere mich selbst darum.«

»Ich will, dass du sicher bist.«

»Das werde ich sein. Aber, Darlene, ich muss auch ein paar Risiken eingehen.«

Sie ließ mich los. »Versuch's mal mit Rollerblading ohne Gelenkschoner.«

»Nicht immer das. Ich weiß, was du meinst, aber es geht nicht immer um drohende Gefahr oder darum, sich die Knochen zu brechen. Manchmal ...« Ich atmete tief durch.

»Was meinst du, du Knalltüte?«

»Carter kann nicht mit mir zusammen sein und dann doch wieder. Dann kann ich nicht mit ihm zusammen sein, und es ist, als wollte keiner von uns einfach die Klappe halten und es sein lassen, was es ist. Ich will frei sein, aber er lässt mich nicht, weil ich es selbst nicht zulasse. Es geht um Vince, aber eigentlich doch nicht. Irgendwann nimmt man Gewohnheiten an, die einen in ständiger Angst halten. Die Kameras erinnern mich daran, dass ich Angst haben sollte. Dann erinnert mein Haus mich daran. Und meinen jetzigen Job habe ich, weil ich alles aufgegeben habe, um Angst zu haben. Und jetzt ist auch der Mann, den ich liebe, nur eine Erinnerung daran, dass ich Angst habe.«

Ich hatte es gesagt. Mehr, als ich gewollt hatte. Es Carter zu sagen, war eine Sache. Er war der Gegenstand meiner Liebe. Es Darlene zu erzählen, machte es sehr real.

»Ich will wieder wissen, was Sorglosigkeit ist.« Ich nahm die Hand meiner besten Freundin in meine. »Weißt du noch, als wir hierhergekommen sind? Die Fahrt hierher? Ohne Geld. Ohne Kontakte.«

Wir standen im Vorgarten und sahen uns mit einer halben Armlänge Abstand an. Ihre Frisur war chaotisch, und sie trug keinen Hauch Make-up. Einen Moment lang konnte ich mir sie auf der Fahrt nach Los Angeles vorstellen, wie sie neben mir den ganzen Weg über gesungen hatte. Wir hatten alle Hoffnung der Welt. Den ganzen Erfolgshunger, den zwei talentierte junge Frauen aufbringen konnten.

»Riskant.« Ihre Stimme klang vielsagend. »Es war verdammt riskant.«

»Es fühlte sich so gut an, einfach in den Wagen zu steigen und loszufahren. So gut habe ich mich seit Ewigkeiten nicht mehr gefühlt.«

»Ja. Ich mich auch nicht.« Sie nickte langsam, als kostete sie die Bewegung aus.

»Ich wünschte, wir könnten es wieder tun.«

Darlene und ich waren uns in den vorangegangenen Jahren in vielem einig gewesen, aber eine solche Übereinstimmung hatten wir nicht gehabt, bis wir allein in ihrer Einfahrt standen. Der Raum war endlich groß genug für unsere Freundschaft, und ich wusste, dass wir dasselbe dachten.

»Wir sollten es tun«, sagte sie.

»Wie schnell kannst du packen?«

»Es ist alles schon auf dem Weg zum Flugzeug. Den Rest kann ich mir kaufen.« Sie sprang die Stufen zur Tür hinauf und verschwand im Haus. Ich war mir sicher, dass einer der Sicherheitsleute rauskäme und unseren Plan durchkreuzen würde. Ich stieg in den Wagen. Wenige Sekunden später kam Darlene im Pyjama und mit Schlappen heraus, in der Hand eine Prada-Tasche. Sie schloss die Tür hinter sich und hüpfte zur Beifahrerseite meines durchschnittlichen Kleinwagens.

»Ich hab dich lieb«, sagte sie, als sie einstieg.

»Ich dich auch.« Ich legte den Gang ein. »Viva Las Vegas.«

Wir sangen es den ganzen Weg bis zum Freeway.

# KAPITEL 60

## CARTER

Ich gerate nicht in Panik. Wenn Gefahr droht oder etwas nicht stimmt, werde ich ganz ruhig, weshalb ich überhaupt erst Bodyguard geworden bin.

Doch was ich sah, als ich vor Emilys Haus hielt, brachte alle Voraussetzungen für eine Panik mit. Kaputte Kameras. Demolierte Keypads am Vorder- und Seiteneingang. Ein halber Baseballschläger am Straßenrand.

Ihr Wagen stand nicht in der Einfahrt. War sie schon abgereist? War sie entführt worden?

**Alles in Ordnung?**

Ich simste ihr, bevor ich etwas unternahm, und wurde dafür belohnt.

(…)

Vielleicht war ich trotz allem, was ich von mir selbst dachte, doch in Panik geraten, denn als die drei Punkte erschienen, hörte ich auf, meine geistige Liste von Schutzmaßnahmen zu ergänzen.

> Ihr geht's gut

> Sie fährt. Hier ist Darlene

> Sie fragt warum

Warum? Wollte sie mich verarschen? Ihr Haus war aller Welt zugänglich, ihr Sicherheitssystem kaputt und sie nirgends zu finden. *Warum* fragte ich noch mal nach?

> Weil ihr Sicherheitssystem überall auf der Straße verstreut liegt

An einer dunklen Stelle weiter unten an der Citrus Street parkte ein schwarzer BMW, zu weit weg für mich, um das Nummernschild erkennen zu können.

> Sie sagt, sie hat es satt

Also war sie diejenige gewesen, die es demoliert hatte. Damit konnte ich leben, und ich konnte es ihr nicht verübeln.

> Ist es mit dem LAPD verbunden? Denn wenn es kaputt ist, sollten sie herkommen

> Sie sagt ja

> Wo seid ihr?

Ich stellte mich hinter einen Baum und blendete das Licht an meinem Handy ab.

*Sie sagt, ich soll es nicht verraten. KA warum. Ich glaube,
aus Trotz*

Eine Autotür schlug zu. Eine Männerstimme näherte sich, doch
durch den Verkehrslärm von der Olympic und die Entfernung
verstand ich nicht, was er sagte. Ich lugte hinter dem Baum hervor. Er war es. Er telefonierte und hielt sich auf der beschatteten
Seite der Straße. Mit einer falsch herum aufgesetzten Basecap
und Nylonshorts mit elastischem Bund war Vince in einer
Aufmachung gekommen, um seine Frau zurückzuerobern, als
würde er sich mit seinen Kumpels zu einer Fassbierparty treffen.

*Sagen Sie ihr, ich habe es verdient. Und halten Sie sie
heute Abend von ihrem Haus fern*

Als er näher kam, steckte ich das Handy weg. Er schien genauso
überrascht von dem kaputten Sicherheitssystem zu sein wie ich,
trat einen Schritt zurück und betrachtete die Kamera, die an
einem Kabel herabhing.

»O Mann«, murmelte er mit aufrichtiger Bestürzung. »O
Scheiße, nein. Nein, nein, verdammt noch mal nein.« Er tippte
irgendwelche Zahlen ein, trat zurück und lief um die Ecke in
Richtung Olympic, während er den Hals reckte, als sei er groß
genug, um über die Hecken zu sehen.

Ich folgte ihm zur Olympic. Autos flitzten zu schnell vorbei, um zu sehen, ob etwas nicht in Ordnung war, selbst als er
zum Einfahrtstor ging und es aufzog. Als das Sicherheitssystem
außer Gefecht gesetzt wurde, war das Tor wahrscheinlich ent-
riegelt worden.

Er öffnete es nicht vollständig. Nur so weit, dass er durch-
schlüpfen konnte. Er schloss es hinter sich, was bedeutete, dass
ich ihm nicht folgen konnte, ohne mich bemerkbar zu machen.

Ich holte mein Handy heraus. Ich musste sichergehen, dass sie nicht im Haus war. Ich hatte eine Nachricht von ihr.

Ich lasse mir von dir nicht vorschreiben, was ich tun und lassen soll. Ich bin eine erwachsene Frau und kann bestimmen, wo ich sein sollte und wo nicht. Ich bin mit meiner Freundin zusammen und wir haben Spaß

Vince ist in deinem Haus

Ich tippte es, konnte es aber nicht abschicken. Sie bekäme nur Angst, und ich war es leid, sie verängstigt zu sehen. Und sie verdiente eine Antwort, die ihr nicht das Gefühl nahm, sich wie eine erwachsene Frau zu fühlen.

Hin und her gerissen zwischen dem Wunsch, Vince zu stellen und mit Emily zu reden, wurde die Entscheidung für mich getroffen, als ich Vince auf der anderen Seite der Hecke telefonieren hörte.

»Kumpel, ich hab keine Ahnung. O Mann, das ist echt übel.«

Er klang aufrichtig besorgt – schwankte zwischen Winseln und Knurren. Das Tor klapperte, weil er wie ein eingesperrtes Tier hin und her tigerte.

»Wenn ich die Bullen rufe, muss ich ihnen sagen, warum ich hier bin. Sie hat doch diese Scheißschriftstücke … Nein … Nein, Kumpel … Weil ich Bullen nicht mag, deshalb. Und sie werden mich beschuldigen statt den neuen Typen.«

Die Lautstärke seiner Stimme variierte, während er auf und ab lief. Er drang in ihr Zuhause ein, verletzte ihre Privatsphäre, obwohl sie nicht da war. Aber ich hatte ihm schon das Gesicht zerschmettert und damit nichts erreicht. Es hatte ihn kaum gebremst.

»Ja … Kyle hat rausgefunden, dass er einer der Bodyguards ist.«

Ich erstarrte. Wie viel wussten sie noch?

»Klar. Er hat diese Scheiße wahrscheinlich angerichtet …«, fuhr er fort. »Klar … Sie wird immer enger mit Darlene. Wie damals, als sie auf der Bühne stand und alle sie anschauten. Kumpel, davor habe ich sie bewahrt, okay? Aber sie wusste es nie zu schätzen … Klar … Niemand will mit jemandem zusammen sein, den alle anderen anstarren. Ich weiß es nicht mal, Mann. Es ist irgendwie nicht attraktiv, ey.«

Ich lächelte in mich hinein. Ich hatte kein Recht darauf, amüsiert zu sein. Vince befand sich auf Emilys Grundstück, und ich war auf der anderen Seite des Zaunes. Aber ein Aspekt von Vinces Motivation war jetzt klar wie Kloßbrühe. Er wollte nicht, dass irgendjemand ansah, was er für seinen Besitz hielt. Es törnte ihn ab. Deshalb wollte er sie nicht auf der Bühne sehen.

Irgendwo in dieser Erkenntnis schlummerte die Lösung, wie wir ihn für immer loswerden könnten.

»Und jetzt das hier?«, fragte er. »*Das* hier? Es ist total demoliert. Verdammte Scheiße!« Er schrie, als sei das kaputte Sicherheitssystem ein persönlicher Affront.

Ich ließ die Pistolentasche an meiner Seite aufschnappen, zog meine Glock heraus und schwenkte das Einfahrtstor auf. Als es klapperte, drehte sich Vince um. Er hob die Hände hoch, während ich auf ihn zuging und auf seinen Kopf zielte, weil es Furcht einflößender war, als auf die Brust zu zielen.

»Kumpel.«

»Lass das Handy fallen.«

Er griff nach hinten, legte es auf den Tisch und riss die Hände wieder hoch.

»Hinsetzen.« Ich deutete mit der Waffe auf einen kleinen Vorsprung zwischen dem Weg und dem großen Baum.

Immer noch mit erhobenen Händen, navigierte er sich dorthin und führte sich auf, als sei er derjenige, der mich beruhigte. Vielleicht war es auch so. Immerhin war ich der Mann mit der Waffe. Als er ins Licht trat, hatte er immer noch eine gelbe Prellung um sein linkes Auge. Das war Wochen her. Ich musste ihn übel zugerichtet haben, und trotzdem war er hier, hartnäckig, töricht, vielleicht die einzige Art von Liebe, die er kannte.

»Ich bin nur zufällig vorbeigekommen«, behauptete er.

»Klar.«

»Hast du diesen Mist gesehen?« Er deutete auf die kaputten Kameras.

»Es geht ihr gut.«

»Warst du das, Arschloch? Ist sie dir auf den Sack gegangen?«

Ich war mir nicht sicher, ob er mutig oder leichtsinnig war. Wenn er mich aber als Arschloch bezeichnete, um mich zu provozieren, hatte er den Falschen erwischt.

»Sie ist nicht hier. Und du weißt, dass du nicht hier sein dürftest. Dieses Kontaktverbot ist gültig und nicht wirkungslos wie das letzte.«

Er konnte nicht stillhalten, zeigte ständig auf die Kameras. Als würde er explodieren, schrie er plötzlich: »Das Keypad! Hast du es gesehen?«

»Vincent …«

Wenn man innehielt und genau hinhörte, konnte man in Los Angeles immer Polizeisirenen hören. Deshalb tangierte es Vince nicht, als von Weitem ein Heulen ertönte.

»Nein, nein, das ist nicht gut. Ich muss mit ihr reden.«

»Sie macht ihr eigenes Ding«, sagte ich. »Sie ist nicht mal mehr derselbe Mensch wie vor einem Monat. Also kannst dich weiter ins eigene Fleisch schneiden. Deine dämlichen Spielchen garantieren mir den Job. Doch selbst wenn du sie zurückbekämst, würde dir nicht gefallen, was du bekommst.«

Die Sirenen kamen näher. Wie lange war es her, seit Emily bei mir losgefahren war? Vierzig Minuten? Zehn, um hierherzukommen. Zehn, um das Haus zu demolieren. Bei einer Reaktionszeit von zwanzig Minuten könnte sie längst tot sein.

»Du weißt nicht, wovon du sprichst. Hier geht es nicht um dich. Sondern um *uns*. Um mich und sie.«

»Komm nicht wieder her, um die Straße zu kontrollieren. Komm nicht her, auch nicht, wenn eine Leuchtreklame mit deinem Namen blinkt. Und ich schwöre, wenn der Katze irgendwas passiert, ziehe ich dir die Haut ab.«

»Ich hab Socks nicht getötet.« Er stand mit erhobenem Finger auf. »Sie war auch meine Katze.«

Die Sirenen kamen die Olympic herunter und hielten in der Einfahrt. Vinces Gesicht verfärbte sich blau und rot und dann wieder blau.

»Bleib hier«, sagte ich mit vorgehaltener Waffe zu ihm. Sekunden später versank ich in Chaos.

»Keine Bewegung!«

Scheiße! Ich nahm meinen Finger vom Abzug, hielt die Waffe hoch und ging auf die Knie.

»Die Bewohnerin hat eine einstweilige Anordnung gegen…« Mir blieb die Luft weg, als ich zu Boden gestoßen wurde. Ich ließ mich entwaffnen. In diesen paar Sekunden haute Vince ab. Ich konnte nicht sehen, wohin er rannte, weil ich in Handschellen auf dem Boden lag.

# KAPITEL 61

## CARTER

Als sie erkannten, dass ich ehemals LAPD, amtlich zugelassen und Bodyguard der Hausbewohnerin war, ließen sie mich gehen. Das Schlimmste daran war, dass sie sich so sehr auf den Typen mit der Waffe in der Hand konzentriert hatten und Vince ihnen somit durch die Lappen gegangen war.

Nachdem ich einiges von dem gehört hatte, was er gesagt hatte, heckte ich auf der kurzen Heimfahrt einen Plan aus, wie wir ihn loswerden konnten. Sie hatte das Singen gemieden, damit er nicht wütend auf sie wurde. Deshalb hatte sie alle Auftritte vor Publikum eingestellt. Aber was, wenn genau das ihn abtörnte? Was wäre, wenn es ihn so sehr anwiderte, dass er das Interesse verlor?

Es war nichts Gewalttätiges oder Weltbewegendes, aber wenn Emily ihn damit abtörnte, würde es ausreichen.

Bis ich in meine Einfahrt bog, wusste ich, dass ich nach Las Vegas fahren musste, um mit ihr zu reden.

Als ich einen kurzen Blick in Phins Zimmer warf, lag er im Bett. Er schob die Hand unter sein Kissen, als wollte er etwas verstecken. Ich ging rein.

»Gute Nacht, Phinnaeus.«

»Gute Nacht.«

Ich griff unter sein Kissen und umfasste die harten Kanten seines Handys.

»Danke. Ich war sowieso fertig«, sagte er, als ich es ausschaltete.

Ich küsste ihn auf die Wange und zog ihn liebevoll am Ohr.

»Darf ich die Sachen von meiner Mutter sehen?«, fragte er, kurz bevor ich zur Tür raus war.

»Es ist schon spät.«

»Ich verspreche auch, morgen aufzustehen.«

Ich hatte keine Zeit für Gennys Sachen. Ich musste nach Las Vegas, um mit Emily und Darlene zu sprechen. Ich musste dafür sorgen, dass Mom bei Phin zu Hause sein würde, und ich musste schlafen, bevor ich für die lange Fahrt in den Wagen stieg.

Aber ich würde sowieso nicht schlafen können. Ich könnte es mir schenken und Phin die Sachen seiner Mutter zeigen. Ich hatte mir den Karton schon seit Jahren nicht mehr angesehen, und zum ersten Mal seit Langem verspürte ich den Wunsch danach.

»Wir treffen uns im Wohnzimmer«, sagte ich.

Phin schoss aus dem Bett, als hätte er auf einem Katapult geschlafen, und griff nach seinem Morgenmantel.

Ich holte den Karton ganz hinten aus meinem Wandschrank. Er war leichter als in meiner Erinnerung. Oder vielleicht war ich auch stärker geworden.

Phin gesellte sich in dem karierten Morgenmantel, den ich ihm zum Geburtstag gekauft hatte, zu mir ins Wohnzimmer. Er hatte auf einem mit Kapuze bestanden, was nahezu unmöglich aufzutreiben war.

Ich setzte mich auf die andere Seite der Couch und stellte den Karton zwischen uns. Phin griff danach, bereit ihn aufzureißen, als wäre es am Weihnachtsmorgen. Ich hatte plötzlich Angst, dass er sich darauf stürzen würde und die Erinnerung an die Nacht, in der seine Eltern getötet wurden, wieder in ihm wach werden würde.

»Warte.« Ich legte meine Hände auf seine. »Eins nach dem andern. Okay?«

»Okay.« Er faltete die Hände und klemmte sie zwischen seine Knie, federte aber auf die am wenigsten beherrschte Art auf den Kissen, die nur möglich war.

Ich öffnete den Karton.

Herrgott. Er roch nach meiner Schwester. Lavendelduft überall. Sie hatte Lavendel geliebt.

»Der erste Gegenstand.« Ich holte ein Foto von ihr und George heraus, auf dem sie Phinnaeus als Baby auf dem Arm hielten. »Ich habe dir das als dein Vater erzählt. Jetzt erzähle ich es dir als dein Onkel. Du warst das schönste Baby, das ich je gesehen habe.«

Phin hielt den Rahmen in beiden Händen und betrachtete neugierig das Bild. Es war in Moms Wohnung in Torrance aufgenommen worden, während draußen Dutzende Paparazzi lauerten. Für die Yellow Press waren sie »Georgevieve« und »G2« gewesen. Aber für mich, und auf dem Foto, waren sie ganz normale, gut aussehende Menschen, die glücklich über ihr Baby waren.

»Ich sehe aus wie mein Dad.«

»Du hast sein Kinn.«

»War er nett?«

»Er war in Ordnung. Hatte viel zu tun.«

Die Haustür klickte und öffnete sich. Der Lippenstift meiner Mutter war ab und ihre Frisur leicht zerzaust. Als sie die Fliegengittertür hinter sich schloss, fuhr der Wagen weg, der vor dem Haus geparkt hatte.

»Oh!«, sagte sie, während sie die Tür schloss. »Ihr seht euch Gennys Karton an!« Sie warf ihre Handtasche von sich und setzte sich im Schneidersitz vor uns. Sie nahm das Foto von ihrem Enkel entgegen. »Phin, du warst das allerschönste Baby. Carter, Schätzchen, ist das Hochzeitsalbum da drin?«

Ich angelte danach. Mom seufzte. Sie hatte es sich seit jenem Tag öfter angesehen als ich.

Das Album lag abgedeckt ganz unten. Ich bekam es nicht zu fassen. Ich reichte Phin den Emmy, um ihn aus dem Weg zu schaffen.

»Cool.« Er prüfte das Gewicht der Statue, indem er sie sanft in der Hand federn ließ. »Echt cool.«

»Deine Mutter war eine besondere Frau«, sagte Mom. »Sie hatte mehr Talent im kleinen Finger als alle anderen zusammen.«

Ich verkniff es mir, hinzuzufügen, dass sie auch eine unorganisierte, undisziplinierte, vergessliche Nervensäge gewesen war.

Ich bekam das Album zu fassen. Es war aus italienischem Leder, mit japanischen Bändern dekoriert und von einem Künstler im Stadtzentrum gebunden worden. So viel Arbeit für nichts. Ich reichte es Phin, der es wie erstarrt geschlossen in den Händen hielt.

»Was ist los, Schatz?«, fragte Mom.

»Ich habe nur …« In einem seltenen nachdenklichen Moment presste er die Lippen zusammen. »Und wenn ich nun nichts empfinde?« Er legte das Album auf seinen Schoß und fuhr mit den Fingern darüber. »Wenn ich sie nicht erkenne?«

»Die Ärzte haben mir vor langer Zeit gesagt, dass du dich vielleicht nie an sie erinnern wirst.«

»Aber dann werde ich mich schlecht fühlen.«

»Willst du noch warten? Du kannst das alles nach und nach verarbeiten.«

Er sah in die Ferne und dachte darüber nach. Er musste viel verarbeiten, und ich wusste nicht, ob er damit umgehen konnte. Ich war mir nicht sicher, ob er seine Gefühle gut genug steuern konnte, um alles zu verstehen, was mit ihm geschah. Mom und ich wechselten einen Blick. Dann konzentrierte ich mich wieder auf Phin.

»Geht's dir gut, Junge?«

»Ja.« Er riss sich zusammen. »Hey. Darf ich das in meinem Zimmer behalten?« Er hielt das Foto und den Emmy hoch. »Den Rest kann ich mir später ansehen.«

»Gute Idee.«

Ich schloss den Karton. Phin drehte sich zu mir und öffnete die Arme.

»Attacke!« Er ließ sich in meine Arme fallen. Dieses Spiel hatten wir seit Jahren nicht mehr gespielt. Ich drückte ihn fest. »Darf ich dich trotzdem noch Dad nennen?«, fragte er an meiner Schulter.

»Klar«, antwortete ich. »Das darfst du.«

Er drückte die Andenken an sich und stand auf.

»Ich gehe ins Bett.«

»Ich auch.« Ich stand auf. »Ich fahre in ein paar Stunden nach Las Vegas.«

»Die Sexy-B-Wort-Preshow?«, fragte Phin mit großen Augen. Darlene war nicht sein Ding, aber die Aufregung wegen der Tour war offenbar bis zur Mittelstufe vorgedrungen.

»Woher weißt du das?«, schnauzte ich ihn an. Er sollte eigentlich nichts darüber wissen, für wen ich arbeitete.

»Keine Ahnung. Gesunder Menschenverstand?« Phin sah aufrichtig ungläubig aus. »Egal. Okay. Es ist nur, du bist ein Security-Mann, und ein paar meiner Freunde fahren dafür nach Las Vegas.«

Ich wäre der Sache gern auf den Grund gegangen, aber er war dreizehn und schlau. Daher wusste er es.

»Das ist aufregend.« Mom lehnte sich an die Couch, um aufzustehen. Ihre Knochen knackten.

»Ja. Ein Traum wird wahr«, sagte ich sarkastisch und deutete auf Phin. »Los geht's. In die Koje.«

Er schnappte sich den Emmy und das Foto und hüpfte die Treppe hinauf, wo er von einem Foto abgelenkt wurde, das schon seit Jahren an der Wand im Treppenhaus hing.

»Ist das hier Mom?« Er zeigte auf die linke Seite des Bildes, wo seine Mutter unter dem weißen Passepartout kaum zu sehen war.

»Ja«, sagte ich.

»Uncool.«

Er rannte nach oben.

»Wir müssen ein paar davon wieder aufhängen«, meinte Mom.

»Wurde auch Zeit.« Ich hob den Karton hoch und schüttelte ihn, was die Pfadfinderinnenmedaillen und Filmpreise zum Tanzen brachte.

»Bist du erleichtert?«, fragte sie.

»Ja und nein. Ich mache mir immer noch Sorgen, ob er sich doch noch erinnern wird.«

»Wenn es so ist, kümmern wir uns darum. Ich gehe ins Bett.«

Als die Wasserrohre zu zischen aufhörten, wusste ich, dass Phin fertig geduscht hatte. Ich versuchte, ihm fünf Minuten zum Anziehen zu geben, hielt es aber nur drei Minuten aus, bevor ich nach oben ging. Ich machte mir Sorgen um ihn. Ich wollte wissen, was er dachte und wie er sich fühlte.

»Bist du sauber?«, fragte ich, als ich ihn zudeckte. Seine Haare waren ein stacheliges nasses Durcheinander.

»Klar. Tss.«

Phin hatte den Emmy und das Foto neben sein Bett gestellt.

»Wenn du aufstehst, bin ich nicht mehr hier, aber wenn du mich brauchst, kannst du mich anrufen, in Ordnung?«

»Hmhm.« Seine Augenlider flatterten.

»Und Grandma ist da. Wenn du sie brauchst, ruf einfach.«

Er streckte die Hand unter der Decke hervor und griff nach dem Nachttisch.

»Darf ich das Ding haben?« Als wäre er zu schläfrig, um das Wort Emmy auszusprechen, zeigte er darauf und machte eine Handbewegung, wobei er die Statue um gute zwei Zentimeter verfehlte.

Ich gab sie ihm. Er legte sie unter der Decke an seine Brust.

»Gute Nacht«, sagte ich und löschte das Licht.

Er murmelte eine Antwort und war eingeschlafen, bevor ich auch nur zur Tür hinaus war.

Danach versuchte ich, mich auszuruhen, lag jedoch nur anderthalb Stunden im Bett und wartete darauf, aufstehen zu können.

Ich gab es auf, machte mir Kaffee, packte ein paar Sachen und stieg in den Wagen. In null Komma nichts war ich auf der 15 nach Norden.

# KAPITEL 62

## EMILY

Darlene und ich schafften es gegen Mitternacht bis nach Las Vegas, weil sie die Geschwindigkeitsbegrenzungen nicht beachtete. Deshalb kamen wir früher als geplant in ihrer Suite im MGM Grand Hotel an. Uns blieb viel Zeit, um aufzubleiben, uns Filme anzusehen und wie aufgedrehte Schulmädchen zu kichern.

Ich kam erst gegen zwei Uhr im Bellagio an.

Las Vegas schlief wirklich nie. In der Eingangshalle drängten sich die Menschen. Als wir durch das Kasino zu den Fahrstühlen liefen, war ich von einem Gefühl des Friedens und des Wohlbefindens inmitten eines Sturmes aus Lärm und Aktivität durchdrungen.

Die Suite lag im vierundzwanzigsten Stock und hatte nach zwei Seiten hin einen fantastischen Ausblick, doch ich war zu müde, um es genießen zu können.

Mein Gepäck stand schon an der Tür. An jedem Koffer hing ein kleiner Umschlag. Darin befanden sich die Zimmernummer und ein schriftlicher Willkommensgruß vom Portier. Es war angenehm, in einem schönen Hotel abzusteigen. Willkommen geheißen zu werden. Ich war von Erschöpfung und Wohlwollen high.

Moment mal. Ein Gepäckstück fehlte. Eine meiner rosafarbenen Ledertaschen mit Monogramm. Die kleinere mit den Kosmetika. Mist.

Ich rief die Rezeption an. Meine Bewegungen waren langsam und bedächtig, als würde mein Körper nichts als selbstverständlich betrachten.

Mein Handy klingelte. Es war Darlene.

Danke für heute. Ich fühle mich fast wieder normal

Falsch. Du bist immer etwas Besonderes

Egal. Gute Nacht. Bis morgen

Bis morgen

Als ich mir die Zähne fertig geputzt hatte, leuchtete das Handy wieder auf. Carter. Ich lächelte, war aber aufgrund der späten Stunde besorgt. Er sollte längst im Bett sein. Alle außerhalb der City von Las Vegas sollten im Bett sein.

Bist du noch wach?

Ich wollte gerade zurücksimsen, als es an der Tür klopfte. War er etwa hier? Mein Herz begann vor Freude zu hüpfen. Hundemüde zu sein und in seinen Armen einzuschlafen wie ein Stein an einem weichen Sandstrand, wäre der perfekte Abschluss des Tages.

Wir müssten einander nicht um Verzeihung bitten.

Wir würden gar nicht reden müssen.

Wir würden nur auf unsere Körper und unsere Herzen hören.

Ich lugte durch den Türspion. Er hatte mir wieder Blumen mitgebracht.

Ich schwenkte die Tür mit einem breiten Lächeln auf, das erstarb, sobald ich das Gesicht des Blumenboten sah.

Ich spürte, wie es mir den Atem verschlug und die Schwerkraft außer Kraft gesetzt wurde, als ich zu Boden gestoßen wurde.

Die Tür knallte zu.

Es war Vince.

# KAPITEL 63

## CARTER

Ich hatte die gesamte vierstündige Fahrt Zeit, mich davon zu überzeugen, dass ich recht hatte, dass sich bei Vince ein Schalter umlegen würde, wenn Emily sich vor ein Publikum stellte und sang. Sie würde zu öffentlichem Eigentum und wäre so nicht mehr liebenswert.

Natürlich stimmte nichts von beidem. Sie wäre niemals öffentliches Eigentum, weil sie mir gehörte, und aus demselben Grund wäre sie niemals nicht mehr liebenswert. Aber vielleicht würde sie das von Überwachungskameras, Bodyguards und ihrer Angst befreien.

Ich fuhr in den frühen Morgenstunden auf den Parkplatz des Bellagio. Carlos hatte das Team über die Unterkünfte der Mitwirkenden und die Extrawurst für Emily informiert.

Tiny Dancer? Bist du noch wach?

Ich simste ihr aus der Hotellobby und wartete auf eine Antwort. Das Hotel war berühmt für seine bunten Glasblumen, seinen Garten und seine Marmorausstattung. Es suggerierte Ruhe, ohne sie wirklich zu bieten. Die blinkenden Lichter und das brummende, piepsende, belebte Kasino waren nur drei Meter entfernt. Es roch nach Zigaretten und alten Münzen, als ich es durchquerte und dem Weg zur anderen Seite des Hotels folgte.

Keine Antwort von ihr. Ich simste Carlos. Er schlief nie.

Bist du noch wach?

Na klar

Eine Sekunde später rief er mich an.

»Was ist los?«, fragte er.

»Es ist …«

Er musste das Klingeln der Spielautomaten gehört haben und schnitt mir das Wort ab.

»Bist du etwa hier? In Vegas? Kannst du arbeiten? Wir haben einen Engpass.«

»Klar. Kein Problem. Wo ist Emily? Hast du jemanden auf sie angesetzt?«

»Im Bellagio. Fabian ist gerade zurückgekommen.«

»Welches Zimmer?«

Als Antwort bekam ich ein langes Schweigen.

»Carlos?«

»Du weißt doch, dass ich dir ihre Zimmernummer nicht sagen darf, wenn du nicht im Dienst bist.«

Ich legte frustriert auf. Ich konnte warten. Ich war ein geduldiger Mann. Aber ich war hergekommen, um einen Plan vorzuschlagen, dessen Durchführung Zeit bräuchte.

Du bist hergekommen, um sie zu sehen.

Allerdings. Der Plan war nur ein Vorwand. Ich glaubte an ihn, aber das Beste daran wäre sie, und wir, und dass wir all die dummen Sachen, die wir gesagt hatten, wiedergutmachen könnten.

Als hätte der Gedanke an sie sie heraufbeschworen, fuhr der Gepäckwagen eines Hotelpagen vorbei.

Eine rosafarbene Tasche hing am Haken und schwang hin und her, während der Page, der den Wagen schob, mit einem Kollegen sprach, der ein Klemmbrett in der Hand hielt. Ich folgte ihnen und versuchte einen Blick auf das Monogramm zu erhaschen.

Am Fahrstuhl blieben sie stehen. Sie sprachen eine andere Sprache. Ich tat so, als würde ich auf mein Handy schauen, versuchte aber in Wahrheit, mir das Monogramm genauer anzusehen.

Es war ihres.

Ich konnte der Tasche einfach bis zu ihrem Hotelzimmer folgen. Kein Problem, wenn sie eine der Ersten wäre, die beliefert wurden. Doch wenn nicht, müsste ich den beiden von einer Etage zur anderen folgen und würde verdächtig wirken.

Ein Page stieg aus dem Fahrstuhl und hielt die Hotelgäste davon ab einzusteigen. Hotelpage Nummer zwei hielt die Türen offen und wandte sich an mich.

»Tut mir leid, Sir. Dieser Aufzug ist nur fürs Nachtpersonal.«

»Aber ...«

»Da ist gerade ein anderer Fahrstuhl angekommen.«

Wohl wahr. Der erste Hotelpage führte die Gäste zur nächsten offenen Fahrstuhltür.

Aber ich durfte die Tasche nicht aus den Augen verlieren.

Es ging nicht darum, ob ich sie jetzt gleich oder erst später sehen würde.

Es ging auch nicht um die unbeantwortete SMS.

Und auch nicht darum, dass Fabian seine Schicht beendet hatte.

Es lag an meiner Intuition. Das eiserne Auge hatte die rosafarbene Tasche in einem Meer aus bunten Farben erspäht.

Ich musste mit diesem Fahrstuhl nach oben fahren.

# KAPITEL 64

## EMILY

Es war nicht meine Schuld. Nichts davon. Wäre ich bis zum Morgen tot, dann läge es nicht daran, dass ich die Tür geöffnet hatte, oder dass ich überhaupt mit ihm zusammengezogen war, oder dass ich mit dem Singen aufgehört hatte, um ihm zu gefallen. Es lag nicht an mir, es lag an ihm.

Er hatte mich überrumpelt. Er hatte mich zu Boden gestoßen und mir ein fertig zugeschnittenes Stück Klebeband auf den Mund gepappt, bevor er mich ins Bad zerrte. Ich schlug ihn. Ich trat zu wie eine Turnerin. Ich griff nach einer großen Keramikvase, um ihm eins überzuziehen, doch er kickte sie weg. Er war größer. Er war vorbereitet. Er war verrückt. Sein Kinnbart war über seine Wangen gewachsen, und er hatte abgenommen. Eine Sekunde lang sah ich den attraktiven Mann, den ich geliebt hatte, doch der verschwand, sobald er den Mund aufmachte.

»Jetzt ist Schluss, Em.« Er warf mich ins Bad. Ich knallte gegen die gläserne Duschtür, doch sie zerbrach nicht. »Ich habe versucht, das auf die nette Art zu regeln. Aber du willst keinen netten Mann.«

Mit Mühe rang er mich zu Boden. Ich wand mich auf dem glatten Marmor, doch er hielt mich mit einem Knie im Kreuz nieder. Es tat höllisch weh, doch der Schmerz gab mir nur noch mehr Kraft.

Er drehte mich um. Ich rutschte panisch nach hinten, bis ich mit dem Rücken an die Wanne stieß.

Ich konnte ihn nicht wild beschimpfen. Ich konnte ihm nicht mal den Stinkefinger zeigen, weil meine Hände auf dem Rücken gefesselt waren. Ich hatte Angst. Große Angst. Aber das Adrenalin und fehlende Optionen machten mich auch aufsässig.

Er packte mein Gesicht und zog es dicht vor seins. Ich konnte sein Rasierwasser riechen. Seinen Schweiß. Seine eigene Angst.

»Bevor ich dich getroffen habe, war ich ein netter Typ. Mit mir konnte man Spaß haben. Ich habe mich prächtig amüsiert. Doch dann hast du ... durch dich ging alles den Bach runter. Jetzt erkennen selbst meine Freunde mich nicht wieder.«

Hinter dem Klebeband sagte ich ihm, dass es nicht meine Schuld war. Und dass er sein Leben jederzeit zurückhaben könne, wenn er mich gehen ließe.

Vielleicht hatte er meine erstickten Worte wahrgenommen. Seine Hände wurden sanft und hielten meinen Kopf nicht mehr fest.

»Ich sage ihnen ständig, dass du es wert bist. Du hattest die vielen Kameras. Ich habe sie immer gesehen, und da wusste ich, dass du sie meinetwegen hattest. Es war, als wäre ich dort bei dir. Verstehst du? Als wäre ich noch Teil deines Lebens.«

Ich blinzelte die Tränen fort. Er nahm die Hände weg und legte sie auf meine Schenkel. Selbst durch meine Jeans zuckte meine Haut zurück.

»Aber du hast sie kaputt geschlagen. Als wolltest du mich kaputt schlagen, und wenn du zurückkommst, glaubst du, dass du sie einfach wegfegen kannst?«

Er drückte meine Schenkel.

»Mich einfach verschwinden lassen kannst, damit der Typ bei dir einziehen kann?«

Er drückte zu, bis es wehtat, und hielt sein Gesicht nah vor meins.

»Ich glaube nicht.«

Ich warf den Kopf zurück und stieß ihn nach vorn, stieß mit der Stirn, so hart ich konnte, an seine Nase. Knochen knackten.

Sein Schrei war ohrenbetäubend. Er ließ mich los und hielt sich die Hände vor die Nase, aus der das Blut schoss.

Ich entkam mit auf dem Rücken gefesselten Händen, meine nackten Füße trafen auf Marmor, dann auf Teppichboden. Die Tür war eine Million Meilen entfernt. Scheißsuite. Nächstes Mal Motel 6.

Überall auf dem Boden lagen Rosen. Ich trat so fest auf eine, dass ich mir einen Stachel hin die Ferse jagte. Ich schrie hinter dem Klebeband. Ich wusste, dass er hinter mir her käme. Das musste er.

Die Tür. Genau vor mir. Doch die Klinke war für Hände vorn und meine waren hinten, und in dieser Haltung würde ich das Schloss nie erreichen.

»Scheiße!« Er war nur wenige Schritte entfernt, blutete alles voll und wollte mich zurückholen. Ich war zum Kampf bereit. Ich könnte ihn umbringen. Ich konnte meine Hände zwar nicht bewegen, aber ich war bereit.

Wie vom Himmel gesandt, wie der Klang eines Engels, klingelte es an der Tür.

Dann klopfte es.

Dann wieder die Türklingel, aber ich hatte nicht einmal Zeit, das zweite Klingeln zu hören. Vince stürzte sich auf mich, und ich warf mich so heftig gegen die Tür, dass sie klapperte.

»Emily?« Die Stimme kam von der anderen Seite, und wie die Kehrseite einer Goldmünze verwandelte sich Verzweiflung in Hoffnung.

Es war Carter.

Die Tür klapperte von seiner Seite.

Warum kam er nicht rein?

Vince versuchte vergeblich, mich zu packen. Noch ein Klappern von der anderen Seite der Tür.

»Emily!«

»Nicht stören!«, rief Vince, auch wenn er klang, als sei er stark erkältet.

Als ich zurückwich, kam Vince halb gebückt auf mich zu, eine Hand an seiner Nase, die andere schlug nach mir, und eine Sekunde lang dachte ich … Was, wenn es gar nicht Carter war? Wenn es nun der Reinigungsdienst oder der Zimmerservice war? Was, wenn sie einen Kranken rufen hörten, dass sie verschwinden sollten? Dann würden sie wieder weggehen.

Ich stürzte mich auf die Tür und warf mich genau in dem Moment dagegen, als sie aufschwang. Ich landete zu Carters Füßen, der von Sicherheitsleuten umringt war.

Ich blinzelte zu ihm auf. Er war nach vorn gebeugt mit den Händen auf dem Rücken, als hätten die Sicherheitsleute ihn niederzuringen versucht. Ein Hotelpage hielt meine verschollene rosafarbene Tasche in der Hand. Auf dem Boden neben Carters Füßen lag der kleine Umschlag mit meiner Zimmernummer und dem Willkommensgruß. Carter musste mein rosafarbenes Gepäck wiedererkannt haben und ihm bis zu mir gefolgt sein. Gottlob!

Carters dunkle Haare fielen ihm über die Augen, und als die Sicherheitsleute ihn losließen, sank er auf die Knie. In der

Suite, weit weg, waren ein Handgemenge und Flüche zu hören. Ich war verloren in einem Meer aus Erleichterung, verloren in dem Gefühl, in Sicherheit zu sein, und wandte mich ab von der Intensität dessen, was gerade geschehen war.

»Bist du …?« Carter war so außer Atem, dass er kaum sprechen konnte. Sein Blick glitt prüfend von meinem Gesicht bis zu meinen nackten Füßen und wieder zurück.

Ich nickte. Ich war okay. Mir ging es gut. Alles würde wieder gut. Ich war in Sicherheit.

# KAPITEL 65

## EMILY

Darlene hatte den abwesenden Blick, den sie immer aufsetzte, wenn ihr Gehirn zu den Rhythmen der Show zündete. Sie schritt die Bühne, auf der sie auftreten sollte, der Länge nach ab.

Nachdem ich die halbe Nacht auf dem Polizeirevier verbracht und meine Aussage gemacht hatte, war ich zu spät zum Soundcheck und zum Probedurchlauf gekommen, doch ich hatte mich nie besser gefühlt.

»Nein, nein, nein.« Darlene gestikulierte wild. »Ich kann es nicht sehen. Ich muss es sehen.« Sie sprang von der Bühne in den Zuschauersaal. »Können wir es spielen, damit ich es verdammt noch mal *sehen* kann?«

Ich deutete auf die Frau hinter dem Mischpult. »Können wir es auf die Monitore kriegen?«

Die hielt fünf Finger hoch und formte mit den Lippen das Wort *Minuten*.

»Ach, du meine ...« Wer hatte schon fünf Minuten. Die Tänzer warteten auf ihren Positionen, bereit, es noch einmal zu versuchen.

Carter stand bei Fabian und Carlos, während Thor Dinge von einer Liste strich. Er stand auf halbem Weg zwischen Bühne und Hinterausgang, doch als er zu mir sah, spürte ich ihn unmittelbar neben mir.

»Singt es, okay?«, schrie Darlene. »Bitte! Können wir es einfach durchziehen?« Sie schrie sonst nie, als würde ihr gleich eine Ader platzen. Ich hatte sie mit Filmen und Frauengesprächen lange wach gehalten und sie früh geweckt, damit sie mich zur Polizei begleiten konnte.

*Make Him Yours* war ein langsamer, gefühlvoller Song und das einzige Stück, das sie mit einem Standmikrofon performte. Dies war unsere erste und einzige Chance, es richtig zu proben. Vor allem da ich ohne eigenes Verschulden zu spät gekommen war, aber es würde mir nicht schaden, meine Stimme ein wenig zu ölen.

Ich zeigte auf Darlene, die mit verschränkten Armen dort stand.

»Aber ich singe nur für dich.«

Ich holte tief Luft und legte los. Ich sang vor Publikum, ohne Verstärker, während meine Tänzer hinter mir ihre Choreo abspulten. Mir war nicht einmal bewusst, was ich tat, außer meinen Job. Außer das, was ich konnte.

Die Tontechnikerin hatte offenbar keine fünf Minuten gebraucht, denn fünf Sekunden, nachdem ich losgelegt hatte, ertönte meine Stimme laut und deutlich aus dem Lautsprechersystem. Darlene gab mir ein Zeichen weiterzusingen, kletterte auf die Bühne, stellte sich neben mich und stimmte ein. Ich hatte ganz vergessen, wie viel Spaß mir das Singen machte.

»Los, Mädels!«, rief Simon hinter uns. Alle sahen zu uns, sogar Carter von der anderen Hälfte des Zuschauerraums. Unsere Blicke trafen sich. Was war in den Stunden geschehen, seit er mit dem Sicherheitsdienst in meiner Suite aufgekreuzt war?

Wir hatten unsere Aussagen gemacht. Er hatte erklärt, warum er das Anhängeschildchen geklaut hatte, die Treppe hochgerannt war, in den nächstbesten Fahrstuhl im ersten Stock geschlüpft und zu meinem Zimmer gerannt war.

War das alles gewesen? Es kam mir vor wie viel mehr. Ich fühlte mich, als hätte ich fünfundvierzig Kilo schwere Ketten abgeschüttelt. Als ich ihn davon befreit betrachtete, sah ich keine Probleme mehr. Ich sah keinen ambivalenten Mann mit emotionalem Ballast, und ich blickte nicht mehr durch die Augen der Furcht. Ich sah, was er war und was er nicht war. Er war ein Mann. Kein Beschützer. Keine Zielscheibe für meinen Ex. Keine Wiederholung all der Fehler, die ich gemacht hatte. Er war mehr als all das. Er war nur ein Mann. Ein wunderbarer, umwerfender, starker, liebevoller Mann, der mich anlächelte, während ich für ihn sang.

Er hob die Faust. Sie war genauso groß wie sein Herz.

Auch ich ballte eine Faust und führte sie an meine Brust.

Früher hatten Darlene und ich ständig Harmonien gesungen, und an jenem Tag sangen wir ihren Refrain, als hätte ich nie mit dem Singen aufgehört. Ich war nicht so geübt wie Darlene, doch unser gemeinsamer Klang, die Art, wie wir etwas größer machten als wir beide zusammen, war perfekt. Ich wurde davon mitgerissen, genau wie früher.

*Make him yours.*

*Make him yours.*

*Make him yours.*

»Siehst du?«, sagte ich ins Mikro. Darlene applaudierte. Meine Wangen wurden vor Überraschung und plötzlichem Unbehagen rot. Auch Simon applaudierte. Genau wie die Tänzer. Als ich sie nicht länger ansehen konnte, fiel mein Blick auf Carter, der jetzt vorn an der Bühne stand und klatschend eine Zugabe verlangte.

»Mittagessen!«, ertönte eine Stimme quer durch den riesigen Raum. Equipment wurde fallen gelassen, Stationen wurden verlassen, Stimmen wurden leiser. Darlene umarmte mich.

»Du klingst fantastisch.«

»Danke.«

Sie hielt mich an den Oberarmen fest.

»Ich bin so froh, dass es dir gut geht.«

»Ich auch.«

Darlene wurde von mir weggezogen, um irgendwas zu entscheiden oder einen Salat zu mümmeln. Ich würde es nie erfahren, denn Carter stand an der Bühne und hatte nun meine ganze Aufmerksamkeit.

Ich stand über ihm. Er hatte seinen Sicherheitsausweis um den Hals hängen, und unter seinem Jackett wölbte sich seine Waffe. Er war mit einer Verwarnung davongekommen und für den Sicherheitsjob bei der Show freigegeben worden.

»Allein schon dich singen zu hören, war die Reise nach Las Vegas wert«, sagte er und legte seine Hand an mein Fußgelenk.

»Obwohl du mir letzte Nacht das Leben retten musstest?«

»Das eine war notwendig. Das andere ist nur Vergnügen.«

Er fuhr mit dem Finger über meinen Spann. Er war zu weit weg. Ich konnte ihn nicht riechen; ich konnte ihn nicht berühren. Seine Stimme kam aus normaler Gesprächsdistanz, während ich sie mir so nahe gewünscht hätte, dass sein Atem meine Haut wärmte.

Ich kniete mich an den Bühnenrand, und seine Hand wanderte von meinem Knöchel zu meinem Knie.

»Ich klinge wie ein Frosch.« Ich strich mir eine lose Haarsträhne hinters Ohr und legte meine Hand auf seine. »Aber es hat Spaß gemacht.«

Die Leute um uns herum schrien. Die Tonanlage gab einen Knall von sich, und Männer hingen von der Scheinwerferanlage über uns herab. Ich war so glücklich, Carter zu sehen, dass nichts davon mich ablenkte. Ich konnte das Mittagessen riechen. Hähnchen in Knoblauch und, zu meiner Überraschung, Brownies. Ich hatte zwar Hunger, konnte mich aber nicht von der Stelle rühren. Nicht solange er mich anfasste. Nicht solange er mich ansah, als wäre ich die einzige Frau auf der Welt.

»Wir waren so verstört«, sagte ich, »dass du mir gar nicht erzählt hast, warum du den weiten Weg hierhergekommen bist.«

»Weil ich mich entschuldigen wollte. Und weil ich dich rumkriegen wollte. Und dir sagen wollte: Je näher du mir gekommen bist, desto heftiger habe ich dich weggestoßen. Ich hab permanent diese Gründe wiederholt, warum ich keine Beziehung führen konnte, und es waren großartige Gründe, bis wir uns kennenlernten. Als du kamst, hat sich alles verändert. Keiner der Gründe war noch stichhaltig, und das hat mir Angst gemacht. Ich hab für diese Gründe gekämpft, als würde mein Leben davon abhängen. Aber, Tiny Dancer, es tut mir leid. Mein Leben hängt nicht davon ab, zu beschützen, was ich habe, wenn ich dich nicht habe.«

Unsere verschränkten Hände ruhten auf meinem Knie. Sein Daumen streichelte meinen Finger.

»Und ich hatte eine Idee«, fügte er hinzu.

»Was für eine Idee?«

»Eine, die du jetzt nicht mehr brauchst. Komm da runter.«

Ich nahm sein Gesicht in die Hände, doch von so weit oben konnte mein Gesicht seins nicht erreichen. Ich stützte mich auf seine Schultern und schob mich nach vorn. Er fasste mich um die Taille, hob mich hoch und ließ mich in seine Arme fallen.

Unsere Lippen fanden sich. Er war warm und stark, und ich war frei, ihn zu lieben.

# KAPITEL 66

## CARTER

»Das ist die dümmste Idee, die ich je im Leben gehört habe.«
Emily saß mir in einer Ecke der Bellagio-VIP-Lounge gegenüber.
Der Stöckelschuh an ihrem übergeschlagenen Bein baumelte von
ihrem Zeh. Der Stoff ihres Kleides floss über ihre Schenkel und
bedeckte alles, was ich schmecken wollte. Die Farbe hatte mich
überrascht. Sie nannte sie »Trotzweiß«. Die blonden Haare trug
sie hochgesteckt, und ich hatte vor, bis zum Morgen Bissspuren
auf ihren Schultern zu hinterlassen. »Das hätte nie funktioniert.«

Emilys Beine bestanden nur aus Muskeln, und als sie sie
überschlug, hatte ich das Gefühl, dass sie sie ein zweites Mal
herumschlingen könnte.

Diese Beine um mich herum ...

»Muss es jetzt ja nicht mehr. Jetzt solltest du es nur tun, weil
du es tun solltest.«

»Mit einer Stimme auf die Bühne treten, die ich Gott weiß
wie lange nicht trainiert habe?«

Als sie die Hände in die Hüften stemmte und mir die ver-
führerischen Schultern entgegenreckte, warf der Ausschnitt ihres
Kleides Falten, sodass ihr lavendelfarbener BH hervorlugte.

»Du hast heute Nachmittag fantastisch geklungen. Und du wirst auch morgen Abend fantastisch klingen.«

»Darlene hätte dem nie zugestimmt.«

Die Lounge hatte von allem nur das Beste. Bunte Glasblumen und goldenes Mobiliar. Wollteppich. Das Servicepersonal vergeudete keine Zeit, bevor es Wein nachschenkte. Ich richtete mich auf dem Ledersessel auf und stellte mein Glas auf den Edelstahltisch.

»Das hat sie schon.« Ich packte sie am Nacken und zog sie nahe zu mir. »Warum, glaubst du, hat sie dich heute vors Mikro gestellt?«

»O mein Gott!«

»Was denn?«

»Du raffinierter Mistkerl.« Sie flüsterte es mit einer sexy Betonung auf jeder ersten Silbe. Sie freundete sich mit der Idee an. »Warum tust du das?«

»Weil es bei dem Plan, als ich ihn gefasst habe, um Vince ging. Und als sie Vince geschnappt haben, war ich enttäuscht, dass du nicht singen würdest.« Ich drückte gegen ihr Knie, bis sie die Beine wieder auseinanderstellte. »Du verdienst es, gehört zu werden, und die Welt verdient dein Talent.« Ich schob die Hand unter ihren Rock zum oberen Spitzenrand ihrer Strümpfe. »Und es könnte Spaß machen. Und mich würde es anmachen.«

»Carter, ich habe ein Hotelzimmer. Wir ...«

Ich berührte die Haut über ihren Strümpfen und hielt ihr Gesicht vor meinem, während meine Finger den Spitzenstoff zwischen ihren Beinen fanden. »Was trägst du darunter?«

»Meine Tasche war ... äh ... im Wagen.«

Ich fuhr mit dem Fingernagel über den Stoff ihres Slips. Sie war schon feucht.

»Öffne die Beine. Nur noch ein bisschen.«

Ich drückte mein Knie gegen ihres und schob ihre Beine so weit auseinander, dass ich an dem Stoffstreifen vorbeikam. Sie schloss die Augen und leckte sich über die geöffneten Lippen.

»Lass uns nach oben gehen.«

»Klar.« Aber ich stand nicht auf. Hinter uns ging der Betrieb in der Lounge weiter, während ich einen Finger unter den Stoff bekam und sie streichelte. Mein Atem kam stoßweise.

»Nachdem ich in dir war.« Ich schob einen Finger in sie. Sie sah aus, als käme sie gleich zum Höhepunkt.

»Können wir jetzt gehen?«

»Zwei Finger.«

»Ich kann nicht …«

Ich drückte ihre Beine noch etwas weiter auf.

»Du kannst.« Mittel- und Zeigefinger. Wenn sie glaubte, kurz vorm Orgasmus zu sein, stand ich ihr nicht in viel nach. Mein Schwanz pulsierte. Ich schob meine Finger tief in sie und krümmte sie auf der Suche nach dem Nervenstrang an …

Ein Ruck durchfuhr sie.

Gefunden. Sie klammerte sich an meinen Ärmel, als hinge ihr Leben davon ab.

»In welcher Etage bist du?«

Ich hörte nicht auf und verlangsamte meine Bewegungen auch nicht. Wir waren uns so nahe, dass ich hörte, wie es in ihrer Kehle arbeitete. Sie musste Atem holen und schlucken, bevor sie es mir sagen konnte.

»Vierundzwanzig.«

»Zu weit. Willst du jetzt gleich kommen?«

Sie öffnete ihre großen braunen Augen. »Wenn du so weitermachst, ja.«

»Und wenn ich das hier mache?«

Ich rieb ihre Klitoris mit dem Daumen. Sie zischte durch die Zähne.

372

Ihre Schenkelmuskeln versteiften sich; ihr Körper kämpfte zugleich darum, sich zu bewegen und es nicht zu tun. Ich küsste sie, aber sie hatte nicht genug Kontrolle, um den Kuss zu erwidern.

Als sie fertig war, zog ich meine Finger aus ihr. Sie schnappte nach Luft.

»Alles okay?«

Sie richtete ihre Frisur und sah sich verstohlen um. Ich legte meine Hand an meinen Mund. Meine Finger rochen nach ihr. Ich glaubte nicht, dass ich es mit dem Fahrstuhl bis nach oben schaffen würde.

# KAPITEL 67

## EMILY

Als er seine Finger an den Mund führte, war der Orgasmus abgeebt, den ich vor Sekunden gehabt hatte, und ich sehnte mich nach einem zweiten. Er sah mich so intensiv an, dass ich seinem Blick ausweichen musste. Natürlich entschied ich mich, nach unten zu sehen, wo seine Erektion die Naht in seinem Hosenbein dehnte.

»Können wir gehen?«, fragte ich.

Er stand auf und hielt mir die Hand hin. Ich nahm sie in der Erwartung, dass wir hoch in mein Hotelzimmer fahren würden. Stattdessen führte er mich aus dem Kasino heraus, von den Fahrstühlen weg.

»Wohin gehen wir?«

Er zeigte mir seinen provisorischen Zugangsausweis.

»Ich kapier's nicht.«

»Ich schon.«

Am Teppich links. An der Kassiererin vorbei. Am Ende eines kurzen Flurs befand sich eine Tür. Als er seine Karte unter das Licht hielt, piepste es und klickte.

Er öffnete mir die Tür.

»Ich zeige dir, wohin du gehen musst, wenn es ein Problem gibt.«

Wir betraten einen weiteren Flur. Nach dem Schummerlicht und dem hektischen Klingeln im Kasino war die Welt hinter der Tür reizarm, hell und ruhig. Er zeigte einem Wachmann hinter einem Gitter seine Karte, wurde mit einem Summer zu einer weiteren Tür durchgelassen, sagte etwas über Rückzugsstrategien, bog um eine weitere Ecke, zog mich durch eine Tür und schloss sie hinter sich.

Der Raum wurde schwarz, bis auf ein weißes Licht, das aus einer Kiste auf einer Ablage neben ihm kam. Darin befanden sich ein iPad, ein Laptop, Kopfhörer und eine Porno-DVD, alles in Plastik eingewickelt und beschriftet. Das Licht kam von der Taschenlampe eines Mobiltelefons.

»Das Fundbüro?« Er war eine dunkle Gestalt, die Umrisse von dem Handy erleuchtet. Er stürzte sich auf mich, nahm meinen Mund mit seinem und umfing meinen Körper mit seinen Armen. Dann schob er mich an einen Metalltisch, der kippelte, bis er gegen die Wand schlug. Er hob mein Bein um seine Taille. Weich traf auf hart, rieb durch zu viel Kleidung. Der Stoff zwischen uns hätte Feuer fangen müssen, hätte durch die Reibung weggerieben werden müssen. Er war dünn, transparent und doch undurchdringlich, sodass wir uns voneinander lösen mussten, um uns näher zu kommen.

Er schnallte seinen Gürtel auf und öffnete seine Knöpfe. Ich griff ins Dunkel, um seinen pulsierenden, mächtigen Schwanz in beide Hände nehmen zu können. Er riss unter meinem Rock an meinem Slip und zerfetzte den Spitzenstoff.

»Tut mir leid«, knurrte er.

»Mir nicht.«

Er stieß mich auf den Tisch, und ich richtete mich aus, um ihn in mich aufzunehmen. Als er in mich stieß, stöhnte ich auf, und noch einmal beim zweiten Stoß, bis er tief in mir war. Ich wurde überflutet. Mein Blut, meine Haut, mein Verstand, voller Lust und dem Verlangen nach mehr. Unsere Körper schlugen ungeheuer schnell gegeneinander, so hart, dass es schon brutal war. Ich wollte, dass er in mich kroch und sich dort ausstreckte, mich mit ihm durch die Luft katapultieren, höher und höher.

Während ich nach dem Lederriemen seiner Pistolentasche und dem Stoff seines Hemdes griff, kam ich gemeinsam mit ihm, spürte jenen Moment, wenn man so hoch fliegt, wie man nur kann, und der Fall noch nicht begonnen hat. Der Moment, zwischen Aufstieg und Abstieg, zwischen Bewegung und Potenzial, wo Energie und Lust verschmolzen.

# KAPITEL 68

## EMILY

Nach einem langen Training oder einer Reihe anstrengender Auftritte schmerzte mein Körper nach dem Aufwachen immer. Dadurch wusste ich, dass meine Muskeln Schaden erlitten hatten und sich regenerierten. Der Schmerz machte mich stärker, es lag ein Hauch Freude darin. Mein Körper funktionierte. Mir ging es gut. Die harte Arbeit wurde belohnt.

In Laken gewickelt und ein Kissen an mich gepresst, das nach dem 5. Juli roch, wachte ich mit leichten Schmerzen zwischen den Beinen auf. Es tat weh, wenn ich mich bewegte. Es schmerzte beim Atmen. Ich lächelte bei jedem Schmerz, der mich durchfuhr.

»Guten Morgen«, flüsterte Carter. Ich schlug die Augen auf. Er war frisch geduscht. Seine Krawatte hing nach hinten über seine Schulter, an seiner Hose war zwar der Reißverschluss geschlossen, aber die Knöpfe noch nicht, und die Enden seines Gürtels baumelten noch aus den vorderen Schlaufen.

»Morgen.«

»Eigentlich wollte ich einen vierten Versuch wagen.« Er rückte seine Manschetten zurecht. »Doch dann dachte ich, du könntest eine Pause gebrauchen.«

Ich stützte mich auf den Ellbogen.

»Carter?«

Er setzte sich auf die Bettkante. »Ja?«

»Wegen gestern Abend.«

»Was ist mit gestern Abend?« Er zog das Laken von meinem nackten Körper.

»Es war unglaublich.«

Die Matratze senkte sich, als Carter sich über mich beugte und mit dem Mund über meinen Hals fuhr. Er wurde wieder hart.

»Es kommt noch mehr.« Er küsste mich auf die Wange. »Bist du für heute Abend bereit?«

»Eigentlich schon. Ich bin irgendwie aufgeregt. Und nervös.«

»Phin nennt das nervgeregt.«

»Das gefällt mir.«

»Ich will dich ganz, meine kleine Tänzerin.« Er drückte die Lippen auf die Stelle, wo mein Hals in meine Schulter überging. »Ich kann es nicht erwarten, dich zu haben.«

# KAPITEL 69

## CARTER

Hinter dem MGM ging die Sonne unter, und die Menschenmenge wurde unruhig. Verglichen mit dem Rest der Tour war es ein kleiner Veranstaltungsort, aber eine Ansammlung von ein paar Tausend Menschen auf dem Las Vegas Strip war schwer zu übersehen. Die Hälfte der Frauen trug *Sexy Bitch*-Shirts. Die Männer hatten dazu passende Shirts mit der Aufschrift *I'm with a Sexy Bitch* an.

Ich hielt mich an Emily, während sie die Tänzer vorbereitete, überprüfte dann für Carlos Personalien und nahm die Warteschlange in Augenschein, die sich vor dem Konzertsaal bildete.

Dad?

Ich lächelte, als ich die SMS sah. Im tiefsten Inneren hatte ich befürchtet, dass er immer noch sauer auf mich wäre und mich nie wieder Dad nennen würde. Ich hätte seine Entscheidung akzeptiert, hatte mir aber etwas anderes erhofft.

Ja?

Deine Krawatte gefällt mir

Unwillkürlich tastete ich nach meiner blauen Krawatte. Sie war nichtssagend. Nicht wert, dass man sie mochte oder auch nur erwähnte.

Welche Krawatte?

Ein Teil der Menschenmenge hatte begonnen, »Se-xy Bitch! Se-xy Bitch!« zu skandieren.

Die, die du umhast. Das ist ein schönes Blau

Phin war in Los Angeles, vier Stunden von hier entfernt. Hatte er sich in mein Handy eingehackt? In die Sicherheitskameras im MGM? In die Nikon um den Hals eines Touristen?

Was zum

»Dad!«
Seine Stimme kam aus der realen Welt, fast verloren im Lärm der Menschenmenge. Ich fuhr herum, bis ich jemanden sah, der die Arme nicht im Takt der Sprechchöre schwang.
Als ich ihn an die Absperrungen gedrückt in der Schlange erkannte, war mein erster Gedanke, dass er nicht alt genug war, um den Ausdruck *sexy Bitch* zu hören, geschweige denn, ihn mit anderen zu rufen. Meine Mutter stand direkt hinter ihm und hätte es verdammt noch mal besser wissen müssen.
Mein zweiter Gedanke brach so laut aus mir heraus, dass er über den gesamten Platz zu hören war.
»Was zum Teufel machst du hier?«

380

»Ich freue mich auch, dich zu sehen«, sagte Mom, als ich zur Warteschlange stieß. Sie legte dem Mädchen neben ihr die Hand auf die Schulter. »Carter, Phins Dad, und das ist Summer.«

Summer war in Phins Alter, hatte ein pickliges Kinn und trug lavendelfarbenen Lidschatten. Sie lächelte, stieß Phin mit dem Ellbogen an und schüttelte mir die Hand. Hinter ihr stand ein Mann in meinem Alter. Er hielt mir die Hand hin.

»Mister Kinkaid. Ich bin John, Summers Vater.«

»Carter.« Wir schüttelten einander die Hände.

»Ihr Sohn ist wirklich clever.«

Ich warf Phin einen Blick zu. War er für Außenstehende immer noch mein Sohn? Der Junge zuckte die Achseln, als könnte er es nicht ändern.

»Was hat er denn gemacht?«, fragte ich argwöhnisch.

»Das Trackpad meiner Frau repariert. Ich dachte schon, wir müssten den Laptop wegschmeißen, aber nein. Ich habe keine Ahnung, was er damit gemacht hat.«

»Ich auch nicht. Phin? Können wir reden?«

»Darf ich danach zurück in die Schlange?«

Fangfrage. Verdammter Mist, ich schätzte die Intelligenz seiner Mutter mit jedem Tag mehr. Wenn ich sagte, er dürfte sich wieder anstellen, gestand ich ihm im Prinzip zu, bleiben zu können, wo er nicht hingehörte. Wenn ich Nein sagte, würde ich ihn vor Summer bloßstellen. Der Junge wurde einfach immer cleverer.

»Jetzt komm einfach.« Ich deutete auf den Bürgersteig auf meiner Seite der Absperrung. Er duckte sich darunter hindurch, und ich zog ihn weg, bis wir außer Hörweite waren.

»Bevor du sauer wirst …«

»Zu spät.«

»Sie hatte Tickets. Was hätte ich tun sollen?«

»Mich anrufen und fragen.«

»Du hättest Nein gesagt.«

Damit hatte er verdammt recht.

»Du hast hier nichts verloren. Du bist noch nicht so weit.«

»Aber ich wusste, dass du hier sein würdest. Ich habe nicht versucht, ungestraft davonzukommen.«

»Ich kann nicht gleichzeitig auf dich und den Kunden aufpassen.«

»Grandma ist auch hier. Und John.«

»Um jahrhundertelange Traditionen willen, nenn ihn Mister … was auch immer. Zeig ein bisschen Respekt.«

»Okay, okay.«

Hinter ihm schob sich die Schlange weiter nach vorn.

»Ist das das Mädchen mit den großmäuligen Freundinnen?«, fragte ich.

»Ja, aber ich hab da was durcheinandergebracht. Es war nicht so, wie ich dachte. Und als die Geschichte mit Mom rauskam …« Er zuckte die Achseln, schlenkerte mit den Armen und reckte den Hals, als seien Gefühle und Worte zu groß, um sie durch seinen Mund zu pressen. »Sie hat mich angerufen, und sie war supernett. Sie hat mich zu dem Konzert eingeladen, um mich abzulenken.«

Zu mir hatte er gesagt, er würde zu Hause bleiben. Das war sein Hauptargument gewesen, als er mir vorschlug, ich solle nach Las Vegas fahren. Aber zu hören, dass dieses Mädchen für ihn eingestanden war wie eine echte Freundin, und zu sehen, dass er sich wie ein normaler Junge verhielt, nachdem er stundenlang in meinen Armen geweint hatte, schwächte meine erste Reaktion ab. Ich hatte immer noch vor, ihn ins Gebet zu nehmen, weil er mich vorher hätte fragen müssen, aber nachdem ich ihm die Hölle heiß gemacht hatte, würde er zur »Sexy Bitch«-Preshow gehen.

»Bitte, Dad«, fuhr Phin fort. »Bitte lass mich hierbleiben. Bis morgen früh sind wir wieder daheim, um die Katze zu füttern, ich versprech's. Ich werde brav sein. Ich bringe auch, ohne zu meckern, den Müll raus.«

»Das solltest du sowieso tun.«

»Komm schon, Dad.«

Er hatte wieder *Dad* gesagt. Es hatte mir nie mehr Befriedigung geschenkt, als kurz nachdem er erfahren hatte, dass ich sein Onkel war.

»*Komm schon* ist kein Grund, ein Konzert für Erwachsene zu besuchen.«

»Du kannst mich nicht nach Hause schicken. Summers Dad ist gefahren.«

»Grandma kann meinen Wagen nehmen, und ich kann alles machen, was nötig ist.«

Der Wind peitschte von hinten und wehte eine mit Schaumfestiger betonierte Platte aus Haaren hoch, als hätte er eine Falltür auf dem Kopf. Eine Duftwolke drang in meine Nase.

»Hast du mein Rasierwasser benutzt?« Ich lachte aus reiner Freude, doch er musste es für Spott gehalten haben.

»Was auch immer. Was soll's. Auch egal. Dann fahre ich eben mit Grandma nach Hause, und am Montag können mich in der Schule alle auslachen. Super. Das ist echt super. Keiner wird mehr mit mir reden.« Mit einer Hand in der Hosentasche machte er auf der Ferse seines Sneakers kehrt. Mit der anderen schnipste und zuckte er, während er zurück zur Warteschlange ging.

»Phinnaeus!«

Er blieb auf halbem Weg zwischen mir und der Schlange stehen, drehte sich aber nicht um.

»Du warst noch nicht entlassen.«

Seine Schultern hoben und senkten sich. Er stürmte zu mir zurück und ließ in comic-hafter Enttäuschung den Kopf hängen.

»Es gibt kein Gemecker mehr, wenn du den Müll raustragen musst.« Er antwortete nicht, und ich konnte von oben seine Miene nicht erkennen. »Du skandierst nicht das B-Wort. Mir ist egal, ob andere das aufbauend finden. Für dich ist es das nicht.«

Mit großen Augen und zu einem verwirrten Lächeln geöffnetem Mund hob er ruckartig den Kopf.

»Ich bin backstage und passe auf«, fuhr ich fort. »Ich will dich nicht dabei erwischen, wie du Limonade trinkst, Süßigkeiten isst oder irgendwas Zuckerhaltiges. Davon drehst du auf, und du willst doch vor Summer dein bestes Benehmen zeigen. Hab ich recht?«

»Ja!« Er schlang die Arme um mich.

»Und noch was. Wenn die Leute um dich herum verrücktspielen, ist das für dich kein Grund, dich auch so zu benehmen.«

»Danke, danke.«

Ich tätschelte ihm den Kopf und listete im Geiste die Grundsätze eines ganzen Lebens auf, die ihm beizubringen ich verpasst hatte. Dafür war es jetzt zu spät. Entweder wusste er sich zu benehmen oder eben nicht.

»Hast du Geld?«

Er drückte mich fester. »Ich hab den Zwanziger, den du mir zum Geburtstag geschenkt hast.«

Ich zog meine Brieftasche raus, und er löste sich von mir und stand ganz hibbelig vor mir. »Du wirst mehr als das brauchen.« Ich zog drei Zwanziger heraus. Teenager waren kostspielig. »Kauf Summer ein Dankeschöngeschenk oder eine Limo oder so. Biete ihrem Dad auf dem Heimweg Benzingeld an, was ein Code für *Gib nicht alles beim Konzert aus* ist. Und vergiss nicht, dich bei deiner Großmutter zu bedanken.«

Wieder umarmte er mich. »Danke. Ich hab dich lieb.«

»Ich dich auch.« Ich küsste ihn auf den Scheitel und drückte ihn ein letztes Mal. »Jetzt werd nicht rührselig. Schieb ab.«

Er hielt mir seine Faust hin. »Im Moment nicht mal groß genug, aber größer ist sie nicht.«

Ich stieß dagegen. »Ich hab dich auch lieb.«

Mit einer gummihaften Anmut rannte er zurück zur Warteschlange. Seine schlaksigen Gliedmaßen wuchsen, um sich seiner neuerdings größer gewordenen Welt anzupassen.

# KAPITEL 70

## CARTER

Zugegeben, ich fand heraus, wo Phin saß, und bat die Security-Frau an der Videoüberwachungsanlage, ihn im Auge zu behalten. Sie willigte augenzwinkernd ein. Danach musste ich es damit bewenden lassen. Es ging ihm gut. Das sollte es auch besser. Darlene betrat in einem silbernen Bodysuit und mit Perücke die Bühne, sodass ich den Kopf nicht mehr für ihn frei hatte. Die Roadies wurden von einer Welle aus Geschäftigkeit und Anspannung erfasst.

»Sie ist echt 'ne Nummer«, sagte Emily hinter mir. Ich legte kurz den Arm um sie und ließ sie wieder los. Ich war im Dienst.

»Allerdings.«

»Die Leute haben immer gesagt, wir hätten beide Talent, doch sie sei der Star.«

»Am Himmel gibt's viele Sterne.«

Sie verdrehte die Augen, als hätte ich nicht schon einen Teenager genug zu Hause, und rannte los, um ihre Tänzer für die große Eröffnungsnummer zu platzieren. Sie war die personifizierte Kompetenz, und für mich war sie ein Star.

Ich wurde zu einem Betrunkenen gerufen, erwischte jemanden ohne Ticket, dirigierte kichernde Mädchen um, die das Klo suchten, und veranlasste, dass verschüttete Cola aufgewischt wurde.

Zwischen den Songs wurde es im Zuschauerraum ruhig. Darlenes Stimme sprach über den Jubel und das Gejohle der Fans hinweg die ersten Zeilen von *More Than a Sister*. Ich konnte nicht jedes Wort verstehen.

*… sometimes you have a friend … lost and you don't know what to do … lean on … good times and bad … more than a sister.*

Die Menschenmenge flippte aus, und der Song begann mit einem dumpfen Schlag, Darlenes opernartigem Auftakt, einem weiteren Schlag und der Stimme einer anderen Sängerin.

Emily kam mit den Tänzern und einem Handmikrofon auf die Bühne geflitzt. Nach einem weiteren Schlag sangen Darlene und Emily gemeinsam, und Emily übernahm die erste Strophe.

Sie war gut.

Echt gut.

Vielleicht ein bisschen eingerostet.

Vielleicht nicht von oben bis unten silbern.

Vielleicht verstand ich einen Dreck davon, aber sie war die atemberaubendste Frau auf der Bühne. Egal auf welcher. Jemals. Ich kannte mich im Showbusiness nicht aus, aber ich wusste, wen ich liebte, wenn ich den Menschen sah. Und das war sie. Sie stellte ihr Licht nicht mehr unter den Scheffel, sondern war Darlene im Refrain ebenbürtig und ließ sie die nächste Strophe übernehmen, während sie tanzte. Ich konnte den Blick nicht von ihr wenden.

Ich bemerkte erst, wie sehr ich strahlte, als mir das Gesicht wehtat.

Schließlich, endlich, nach der Sache mit meiner Schwester und mit Emily und nachdem ich Phin vor seiner eigenen Geschichte beschützt hatte, konnte ich den Sieg genießen.

# KAPITEL 71

## EMILY

Es war durchaus möglich, dass ich seit dem Ende des Songs nicht mehr geatmet hatte. Oder während der ganzen Zeit, als ich meine Tänzer anleitete. Oder bis das Gelächter und die Blumen weniger geworden waren und Simon mich in der Garderobe hochgehoben hatte, um allen die nächste Topdiva der Welt zu präsentieren.

Berauscht von Endorphinen und meiner neuen Freiheit, umarmte ich alle, mit denen ich in der Show zusammengearbeitet hatte. Ich umarmte das Personal der Konzerthalle. Ich umarmte Leute, die gar nicht umarmt werden wollten.

»Ich wusste, dass du es kannst!« Darlene sprang auf mich und schlang mir die Beine um die Taille. Unser gemeinsamer Auftritt war vierzig Minuten her, aber sie tat so, als hätten wir gerade erst die Bühne verlassen.

»Du warst perfekt«, sagte ich. »Aber ich will noch an meiner ...«

»Mädel! Nein! Genieß es einfach. Fühlst du dich gut?«

»Ja.«

»Kannst du das gute Gefühl einatmen? So. Und los …« Sie atmete durch die Nase ein und wedelte mit der Hand. »Mach das.«

Ich machte es.

»Fühlt sich das gut an?«

»Fühlt sich gut an.« Sie umarmte mich wieder, eine schöne, lange Umarmung diesmal, bis ich den Geruch von Feuerwerk wahrnahm und einen Mann applaudieren hörte. Als ich die Augen öffnete, sah ich Carter.

Darlene ließ mich los. »Nehmen Sie sie, sie gehört Ihnen.«

Darlene verschwand aus meinem Gesichtsfeld, weil ich nur noch Augen für Carter mit seinem schiefen Lächeln und seinen geraden Schultern hatte.

»Du warst gut«, sagte er über die aufgeregten Stimmen und das Lachen der Künstler und der Crew hinweg. Die Show war ein Erfolg gewesen, und es war Zeit zu feiern.

»Gut?«

Sein Lächeln breitete sich zu beiden Seiten seines umwerfenden Mundes aus, und mit einer raschen Bewegung, auf die ich nicht gefasst war, hob er mich hoch, bis unsere Gesichter ganz nah beieinander waren.

»Du hast nicht annähernd wie ein Frosch geklungen.«

»Wie hab ich denn geklungen?«

»Als ob du dort oben hingehörst.«

Sein Kuss war fest und nachdrücklich und besiegelte seine Worte.

»Weißt du, wo ich noch hingehöre?«, fragte ich.

»Zu mir.«

Ich gab ihm einen Nasenstüber. Korrekte Antwort.

Er küsste mich wieder. Jemand ließ einen Korken knallen und spritzte uns voll. Der Champagner tropfte über unsere Gesichter. Ich schmeckte ihn lachend, aber Carter hörte nicht auf, mich zu küssen.

Es gab keine Garantien.

Das Leben war nicht sicher, geschützt oder ungefährlich.

Doch bei ihm fühlte sich Liebe an, als sei sie kein Risiko.

Liebe war das Gute am Leben. Die Freude am Leben. Der Grund zu leben.

Liebe war das Einzige, das es wert war, es zu beschützen.

# EPILOG

## EMILY

Ich hatte auf der »Sexy Bitch«-Preshow-Bühne wie ein Frosch geklungen. Ich sah mir die Aufnahme hundert Mal an. Obwohl mich zu hören mit jedem Mal weniger schmerzhaft wurde, war es grässlich.

Aber ich ging in jeder einzelnen Show auf die Bühne und wurde mit jedem Mal besser. Darlenes Geschenk an mich war nicht, dass sie mir den Zugang oder die Gelegenheit bot. Sie bot mir den Raum, um zu üben, zu probieren, zu wiederholen. Bis wir unsere letzte Show im Staples Center in L.A. aufbauten, war ich bereit, den Sprung ohne sie zu wagen.

Carters höchste Priorität war Phins Wohlergehen, weshalb er nicht ständig mit uns reiste. Wenn er konnte, arbeitete er für die Security-Crew, vor allem im Sommer. Berlin. Paris. Melbourne. Sydney. Manchmal brachte er Phin mit, der sich mit solch entwaffnendem Charme bei den Bühnentechnikern einschmeichelte, dass er für sie teils Maskottchen, teils Lehrling wurde.

Die Show im Staple Center würde Rekorde brechen. Die Tickets waren in sieben Sekunden ausverkauft. Schwarzhändler erzielten obszöne Geldbeträge für die miesesten Plätze. Mit den Anrufen und Angeboten, die ich auf die lange Bank geschoben hatte, würde ich mich bald befassen müssen. Ich würde Entscheidungen über meine Karriere treffen müssen, von denen ich immer geträumt hatte. Entscheidungen zwischen Verträgen. Zwischen Agenten. Zwischen Geld und kreativer Kontrolle.

»Du siehst ausgeschlafen aus.« Kandi, die Maskenbildnerin, pinselte mir Puder auf die Stirn. Ich würde es schon vor der ersten Strophe runterschwitzen, aber ich ließ sie es trotzdem machen.

»Bin ich auch.« Ich lächelte. Die Lampen auf beiden Seiten des Spiegels ließen meine Zähne strahlen.

»Sie hat jede Nacht Sex«, warf Darlene ein, die sich gerade neben mich gesetzt hatte, um sich zurechtmachen zu lassen. Sehr spät. Sie war immer in Bewegung. Immer auf dem Sprung.

Ich war vor zwei Tagen nach Los Angeles gekommen und hatte beide Nächte mit Carter verbracht. Ich hatte mit seiner Familie zu Abend gegessen und Händchen haltend mit ihm auf der Veranda gesessen und über Gott und die Welt gesprochen.

Er hatte Phins Schlafzimmer aus triftigen Gründen zur anderen Seite des Hauses verlegt. Es fiel mir schwer, leise zu sein, wenn er mir so heftige Orgasmen schenkte.

»Die Tour war großartig«, sagte ich. »Aber ich kann es kaum erwarten, bis ich wirklich jede Nacht Sex habe.«

»Hmm hmm«, stimmte Darlene zu. »Frauen haben Bedürfnisse. Hört, hört.«

»Fertig«, sagte Kandi. Ich stand genau in dem Moment auf, als eine SMS von Carter auf meinem Handy in der Tasche einging.

Plötzlich stand Phin hinter mir. An seinem T-Shirt klemmten Wäscheklammern. An seiner Gürtelschlaufe hing ein Ring aus Kabelbindern, und er hatte ein Headset auf, das er immer wieder zwanghaft berührte, als müsse er sichergehen, dass es noch da war.

»Das ist eine Menge Equipment«, stellte ich bewundernd fest.

»Hast du Dad gesehen?«

»Noch nicht.«

»Ich will hoch in die Scheinwerferanlage.«

»Ich glaube …«

Der Junge hob die Hand und berührte seine Hörmuschel, als käme eine Nachricht von weltbewegender Wichtigkeit. Er rannte weg, als käme er zu spät, um die Probleme der Welt zu lösen.

Ich las Carters SMS.

Hast du Phin gesehen?

Ich simste zurück, während ich durch den Flur lief. Der Industrieteppich verschluckte die Geräusche eiliger Schritte in beide Richtungen. Sicherheitsdienst. Techniker. Künstler.

Ich suche dich. Er will hoch in die Scheinwerferanlage

Teufel nein

Liam hielt mich an. »Ist sie schon in der Maske?«

»Hat sich gerade hingesetzt.«

»Danke.«

Er eilte an mir vorbei.

Wo bist du ?

Gene Testarossa, der Agent mit den zwei Armbanduhren, passte mich auf dem Weg zum Aufenthaltsraum ab.

Auf dem Weg, um die Bühnenmarkierungen zu überprüfen. Und du?

»Haben Sie sich das Vertragsmemo angesehen, das ich Ihnen geschickt habe?«, fragte er. »Es ist zeitsensitiv.«

»Hab ich. Ich will ...«

»Sie wollen Sie. Sie sind heiße Ware, Lady. Machen wir was draus.« Seine Uhr blitzte auf, und er warf einen Blick darauf, was mir eine Entschuldigung gab, auf mein Handy zu sehen.

Ich hab was für dich. Bin in Sicherheitsraum 4

»Sprechen wir am Montag darüber.«

»Beim Lunch im Spago. Im Spago sagt niemand Nein. Immerhin hat es das GO schon im Namen.«

Er deutete mit beiden Zeigefingern auf mich.

»Okay. Hey, wissen Sie, wie ich zu Sicherheitsraum 4 komme?«

»Keine Ahnung.« Wieder blitzte seine Uhr auf. »Ich muss los!«

Ich hab keine Ahnung, wo ich bin

Ich bog um eine weitere Ecke und landete in einem Meer aus Getränkespenderkanistern und Tablettwagen. Ich kämpfte mich weiter durch, weil ich wusste, dass dies nicht der Sicherheitsbereich war.

Ich muss in fünf Minuten auf die Bühne

Ich kam auf wundersame Weise in der Garderobe heraus, wo die Tänzer und Bühnenmusiker ihr Zeug aufbewahrten.

Simon umarmte mich.

»Letzter Tag!« Er tanzte einen Shimmy. Er hatte sich die Haare blassblau gefärbt.

»Wie komme ich zur Bühne?«

Er zeigte mit dem Finger. »Aus der Tür raus, rechts, dann links, wo Thor steht.«

### Bin auf dem Weg

Simon packte mich am Ellbogen. »Ich bringe dich hin, dann können wir reden.«

»Worüber reden wir denn?«

Die Tänzer winkten mir zu, lächelten mich an oder ignorierten mich. Wir waren wie eine gut geölte Maschine, und sie brauchten keine Anleitung mehr von mir.

»Über unsere Zukunft.«

Er drückte gegen die Stange an der Doppeltür, und wir betraten einen Gang, der breiter war als mein Haus. Hier waren Equipment und Bühnenarbeiter in ständiger Bewegung.

»Wir haben eine Zukunft?«

»Was für ein Gefühl gibt dir das?«

Phin stand auf einer Leiter. Einer wirklich hohen Leiter.

»Ein unsicheres.«

»Was?«

»Phin!«, rief ich. Er drehte sich um. »Hat dein Dad dir das erlaubt?«

Er gab mir das Daumen-hoch-Zeichen.

»Deine Zukunft«, sagte Simon und zog mich gleichzeitig an sich und vorwärts, »soll auch meine sein.«

»Inwiefern?«

»Ich will es dir gerade erklären.«

»Gute Idee.«

Er blieb stehen und stellte sich vor mich.

»Ich liebe das Tanzen, aber ich kann mehr. Wie du.«

»Berufstänzer zu sein, ist eine große Leistung.«

»Choreograf zu sein ist eine größere.«

»Ah!« Er wollte meine Stelle bei Darlene übernehmen. »Ich kann …«

»Und du brauchst demnächst einen Choreografen.«

»Ich?«

»Du. Und ich.« Er zeigte auf mich, dann auf sich.

»Ach, Simon, ich glaube nicht, dass ich ein so großer Star werde. Ich singe nur in kleinen Klubs.«

Er bog nach rechts und dann nach links ab und schüttelte langsam den Kopf. »Du hast ja keine Ahnung.«

»Und ob. Ich bin eben nicht Darlene. Aber das ist in Ordnung.«

Mein Handy summte.

Ich bin hier, TD

TD hieß Tiny Dancer, und ich lächelte.

»Wenn du siehst, dass du auf dem Holzweg bist, ruf mich als Erstes an.«

Ich konnte den leeren Zuschauerraum unter der unerträglich hohen Decke sehen. Noch ein paar Schritte, und Carter mit seinem Anzug und dem Kabel im Ohr kam in Sicht.

»Versprochen.«

Simon küsste mich auf die Wange. »Jetzt muss ich mich schön machen.«

»Geh nur.«

Als Carter mich sah, streckte er mir die Hand entgegen. Er war ein ruhender Pol in dem Chaos. Eine Boje in einer stürmischen See. Ich nahm seine Hand und ließ mich von ihm verankern.

»Hey. Ich will ja nicht petzen, aber ich hab Phin auf einer Leiter gesehen.«

»Ist schon okay.« Er strich mit den Lippen über meine. So ein Schäker. »Du siehst fantastisch aus. Wie immer.«

»Ich kann es kaum erwarten, bis ich nach Ende der Tour diese Schmiere im Gesicht wieder los bin.«

»Dreh dich um.« Er drehte mich sanft so, dass ich mit dem Rücken zu ihm stand und in den leeren Saal blickte. Es war ein Anblick, an den ich inzwischen gewöhnt war, aber nicht, während er hinter mir stand und irgendetwas ausheckte.

»Und was jetzt?«, fragte ich. Ich dachte, er wollte mir Schweinereien ins Ohr flüstern oder die Hände unter mein Kleid schieben. Beides wäre willkommen gewesen, doch nichts davon hätte so lange gedauert.

Seine Lippen fuhren über meinen Halsansatz und sandten Schauder zu meinem Ohr.

»Ich war sehr geduldig mit dir. Du hast überall auf der Welt geschlafen.«

Wir hatten jeden Abend telefoniert, und wenn wir in derselben Stadt waren, hatten wir uns ein Bett geteilt. Es war bei Weitem nicht genug gewesen, und immer wenn wir getrennte Wege gingen, war der Trennungsschmerz fast körperlich zu spüren. Ich vermisste ihn in jeder Sekunde, nicht weil er mir Sicherheit gab, sondern aufgrund seiner wohltuenden Liebe. Ich hatte das Gefühl, viele gute Momente zu durchleben, doch die großartigen gehörten ihm.

»Jetzt bin ich wieder da.« Ich berührte seine Hand auf meiner Schulter.

»Und ob. Und ich will, dass du jetzt jede Nacht in meinem Bett schläfst. Ich will jeden Morgen deinen Körper neben mir spüren. Ich will, dass deine Stimme das Letzte ist, was ich abends höre, und das Erste, wenn ich morgens aufwache. Ich will dich bei mir.«

Bevor ich einwilligen konnte, griff er über mich hinweg. Ich sah etwas Rotes und Metallisches aufblitzen.

»Ich will, dass du zu mir ziehst.«

Er legte mir ein rotes Band um den Hals. Ich berührte den schweren Anhänger daran. Es war ein Schlüssel. Glänzend und neu. Für mich. Ich konnte mich nicht daran sattsehen, wie das matte Messing das Licht einfing, als wäre es so viel wertvoller, als seine Farbe suggerierte.

»Carter. Ich … wow!«

»Du wirst massenhaft Platz haben. Ich räume die Garage aus, damit du sie als Studio benutzen kannst. Mom zieht aus, da Phin fast erwachsen ist. Und er liebt dich. Das tut er wirklich.«

Wirklich? Dieser Junge machte mich fast so glücklich wie sein Vater. Er brachte mich jedes Mal zum Lachen, wenn ich ihn sah.

»Ich bin sein größter Fan.« Ich drehte mich zu Carter um und legte ihm die Arme um die Schultern. »Und deiner.« Ich betrachtete den Schlüssel und ließ ihn los. »Also ja. Machen wir das.«

»Ich liebe dich, Tiny Dancer.«

»Ich dich auch, Carter.«

Wir küssten uns mit der ganzen Wärme zweier Menschen, die wussten, wie man lebte und liebte.

# REZENSIONEN DER AUTORIN

*Montlake Publishing*

Fünf »Wir schaffen das«-Sterne. Dieser Verlag hat wirklich seine Hausaufgaben gemacht. Besonders angetan haben es mir Charlotte Herrscher vom Entwicklungslektorat, Christopher Werner als Autorenbetreuer sowie ihr überragender Geschmack, was Designer betrifft, insbesondere Shasti O'Leary Soudant, die mich sprachlos gemacht hat, als ich ihr wunderschönes Cover sah.

*Betaleser*

Fünf Sterne reichen nicht aus für Kyla Linde (Tanzexpertin) und Jean Siska (Genauigkeit in juristischen Fragen). Sie sind tadellos. Der Autorin sind aber bestimmt Fehler durchgerutscht. Rezension demnächst!

*Familie*

Eine Milliarde »Inspirations«-Sterne an den Ehemann und die zwei wunderbaren Kinder der Autorin. Bevor Sie danach Fragen, Haustiere haben wir keine, weil ich allergisch bin, aber wenn wir eins hätten, wäre es ein kleiner Kläffer.

## Das Team

Zwei Sterne für Social Butterfly PR für echte Originalität und stete Unterstützung. Zweieinhalb, weil es langweilig ist, wie organisiert und sachkundig sie die ganze Zeit sind, jedes Mal. Vor allem Jenn. Ihre Perfektion hab ich total satt.

## Partner

Je einen Stern bis hin zu zig für meine Mädels, vor allem die Fachsimplerinnen, die Slackerinnen und alle anderen, die mich jeden verdammten Tag unterstützen. Fünf an Amy Tannenbaum für die geniale Überarbeitung meines Textes und weil sie mir immer Sachen erklärt, die ich längst wissen sollte.

## Die Indie Community

## DNF

Es scheint, als würde ich nie bis zum Grund dieses Brunnens aus guter Laune und Großzügigkeit vordringen. Wenn ich mich mit befreundeten Künstlern darüber unterhalte, wie die Indie-Schreib-Community sich durch Dramen und schlechte Verkaufszahlen gegenseitig unterstützt, dass dort Mentoring und gemeinsame Datennutzung normal sind, können sie es gar nicht glauben. Sie glauben, dass ich übertreibe. Derweil weiß ich nicht, wie man ohne Freunde funktionieren kann.

## Fünf »Das Beste zum Schluss«-Sterne

An meine Leserinnen, Fans und Blogger.

Alle Sterne am Himmel.

MIX

Papier | Fördert
gute Waldnutzung

FSC® C083411

Zeitfracht Medien GmbH
Ferdinand-Jühlke-Straße 7
99095 Erfurt, Deutschland
produktsicherheit@kolibri360.de

Druck:
CPI Druckdienstleistungen GmbH
im Auftrag der
Zeitfracht Medien GmbH
Ein Unternehmen der Zeitfracht - Gruppe
Ferdinand-Jühlke-Str. 7
99095 Erfurt